雪国·千只鹤·古都

【日】川端康成　著
何　周　译

民主与建设出版社
·北京·

图书在版编目（CIP）数据

雪国·千只鹤·古都 /（日）川端康成著；何周译 -- 北京：民主与建设出版社，2023.8
ISBN 978-7-5139-4337-6

Ⅰ.①雪… Ⅱ.①川…②何… Ⅲ.①中篇小说 - 小说集 - 日本 - 现代 Ⅳ.① I313.45

中国国家版本馆 CIP 数据核字（2023）第 158554 号

雪国·千只鹤·古都
XUE GUO · QIAN ZHI HE · GU DU

作　者	川端康成
译　者	何　周
责任编辑	刘树民
封面设计	黄　辉
出版发行	民主与建设出版社有限责任公司
电　话	（010）59417747　59419778
社　址	北京市海淀区西三环中路 10 号望海楼 E 座 7 层
邮　编	100142
印　刷	三河市天润建兴印务有限公司
版　次	2023 年 8 月第 1 版
印　次	2024 年 3 月第 2 次印刷
开　本	640mm × 920mm　1/16
印　张	20
字　数	317 千字
书　号	ISBN 978-7-5139-4337-6
定　价	59.80 元

注：如发现质量问题，请联系调换。电话 0731-84252551

前　言

1899 年 6 月 14 日，川端康成出生在大阪一个具有良好文化素养的医生家庭。但在 2 岁时父亲就不幸去世，一年后母亲也因罹患肺病离去，丢下他和姐姐芳子。父母双双离去后，他去了祖父母家，幼年时一直都在那个“大阪跟京都之间的乡下”生活。1906 年，他祖母也因病故去，而寄养在姨妈家的姐姐芳子也在三年后夭折。16 岁时，他最后一位亲人——祖父也去世了。这样的经历以致他后来自嘲自己小小年纪就成了“送葬的名人”。

小学时川端想当画家，但中学后开始对文学产生浓厚的兴趣，转而立志成为作家。1917 年他考入东京著名的第一高等学校，寄居在浅草藏前的表兄田中岩太郎家。经表兄秋冈义爱介绍造访了作家南部修太郎。那段时间他阅读最多的是陀思妥耶夫斯基、芥川龙之介、志贺直哉的作品。

1920 年 7 月，川端康成考入东京帝国大学文学系英文学科。他大量阅读文学作品，包括森鸥外翻译的《各国故事》等翻译作品。1921 年，他同石滨金作、酒井真人等校友筹备第六次复刊《新思潮》杂志。在创刊号和第 2 期分别发表了《一次婚约》和《招魂节一景》。

1924 年大学毕业后，川端走上了专业创作的道路，并很快同横光利一等人树起新感觉派的旗帜，创办《文艺时代》杂志，跟当时的自然主义文学和无产阶级文学形成鼎足之势。1926 年新感觉派发展到顶峰后走向多极分化。从此，川端开始探索一条把西方现代派同日本古典文学相结合的创作道路。这一年《伊豆的舞女》问世，标志川端自己的艺术风格的形成。

1933 年他同丰岛与志雄等创办了同人杂志《文学界》，并发表了《禽兽》

《花的圆舞曲》等小说。《雪国》是川端这一时期最具代表性的作品，也是他小说艺术的巅峰之作。这部作品以相对独立的短篇形式，从1935年1月开始，断断续续发表在《文艺春秋》等杂志上。战后，川端对增补的两个章节做了修改，于1948年再度由创元社出版全本。前后经过14年之久。

战后，川端于1947年至1965年担任日本笔会会长。1953年当选日本艺术院会员，后担任国际笔会副会长等职。这一时期他相继创作了《舞姬》(1950—1951)、《千只鹤》(1952)、《古都》(1962)、《睡美人》(1963—1964)等作品，并开始拥有了世界影响。1957年、1960年分别获得西德政府颁发的“歌德金牌”和法国政府授予的艺术文化勋章。1968年，他以《雪国》《千只鹤》《古都》三部代表作荣获诺贝尔文学奖。

1972年4月16日，川端康成在自己的工作室口含煤气管自杀，没有留下片言只语。

目　录

雪　国

《雪国》是日本作家川端康成的第一部中篇小说，也是他的代表作之一。该小说从 1935 年开始，以短篇的形式在《文艺春秋》和《改造》等杂志上陆续发表，直至 1948 年才以《雪国》为名，结集出版。

小说讲述了男主人公岛村，一个来自东京的舞蹈艺术研究家，因为无聊而离开妻子和孩子，来到雪国的温泉旅馆。在这里，他邂逅了艺伎驹子，驹子的清丽和单纯深深地吸引了岛村。之后，岛村又与少女叶子在火车上相遇，对她的美貌产生了倾慕之情。然而，岛村最终意识到他对驹子的感情是徒劳的，决定和她分手。

《雪国》以其唯美的叙事风格和独特的情感描写著称，川端康成以其丰富的情感和独特的笔触，描绘出了一个纯净而凄美的故事。小说中的人物形象鲜明，特别是驹子，她的清纯和坚韧，深深打动了无数读者。而岛村的复杂内心和微妙的情感变化，也让人感受到了人性的复杂和无常。

此外，《雪国》的叙事手法也颇具特色，作者运用了大量的象征、隐喻和意象等手法，使得整个故事充满了诗意和哲学思考。同时，小说的结尾也给人留下了深刻的印象，让人在思索人生的意义和价值上产生了共鸣。

一

女子不允，两臂交叉门闩似的横在那阻挡他的手

穿过长长隧道后，国界[①]的那边就是雪国了。夜色映照着白的大地。列车在一个信号灯前停下了。

一位女子从对面座位上起身打开面朝岛村的玻璃窗。冷风扑面而来。女子探身窗外去大声喊着，仿佛是在朝着远方呼唤：

"站长先生，站长先生！"

一个男子手拎提灯，踏着雪慢腾腾走了过来，他用围巾缠住鼻子，帽耳盖住耳朵。岛村心想都这么冷了吗？他看见窗外铁路人员当临时宿舍的木板房散落在山脚下，给人清冷的感受。黑暗吞没了那边的雪。

"站长先生，是我呢。您好吗？"

"哟，叶子姑娘呀！是回家去吧？天又大冷了。"

"我弟弟到这里来工作了，我得谢谢您照顾。"

"这地方早晚太寂寞。他年纪轻轻倒是怪可怜的！"

"他还是个孩子，请站长先生多多指教他，拜托您了。"

"行啊。他干得很带劲，快要忙起来了。去年下大雪时常闹雪崩，火车一抛锚，村里人就急赶着来给旅客送水送饭。"

"站长先生，看您穿得厚实呀，弟弟来信说他连背心都没穿呢。"

"我都穿了四件衣服，那些年轻人冷了就知道一个劲儿喝酒，现在都得了感冒，在那边横七竖八躺着。"

站长冲宿舍那边晃晃手里的提灯。

"我弟弟他也喝了？"

"这倒没有。"

---

① 国界：这里的原文是"国境"。日本江户幕府前后都存在藩国体制，因此，这里的"国境"应指旧藩国之间的边界。日本明治政府于 1871 年实施废藩置县政策，因此这里的"国境"也可以译作"县界"。

“站长先生这就要回家了？”

“我受了点伤，得按时去看医生。”

“啊，这可真是。”

和服上罩着外套的站长站在雪地里，在大冷天里感觉是想赶快结束闲谈，他转过身来说：

“那么，一路上请多保重了。”

“站长先生，我弟弟这会还没出来？”叶子用目光在雪地上搜索，“请多多照顾我弟弟，拜托您了。”

她的声音美而有些凄婉。在这雪夜里显得格外清越而悠远。

列车启动了，她没把上身从窗口缩回。一直到列车追上了走在铁轨边的站长，她又喊道：

“站长先生，请转告我弟弟，叫他下次休假回家一趟。”

“行啊——”站长应道。

叶子这才关上车窗，用双手捂住冻得通红的脸蛋。

这山是国界的界山，山下总会备三辆扫雪车，供下雪天用。隧道南北两端都拉了雪崩报警电话线。一共部署了五千名清雪的民工和两千名消防队的年轻队员。这叶子姑娘的弟弟，从入冬起就在这将被大雪掩埋的信号所工作。知道这一点后，岛村对她越发感兴趣了。

但这里说“姑娘”只是岛村自以为罢了。她身边那男人究竟是她的什么人，岛村自然不晓得。两人的举动很像夫妻，男的显然有病。陪伴病人，无形中就容易忽略男女的界限，侍候得越殷勤，看起来就越像夫妻。一般来说，一个女人像母亲那样照料比自己岁数大的男子，免不了会被人看作是夫妻。

只是岛村将她一个人单独了起来，凭直感自作主张认为她是个姑娘。许是他盯住这个女子看的目光有些异样，因此不小心代入了自己的一些感伤。

三个钟头前岛村因百无聊赖，就开始呆呆地打量自己左手的食指。因为这手指能使他清楚地感到就要去见的那个女人。他越是想把她在脑海里清晰地回忆起来，印象就越模糊。扑朔迷离中，也只有这手指上残留的些许感受能让他感受到远方的那个女人。他不由自主地去闻手指。之后他下意识地用手指在窗玻璃上划，很快那上面就出现了一只女人的眼睛。他吓了一跳，几乎惊叫出声。这或许都是因为他心思全在那个远方的女人身上吧。只是等他定下神来再看时，映在玻璃窗上的变成了对座那个女人的影子。车外天色暗下来，车厢内灯亮了。这让车窗变成一面镜子。但暖气很快就让玻璃蒙上层水汽，在他用手指去上面划之前，那面镜子是看不清的。

居然只映出女子的眼，这显得格外迷人。岛村把脸贴近车窗观赏黄昏景色，弄出一副旅愁的模样，用手掌擦拭了车窗。

女子上身稍微前倾，俯视躺在面前的男人。她动作小心翼翼的，眼也不眨一下，面色凝重，显现出真挚情感。男人头靠在窗边，蜷缩的腿搁在女子身旁。这是三等车厢。他们的座位其实是在岛村的斜对面。所以，车窗只映出了侧躺着的那个男人的半边脸。

女子是斜对着坐着的，岛村本可以直视到她，可他们刚上车时，她那种冷艳使他没法不低下目光。又霍然看到那男人蜡黄的手紧攥着女子的手，岛村也就再也不好意思朝对面看了。

镜中的男人，目光正对着女子的胸脯，神情安详而平静。他看着那样瘦弱，却有一种惬意的安宁。男人把枕在头下的围巾绕过鼻子严实地盖住嘴巴，继续再往上包住了脸。这像是戴着一个面罩似的。但围巾有时会松落盖住鼻子。这时候女子会温存地为他重新弄好。就这样两人重复着同样的动作，岛村看着都有些着急。还有，本来是包裹着男人脚的外套下摆，也会不时松开。女子也会马上给他重新裹好。一切都显得那样自然而然。那情形似乎是两人完全忘了身在何处，旅途的遥远也不曾存在过。只是这有些凄凉的情景却没让岛村觉得酸楚，大概是因为这都是通过那面车窗映射过来的吧，让人觉得是在看西洋景了。

这面镜子的衬底是流逝着的黄昏。也就是说镜中映现的虚像跟镜后的实物很像电影里的叠影一样在变幻。出场人物和背景毫不相干。人物是透明的幻象，在车外暮霭的背景中晃动，构成一幅不是人世间的幻象。特别是当远处山野的灯火映照了女子的脸时，那种美无法言述，使岛村的心为之颤动。

遥远山巅上空还残留着晚霞淡淡的余晖。车窗外的景物的轮廓在不断往后退向远方，却并不消逝，只是渐渐黯然。往前奔的火车超越着那些平淡的寒山，让他感觉到了无趣。正因为没有被什么东西吸引，他内心反而隐约有了一阵怅然。这自然是镜中浮现出的女子的面庞的缘故。她身影映在窗玻璃上的部分遮住了窗外的一些暮色，然而在她身影的轮廓周围，黄昏却是在不断地闪过，所以那女子的脸就像是透明的了。但真的就透明了吗？这是种错觉，因为掠过女子面庞的暮景太迅捷了，以至于成了是在从她前面流过，让人觉得扑朔迷离。

由于车厢内灯光昏暗，窗玻璃上的影像自然不像真的镜子那样清晰了。反射光消失了。岛村看得入神，渐渐忘了镜子，只觉得这女子就是在流逝的暮色中飘浮。

这当儿，在女子脸庞的部位出现了一盏窗外的灯。镜中映像的明亮不足以遮蔽窗外的灯，而那灯的光也不足以模糊女子的丽影。灯火就这样在她的脸上闪过，却并没把她的脸照亮。这是一束从远方投来的寒光，在她宁静的星眸周围明灭着。每当灯火的闪烁重叠了她的眼眸的刹那，那灯火就像极了在夜色的起伏中起舞的萤火虫。

叶子自然不可能知道有人在偷偷观察自己。她的注意力全在病人身上，即便是把脸转向岛村那边，她也不会发现自己的身影映在了车窗上，恐怕更不会去留意到那个眺看着窗外的男人了。

岛村偷看叶子很久，却没想到这样做很是失礼，多半是因为镜中的暮景有着一股超越自然的魅力，完全把他吸引住了。也许是看到她呼唤站长时表现出的真挚情感，让他对她生出了某种不同寻常的兴趣。

火车驶过信号所后，窗外完全黑了。在窗玻璃上流动的景色也自然消失，镜子也就不再有那样的吸引力，尽管叶子姣好的脸庞照旧映在窗上，神情还是那样温婉素净，但当岛村发现到了她对人似乎格外冷漠，也就不再想去擦拭变得模糊的镜子了。

约莫半个小时后，没料到叶子他们也和岛村在同一个车站下车，这使他觉得好像还会发生点跟自己相关的事，所以就转头去看了一眼。但从站台上扑面而来的寒气，让他猛然觉察到了在车上时自己的那种失礼，即刻也就感到了有些羞愧，便头也不回绕过火车头走掉。

那个男人把手搭在了叶子肩膀上，他俩正要越过铁轨，对面的站务员急忙扬手制止。这时，从黑暗中冲出一列长长的货车挡住了他俩。

前来招徕生意的茶房浑身被严实地包裹着冬装，两只耳朵也包得严实，蹬着长筒胶靴，像极了正在救火的消防员。一个女子站在候车室窗旁眺看铁轨那边，她披着蓝色斗篷，蒙上了头巾。

此时车上带下来的暖气还未曾消散干净，岛村也自然还没感受到外面的寒冷的严酷。他这是初次领略雪国的冬天，因此，当地人的装束吓了他一跳。

“真冷得非要穿成这样吗？”

“是啊，完全是过冬的装束了。雪后放晴的头一晚格外冷。今晚怕是要降到零下了。”

“已经零下了吗？”

岛村看着屋檐下怪招人喜欢的冰柱，跟着茶房上了汽车。雪天夜色下，人家低矮的屋顶显得越发低矮，仿佛整个村子都沉默着，沉浸在无底深渊中。

“果然是这样，手无论碰到什么都觉得特别冷啊。”

“去年最冷那天是零下二十多度呀。”

“雪呢？”

“雪嘛，平时七八尺，要是下大了恐怕也有一丈二三尺吧。”

“啊，这才是刚开头呀！”

“可不是刚开始。这雪是前几天下的，有尺把厚，已经化得差不多了。”

“能化掉吗？”

“说不定啥时还会来场大的。”

原来都是十二月初了。

岛村感冒了，总不见好，这会儿冷空气从不通气的鼻孔一下冲到了脑子里，清鼻涕就流个不停，像是要把什么脏东西给冲出来似的。

“师傅家的女子还在吗？”

“在，在。在车站上您没看见？披深蓝斗篷的就是她呢。”

“是她？……回头能请她来吗？”

“今儿个晚上？”

“今晚。”

“说是老师傅的少爷坐这趟末班车回了，她是去接车的。”

原来在车上，暮色下从镜中看到的叶子的那个病人，就是岛村来相会的那女人的师傅家的少爷。知道这点后岛村心里晃荡一下，好像会有什么发生。但对这种奇妙的因缘他也不是觉得怎样奇特，倒是对自己这种无动于衷感到奇怪。只是在岛村内心深处有种感觉，那就是那个被指头的感触记住的女人，跟这位眼里灯火闪烁的女人之间会有什么联系，可能会发生点什么。这大概是还没从暮色苍茫的镜中走出的缘故吧。他喃喃自语起来，那些苍茫里暮色的流光，难道不是刚好像极了时光的流逝吗？

滑雪季节前的温泉旅馆顾客最少，岛村从室内温泉上来时整座旅馆里都静悄悄的。走在陈旧的走廊上，每踏一步玻璃门都会发出微响。长廊一头账房的拐角处，一个女子长身玉立在那，和服的下摆铺展在乌亮的地板上，让人觉得冷冰冰的。

看到衣服下摆，岛村不由得一怔，暗自思量着，毕竟还是做了艺伎。可她没有向这边走来，也没动动身子做出迎客态。老远看着，她那姿势还是能令他感到一种真情。他连忙走了过去，默默站在女子身边。女子也想绽开她那浓施粉黛的脸，结果适得其反，成了一副哭样。两人就那么无言地朝房间走去。

既然有过那么一段交情事，但他竟然不写信，人也不见面，更没信守诺言寄一本舞蹈的书来。在这女人看来，恐怕也只好一笑了之吧，心里明白自己是遭到了遗忘。按说理应岛村首先向她赔礼道歉，要不也最好辩解辩解的；但两人一起走却都不看对方，可岛村还是觉察到了她不仅没有责备自己的意思，反而心儿和身子都释放出了对他的依恋。这样一来，岛村明白了，无论自己此时说什么都会显得虚假。他完全被慑服了，沉浸在甜美的喜悦中。到了楼梯口，他才突然把左拳伸到女子的眼前，竖起食指，说：

“它最记得你哪。”

“是吗？”

女子一把攥住那指头不肯松开，手牵手拉着他上了楼。直到到了被炉[1]前她才松开，但她的脸连脖子根都红了。为了掩饰自己的窘态，她连

---

① 被炉：日本的传统取暖用具。

忙又抓住了他的手，说：

“你是说它记得我，对吧？”

他把右手从女子的掌心抽出，伸进被炉里，然后再伸出左拳，说：“不是右手，是这只啊！”

“嗯，知道。”

她装作若无其事，抿着嘴笑起来，一边掰开了他的拳头，把自己的脸贴上去。

“你是说它还记得我吗？”

“噢，真冷啊！我可是头一回摸到这么凉的头发。”

“东京还没下雪吗？”

“虽然上次你是那样说了，但总觉得有点言不由衷。要不然，都岁末了，谁还会到这冰天雪地的地方来呢？”

说到上一回，已过了雪崩的高发期，到了登山的季节，满世界都是滴翠的新绿。

要不了多久，那饭桌上就将不见了木通的嫩芽。

终日里无所事事的岛村不知不觉里也开始变得玩世不恭起来。想要唤回过去的那种真纯，他觉得最好是去爬山。于是他就常一个人去山里。在国界一带的山里待了七天。那天晚上出山后，一到温泉村就让人去给他叫个艺伎来。但是女佣回话说那天刚好赶上新铁路落成典礼，村里连兼做戏园子的茧房都做了宴会场所，异常热闹，所以，十二三个艺伎人手早就不够了，哪能说叫了就能来呢？不过呢，师傅家的女子虽然也去宴会上帮忙了，可也就随便表演两三个舞蹈也就回了，也许她可以前来吧。岛村再仔细问，女佣这样做了简短的说明：这位女子住在这教三弦、舞蹈的师傅家里，虽不是艺伎，可有时忙不过来了，也会应召参加一些大型宴会什么的。这里没有年轻的，大多是那样的不太愿意跳舞了的半老徐娘。这么一来女子就成了宝贝儿。虽然她不常来旅馆应酬，但也算不上是完全的本分人家的女子。

岛村认为这话不靠谱，于是也没放心上。但一个钟头后，女佣还是把女子领来了，吃了一惊的岛村顿时端坐起来。女子拉住站起来就要走的女佣的袖子，要她坐下。

女子看着是出奇地洁净，甚至能让人觉得连她的脚丫里大概也是干净的。岛村甚至有些怀疑自己的眼睛，是不是由于刚看过初夏的群山，才会这样看着女子这般清新。

她的装扮虽带几分艺伎风尘味，可衣服下摆没有拖在地上，而且一件合身的柔软单衣穿得齐整。唯有腰带有些不相称，显得昂贵了点。这样可怜巴巴的，反而使人怜惜。

女佣趁他俩谈山里的事时起身离开。可这女子就连从这村子里都能看见的几座山的名字也说不齐。于是岛村也提不起酒兴，女子却意外坦率地谈起自己的出身。她原本就生长在这雪国，后来在东京的酒馆当女侍，被人赎身出来后，本打算日后做个日本舞的师傅安身立命维持生计，可刚过一年半恩主就与世长辞了。也许从那人死后到今天，才算是她真的身世吧。这些她原本是不想马上坦白的。她说自己十九岁，可这十九岁的人看起来倒像二十一二岁了。岛村这才得到一点宽慰，开始谈起歌舞伎之类的事儿了，她竟比起他对演员的风格和逸事了解得还要详尽。说不定她就是想有这样一个话伴，所以越说越起劲了，不小心就表露出来风尘女子的不拘形迹来。她似乎很能懂得男人。尽管如此，岛村一开头还是当她是本分人家的女儿。再说了，在山里他快一个星期没跟人闲谈，自然是满心热情，自然就对她有了一种眷恋。并且他从山里带来的感伤也浸染了女子。

第二日的下午，女子把浴具放过道里，跑到他的房里玩。

她正要坐下时，岛村却突然请她帮忙找个艺伎来。

“你是要我帮忙？”

“这也要问吗？”

“真讨厌！我做梦也不会想到你会求我干这种事！”

她显然是愠怒了，站在窗前看着国界那边的群山，脸颊绯红。

“这里可没那种人。”

“撒谎呢。”

“真的嘛。”说着她突然转身坐在窗台上，“这儿可不兴逞强让人做事呀。一切得听艺伎的。我们这旅馆可一概不管。这可是实话呢，你不信就找人直接问问。”

“你替我找找看吧。”

“我为什么非要帮你做这种事呢？”

“因为我把你当朋友嘛。既然决定了以朋友相待，那就自然不能打你主意了。”

“这就叫作朋友吗？”她不自觉里说出这么句孩子气十足的话来。接着又冒一句，“你真了不起，居然托我办这种事。”

“这有关系吗？在山上身体是好起来了，可脑子还是迷糊着，就是跟你这样说话吧，心里也还是不那么痛快。”

女子垂下眼默不作声。这么一来，岛村干脆露出男人的本色，嬉皮笑脸一副恬不知耻的模样。对此她似乎是见多了，因此也就自然明白了人情世故，养成柔顺、练达的习性。由于睫眉深黛，她那低垂的双目，承托了乌黑的睫毛，显得格外地娇艳。岛村端详着，姑娘的脸向左右摇了摇，泛起淡淡红晕。

“就叫个你中意的？”

“不是在问你吗？我初来乍到的，哪里知道谁漂亮。”

“你是说要漂亮？”

“年轻就行了。女子年轻嘛，各方面都会少很多麻烦。顶要紧的是不能唠唠叨叨，那样太让人讨厌了。最好是老老实实，干净清爽点就行。想聊天了我就找你。”

“我再也不会来了。”

“胡说！”

“真的，不来了。为什么还要来呢？”

“我想跟你做个清清白白的朋友，所以才不向你求欢。”

“你这种人真少见啊。”

“要是发生那种事，明天也许就不想再见到你了，哪里还有跟你聊天的兴致。我打山上下来到这村子，只是想跟人亲近亲近。我不向你求欢，我可是个无涯的游子呢。”

“嗯，这倒是真的。”

“本来嘛。要是我找的是你讨厌的人，下次见了你会心里不痛快。但你给我挑选总会好些。”

“那谁知道呀！”她抢白说，就掉转脸去，接着又说，“这倒也是。”

“要是那样了才扫兴。我俩不会长久了对吧。”

“是啊。是那么回事。我出生在港市，可这里是温泉村呢。”这样说时，女子的口吻出奇地坦率，“客人大多是游客，虽然我还是个孩子，听过形形色色的人说，那些人心里十分喜欢你而当面又不说，总使你依依不舍，流连忘返。即使分别之后，也还是那个样。对方有时想起你，给你写信的，大体都是属于这类人。”

女子从窗台上站起来，又轻柔地坐在窗前的榻榻米上。她那副样子，好像是在回顾遥远的往昔，才忽然坐到岛村身边的。

女子的声音充满了真挚，反倒让岛村觉得这样轻易地欺骗了她，心里有点内疚。

但他并非想要说谎。不管怎样，这女子总是个良家女子。即使他想女人，也不至于有求于她。这种事，他满可以毫不作孽地轻易了结。可能是她过于洁净了。初见之下，他就把这种事跟她区分开来了。

而且，当时他还没决定夏天了到哪儿去避暑，这才想起是否要把家属带到这温泉村来。幸好她是个本分人家的女子，如果能来，还可以给夫人做个不错的导游，说不定还可以向她学点舞蹈，借以消愁解闷。他确实这样认真考虑过。尽管对女子存在一种友情，他还是渡过了这友情的浅滩。

当然，这里说不定也有一面岛村能用来观看黄昏景色的镜子。以岛村现在的心情来看，他不仅不想跟所谓不清白的女人鬼混，恐怕也是对人有了一种不切实际的念想，就如同还是在端详那位夜色阑珊的车窗玻璃上女子的脸一样。

他对西洋舞的兴趣也是如此。岛村是在东京闹市区长大的，从小就接触了歌舞伎，到了学生时代，爱好上了传统舞蹈和舞剧。他的天性是只要喜欢上了，就非要彻底学会不可。为此他就开始广泛涉猎有关古代典籍，四下走访各流派宗师，也逐渐结识了一批日本舞的后起之秀，竟然也就开始研究起来，还写了研究和评论文章。渐渐岛村意识到了传统日本歌舞的抱残守缺，以及有一点新的改进就扬扬得意，这让他很是不满。于是产生了一种想法：只有投身实际运动中，别无他途。可当某些日本舞坛年轻的新秀企图影响他时，他的兴趣却突然转向了西洋歌舞，之后日本歌舞再也不看一眼。于是他开始努力收集有关西洋歌舞的书籍和图片，从外国想方设法弄到海报和节目单之类。这绝不仅仅是由于对异国情调和未知世界的好奇，恰恰相反，正是因为他无缘亲眼见到西方人的歌舞，他才从中得到了乐趣。岛村一开始就对日本人表演的西洋歌舞不屑一顾。说起来，没有比靠西方印刷品来写西方舞蹈更轻松的事了。看都没看过，就妄加评论，想不鬼话连篇都难。看来再没有比这个更“纸上谈兵”的了，简直就好比是在异想天开。岛村所谓的研究其实是胡思乱想，他才不是在理解舞蹈艺术家们用灵活的肉体表达的舞蹈艺术的语言，他其实是在欣赏自己空想的幻影，这种空想从那些西方文字和图片中产生，就好比是在单相思某位不曾见过的女性一样。因为他不时写些介绍西方舞蹈的文章，也为自己谋得了一个文人墨客的雅号。他有时也难免以此自嘲，但对没有职业的他来说也算是种慰藉。

关于日本舞蹈的这番话，起到了让对方这位女子亲近自己的效果。也算是他的这些知识在时隔多年后，终于在现实中派上了用场。但也有可能是岛村在下意识里把她当作自己所迷恋的西洋歌舞。

因此，他觉得这番在羁旅中带着些许哀愁的谈话触动了她内心的某些隐痛。于是就觉得自己欺骗了她，不免有些懊悔起来。他于是赶忙说道：

“这要是确定了的话，下次我就把家眷带来了，那样的话，就能无所顾忌啊。”

“嗯。我都明白了。”女子压低声音回答。然后面带微笑用带几分艺伎的放肆调侃起他来，“我也喜欢那样，平淡些反倒能久点呢。”

“所以你就帮我叫一个来嘛。”

“现在？”

“嗯。”

“真让人吃惊啊！这样大白天，怎么好意思开口？”

“我可不愿要人家挑剩下的。”

“瞧你这话说的！你想错了，你以为这个温泉村是你淘金的地方？瞧村里的情况你还不明白吗？”

女子用一本正经的口吻反复强调这里没有那种女人。对此岛村表示怀疑。女子越发认真起来，但她也退让了，说无论怎样都得由艺伎自己来决定。她说通常预先没向主家打招呼就外宿，那就成了艺伎自己的事，有后果主家可不会管。如果事先向主家关照过，那就是主家的责任，得承担所有后果。

“责任指什么？”

“比如有了孩子，或染上了什么病之类的。”

想到自己竟能问出这等蠢问题，岛村不禁苦笑了。但他又想：或者在这山村里还真有过这样的事。

他终日里一个人无所事事，也就自然想要寻求到一种融入所在之地的方式，所以他对所经过的每个地方的风土人情，都保持了敏感。从那山上下来后，岛村立刻就由这乡村古朴的风情中领略到一种宁静的闲适。问过旅馆后，果然是雪国最安逸的村庄啊。据说几年前铁路还没通时，这里主要是农家温泉疗养地。有艺伎的家都挂着印有“饭馆”或“红豆[①]汤馆”字号的褪色了的陈旧门帘。人们只消看一眼被煤烟熏黑的旧式拉门，自然会怀疑这样的地方怎么会有客人上门。杂货铺或糖果店也大都只雇用一个人，这些店主除了经营店铺，似乎还兼着庄稼活。大约因为她是师傅家的女子，所以没有执照偶尔到宴会上帮帮忙，也不会有哪位艺伎说三道四。

“那么，究竟有几个人呀？”

“你是说艺伎？十二三个吧。”

“哪一个好点？”岛村说着站起来去摁铃。

“我要回去。”

“你可不能走。”

“我不喜欢。”女子似乎在努力摆脱屈辱的感受，“我回去了。放心吧，我不介意。还会再来。”

但一看到女佣，她就又若无其事坐回。女佣问她几遍找谁，她也不说一个具体的。

一会儿，一个十七八岁的艺伎走了进来。一见到她，岛村下山时那种渴望看女人的欲念就很快消失。这艺伎两条胳膊黑黑的，太瘦了，整个人看着稚气十足。人倒老实。岛村尽量不露神色，朝着艺伎那边看。其实他

---

① 红豆：古名荅、小菽、赤菽等；别名红小豆、赤豆、赤小豆、五色豆、米豆、饭豆。来源于中国，有两千多年的栽培史。

是在看她背后窗外嫩绿的群山。他觉得索然无味，不想说话。这女子完全就是一个乡野艺伎。看见岛村绷着脸，她默默站起身来走了出去。这样一来场面就显得尴尬。过了有那么个把钟头，他在想有什么法子把艺伎打发走。他想起有张电汇单，于是借口赶钟点上邮局，就跟艺伎一起走出房间。

然而在旅馆门口，岛村抬眼看见苍翠的后山，闻到馥郁的嫩叶气息后，就忍不住冒冒失失地只顾自己一个劲往山上爬去。

有什么好笑的呢？可他居然一个人笑个不停。

他觉得累了，就转身撩起浴衣后襟，一溜烟跑下了山。从他脚边两只黄蝴蝶被惊起，翩翩飞舞着，不一会儿就飞到了国界的山上去了，那粉黄渐渐白了，越飞越远。

“怎么了呀？”女子正站在杉树荫下，“笑得真欢呀。”

“不要呀。”岛村无缘无故又笑起来，“不找了！”

“是吗？”

女子突然转身慢慢走进杉树林。他在后面默默跟着。

那边有座神社。女子在狛犬[①]（石狮子狗）旁一块满是青苔的平坦岩石上坐下。

“这里最凉快了。就算是三伏天也是有凉风吹来的。”

“这儿的艺伎都是那个样子吗？”

“差不多吧。年纪大点的倒也有标致的。”她低头冷淡地说。

岛村抬头去看杉树的梢。

“这下好了呀！体力一下子就消耗完了，真怪啊。”

杉树长得又高又挺拔，想要看到树梢，得把双手背过去撑着岩石仰头看才行。深绿的叶遮住了天空，生出一片寂静来。岛村背靠着的这株最是古老。也不知为何，朝北那边的枝丫一直枯到了顶，光秃秃的树枝像是倒栽在树干上的尖桩，看着好比凶神的兵器。

“是我弄错了。从山上下来时，头一个见到的就是你，就糊里糊涂以为这里的艺伎都漂亮。”岛村笑着说。在山上待了七天养精蓄锐，到此时

① 狛犬：类似于中国的守护狮子，起源于中国唐代。是一对像狮子的生物，它们守卫在神社和寺庙的入口处或神社的内殿，要么保存在内殿内不对公众开放。

有股子旺盛的精力需要发泄，实在是为遇见这样一个洁净娟秀的女子。

女子看着远方夕晖下波光粼粼的河流，她觉着了一些不自在。

“哟，差点忘了，是您的香烟吧。”女子尽量故作轻松地说，“方才折回房间看见您不在了，正想着是怎么回事，就在窗口看到您独自拼命地往山上爬了。那样子真好笑啊。您忘带烟了吧，我给您送来了呀。”

说着她从衣袖兜里掏出香烟给他点上。

“我对那孩子很过意不去呀。”

“那有什么。什么时候打发她走，还不是随客人的方便？”

溪中多石，流水发出清亮的潺潺声，听着很是圆润。从杉树枝叶的缝隙往上看，可以看见对面的山，皲皱的崖壁已阴沉下来。

“除非找个跟您不相上下的，要不日后见了总会有遗憾呀。”

“这哪能知道。真是个爱逞能的人。”尽管女子在冷嘲热讽，但两人间却生出了一种跟他叫艺伎前完全不同的感情。

岛村明白，从一开头自己想找的就是这个女子，可又偏偏和平常一样磨磨叽叽，不免讨厌起自己来。而此时，女子在他眼里越发地美了。从她在杉树后叫住他后，这女子对他而言就变得与众不同了。

她那笔直秀气的鼻子有些单薄，只是下面是抿住了的柔唇，宛若水蛭精巧的环节，光滑而伸缩自如，即便是无言时也有种动感。按理如果嘴唇起了皱，或者色泽不好，原本是会显得不洁净的。可她的双唇却珠圆玉润的。两只眼睛的眼角不过分翘起，但也不垂下，简直像有意描直了的，有些让人觉得好笑；只是两道弯弯黛眉却恰到好处地展现在明眸之上。颧骨有点高的圆脸看上去轮廓一般，但肤色白里透红，恰似白陶瓷上了一层浅红釉。脖颈略显纤细了点。虽算不上美人，却比谁都要洁净呀。

就一个曾陪过酒的女子来看，她的胸脯看着有点鸡胸了。

“瞧，也不知什么时候飞来了这么些蚊蚋。”女子掸了下衣摆，站起身来。

在这样的寂静中这样待下去，两人会感到越来越不自在，最终就会意兴阑珊了。

那夜约莫十点光景，女子先是在走廊上大声喊岛村的名字，接着咕咚一声闯进他房里。她趴到桌上，醉醺醺地用手在桌上乱抓，抓到水壶了就咕嘟咕嘟喝水。

说是今冬在滑雪场上结识了几个男人，他们傍晚翻山越岭来到这里，恰好遇到了，他们就邀她去了旅馆，还叫来艺伎胡闹一通，结果她被他们灌醉了。

她摇头晃脑，语无伦次地说着。

“这样不好，我还是走吧。他们还以为我怎么样了，一准在找我。我待会儿再来。”说着她起身，踉踉跄跄离去了。

大约一个钟头后，长廊上再次响起凌乱的脚步声。听起来像是有人跌跌撞撞在走动。

“岛村先生！岛村先生！”是女子在尖声喊叫，“咦，不见了，岛村先生！”

这样的尖叫简直就是女子发自赤诚之心对自己男人的呼唤。这让岛村感到意外。她的尖叫无疑整个旅馆都能听到。岛村困惑地急忙起身。女子用指头戳破了门纸，抓住木格拉开后顺势就倒在岛村怀里。

“啊，你在呀！”

女子腻着他坐下，靠在他怀里。

“我可没醉。嗯，我哪醉了？难受呀，就是难受。脑子清醒着呢。啊，我要喝水。不该掺威士忌喝。那玩意上脑，头痛呀。那帮人买便宜货，我一点也不知道。”她如此这般说着，用掌心在脸蛋上揉搓。

外面的雨下大了。

他的手松开，女子瘫软下去。他急忙搂住她脖子，脸颊差点压坏她的发髻。他顺势将手探入她怀里。女子不允，两臂交叉门闩似的横在那阻挡他的手。因为醉酒的缘故吧，她有点使不上劲。

“都什么呀！畜生，畜生！我没力气了，什么玩意呀！”说着她一口咬住了自己的胳膊。

他一惊，忙把她扳开，但上面已留下深的牙痕。

只是现在她已任由他的摆布了。说她要把那些她喜欢的人的名字“写给你看”，说要把认识的二三十个戏剧或电影演员的名字一一写出来，可最后却是把“岛村”二字写了无数遍。

岛村感觉手掌心里鼓鼓的，渐渐热起来。

“啊，放心了。这就放心了。”他温存地说，甚至有种母性的感觉。女子忽然又难受了，挣扎着站起，跑到房间一个角落匍匐在那。

“不行，不行。我要回去，要回去！”

“怎么走？下着大雨呢。”

“光脚回去，爬着也要回去！”

“太危险了。你要回去，我来送你。”

旅馆在小山冈上，有一段陡坡要爬。

“把腰带松了吧，要不就躺一会儿，先醒醒酒可以吗？”

“那可不好，这样就行了，我习惯了。”说着她端坐起来，挺着胸脯，可这样更憋得慌。推开窗扇想吐又吐不出。她想扭动身子翻滚几下，可咬牙强忍住了。这样折腾了好一阵。时不时强振作起精神来，嚷着要回去。不知不觉间竟过了深夜两点。

“你睡吧。哎，叫你去睡嘛。”

“那你怎么办？”

“就这样吧，等醒醒酒就走，得趁天亮前赶回去。”女子膝行过去拉住岛村，“不要管我，叫你睡嘛。”

岛村钻进被窝，女子便去趴在桌上喝水。

“起来，哎，叫你起来嘛。”

“你到底要我怎样呢？”

“还是睡你的吧。”

“这是什么话！”

岛村钻出来起身一把将女子拖过去。女子先是把脸转来转去闪躲，接着就猛地把嘴凑了过去。

这之后，她又梦呓般地倾诉起苦衷。

“不行，不行呀！不是说只做个朋友吗？”

这话她不知道重复了多少遍。

岛村被她那真挚的声音打动了。她额头和眉头都皱起来，竭力克制自己，如此意志坚强，让人一下子就兴趣索然，甚至在心里想要不要遵守和女人的约定。

“我如今也没什么可惋惜的。绝没有什么啊。可我不是那种女人，不是那种女人啊！你自己不是说过一定不能长久吗？”

她醉得几乎神志不清了。

“不能怨我。是你不好。你输了。是你懦弱，可不是我。”

她像丢了魂似的，一阵沉默后，突然又想起来似的尖声说：

“你在笑哪。在笑我对吧？”

“我没笑。”

“你在心里笑我。现在就是不笑以后也会。”女子说着伏下身子去啜泣。

但她很快停止抽泣，紧贴着他，温柔得像小鸟儿似的，款款说起自己的身世。她似乎已然忘了醉后的痛苦，只字不提刚才的事。

“哎哟，只顾说话，把时间都给忘了。”这回她脸上飞起一片红潮，微笑了。

她说：“得在天亮前赶回去。”

“天还很暗。附近的人都起得早。”她说着，好几次起身去推开窗扇看看。

“还不见行人呀。今早下雨，谁也没下地。”

阴雨蒙蒙，对面山峦和山麓里的屋顶，在迷雾般的雨中浮现。女子仍依依难舍不肯就离去。就这样直到旅馆的人要起床了，才赶忙拢起了头发。岛村说要送，她生怕会在大门口被人发现，就自己慌慌张张逃跑样地溜走了。而岛村也在当天回了东京。

二

驹子姑娘只好出来做艺伎赚钱为他支付医疗费

“你那时虽那样说了，但毕竟是言不由衷，要不谁会在年终岁末跑到这样冰天雪地里来呢？后来我不是也没笑你嘛。”

女子蓦地抬起头来。她那被岛村掌心挤压过的眼睑和颧骨飞起的红潮，透过浓浓的白粉仍在。这固然令人感到了雪国冬夜的料峭，但她满头乌发却给人带来了一股暖意。

她的脸上泛起了一丝迷人的浅笑。是因为她想起“那时”了吗？仿佛岛村的话感染了她，逐渐把她的身体都染红了。女子懊恼地低下头，和服后的领敞开着，可以看到连脊背也在泛红，让人感觉她那温润的身子都裸露了。许是衬着发色，更使人有那样的感觉。她的额发并不细密，可发丝有男人的头发那样粗，些许绒毛都没有，宛若黑色金属矿般乌亮。

头一次触到这么冰凉的发，岛村不由得暗自吃惊。他觉得或许这不是天气寒冷，而是头发本身的缘故，所以也就忍不住去仔细盯着打量。女子却把手搁在被炉架上屈指数起数来，没完没了。

“在数什么？”

他问。但女子仍是默默屈指数着。

“那天是五月二十三日吧？”

“啊，你是在数日子呀。七八月连着都是大月吧。”

“哦，第一百九十九天。正好一百九十九天。”

“你能记得那么清楚，就是五月二十三日吗？”

“翻开日记看看就知道了。”

“日记，你记日记？”

“嗯。翻看从前的日记也是一种乐趣啊。什么也不加隐瞒，就是如实记下来，读起来连自己都觉得怪难为情哩。”

“什么时候开始的？”

“去东京陪酒前不久。那阵子手头不富裕，买不起日记本，只好花两三分钱买来杂记本，在上面用规尺画细格，许是铅笔削得够尖，画出来的线整齐得不得了。所以呀，每页从上角到下角，密密麻麻写满了小字。等到自己买得起日记本反而不行了，用起来很浪费。就说练字吧，原本总在旧报纸上写，现在就直接在卷纸上写了。”

“没间断过吗？”

“嗯。要说的话，就数十六岁那年和今年所记的最有趣。每次赴宴回来，换上睡衣就记。不是回来得很晚嘛，总是写到一半就睡着了，有些地方现在还看得出来。”

“是吗？”

“不过，不是天天都记，也有没记的时候。在这山沟里，所谓应酬饭局也就是老一套。今年只买到那种每页都带年月日的本子，太失算了点。一下笔就写得很长。”

比记日记让岛村更感到意外的，是她从十五六岁起，就把读过的小说全都做了笔记，据说已经记了有十册之多。

“读后感吗？”

“那我可写不来。就是记些书名、作者和书中人物的名字之类，还有就是这些人物间的关系。”

“记这些有什么用呢？”

“自然没有呀。”

“完全是徒劳嘛。”

“可不是。”女子满不在乎爽朗答道，然后直勾勾看岛村。

岛村不知为什么，很想再大声强调一遍“完全是徒劳嘛”。也就是在此时，一种出自雪的轻吟般的宁静沁入了心脾，那是因为受到了女子的魅惑。他明知这对此女子来说绝非徒劳，却在自己当头棒喝般地说出这“徒劳”时，反而令她的存在变得更加纯粹而朴实。

这女子所言小说之事，听来同日常所说的“文学”关系不大。看这村庄人们间的情谊，也只是交换那些妇女杂志彼此看看而已，除此之外，就全是孤单地各看各的书了。无所谓选择，也不求甚解。只要在旅馆的客厅等处发现了小说或杂志，就借去翻阅。她凭记忆所列举的那些新作家的名字，有不少为岛村所不知道。听那口气，她都像是在谈论遥远的外国文学，语调里带着某种凄凉，仿佛那种无欲无求的乞丐一般。岛村想到，这恐怕同自己凭书上的图片和文字，就幻想出遥远的西洋舞蹈的样子差不多吧。

她像几个月才盼来这样的话伴，赶紧饶有兴味地谈起不曾看过的电影和戏剧。一百九十九天前的她也热衷过这类谈话，难道她已经不记得自己曾有过的那种情不自禁投到岛村怀里的劲头了吗？但此时她还是觉察到了身体热乎了起来，都是自己纵情于所描述的这些想象中的缘故吧。

然而她的这种对都市的憧憬，如今也都已被她隐藏在心里，成为天真的幻梦。她感到自己的这种向往与其说带有城市落魄者的傲岸不羁，还不如说是一种单纯的徒劳。即便她自己没有显露出落寞，在岛村的眼里也一样成了异样的哀愁。如果一味沉溺在这种思绪里，连岛村恐怕也要陷入感伤之中，会以为生存就是一种徒劳。但山中的寒冷让眼前这女子面颊上的红晕浸染了。

不管怎样，岛村总算对她有了全新的评估。然而在她已是艺伎了的今天，反倒难以启齿。

她酩酊大醉时曾懊恼自己的胳臂瘫软无力，就下死劲咬住了胳臂，嚷嚷："都什么呀！畜生，畜生！我没力气了，什么玩意呀！"

她脚跟站不稳，摇晃两下便栽倒在席子上翻滚。

"我如今也没什么可惋惜的。绝没有什么啊。可我不是那种女人，不是那种女人啊！"岛村想起这句就踟蹰不前起来。女子敏感地觉察到后，条件反射般站起身来。正好这时传来了汽笛声，她说"是零点的上行车"，然后猛拉开纸窗，再把玻璃窗推开坐上窗台，身体倚住窗栏。一股寒气袭入。火车渐行渐远，听来像是夜晚的风声。

"喂，不冷吗？傻瓜。"

岛村也起身走了过去，倒是没有风。

简直就是严寒的夜景，都能听到整个冰封雪冻发出的裂隙声。没有月亮。抬头看去，满天星斗多到让人吃惊。它们竞相闪烁着，好像是在以虚幻的速度纷纷坠下。而群星在逼近，将夜空推到很远很远，夜色越发深沉了。国界那里的山峦的层次已然混淆了起来，黑黝黝的没有远近，沉沉垂于星空的边际。一切都这样静谧和谐，都这般清冷。

女子发现岛村走近，就把胸脯伏在窗栏上。这种姿态绝不是怯懦，反倒是在夜色下显得无比坚强。岛村心想：又来了。

尽管山色如黛，但不知为何却映照出一片晶莹的白。这让人觉得群山都是冷冰冰透明的，不由得生出空寂感来。天空和山峦一点都不协调。

岛村扪住女子的喉结，说："天这么冷，会感冒的！"一边使劲把她往后拽。女子抱住窗栏哑着嗓子说道：

"我回去了！"

"你就走吧。"

"让我就这样再待会儿。"

"那么，我洗澡去了。"

"不嘛，你也留在这儿。"

"把窗关上吧。"

"再开一会儿。"

村庄半隐在有守护神的杉林后。乘汽车到火车站去用不了十分钟。在那里，车站的灯火仿佛因严寒而发出喘息声，好像就要毁灭了似的闪烁不定。

女子的脸颊，窗的玻璃，自己的棉袍袖子，手触到的所有东西，都让岛村头一回感受到这般的冷。

连脚下榻榻米也是冰冷的。他正要去洗澡，女子这回温顺地说：

"请等会儿，我也去。"

当女子正要把他脱下的衣裳收拾到篮子里去时，一个投宿的男客走了进来，看到女子把脸偎藏在岛村怀里，就说：

"啊，对不起。"

"没什么，请进。我们要到那边去。"

说完岛村就那么光着膀子，抱起篮子进了一旁的女澡堂。女子当然是装作夫妻样跟了去。岛村默默地也不回头，径直跳进温泉。他心安理得了，一阵大笑涌上来，便把嘴贴在汤口[①]上粗暴地漱口。

回到房间，女子侧卧着，轻轻地抬起脖子，用小拇指把鬓发撩上去，只说了声："可悲啊！"

---

① 汤口：温泉浴池的出水口。"汤"在此指热水。

女人像是半睁着黑黑的眼，凑近一看，原来是睫毛。

这神经质的女子，竟彻夜未眠。

窸窸窣窣的腰带声把岛村惊醒了。

“真抱歉起这么早。天还黑着呢。喂，能帮我看看吗？”女人说着关了灯。

“看得见我的脸吗？能看清吗？”

“看不见，天还没亮嘛。”

“撒谎。不仔细看可不行，怎样？”女子说着把窗子推开，“不行，你看见了。我回去了。”

黎明时的寒冷让岛村有点意外。他从枕上抬起头，看见天空仍是一片夜色，可群山上已露出晨曦。

“那么，好吧。现在农民都闲着，没人这么早出门。可还是会有人上山去吗？”女人喃喃自语着，拖着没系好的腰带走来走去。

“刚才五点钟的那趟下行车好像没有下来客人。旅馆里的人起床还早哪。”

女子把腰带系好了，但还是时而站起时而坐下，然后又开始踱来踱去。这种坐立不安像是夜间动物因害怕黎明而焦灼地来回转悠，妖冶里带着野性的亢奋。

就在这时，房间里也亮了起来，女人红红的脸颊显得格外显眼。岛村被那鲜艳得惊人的红色迷住了，看得出神。

“瞧你这脸蛋，都冻得通红了！”

“不是冷。是我把粉卸掉了。我一进被窝，就会连脚趾都发热。”她对着枕边的梳妆台说。

“天到底亮了。我要回去了。”

岛村朝她看去，突然缩了缩脖子。镜子后闪着白光的是雪。雪光中浮现着的是女人通红的脸颊。这是种没法形容的洁净之美。

也许是旭日东升了，镜中的雪越发耀眼，活像燃烧的火焰。浮现在雪光中的女子的头发，也闪烁着紫色发亮的黑。

大概是为了避免积雪，顺着旅馆的墙临时挖了条小沟，将汤池溢出的热水引到旅馆的墙壁边，在玄关处像浅浅的泉水样扩散开去。一条又黑又壮的秋田犬坐在那里的踏脚石上，不停地舔着热水。看样子是从储藏室里拿出来的供客人用的滑雪板，正摆在那晾晒，一股微微发霉的味道被热气吹得变甜了。连从杉树枝头掉落在公共浴池房顶上的雪，也遇到热气融化变形了。

不久后就是年末，到了正月，那条路就会因暴风雪而不能再看见。那时要是去赴宴，就得穿上雪裤[①]长筒胶靴，裹上斗篷，头上戴着头巾呢。那时的积雪能有一丈深。黎明前，女子在窗口凝视着旅馆外这条下坡道，她就这样对岛村说过。岛村刚要下去，从路边晾得很高的尿布底下，可以看到国界上的群山，积雪熠熠生辉。那里的青葱还没被雪埋掉。

村里的孩子正在田间滑雪。

走进村里的街道，就听到了静静的雨滴滴落般的声音。

檐前的小冰柱闪着可爱的光。

抬头看见屋顶扫雪的男人。

“喂，能顺便帮着把我家也扫扫吗？”洗完澡回来的女人感到有点晃眼，用湿毛巾揩了揩额头。她应该是那种以滑雪季节为目标早早涌入的女招待吧。隔壁是家玻璃彩绘陈旧、屋顶歪斜的咖啡馆。

大多数房子的屋顶都是用细小的木板盖的，上面放着石头。那些圆圆的石子，只有阳光能照到的那面才在雪中露出黝黑的表层。那颜色与其说是潮湿的，还不如说是长期风雪中的黑头。那些低矮的房子也像石头一样，伏卧在大地上一动不动，真是一派北国的风光。

一群孩子将小沟里的冰块抱起来扔在路上嬉戏打闹。大概是因为冰块碎裂飞溅起时发出的闪光很有趣吧。站在阳光底下，觉得那些冰块厚得令人难以置信。岛村看了好一会儿。

一个十三四岁的女孩儿独自倚在石墙上织毛线。她虽穿着雪裤、高齿木屐，却没有穿袜子，冻红了的脚板底有着显眼的皲裂。旁边的柴火捆上有一个三岁左右的小女孩，心不在焉地拿着毛线团。从小女孩这边牵到大女孩那边的一根灰色旧毛线，发出了柔和的光。

从相隔了七八户人家的那边的一个滑雪板厂传来刨木的声音。另一边

---

① 雪裤：冬天套在和服外面的一种裤子。

屋檐下五六个艺伎站着闲聊。他心想那女子可能也在。到了早晨，他才从旅馆女侍那打听到她的艺名叫驹子。她似乎看到了他，摆出一本正经的面孔。她必定会满脸通红，最好是能装作若无其事的样子，岛村还没来得及这么想，驹子就已经连脖子都红了。她本可以转过脸去，结果却窘得低下了眼。而且还随着他的脚步一点点地向那个方向移动着脸。

岛村的脸颊也火辣辣的，急忙走过去，驹子马上追了上来。

“真难为情呀，到那种地方可不行。”

“要说难为情，我才难为情呢！那样一大群人聚集在那，吓得我不敢过去。你们经常这样吗？”

“是啊，过了晌午常是这样。”

“你这样红着脸，吧嗒吧嗒追上来不是更难为情吗？”

“那倒无所谓。”

驹子这样说后脸又红起来，就停下脚步，攀住路旁的柿子树。

“人家是想让你来我家一下才跑过来的啊。”

“你就住在这里？”

“嗯。”

“要是让我看日记，去坐坐也无妨。”

“那是些要烧掉了才能死的东西。”

“不过，你那是有病人的吧？”

“哦？你倒了解得很详细呀！”

“昨晚你不也到车站去接人去了吗？披一件深蓝色斗篷对吧？我也是乘那趟火车来的，就坐在病人旁边。真认真，真亲切啊，侍候病人的那位姑娘是太太吧？是从这里去接，还是由东京来的？简直就像慈母啊，我看了很受感动！”

“昨晚为什么不告诉我？为什么不说一声？”驹子的脸色变了。

“是他的太太吧？”

但驹子没回答，却又问：

“为什么昨晚不说呀？你这人真怪！”

岛村不喜欢女人家这样泼辣。但她这样敏感和激动，对驹子还有岛村都是无来由的。这或许只是驹子性格的真实流露。总之是在她这种逼迫下，他像自己被她抓到了弱点似的。今晨看见映着山上积雪的镜中的驹子时，岛村自然联想起了那位映在火车车窗玻璃上的女子，但他为什么没把这事告诉驹子呢？

"有病人也没关系，不会有人到我房间里来的。"

说着，驹子走进低矮的石墙里去了。

右边是覆盖着白雪的菜地，左边沿着邻居的墙根种了一排柿子树。房前很像个花坛。正中央有个小荷花池，池中的冰块已经被捞到池边，红鲤在池里游动。像柿子树干一样，屋子也有些年头了。积雪斑斑的屋顶木板已经朽烂，檐头也歪七扭八了。

进了土间[①]，冷冰冰的，什么也看不见，岛村就给逼上了梯子。那真的是一座梯子。上面的房间也真的是间阁楼。

"这里本来是放蚕的，吓了一跳吧？"

"醉醺醺回来，爬这种梯子，没摔下来也真难为你了。"

"怎么没摔过！不过那种时候多半钻进下面的被炉里睡着了。"

驹子把手伸进被炉支架上的被子里试了试，然后站起来去取火。

岛村环视一下这间奇特的房子。南面开了一个低矮的窗，细格的纸门是新糊的，光线很足。墙壁也精心地糊了毛边纸，使人恍如钻进了旧纸箱。屋顶上没有顶棚，倾斜着连着窗子，房子很矮，笼罩着一种幽暗冷清的气氛。想起墙壁那边不知是怎样的，也就有了这房子是悬在半空中的感觉，心里难得安稳。墙壁和榻榻米虽旧却非常干净。

他想驹子也像蚕宝宝一样，透明着身体就住在这里吧。

被炉上盖着和雪裤一样的木棉条纹的被褥。衣柜虽旧，却是上等直纹桐木的，是驹子在东京生活留下的残痕。一个和它不相称的简陋的梳妆台。朱漆的针线盒闪闪发亮，显得过于富丽堂皇。墙上一层一层地钉着木板，大概是书架吧，上面垂着纯毛的帘子。

昨晚赴宴的衣裳还挂在墙上，露出了衬衫的红里子。

---

① 土间：日本建筑中构成家屋内部一部分的一种室内设计。通常用三合土、硅藻土、混凝土与瓷砖等材料组成。是室外跟室内的过渡地带，家屋的玄关、学校的入口都可视作是土间。

驹子拿着火铲轻巧地登上了梯子，说："虽然是病人的房间，但他们说火是干净的。"说着俯下刚梳好的头，拨起被炉里的灰，说病人患的是肠结核，是回家乡等死的。

虽说是"家乡"，他却并非在这地方出生。这是他母亲的村庄。母亲在港口城市当了艺伎以后，作为舞蹈师傅留在那里，五十岁还不到就得了中风，借疗养的机会回到这个温泉来了。儿子从小就喜欢机械，好不容易进了钟表店，就把他留在了港口城市。没过多久，他就去东京了，好像上夜校了。也许是积劳成疾吧，今年才二十六岁。

一口气说了这么许多，但陪他回来的那位女子是谁？她为什么住在这人家里？对于这些驹子只字未提。在像是悬在半空中的这间房子里，驹子即便只说了这些，她的声音也好像会在每个角落里回荡。岛村心里有点不安起来。

正要走出房门，一件微微发白的东西就映入他眼帘，回头看原来是个桐木造的三弦琴盒。看起来要比实际的三弦琴盒大而长，简直令人没法相信，驹子会背着这东西去应付饭局。这么想着，烟熏黑了的隔扇门被人拉开了。

"驹姐，从它上面跨过去可以吗？"

这是一个清澈而又美丽得令人悲伤的声音，仿佛不知从哪传来的回音。这声音岛村曾听到过。是那位在雪夜中探出窗外呼喊站长的叶子的。

"行啊。"驹子应了声。叶子穿着雪裤轻盈地跨过三弦琴盒。她手里提着一个玻璃夜壶。

无论是从她昨晚同站长谈话时的亲昵的口气，还是现在她身上穿的雪裤来看，叶子显然是本地的女子。一条华丽的腰带在雪裤上露出了一半，所以雪裤红黄色和黑色相间的宽条纹非常显眼，同样地，那件毛料和服的长袖子也很鲜艳。雪裤的胯部在膝盖上方稍有裂纹，看上去慢慢膨胀起来，而且坚硬的棉布十分服帖，给人一种安稳的感觉。

可叶子只尖利地瞅了岛村一眼，就一声不吭走过土间。

岛村走到外面，叶子的目光依然在他的眼前晃悠。那目光冷得宛如远处的灯光。大概是回忆起了昨晚的印象吧。昨晚，岛村看着叶子映在窗上的脸，那时山野的灯火在她的脸上闪过，灯火跳跃着，朦胧了她的眼眸，那种美无法形容，岛村为之心旌摇曳。想起这些，不禁又浮现出驹子映在镜中的茫茫白雪衬托下绯红的面颊。

这样，岛村加快了脚步。尽管岛村的腿细长嫩白，但喜欢登山的他眺看着山峰走着，心神有些不定，不知不觉加快了脚步。对经常容易迷离恍惚的他来说，不能信那面映着黄昏景致和早晨雪景的镜子是人造的。那是属于自然的东西，而且是来自遥远的世界。

就连刚离开的驹子的房间，也觉得已经是某个遥远的世界了。对这样的自己，岛村感到惊讶。爬上山坡，看到一个正走着的盲女按摩师。岛村像要抓住什么似的：

“按摩师傅，能给我按摩吗？”

“这样呀。现在几点钟了？”按摩女把竹杖夹在腋下，右手从腰带间摸出带盖的怀表，用左指尖摸着表盘。“两点三十五分了。三点半得上车站去一趟，不过迟点也没关系。”

“你能知道表上的钟点啊？”

“是啊，我把玻璃表面取下来了。”

“摸摸就能知道表盘上的字？”

“虽然摸不出，可……”说着，她又把那只女用的大银表摸出来，打开盖子。她用手指压着说，这里是十二点，这里是六点，中间是三点。“然后推算，虽然不能一分钟不差，但也错不了两分钟。”

“是吗，你走这样的坡道不会滑倒吗？”

“要是下雨，女儿来接。晚上给村里人按摩，不会上这里来。旅馆的女侍常打趣说，我家老头子不让我出来，真没法子啊！”

“孩子都大了？”

“是啊。大女儿十三。”她说着走进屋里，默默地按了一阵，然后偏头听远处饭局传来的三弦琴声。

“是那人。”

“凭三弦琴声，你能判断出是哪个艺伎？”

“有的听得出，也有听不出的。先生，您的境遇相当不错呢，身子骨这样绵软。”

“没僵硬吧？”

“脖子有点僵硬。您长得匀称。不喝酒吧？”
“你知道得很清楚嘛。”
“我认识三位客人，体形跟先生一模一样。”
“这是很一般的体形嘛。”
“怎么说呢？不喝酒就没有真的乐趣，喝酒能解愁啊。”
“你丈夫喝吗？”
“喝得厉害，简直没法子。”
“是谁弹的三弦，真拙劣呀。”
“可不是。”
“你也弹吗？”
“是的。从九岁学到二十岁，自从有了丈夫，已经十五年没弹了。”
岛村心想，盲女看着应该比实际年龄年轻吧。“小时候练过？”
“我的手虽尽给人按摩，可耳朵还灵。艺伎的三弦弹成这样，听起来叫人焦急。是啊，或许就像自己当年弹的那样。”
说罢她又侧耳倾听。
“好像井筒屋的阿文。弹得最好的和最差的最容易听出来。”
“也有弹得好的？”
“那个叫驹子的女子，虽然年轻，近来弹得可熟练呢。”
“是吗？”
“唉，虽说弹得好，也是就这个山村来说。先生也认识？”
“不，不认识。不过昨晚她师傅的儿子回来，我们同车。”
“哦？养好病才回来的吧。”
“看样子还不大好。”
“啊？听说那位少爷长期在东京养病，这个夏天，驹子姑娘只好出来做艺伎赚钱为他支付医疗费。不知是怎么回事？”
“你是说那位驹子？”
“是啊。看在订了婚这情分上，能尽点力还是要尽的，只是长此下去……”
“你说是订了婚，当真吗？”
“是的。听说订婚了。虽说我不知道，但都是这样传闻的。”
在温泉旅馆听按摩女讲艺伎的身世，实在是平常事。不过正因为平常，反而有些出乎意料。驹子为了未婚夫出来做艺伎，本也是平凡无奇的事，但岛村心里总觉得不好受，难以相信。那可能是道德上的抵牾的缘故吧。

他本想深究，可按摩女竟不再开口了。

如果说驹子是儿子的未婚妇，那个叶子是儿子的新情人，可儿子不久就要死的话，岛村的脑海里无法不又浮现出“徒劳”这两个字。驹子遵守婚约，甚至让他去疗养，这都不是徒劳又是什么呢？

岛村想到，要是见到驹子，非劈头给她句“都是徒劳”不可。可对岛村，反而觉得她的存在更是纯真了。

这种虚伪的麻痹暗示着某种无耻的危险，岛村一动不动地品味着它。在按摩女走后，他仍然那样随便躺着。直到觉得一股凉意悄悄爬上了心头，这才发现窗户仍旧打开着。

三

他那空灵一片的脑子里刹那间被三弦的琴声充满

山谷里的天黑得早，已是寒天昏暮。暮色苍茫中，夕晖映照着覆盖了皑皑白雪的远方群山，群山仿佛是在悄悄地迫近。

转眼间，山的远近高低不同，加深了山峦皱襞不同层次的影子。只有山巅还残留着淡淡的余晖，顶峰的积雪被抹了层晚霞。

村庄河岸、滑雪场、神社等地，到处散落的杉树，显得黑压压的。

当岛村沉浸在空虚的悲哀之中时，驹子像温暖的灯似的走了进来。

据驹子说，迎接滑雪客人的筹备会将在这家旅馆举行，她是应召在会后举行的宴会上陪客的。她把脚伸进被炉，冷不防抚摸几下岛村的脸颊。

“奇怪，今晚你的脸真白呀。”

说着一把抓住他松软的肌肉，仿佛要揉碎似的说：

“你真白痴啊！”

好像有点醉。散席后她一进来就嚷嚷。

“不管了，再也不管了。头痛，头痛！啊，难受呀，难受死了！”说着就瘫倒在梳妆台前，露出副可笑的醉态。

“我想喝水，给我水！”

她两手捂着脸，不顾发髻会坏掉，倒了下去。不一会儿又坐好，用冷霜去掉脂粉，露出红红的脸，驹子自己也开心地笑了。说也奇怪，这次酒醒得快。可能是她感到有点冷，颤抖着肩膀。

然后用很安静的声音说起八月里自己的神经衰弱，闲逛什么的。

“我担心我会发疯。我一直在拼命地想什么，但又不知道自己在想什么。你说这多可怕。一会儿也睡不着，只有出去赴宴时身体才好受点。我做各种的梦。连饭也不能好好吃。在大热天里，把针戳在榻榻米上，戳了拔，拔了又戳，没完没了的。”

“几月出来做艺伎的？”

“六月。不然，说不定我现在到浜松去了。”

“成亲去？”

驹子点点头。她说，浜松那个男人死皮赖脸缠住要同她结婚，可她怎么也不喜欢他，真为难啊。

“既然不喜欢，又为难什么呢？”

“不能那么说啊。”

“结婚还有那样的魅力？”

“真讨厌！不是这样嘛。我这个人不把日常生活安排得妥帖是安不下心来的。”

“唔。”

“你这人太随便了。”

“可你同那个浜松的男人是不是有什么关系？”

“要是有，就用不着为难了。”驹子断然说，“不过他说只要我在这个地方，就不许我跟别人结婚，不然就不择手段地加以破坏。”

“离浜松那么远，你还担心这个？”

驹子沉默了会儿，身体暖和后安详地躺下。突然无意中说了句：“那时我以为怀孕了呢。呵呵，现在想起来真可笑。呵。”她面带微笑，使劲缩了下身子，两手握拳像孩子一样抓着岛村的衣领。

她那合上的浓密睫毛，看起来好像是半睁着的黑眸子。

翌日凌晨岛村醒来时，驹子正把一只胳膊搭在火盆上，在一本旧杂志背后乱涂乱画。

“嘿，我回不去呀。女佣来添过火，多难为情呀。吓得我赶紧起来，太阳已经照在拉门上了。昨晚喝醉了，我好像睡着了。”

“几点了？”

“已经八点了。”

“我们去洗个澡吧？”岛村站了起来。

“不，在走廊上会碰到别人的。”她像变成了一个娴静的淑女。

岛村从浴池回来时，她正勤快地打扫房间。头上巧妙地裹上毛巾。

她神经质地连桌腿、火盆边都擦到了，扒炉灰的动作非常熟练。

岛村把腿伸进被炉，无所事事地抽着烟。烟灰掉落下来，驹子用手绢轻轻揩净，给他端来了烟灰缸。岛村开心地笑了。驹子也笑了。

“你要是成了家，你丈夫肯定会老骂你。”

“有什么好骂的。人家常常取笑我，说我连要洗的衣服也叠整齐了放好，大概是天性吧。”

“据说看衣柜就能知道那个女人的性格。”

在满屋暖融融的阳光里两人吃着早餐。

“好天气。早点回去练功就好了。这样的日子声音不一样。”

驹子抬头看向澄澈的天空。

远山笼罩着一层柔和的乳白，仿佛能看见袅袅白雪。

岛村想起按摩女的话，就说在这里练也行。驹子听后即刻站了起来，往家里打电话，让把换洗的衣服和长歌①的本子一起送来。

没想到白天看到的那户人家也有电话，岛村的脑海里就又浮现出叶子的眼睛。

“那位姑娘会给你拿来？”

“也许吧。”

“听说你同那家少爷订了婚？”

“哎哟，什么时候听到的？”

“昨天。”

“你这人真怪，听到就是听到嘛，昨天为什么不说呢？”

但这回不像昨日白天，驹子只是淡淡地笑笑。

“除非是瞧不起你，不然就很难开口。”

“胡扯！东京人就爱撒谎，讨厌！”

“瞧，我一说，你就把话儿岔开。”

“谁岔开了？那么，你把它当真的？”

“当真的。”

“又撒谎。明明不会当真。”

“我没法理解呀。你说因为订婚去做艺伎，赚疗养费什么的。”

“真讨厌，说得跟新派剧似的。订婚什么的全是胡扯！多半有好多人

---

① 长歌：一种用三弦演奏的日本传统音乐，用于歌舞伎剧场，主要是为舞蹈伴奏和提供歌舞伎背景音乐。

这样认为吧。我何尝不是为谁才去做艺伎，算是尽尽人事嘛。”

“你说话总是这样神秘。”

“明说吧，未尝师傅没想过让少爷同我成婚。可也只是心想而已，嘴里从没有提过。师傅这种心思少爷和我也都能猜到点。可我们两人并没有别的什么。就是这样。”

“是青梅竹马啊！”

“是啊，但我们是分开了的。我被卖到东京时，他独自来为我送行。最早的日记开头记的就是这件事。”

“你们两人要是都在那个港市，说不定现在就在一起生活了吧。”

“我想不至于。”

“是吗？”

“还是不要为别人的事操心吧。因为他是快死的人了。”

“总在外面过夜也不好吧。”

“说这种话多不好啊。我爱怎样就怎样，人都要死了，还能管得着吗？”

岛村无言以对。

可驹子还是对叶子的事只字不提，这是为什么呢？

再说叶子吧，就连在火车上，她也像年轻母亲那样忘我地照料那个男人，把他护送回来，一大早还要送替换衣裳来，心里不知道是怎么想的。

岛村又开始陷入胡思乱想里。

“驹姐，驹姐。”外面传来那位叶子的声音，低沉但清澈。

“嗯。让你受累了。”驹子站起来走到隔壁三榻榻米大的房间去。

“叶子小姐来了。哎哟，全都拿来了，这有多重啊。”

叶子一声不吭地回去了。

驹子用手指弹断第三根线，换上后合了合。在这期间，岛村已听出她弹奏的音色十分清越。打开暖笼上鼓鼓囊囊的包袱看了后，岛村很是意外，那里面除了普通的排练本外，还有杵家弥七[①]的《文化三弦谱》。他拿起来说：

“就靠这些玩意练习？”

---

① 杵家弥七（1890—1942）：日本长歌三弦演奏家。

“可不是，这儿哪有师傅。没法子啊。”

“家里不是有个师傅吗？”

“她中风了。”

“不就是中风嘛，还可以动嘴吧。”

“说话也不清楚了。不过，舞蹈可以用能动的左手给指点，可三弦听来太吵让人心烦。”

“这样你就能明白了？”

“我很清楚呢。”

“一般外行也罢，艺伎在遥远的山里进行着有声有色的练习，乐谱店的师傅一定很高兴吧。”

“陪酒主要是舞蹈，后来在东京学习的也是舞蹈。三弦琴只模模糊糊记得点儿，忘了也没人指点，就靠乐谱呀。”

“歌谣呢？”

“歌谣可不行，练舞时听熟的算是勉强凑合。可新歌大多是从收音机学来的，也不知行不行。自个偷学的掺了自己的东西，一定很可笑吧。再说，在熟人面前也开不了口呀。至于不熟的还能放开唱唱。”她说着，不免有点娇羞，然后就端正姿势了，直勾勾盯住岛村，像是在等着他点歌。

岛村被吓一跳。

他在东京平民区长大，自幼受到歌舞伎和日本舞的熏陶，记住了一些长歌的歌词，自然就会听了。他自己没特意学过。提起长歌，便立即联想到舞台上的出演，自然无法想象艺伎在筵席上演唱的情形。

“真讨厌，你这个客人叫人不自在。”驹子轻咬着下嘴唇，把三弦放在膝上，从容不迫地打开练习谱，一下子判若两人了。

“这个是秋天看着谱子练习的。”

弹的是《劝进帐》①。

突然间，一阵凉意让岛村的脸颊起了鸡皮疙瘩，并透彻到了丹田。他那空灵一片的脑子里刹那间被三弦的琴声充满。与其说吓一跳，还不如说是被猛地揍了一下。这时的他被虔诚所打动，被悔恨之思所荡涤。他自己

---

①《劝进帐》：日本歌舞伎传统剧目，三世并木五瓶作词，四世杵屋六三郎作曲。

完全无能为力了，只得舍身随波逐流，心甘情愿被驹子的力量随心所欲地冲走。

一个十九二十岁的乡村艺伎，三弦的造诣本该是尔耳，平时只是在宴席上弹弹。可现在一听，弹得简直跟在舞台上的一样！岛村心想，这大概只是自己因山居而生的一种感伤罢了。这时，驹子故意照本宣科弹奏，嘴里念念歌词，时而说这儿太慢，那儿太麻烦了，就跳了过去。可渐渐地，她像是被灌注了魔力，声音越来越高亢。这弹拨的弦音究竟要激越飘荡到什么地方去呢？岛村给吓住了，给自己壮胆似的曲着双臂把头枕在上面躺了。

直到《劝进帐》曲终，岛村才松了一口气，心里暗自思量，这女子在迷恋我吧。也真够可怜的。

“这样的天气里，连音色都跟平日里不一样啊！”驹子抬头看着雪晴的天气，说了这么一句话。的确空气不一样。没有剧场的墙壁，没有听众，也没有城市的尘埃，声音只是在纯净的冬日清晨清澈地直响到远处的雪山。

她虽并不自觉，但一直都以山峡的大自然为对手孤独地练习，久而久之，弹拨得有力也就自然而然。这种孤寂驱散了哀愁，寄寓了某种野性的意气风发。虽说多少有些基础，但从用音谱自习复杂的曲子，到离开乐谱弹奏出来，一定是经过了意志坚强的努力。

在岛村看来，驹子这种生活可以说实在是一种空虚的徒劳，但也是一种对未来的憧憬，是一种悲哀。不过这种生活也许对她本身是有价值的，所以才能弹出如此凛然的琴音。对岛村来说，靠耳朵是分辨不出你的手是否灵巧、纤细的；但对于驹子来说，能理解声音中蕴含的情感的岛村，应该是一个很好的听众吧。

开始弹奏第三曲《都鸟》。多半是由于这曲子的优美柔和，岛村脸上的鸡皮疙瘩消失了，他的心变得温情而平和，呆呆凝视着驹子。这么一来，他深切感到了一种与之肌肤相亲的况味。

玲珑而悬直的鼻梁，虽有点单薄，但双颊鲜嫩绯红，仿佛在窃窃私语：我在这里呢。那两片美丽而润泽的红唇微合时，会有润泽的珠光忽闪。纵然随着歌唱而张开了，却随即又合上，楚楚可怜，就同她的身体所具有的魅力一样。弯眉下眼梢高低开合，简直像有意描直了似的眼睛，水灵晶亮，带着几分稚气。不施白粉的肌肤，经历过都市艺伎生活的陶冶，而今天又渗入了这山野的钟灵之秀，娇嫩得好像新剥开的百合或洋葱的球根，连脖颈也白里透红，格外洁净无瑕。

此时她端端正正地坐着，却比以往任何时候都更有女人味。

最后，驹子再弹一曲正练习的，于是就看着乐谱弹了一曲《新曲浦岛》①。弹完后，驹子默默把拨子夹在线下，身子随即就放松下去。

突然间她变得百媚千娇充满了魅惑。

岛村不知该说什么。驹子更没在意岛村的批评，乐呵呵一副天真快活的样子。

“这里别的艺伎弹三弦，光听声音能分辨出是谁弹的吗？”

“当然能，还不到二十人嘛。弹《都都逸》②就更好分辨了，因为它最能表现出每个人的风格来。”

说着她又拾起三弦，挪动一下弯着的右腿，把琴身放在小腿肚上，腰向左转，身体向右倾斜，看着三弦琴把，说：

“小时候就是这样练习的。”眼睛斜着看琴柄。

“黑——发——的……”她一边稚气地唱，一边“嘣嘣”地弹奏起来。

“你最初启蒙的就是《黑发》③吗？”

“嗯。”驹子像小时候那样摇摇头。

从那以后，即使留下来过夜，驹子也不再勉强要在天亮前回去。

“驹子姐。”旅馆家的小女孩在走廊远处翘着屁股喊着，驹子就把她抱进被炉里，陪着她一心一意玩，在临近中午的时候，她就和这个三岁的孩子一起去澡堂。

洗完澡她给小女孩梳头。

“这孩子一看见艺伎，就提高尾音喊驹子姐。无论是看照片还是图片，凡梳日本发髻的她就认为是‘驹子姐’。我喜欢孩子，因此她跟我熟，我说：‘小君，到驹子姐家里去玩好吗？’”

驹子说罢，站起身子，走到走廊，又悠闲地坐在藤椅上。

---

① 《新曲浦岛》：曲名，以浦岛的传说为题材的长歌。

② 《都都逸》：又名《都都一》，流行的爱情民歌。

③ 《黑发》：长歌曲子之一。

“东京人都是急性子，瞧，开始滑雪了。”

这个房间坐落在高处的一角，可以看见山脚下的滑雪场。

岛村也从被炉里回过头来看，看见斜坡上的积雪斑斑点点的，五六个身穿黑色滑雪服的人，一直在山麓那头的田地里滑。那一段一段的田埂，还没有被雪遮住，也没有多大的斜坡，所以一点也不松软。

“是学生吧。今天是星期天？这样滑法有什么意思呢？”

“可他们滑的姿势多优美啊！”驹子自言自语道，“据说艺伎要是在滑雪场上向客人打招呼，客人就会吃惊地说：‘哦，是你呀！’因为滑雪把皮肤晒黑了，都认不出来了。而晚上又总是化妆了的。”

“也穿滑雪服吗？”

“穿雪裤。啊，真讨厌，讨厌！在宴席上才见了他们就说：那么，明年在滑雪场上见吧。今年不滑算了，再见。喂，小君，走吧！今晚要下雪呢。下雪前的头晚最冷。”

驹子起身走了，岛村就去坐在她坐过的藤椅上，看着牵着小君手的驹子从滑雪场尽头的坡道走回家去。

云雾缭绕，背阴的山和还受阳光照射的山层层叠叠，阴沉的阳光时时刻刻在变化，岛村眺看着微冷的景色不久，滑雪场也渐渐阴沉下来。目光落在窗下，枯萎了的菊花篱笆上挂着霜柱。可屋顶融雪却正从落水管往下滴落，声音不绝于耳。

这晚没下雪，落了阵冰雹后下起雨来。回去的前一晚，明月格外皎洁，天气冷飕飕的。那晚岛村再次把驹子唤来，虽已快十一点，驹子却说要去散步，怎么劝也不听。她带着几分粗暴，将他从被炉里拖出，硬要他陪自己一起去。

道路结冰了。村子在寒气中沉睡。驹子撩起下摆夹在腰带里。月亮就像蓝色的冰中的刀刃样露了出来。

“咱们一直走到车站吧。”

“疯了，来回有一里[①]地呀。”

“你要回东京了嘛，我要去看看车站。”

---

① 里：这里指的是日里。1 日里 =36 町 =3927.2 米。下文中的“里”，也指日里。

岛村从肩头一直到大腿都冻僵了。

回到房间，驹子变得无精打采，把两条胳膊深深伸进被炉，跟往常不同，连澡也不洗了。

盖在被炉上的被子原封不动。也就是说，将另一床被子搭在它的上面。褥子一直铺到被炉边。只铺了一个睡铺。驹子在被炉边烤火，垂着头一声不响。

“怎么了？”

“我要回去。”

“胡说。”

“不要管我，你睡吧。我就这样待会儿。”

“干吗要回去呢？”

“不回了，就在这等天亮吧。”

“真无趣。不要刁难我。”

“谁刁难了？我才没呢。”

“那么……”

“唉，身子怪难受呢。”

“原来那种事呀。没关系嘛。”岛村笑了，“我可不会把你怎样。”

“讨厌！”

“你也真傻，还这样乱跑。”

“我要走。”

“何必走呀。”

“我心里很难过。你别回东京了。真难受。”驹子把脸轻轻伏在被炉上。

所谓“难过”，是担心跟旅人过深陷入情感关系？或许是在这种时候苦苦忍耐的无奈。岛村想：女人的心竟到了这般地步了吗？

“你回去吧。”

“其实我准备明儿回。”

“哎呀，为什么要回去呀？”驹子像醒了似的抬起头来。

“就是一直待下去，我也帮不上你什么呀。”

她盯着岛村，忽然用激烈的语气说：“那可不行。你不能这样。”她焦急地站起来，猛地搂住岛村的脖子，慌慌张张地说，“你不该说这种话。

起来，起来吧。我叫你起来嘛。”说着自己倒在地上，疯狂得连身子不舒服的事都忘了，狂热得不能自已了。

片刻后她睁开温柔而湿润的眼：

“真的，明天回去吧。”她平静地说着，绾起头发。

岛村决定第二天下午三点动身。正在换装时，旅馆掌柜悄悄把驹子叫到走廊上。岛村听到驹子回答说：“是啊，就照十一点钟结算吧。”大概掌柜认为算十六七个钟点未免太长了。

一看账单，才晓得一切均按时间计算：早晨五点以前走的，算到五点；第二天十二点以前走的，就算到十二点。

驹子穿着大衣，围着白色围巾，送到车站。

为了打发时间，驹子给他买了些咸菜和蘑菇罐头之类的土特产，可是还剩二十分钟，于是就在站前的小广场上溜达，看着四周雪山环抱下的景色，心想这是布满雪山的峡谷呀！驹子的黑发在这背阴的寂静山峡中，黑得反而有些凄凉。

远处，河流下游的山腰处不知怎的，有个地方有一束淡淡的阳光。

“我来了后雪不是融化得差不多了吗？”

“可只要一连下两天，马上就会积上六尺厚。要是连着下，那边电线杆的灯也要埋在雪里呢。要是我一边走一边想你什么的，没准会把头碰在电线杆上受伤呢。”

“能积那么厚？”

“听说前面那条街的中学学生们在下大雪的时候，会在一大早就裸着身子从宿舍二楼的窗口跳到雪地里。身体一下子就完全没进雪中。他们像游泳似的在雪中划着走。瞧，那边就停着一辆扫雪车呢。”

“我倒想来赏雪，可正月旅馆很挤吧？火车会被雪崩埋掉吗？”

“你这人多悠闲自在，净是这样打发日子吗？”驹子看着岛村的脸说，“为什么你不留胡子？”

“唔，正想着留呢。”说着用手去抚摸刚剃过的青色胡楂，心想自己嘴角上有道漂亮的皱纹，使柔软的脸颊显得挺拔起来。驹子也许也正是看中了这一点？

“说什么呀，一擦掉白粉就像刚刮过似的。”

"乌鸦叫得真讨厌，这是在哪儿叫呢？真冷啊！"

驹子看了看天空，双手交叉在胸前环抱住自己。

"去候车室烤烤火吧。"

这时，穿着雪裤的叶子打由小街那，穿过通向车站的大路急匆匆地跑了过来。

"啊，阿驹，行男他，驹姐！"叶子喘着粗气，好像小孩子见到可怕的东西后抓住母亲不放一般抓住了驹子的肩，"快回去！情况不对了。快回！"

驹子好像是在忍受肩头的疼痛，她闭上了眼，脸唰地变白。但想不到的是，她断然摇头说：

"我在送客人，不能回去。"

岛村吃了一惊。

"送什么呢，不必了。"

"不行！我不知道你还来不来。"

"来的，会来的。"

叶子什么也没听见似的，焦急地拉住驹子。

"刚才给旅馆挂电话，说你到车站来了，我就赶来。行男在叫你呢。"驹子一动不动地忍着，突然她挣脱开："不！"

这时候，驹子踉踉跄跄地走了两三步。接着，她的样子像是觉得恶心，但嘴里什么也没吐出来，眼圈湿了，脸颊起了鸡皮疙瘩。叶子呆呆看着驹子。但由于神情过于认真，不知道是生气、惊讶还是悲伤，只是都没有表现出来，看上去戴着面具似的，毫无表情。

她回头猛抓住岛村的手，一个劲儿地高声央求道："喂，对不起，请让这个人回去吧。"

"好，我叫她回！"岛村大声说，"快回吧！傻瓜。"

"要你多嘴吗？！"驹子一边对岛村说，一边把叶子从岛村身边推开。岛村正想举手指指站前那辆汽车，可被叶子用力抓过的手指有点麻木。

"我马上让她乘那辆车回，你先走一步好吗？在这里，这样不好，人家都在看呢！"

叶子点了点头："快点，快点！"说着转身就跑，快得令人难以置信。岛村心里掠过一种莫名的疑惑：为什么那姑娘总是那么认真呢？

叶子那动听得令人心酸的声音，仿佛马上就要从雪山上回荡过来似的，在岛村的耳边回荡着。

“上哪去？”驹子拉住要去找汽车司机的岛村，“不，我不回去！”

岛村猛然对驹子有了种生理上的厌恶。

“我不了解你们三人间的事，但那位少爷眼下快死了，所以他想见见你，才让人叫你的嘛。乖乖回去吧。不然会后悔一辈子的。说不定在我们说话时，他就断气了。那怎么办呢？不要固执了，索性让一切都付诸东流吧。”

“不，你误会了。”

“你给卖到东京去的时候，不是只有他一个人给你送行吗？你最早的日记本开头不就是他的事吗？难道有什么理由不去给他送终？去把你记在他那生命的最后一页吧。”

“不，我害怕看着一个人死。”

这听起来既是冷漠的薄情，也是过于炽热的爱情，岛村犹豫了。

“我再也没心思记日记了。我要把它都烧掉。”驹子嘟囔了几句，不知为什么脸也红了，“嘿，你是个诚实的人。如果你是一个诚实的人，我可以把我的日记全部寄给你。你不会嘲笑我的。我觉得你是个正直的人。”

岛村被一种莫名的感动所感动，他觉得是啊，没有比他更坦率的人了。他不再强迫驹子回去了。驹子也沉默了。

旅馆派驻车站的接客茶房走出来通知开始剪票了。

只有四五个穿着阴森冬装的当地人默默地上了车。

“我不进站台了。再见。”驹子站在候车室紧闭的窗外说。窗户的玻璃窗关着。从火车上看去，她就像一枚在一家穷乡僻野的水果店里的被煤烟熏黑的玻璃箱里残留的不可思议的水果。

火车开动了，候车室的玻璃窗开始闪烁着亮光，驹子的脸在亮光中闪现，随即就消失了。那脸颊就跟那天早晨映在镜中雪里的一样红扑扑的。对岛村来说，这又是一种跟现实分离的色彩。

火车从北面爬上国界的山，穿过长长隧道，冬日下午淡淡的阳光仿佛是被地底的黑暗所吞噬，又像是被那陈旧的火车把光明的外壳扔在了隧道里，再度驶入重峦叠嶂的山峦间，驶向暮色苍茫的峡谷。山的这一侧还没下雪。

列车沿着河流行驶不久，来到辽阔的原野，山巅好像是被砍削过的，从那里缓缓伸出一道美丽的斜线，一直延展到远处的山脚，月光洒满了山头。这是旷野唯一的景色。天空浅的夕阳清晰地描绘出那群山的全貌，把整个山容映成深深的蓝色，轮廓分明地浮现出来。月色虽已不再那样清白，却并无冬夜寒意料峭的感觉。天空没有一只飞鸟。山麓毫无遮拦地向左右铺展，正要向河岸靠拢时，遇到了一座耸立的好像是水电站的白色建筑物。这是肃穆寒冬的日暮时分通过车窗所能看到的唯一景象。

车内暖气在车窗蒙了一层水汽，窗外飞逝的原野渐渐暗淡下来，车厢内的乘客们的身影半明半暗映在了窗玻璃上。这就是在夕阳映照的镜面上变幻无穷的景色。和东海道线等不同地方的火车一样，旧得褪了色的老式客车只挂上三四节车厢，电灯也很暗。

岛村仿佛乘上的是某种非现实的东西，丧失了时空的概念，陷入虚无缥缈的状态。这时，单调的车轮声中传来女人的话语。

这絮语断断续续，相当简短，但却是女人竭尽全力活着的征兆。他听起来很难受，所以一直念念不忘。但对现在渐行渐远的岛村来说，这声音已经很遥远了，不过是增添了一丝旅愁。

此时行男是否已经断气了呢？不知为什么，驹子固执地不愿回去，难道正因为如此，驹子才没赶上行男的死期吗？

乘客少得让人恐惧。

一个五十多岁的男人和一个红脸的姑娘相对而坐，两人喋喋不休只顾谈话。女子浑圆的肩上披着条黑色的围巾，面色红润，她探着身子专心听着，乐呵呵地回答。

可当我们到达缫丝厂有烟囱的车站时，老人急忙从行李架上取下柳条箱，从窗口扔到月台上，“那么，有缘再聚吧”。对那女子这样说后，就下车走了。

岛村忽然想哭，连自己都吃了一惊。他坐在那想：是那男人和女子道别回家的情形触动我了吧。

可能他们两人只是偶然同车相遇。男的大概是行商之类。

四

一个男孩从黑色的货车车厢的门上挥舞着他的帽子

离开东京的家时，妻子嘱咐道：“现在正是飞蛾产卵的季节，不要把衣服挂在衣架和墙壁上就那么放着。”来了一看，旅馆房间屋檐上挂着的装饰灯上，吸着六七只蜀黍色的大蛾。在隔壁榻榻米的衣架上，也停着一只虽小却粗壮的飞蛾。

窗户依然张挂着夏天防虫的铁纱窗，上面有一只飞蛾静静地一动不动，好像粘在纱窗上。一对桧树皮色的小羽毛样触角朝两边伸开着。但它的翅膀却是晶莹剔透的浅绿，有女人的手指一般长。由此望去国界群山在夕阳的映照下已染上了秋的色彩，这一点淡绿倒有点死寂的况味。只有前翅和后翅重叠的部分绿意浓重。秋风起时，那翅膀就像薄纸一样翩翩起舞。

岛村想知道它是不是还活着，就站起身来，从铁丝网内侧用手指弹，可是飞蛾没动。用拳头使劲敲打，它就像树叶似的轻轻飘落，半途又翩翩飞舞起来。

仔细看，对面杉树林前飘荡着无数蜻蜓。蒲公英的茸毛好像在飞。

山脚下的河流仿佛是从杉树顶梢流出来的。

岛村不厌其烦地眺看着那些在小高山上盛开着的像白胡枝子似的花朵，它们闪着银光。

从室内温泉出来，一个叫卖的俄国女人坐在大门口。她为什么竟会到这样的穷乡僻壤来呢？岛村走过去看，尽是些常见的日本化妆品和发饰之类的东西。

她似乎有四十出头，脸上满是皱纹和污垢，但粗大的脖子上露出的部分仍是白皙丰满的。

“你打哪儿来的？”岛村问。

“打哪儿来？我，打哪儿来？”俄国女人不知怎样回答，一边收拾货摊一边思忖着。

裙子像块裹在身上的不干净的布，早就没了洋装的样子，大概是待久了吧，她就像个地道的日本人那样背着大包袱径直走了。

但还穿着皮靴。

一同目送俄国女人的掌柜邀请岛村到账房，只见炉边坐着一个身材高大的女人。

女人撩起下摆站了起来。

穿了带家徽的黑色衣服。

岛村觉得很面熟，原来就是在滑雪场的宣传照片上看到过的那个艺伎，老大不小的年纪了。她身穿赴宴服，下套雪裤，同驹子并肩坐在滑雪板上。

客栈老板把一双火筷伸进炉子里，正在烤一个金币形的馒头。

"这东西，来一个怎样？因为是贺礼，请尝一口试试吧。"

"刚才那人已经洗手了？"

"是啊。"

"是位好艺伎啊！"

"年限到了，是来辞行了。原先很是走红。"

岛村吹着热乎乎的馒头咬了一口，硬皮上有一股陈味，有点酸。

窗外，夕阳洒在熟透了的通红的柿子上，光线一直照到地炉上方吊钩悬挂着的竹筒上。

"那么长，是狗尾草吧？"岛村惊奇地看着坡道。一个老太婆背着一捆草走过去，草捆足比她身量高两倍。长长的草穗下坠着。

"是啊。是茅荻。"

"是茅荻？茅荻呀。"

"铁道省举办温泉展览会时盖了个休息室或茶室什么的，屋顶就是用茅荻盖的。据说有个东京人把整座茶室原封不动地买下来了。"

"是茅荻吗？"岛村自言自语地又嘟哝一句，"山上开的是荻花了？我以为是胡枝子花呢。"

岛村刚下火车时，最先映入眼帘的便是这山上的白花。从陡削的山腰到山顶，遍地银光熠熠，那就像是落在山上的秋日。啊，他的感情被感染了。他想，我当时还觉得是白胡枝子呢。

但是，近看茅荻苍劲挺拔，跟仰看远山时的伤感之花迥然不同。

巨大的草捆把背草的女人们的身子全都掩盖了起来，茁壮的草穗擦着坡道两旁的石崖沙沙作响。

回到房间，看见那只身躯粗大的飞蛾，在隔壁那间点着十支光灯泡的昏暗房子里，把卵产在黑漆衣架上，然后飞走了。檐前的飞蛾扑通通地扑打着装饰灯。

秋虫白天都在不停地鸣叫。

驹子来得稍晚了点。

她站在走廊上，面对面凝视着岛村。

“你来干什么？到这种地方来干什么？”

“来看看你。”

“言不由衷呀。东京人最会撒谎，讨厌！”说罢，她坐下来，声音变得柔和低沉，说，“我不想再送你了，心里有种说不出的滋味！”

“哦。那这次我就不辞而别吧。”

“不要，我就是不想去火车站嘛。”

“那人怎样了？”

“当然是死了。”

“趁你送我的时候？”

“不过，这是两回事。没想到送行会那么难受啊。”

“唔。”

“你二月十四日怎么了呀？你撒谎。我等了好久。以后你说什么我都不信了。”

二月十四日有赶鸟祭[①]。这是具有雪国特色的儿童例行活动。从十天前开始，村里的孩子们就穿着草鞋把雪踩得严严实实，然后把雪板切成二尺见方左右，再把雪板摞起来，就成了雪堂。那是三铺见方、一丈多高的雪堂。十四日晚上，他们把家家户户的稻草绳收集来，在雪堂前熊熊地烧着篝火。

因为这村子的新年是二月初一，所以挂在各户门口驱邪的稻草绳还未拿掉。孩子们就这样爬上雪堂的屋顶，摩肩接踵地唱着赶鸟歌。然后拥

① 赶鸟祭：日本每年农历二月十四夜到十五日晨举行祭典，祷告丰收。

进雪堂里，点上明灯，在那儿过夜。直到十五日黎明时分，又一次爬上雪堂的屋顶唱起赶鸟歌。那时正是积雪最厚的时分，岛村同驹子约好来看赶鸟祭。

“我二月回了老家，歇了几天。想你一定会来，所以十四日赶了回来。早知你没来，我多服侍几天病人再来多好。”

“谁病了？”

“师傅到港市去，患了肺炎。正好我在老家，拍了电报，我就去护理了。”

“好了吗？”

“没好。”

“那可不好。”岛村像是在为自己的失约，又像是在哀悼师傅的去世而表示悔恨。

“没关系。”驹子突然温柔地摇摇头，一边用手帕掸桌子，一边说，“好厉害的虫子。”

从茶几到席子，落了一地细小的羽虫[1]。几只小飞蛾围着电灯飞来飞去。

清澄的月光下，纱窗外星星点点地落了无数飞蛾。

“胃痛，胃好痛啊！”驹子说着两手往腰带中间一插，伏在岛村的膝盖上。

她那敞开的后衣领露出白粉浓重的粉颈，也立刻聚集了一群比蚊子还小的虫子。有的眼看着就死了，在那里动也不动了。

她脖根比去年胖了些，更为丰腴。

岛村心想她有二十一岁了。

膝盖涌上一股温热。

“账房有人嬉笑着告诉我说：‘驹姑娘，到山茶花厅去看看吧。’真讨厌啊！刚送阿姐上了火车，本想回来舒舒服服地睡一觉，可她们说是旅馆来过电话。我已经很困乏了，真不想来呀。昨晚为阿姐饯行，喝多了。在账房那儿她们一个劲笑，也不吭声。原来是你。有一年了吧，你是一年才来

---

① 羽虫：靠翅膀飞行的小型昆虫。多为集体飞行的小型双翅目昆虫，如大量聚集在灯光下的白蚁等。

一次的人吗？”

“那馒头我也吃过哩。”

“是吗？”驹子挺起胸膛。压在岛村膝盖上的地方泛着红晕，一下子显得那样稚气。

说是送那个老艺伎，送到下一站的镇上了。

“真无聊。从前无论办什么事都齐心，如今人越来越自私，各干各的。这儿变化很大。脾气不合的人越来越多。菊勇姐一走，我就更孤独了。她一直都是拿主意的人。因为叫座，她没少过六百枝香①。她在我们家最受器重。”

听说那菊勇满了年岁，要回出生的城市去。岛村问道：“是结婚呢，还是继续经营夜店呢？”

“阿姐这人可怜，以前的婚事吹了才来这儿。”驹子打住，她迟疑了一下，然后看着月光下的梯田，“那边的坡路上，不是有一座刚建起来的房子吗？”

“你是指那间叫菊村的小饭铺？”

“是啊。本该进那家店的，因为姐姐的好心肠给吹了。闹得满城风雨。人家好不容易特地为她盖了房子，临要住进去了她却把人家甩了。因为有了喜欢的人，打算和那个人结婚，但是被骗了。一个人变疯狂了就会是这样吧。据说对方跑了，如今她又不能破镜重圆，再去要那间店铺，也没法继续再待在这儿，所以只好到别的地方另起炉灶了。想来也实在可怜啊。我虽知道得不多，但有过各种各样的人啊。”

“男人？跟她好过的有五个吗？”

“也许吧。”驹子抿嘴笑了笑，突然扭过头去，“阿姐也够懦弱的。太懦弱了。”

“那也由不得人呀。”

“可不是嘛。招人喜欢嘛，有什么法子。”说完用发簪搔搔头，“今儿给阿姐送行，难过极了。”

“那么，那间新盖的店铺怎么办？”

---

① 香：艺伎陪酒时，以一炷香为单位计算时间和费用。

“由那人的原配来料理呗。”

“由原配来料理？真有意思。”

“因为，开业的准备都做好了。那么做也没别的办法吧。原配妻子带着所有的孩子搬来了。”

“家里怎么办？”

“据说留下一个老太婆。虽说是乡下人，可她丈夫却喜欢这行当。这人真有意思。”

“大概是个浪荡人。年纪恐怕也够大的吧？”

“还年轻呢，才三十二三岁。”

“哦？那么，姨太太比正室年纪还大啰？”

“是同年，都是二十七岁。”

“所谓菊村，大概就是菊勇的菊吧。那人的原配竟然把这店铺接管下来了。”

“因为招牌一打出去也不好再改了。”

岛村把衣领拢了拢。驹子站起来去把窗户关上。

“阿姐对你也很了解，今儿还对我说你来着。”

“我是在账房里碰上的。”

“说了什么了？”

“什么也没说。”

“你知道我的感受吗？”驹子猛地打开刚关上的拉门，把身子扑在窗子上坐下。

岛村半晌才说：“星星的光芒和东京完全不一样，简直是悬在空中。”

“有月亮就不会是那个样子。今年的雪特别大。”

“火车好像经常不通呀。”

“是啊，真叫人害怕。汽车也比往年晚一个月，到五月才通车。滑雪场里有个小卖部吧，雪崩把它冲塌了，楼下的人还不知道，听到奇异的声音时，还以为是耗子在厨房里闹腾。跑去一看也没有耗子，上了二楼才看见满地雪。挡雨板什么的都被雪冲走了。虽说是表层雪崩，可电台却大肆渲染，吓得滑雪客都不来了。我打算今年不再滑雪了。所以去年年底连滑雪板也送人了。尽管如此，还是滑了两三次。我变了吗？”

“师傅死后你做什么呢？”

“人家的事，你就不要打听了呀。我每逢二月就按时到这来等你。”

“既然已回港市，来封信告诉我不就成了吗？”

“才不呢。我才不干这种可怜巴巴的事。那种给你太太看见也无所谓的信，我才不写。那样做多可怜啊！我用不着因为顾忌谁撒谎呀！”

驹子说得很快，连珠炮似的。岛村点点头。

“你别坐在虫堆里，关上电灯就好了。”

清朗的月光下，驹子耳朵的凹凸线条都清晰可辨。月光深深照进屋内，把榻榻米照得冷冷的。

驹子嘴唇柔滑得宛若美极的水蛭的环节。

“哎呀，让我回去。”

“还是老样子。”岛村仰起头，凑近看她那颧骨稍耸的圆脸，觉得有些滑稽。

“大家都说和十七岁来这儿的时候没什么变化。至于生活，还是老样子。”

她的脸蛋依然保留着北国少女那种艳红色。月光下，她那艺伎特有的肌肤上，发出贝壳般的光泽。

“可家里有了变化，你不知道吗？”

“你是说师傅死了？已经不住在那间蚕房里了吧，这回是真正的房子了？”

“真正的房子？是啊。店里还卖粗点心和香烟的。果然只有我一个人。这回是做了真正的佣工，一到晚上我就点上蜡烛看书。”

岛村抱着肩膀一笑。

“人家装了电表，可用电灯太浪费嘛。”

“啊，是吗？”

“那家人待我很好。孩子哭了，老板娘就怕吵醒我，就背到外面去。我有时甚至想：我这是替人做工吗？没什么不满意的，只是床铺歪歪扭扭的让人讨厌。如果你回来晚了，他们会帮你铺被褥。要么是褥子摆得不整齐，或铺得歪歪斜斜。看到那样的事生气，就会显得无情。说来，自己重新铺不就好了。可只怕辜负了人家的一番好意啊。”

“你如果成了家，恐怕得成天操心啰。”

“大家都是这么说。这是天性啊。家里要是有四个小孩，弄得乱七八糟的，那可是不得了。我整天得跟在他们屁股后收拾。虽然明知收拾好了还会给弄乱，但总得去管，否则放心不下。只要环境许可，我还是想生活得干净些。”

“是啊。”

“你了解我的心情吗？”

“当然了解。”

“既然了解，那你说说看。喏，你说说看。”驹子突然带着追问的口气说，“你瞧，说不出来了吧。尽撒谎。你这个人呀，挥霍无度，大大咧咧。你是不会了解我的。”

然后她放低声音。

“我很伤心啊。我太傻了。你明儿就回去吧。”

“像你这样追问，哪能说得清楚呢。”

“你不想告诉我什么。你就是这点不好。”驹子无可奈何地哽咽起来。她闭上眼睛，就像是知道岛村会体谅自己的。于是显出一副通情达理的样子说：

“一年来一次就行，我在这里的时候，请一定一年来一次。”

她说期限是四年。

“回老家的时候，做梦也没想到还会出来做买卖。连滑雪板都送人了。要说成功呀，就只有戒烟了。”

“是吗？以前你抽得很厉害的呀。”

“是啊。在宴席上客人送的，我会轻轻地放进袖子里，一回去就会有好几支呢。”

“四年可是够长的。”

“很快就会过去的。”

“多温暖啊。”岛村把驹子紧紧抱住。

“我天生就是温暖的嘛。”

“这儿早晚已经很冷了吧？”

“我来这里已经五年了。起初觉得待在这种地方不免有点凄凉。通火车之前，真荒凉啊。打你第一次来这儿以后，也有三个年头了。”

岛村心想：在不到三年里，来了三次，每次驹子的境况都有变化。

突然有好几只纺织娘鸣叫了起来。

“讨厌！”驹子说着离开他的膝头，站起身来。

北风来了，纱窗上的飞蛾齐飞。

她那黑黑的眼微微睁开，是因为浓密的睫毛合在一起，岛村明明知道，却还是凑近看了看。

“戒烟以后发胖了。”

腹部的脂肪变肥厚了。

这分开时难以把握的东西，这么一看之后，也就立刻恢复了曾经的那种亲切感。

驹子轻轻地把手按在胸上。

“一边变大了。”

“白痴。这是那人的毛病吧。总是摸一边。”

“瞧你，真讨厌！胡说。讨厌的人！”驹子突然变脸了。

岛村想起来了，原本就是这样的。

“两个平均对待，下次要这么说吧。”

“均匀？叫我告诉他要均匀点吗？”驹子温柔地把脸贴上去。

这房间在二楼，可癞蛤蟆在屋子围墙周围绕来绕去地鸣叫着。好像不是一只，而是两只，三只。叫了好长时间。

从室内浴池上来后，驹子又用安静而安心的声音谈起自己的身世。

她甚至谈了这样一件事情：在这里接受第一次检查的时候，她以为跟雏妓时一样，衣服只要脱上半身就行，被人家取笑了，自己竟为此哭了起来。她如实地回答了岛村的询问。

“那玩意儿来得非常准，每月提前两天。”

“可是那玩意儿来时出去陪酒，不觉得麻烦吗？”

“嗯，你连这个都晓得。”

每天到出名的温泉洗澡可以暖身子，而且为了赴宴往返旧温泉和新温泉之间得走一里地，在山沟里又很少熬夜，所以身体健壮。不过腰身窄，是天生艺伎的那种。横窄纵厚。能把岛村从大老远吸引到这儿来，自然是有其惹人怜爱的地方。

“像我这样的人还能生孩子吗？”驹子一本正经地问。她的意思是说，眼下专跟一人交往，不就同夫妻一样吗？

岛村这才知道驹子有这样一个男人。说是从她十七岁那年开始跟了他五年。岛村很早以前就觉得有点惊讶。后来才明白驹子何以那么无知和毫无警戒。

她说在她还是雏妓时就替她赎身的那个人死后，她刚回到港市，这人就提出愿意照顾她。驹子说，打开始到如今，她就讨厌那个人，同他总是有隔阂。

或许是因为那人死后，一回到港口就有了这事，但驹子说自己打一开始就讨厌这人，永远无法融洽。

“能维持五年，总算是不错了。”

“分别的机会有过两次：一次是在这里当艺伎，一次是从师傅家换到现在的家。不过，意志太软弱了，真是意志太软弱了。”

她说，那人住在港市。因为把她安顿在那里不太方便，趁师傅来这个村子时就顺便将她带来的。人倒很亲切，可她从来未曾想过把自己许配给他，这事太可悲了。由于年龄相差很大，他只是偶尔来一趟。

“怎样才能断绝关系呢？我常想，干脆做些出轨的事吧。真这样想过啊！”

“出轨可不好。”

“出轨这事我可做不来，是天性做不来啊。我是很爱惜自己的身子的。要是愿意的话，可以把四年期限缩成两年，可那样太勉强，身子要紧呀。要是勉强的话，也许能被点更多的香。期限嘛，因为是算年限，不让主家吃亏就行。每月的本金是多少，利息是多少，税金是多少，再加上自己的伙食费，你就知道了吧。我不会勉强自己干活的。碰上讨厌麻烦的房间，就赶紧回来。要不是熟客点名，太晚了旅馆也不会给我电话。虽然大手大脚起来总是没个底，但随心所欲地挣钱，也就可以了。本金我已还了一半多了。不到一年哪。即便如此，零花钱这个那个的每月也得花三十日元。”

驹子接客人次数最多，有九十几个。一个客人要一根，这对主人来说是个损失，但也是水涨船高。她说，这个温泉浴场没有一个因债台高筑而延长年期的人。

第二天早晨，驹子起得还是很早。

“我梦到和插花师傅在打扫这个房间，就醒了。”

搬到窗边的梳妆台镜里映出了满山的红叶。镜中的秋阳明媚，明亮耀眼。糖果店的女孩子给驹子带来了换洗的衣服。

“驹子姐。”纸拉门后传来了呼喊声，却不是叶子那清澈得让人心酸的声音。

“那位女子怎么样了呀？”

驹子瞥了岛村一眼。

“她经常去上坟。你瞧，滑雪场底下有块荞麦地吧，开着白花的。看到左边的坟了？”

驹子回去之后，岛村到村里去散步。

在白墙屋檐下，一个女孩儿穿着崭新的朱红色毛绒雪裤，打着橡皮球，实在是秋天了呀。

有许多古色古香的建筑物，给人的印象仿佛是封建诸侯出巡的年代修建的。屋檐很深。二楼的纸拉窗只有一尺高，而且是细长条。檐前垂挂着一张茅荻编的帘子。

土坡上有一堵栽着芒草的篱笆。芒草正是盛花期，开满桑染色的小花。细细的叶子一株一株地展开，像喷泉一样美丽。

在路边向阳处铺上草席子打红豆的是叶子。

红豆像小粒的光一样从豆荚中跃出。

也许是因为蒙着毛巾，叶子看不见岛村了吧，张开穿了雪裤的膝头，一边敲着红豆，一边用那清澈得令人心酸的声音唱着歌。

蝶儿、蜻蜓，蟋蟀
在山上啾啾鸣唱
金琵琶、金钟儿，还有纺织娘

有一首歌唱的是：离开杉树后，晚风中的乌鸦很大。从窗口俯视的杉林前，今天也有成群的蜻蜓在飘荡。随着黄昏的临近，它们的飘荡似乎匆匆忙忙地加快了速度。

出发前，岛村在车站的小卖部发现了这一带的登山指南，就买了下来，漫不经心地阅读着，上面写道：从这房间远眺国界的群山，其中的一座山顶上有条穿过美丽池沼的小径。在这附近的沼地上，各种高山植物的花朵争相斗艳。要是夏天，红蜻蜓漫天飘舞，有时会落在人们的帽子上、手上，有时甚至落在眼镜框上，那股自在劲儿同受尽虐待的城市蜻蜓真有天壤之别。

但是眼前的蜻蜓群，看上去像是正被什么东西紧逼到了绝境，又像急于抢在夜色降临之前飞走，免得被杉林的幽暗吞没。

远处的山，在夕阳映照下，可以清楚地看到山峰上有红叶。

“人真脆弱啊。从头到骨头都能摔碎了。据说从高处摔下来，就会粉身碎骨。可熊什么的从再高的岩石上摔下来，一点也不会受伤。”岛村想起了驹子今早说的话。她是指着那座据说在岩石上又有人遇难的山说的。

如果有像熊那样又硬又厚的毛皮，人的感官一定是大不相同的。然而，人类相爱的是薄薄光滑的皮肤。想到这些，岛村看着夕阳下的山峦，伤感地怀念起了人的肌肤。

“蝶儿、蜻蜓，蟋蟀……”不知是哪个艺伎，在提早吃饭的时间里，弹着拙劣的三弦唱起这首歌来。

登山指南上只是简单地写了登山路线、日程、住处、费用等，反而使岛村的幻想更加自由了。岛村第一次认识驹子，也是漫步在残雪中萌生出新绿的山峦上来到这个温泉村的时候。他眺看着这座还留有自己足迹的山，现在正是秋天登山的季节，他的心被山所吸引。

在无所事事的他看来，没有事却费劲地去山里走走，就像是徒劳的范例。但正因为如此，又有一种不切实际的魅力。

尽管远离了驹子，岛村还是时不时惦念着她；可一旦来到她身边，也许是完全放下了心，或是跟她的肉体过分亲近的缘故，总是觉得对人的肌肤的依恋和对山峦的憧憬的感觉如同梦境。这大概是昨晚驹子在这过夜的缘故吧。可一个人坐在安静中，即使不叫，驹子也会来的。岛村只好满心期待。听着徒步旅行的女学生天真活泼的嬉戏打闹声，岛村不知不觉间感到昏昏欲睡，于是便早早入眠了。

不一会儿好像要下阵雨。

第二天早晨醒来，见驹子端坐在桌前读书，身穿家常绸子短和服。

“醒了？”她平静地说，瞧了瞧岛村。

“怎么了呀？”

“睡醒了？”

岛村猜想她是在自己睡着后悄悄来的。他扫视了一眼自己的睡铺，拿起枕边的手表，这才六点半。

“真早啊。”

“可女佣已经来添过火了。”

铁水壶冒着热气，活像一幅晨景。

“起床吧！”

驹子站起来坐到他的枕边。那举止像家庭主妇。

岛村伸伸懒腰，便抓住她放在膝上的手，抚弄着小手指头上弹琴磨出的茧子说：

“困着呢，天刚发亮嘛。”

“一个人睡得好吗？”

“嗯。”

“你果真还是没留胡子。”

“对了，对了。上次分手时你说过让我蓄胡子。”

“反正忘了也没关系。你总是刮得很青很干净。”

“你也是，一卸妆了，也像刚刮过脸一样。”

“脸蛋儿又胖了吧？脸色苍白，没有胡子，睡着的时候很怪，圆圆的岩石样。”

“显得很柔和吗？”

“靠不住啊。”

“真讨厌。你一直盯着我看。”

“嗯！”驹子点了点头，突然又像着了火似的放声大笑起来，不知不觉连握住他的手指的手也更加使劲了。

“我躲在壁橱里了。女佣完全没有发觉。”

“什么时候？什么时候躲进去的？”

“不是刚才吗？女佣来添火的时候嘛。”

想起这事，她笑个不停。突然脸红到耳根，掀起被角边扇着边说：“起来吧，起来吧。”

“太冷了。”岛村抱着被子说，“旅馆的人都起来了吗？”

“不晓得，我从后面上来的。”

“后面？”

“从杉树林那边爬上来的。”

“那边有路吗？”

“没有像样的路，但是近呀。”

岛村惊讶地看着驹子。

“没人知道我来过。厨房里有声音，但大门还关着吧。”

“你又早起。”

“昨晚睡不着。”

“知道下过一场阵雨吗？”

“是吗？怪不得那边的山白竹都湿了，原来是下了阵雨。我回去了，再睡一觉，请休息吧。”

“我该起来了。”岛村仍握住她的手不放，猛地从被窝里爬出来，走到窗边俯视她所说的登上来的地方，只见茂密的灌木丛尽头，有一片肆意繁衍的山白竹林。那是紧挨着杉树林的山坡上，窗户下面的田地里，萝卜、红薯、葱、芋头等，虽是普通的蔬菜，但迎着早晨的阳光，每片叶子的颜色都不一样。

从通向浴室的走廊那，掌柜正在向泉水里的红鲤投掷食物。

“看样子天冷了，不好好吃食。”掌柜对岛村说过后，久久凝看着那些浮在水面的捏碎了的干蚕蛹。

驹子干净地坐着，对从浴池里爬上来的岛村说：

“在这样清静的地方做针线活儿多好啊。”

房间刚刚打扫过，秋天的朝阳深深照在略显陈旧的榻榻米上。

“你也会针线活？”

“真失礼啊。姐妹中我最辛苦了。回想起来，我长大成人时，好像正好是我们家境困难的时候。”好像是在自言自语，又突然提高嗓门，“‘驹子姐，什么时候来的？’那个女佣这样神情怪怪地问我。我总不能三番五次地躲在壁橱里呀，真让人为难。我要回了。实在太忙呀。睡不着，我想洗个头。早上不早点洗的话，等干了就去梳头，赶不上中午的宴会了。这儿也有宴会，昨晚才派人来告诉我。接了别家后，就来不了了。因为是星期六，所以特别忙。不能来玩。”驹子虽然这么说，却没有站起来的意思。

她不洗头了，把岛村引到后院去。刚才大概是从那里偷偷过来的吧，走廊下有驹子湿了的木屐和布袜。

她扒拉开山白竹，似乎上不去，就沿着田地往水声那边走。河岸是一个很深的悬崖，从栗树上传来孩子们的声音。有几颗毛栗落在他们脚底的草丛里。驹子用木屐踩碎外壳把果实剥出来。都是些小栗子。

对岸陡坡的山腰上开满了荻花，摇曳着耀眼的银色。虽说是炫目的颜色，但那也像是在秋天的天空中飞翔的透明的虚幻。

“去那边看看吧，我想看看你未婚夫的坟呢。”

驹子猛地伸直身子，直视着岛村，又猛地把一把栗子扔在他脸上。

“你总愚弄我！”

岛村来不及躲闪，栗子咚咚打在额头上，痛极了。

“有什么因缘，你去看坟啊？”

“为什么这样认真呢？”

“对我那是正经的事。和像你这样过闲适生活的人不一样。”

“谁闲适了呀？”他有气无力地嘟哝着。

“那么，你为什么要说订婚呢？告诉你了没订婚，上次跟你不是讲得很清楚吗，你忘了？”

岛村并没忘记。

“也许有段时间，师傅会想，只要和我儿子在一起就好了。不过是心里想着，嘴里一次也没提过。师傅的心思，她儿子和我都隐约知道。但是，两人并没有什么。我们是分开来的。我被卖到东京的时候，只有他一个人给我送行。”他记得驹子这样说过。

那个男人病危了，而她却在岛村那里。“我想怎么做就怎么做，死去的人怎么能阻止呢？”她还仿佛要委身于他似的说。

更何况驹子正在送岛村去车站的时候，叶子来接她说病人的情况变了。

可是驹子却断然不回去，好像临死前也没见到她。岛村心里更留着那个叫行男的人。

驹子总在回避行男的话题。即使不是订婚，为了给他挣疗养费在这里当艺伎，也一定是“正经的事”。

岛村虽挨了一把栗子，也不生气。驹子顿时觉得有点奇怪，一下子扑过来搂住他。

“嗯。你真是老实人。你好像有什么伤心事？”

“孩子们在树上看着呢。”

“东京人真复杂，实在难捉摸啊。周围太吵了，让人分心。”

“什么都心不在焉了。”

“将来怕是连命也心不在焉了。去看看坟吧。”

“唔。”

“你瞧，你压根儿就不想看什么坟，对吧？”

“只是你自己感到拘束罢了。”

“我一次也没来过，所以很是局促，真的，一次也没有。现在师傅也一起埋葬在这里，我想起来，真对不起师傅。事到如今，更不想上坟了。这种事真叫人扫兴啊。”

“你这个人才真是复杂。”

“为什么？如果是活着的人，不能像想的那样明白，至少对死去的人来说要明白。”

穿过寂静得几乎连滴水都冰冷的杉林，顺着滑雪场下方沿着铁路走过，很快就到了坟地。在田埂稍高的一个角落里，只立着十来座旧石碑和地藏菩萨。光秃秃的显得十分寒碜。

但是，叶子的半身身影突然从地藏后面的低矮树荫下浮现出来。刹那间，她的表情即刻变得像戴着一副假面具似的满脸严肃，锐利的目光看着他们。岛村深深鞠了一躬停了下来。

“叶子，你早啊。我去找梳头师……”驹子说了半句，突然吹来一阵旋风，像要把他们刮跑似的，她和岛村都缩成一团。

一列货车轰隆着擦身而过。

“姐姐！”喊声穿过隆隆巨响传来。一个男孩从黑色的货车车厢的门上挥舞着他的帽子。

“佐一郎，佐一郎！”叶子喊道。

那是在雪中呼唤信号所站长的声音，是一个美丽得令人悲伤的声音，仿佛在呼唤那听不见的远方的船上的人一样。货物列车通过后，就像取下了眼罩，铁路对面的荞麦花显得格外鲜艳。挂满红色的茎上，显得格外幽静。由于意外地遇到了叶子，两人甚至没有注意到火车来了；但仿佛什么都一下子给这货物列车吹走了。

而后，比起车轮的声音，叶子的声音似乎更有余韵，仿佛纯洁的树林之精灵荡起爱的回声。

叶子目送着火车。

“弟弟在车上，真想到车站去看看呀。”

“可火车不会在站上等你呀。”驹子笑着说。

“是啊。”

“我呀，不给行男扫墓了。”

叶子点点头，犹疑了会儿，在坟前蹲下，双手合十膜拜起来。

驹子呆立在那。

岛村把视线移开，看了看地藏菩萨。地藏菩萨有三面长脸，除了放在胸前合十的双手外，左、右还各有两只手。

“我要梳头去了。”驹子对叶子说着，沿地头小道往村子那边走。

从树干到树干，将竹子或木棍用晾衣杆一样的方法层层绑在一起，挂上稻子晾晒，看上去就像竖起了稻子的高高的屏风——岛村他们经过的路旁，也有农民在制作这种屏风。当地俗话把它叫“哈特”。

女子扭动了一下穿雪裤的腰，把一捆稻子扔了起来，一个高高在上的男人灵巧地接过去，用手拨开，然后挂在竹竿上。熟练地做着反复无心的动作。

驹子好像估量贵重物品似的把哈特上的垂穗托在掌心，摇晃几下，说：“这稻子结得真好，摸起来也很舒服。同去年大不相同啊！”

她眯缝着眼像在品味触摸稻子的感受。一群麻雀飞过她的头顶。

“插秧工的工资合同，日薪九角，包伙食。女工打六折。”路边的墙上贴着这样的旧贴。

叶子的屋前也有这种哈特。它建在离街道稍微凹陷的田地深处，院子的左手边，沿着邻家的白墙，林立着一排柿子树，高高的哈特搭在一起。另在田地和庭院的交界处，也就是跟柿子树与哈特的直角，也搭了哈特，稻子下留了一个入口。这活像是用稻草而不是用草席盖起来的草棚子。在这块大田里，枯萎了的大丽花和蔷薇前，青芋在伸展着繁茂的叶子。养着红鲤的荷池在哈特那头看不见的地方。

驹子去年住过的那间蚕房的窗扉也被遮住了。

叶子生气似的低下头，从稻穗的入口钻了回去。

“只她一个人住在这家里？”岛村目送叶子稍向前弓的背影问。

“也不见得吧。”驹子冷淡地说，“啊，讨厌！我不去梳头了。就是你多嘴多舌，打扰了人家扫墓。”

“是你固执己见，不愿在坟头见人家吧。”

“你不了解我的心情啊。过一会儿有空我再去洗头。也许会晚些，还是一定要去的。”

五

好的，那么就请带我一起吧

夜半三点钟了。

一阵猛拉开纸拉门的声音把岛村惊醒，驹子突然横倒在他的身上，胸脯剧烈起伏，喘着气说：

“我说过要来，不就来了嘛。说过要来就来了嘛。”

“看你，喝醉了。”

“喂，我说过来就来了。”

“哦，是来了呀。”

“我看不到来这里的路。我看不见。好苦！”

“你还真能爬上坡来。”

“我不知道。我不知道了。”驹子仰身翻滚一下压上来，岛村被压得难受，想爬起来。可因为是突然被惊醒的，人有些摇晃，就又倒了下去，头枕在热乎乎的东西上，他不禁吃了一惊。

“简直像一团火，浑蛋！”

“是吗？是火枕呀，会烧伤的啊！”

“真的。”岛村闭上眼睛，一股热气沁入心脾，他这才感觉到了自己活着。随着驹子的激烈呼吸，真实世界越来越真实。那是一种令人依恋的悔恨，但他若无其事地在等着什么发生似的。

“我说来就来了。”驹子一个劲重复着这句。

“既然来过了，这就回去。洗头去。”

她爬了起来，咕嘟咕嘟喝水。

“这副样子怎么回去？”

“回去。我有伴呢。洗澡用具哪儿去了？”

岛村站起来开亮了电灯。驹子用双手捂住脸伏在榻榻米上。

"讨厌！"她穿元禄袖[1]的华丽夹衣，披着件黑领的专供夜间穿的、系着伊达卷[2]腰带的和服。因此看不见衬衫的领子，醉得连赤脚的脚板都有了醉意，好像是要躲藏起来似的蜷缩着身子。模样特别可爱。

洗澡的用具被扔了出去，肥皂和梳子散落一地。

"剪吧，我把剪刀带来了。"

"剪什么？"

"这个呀！"驹子把手伸到发髻后面。

"在家就想把头绳剪掉，可手不听话，就顺道绕到这里请你剪。"

岛村拨开女人的头发，把头绳剪断。每剪一处，驹子就把头发摇落，人也渐渐平静下来。

"现在几点了？"

"已经三点了。"

"哎呀，这样？别剪到真发。"

"你绑了好几个呀。"

他感到抓住的假发根热乎乎的。

"已经三点了吗？大概陪酒回来，一倒下就那么睡着了。我同朋友约好了，所以她们才来邀我。她们准在想我去哪儿了。"

"她们等着你吗？"

"我们三人进公共浴池了。有六个房间，但只跑了四个房间。下礼拜是红叶季，又够忙的了。谢谢。"驹子一边梳理散开了的头发，一边仰起脸来，嫣然一笑，"管他呢。呵呵，多可笑啊。"

说罢，她无可奈何地捡起一束假发。

"让朋友久等了，我该走了。回来就不再到你这里来了。"

"看得见路吗？"

"看得见。"

但她踩住了衣服的下摆，摇晃了几下。

想起她每天抽空来两次，都是在早上七点和半夜三点这样不寻常的时

---

① 元禄袖：一种仿元禄年间（1688—1703）流行的窄袖缀金银细丝花纹的和服。

② 伊达卷：和服的一种窄腰带。

间，岛村觉得非同一般了。

旅馆的掌柜们把枫叶像门松一样挂在门口。这是对赏枫客的欢迎。

在那指手画脚的是一个临时雇用的伙计，他自嘲说自己是“候鸟”茶房。有一种男人在枫叶从嫩绿到变红的时间段里，在这一带的山间温泉里工作，然后冬天去热海、长冈等伊豆的温泉场挣钱，这个人就是这样的男人之一。每年不一定在同一旅馆干活。他到处介绍伊豆繁华温泉场的经验，净说些这一带旅馆待客工作的短处。摩拳擦掌不厌其烦地拉客，却露出一副毫无诚意的乞讨面相。

“先生，您知道通草果[①]吧？想吃的话，我给您拿去。”他对散步回来的岛村说。然后把通草果连同蔓藤系在挂满红叶的枫枝上。

红叶好像是从山上砍伐来的，高得都顶住屋檐了，色彩鲜艳，使大门豁然开朗，每片叶子都大得惊人。

岛村握着冰凉的通草果看了看，无意中朝账房方向看去，叶子正坐在炉边。

老板娘正在铜壶里温酒。叶子与之相对而坐，每次被问到什么，她都会使劲点头。她没穿雪裤也没有穿外褂，只穿一件像刚浆洗过的铭仙[②]面料的和服。

“是来帮忙的？”岛村若无其事地问了问掌柜。

“是啊，托您的福，人手不够，多亏她来帮忙。”

“同你一样吧？”

“啊。村里的姑娘就是不一样啊。”

叶子像是在厨房里帮忙，从没来过客厅。客人多了时，厨房里女佣的声音变得嘈杂起来，可听到叶子那好听的声音。负责岛村房间的女佣说，叶子有睡前入浴，在浴池里唱歌的怪癖，岛村从没有听到过。

然而，一想起叶子在这家旅馆里，不知为什么，岛村对跟驹子在一起也感到了拘束。尽管驹子爱他，但他自己却总是会生出一种凄美的徒劳感。

---

① 通草果：别名八月果。果肉乳白色，口感滑嫩，口味香甜，具有跟其他果品不相同的独特香味。种子可榨油食用。果实除鲜食外，还可酿酒、制作果酱和饮料。

② 铭仙：一种日本传统丝绸面料；表面硬朗，带有轻微光泽，刻意强调竹节感。

也正因为如此，驹子的生命力就像裸露的肌肤一样触碰到了他。他可怜驹子，也可怜自己。岛村觉得叶子一边怜惜驹子，一边怜惜自己。觉得叶子似乎有一双慧眼，无心洞察到了这一切。他也被这个女子吸引了。

现在不用岛村要求，驹子也是常来找他的。

一次他去看溪流深处的红叶，打驹子家门前过，那时候，她听见车声，断定是岛村，便跑到外面来，岛村却连头也不回。她说他是个薄情郎，如果有人召她到旅馆，她没有不去岛村的房间的。去浴室的时候也会顺便去。有饭局了，她会提前一个钟头来，和他玩到女佣来叫。她常常从饭局上溜出来，在他那儿对镜修匀脸。

"干活去了，要挣钱嘛。走了呀，赚钱，赚钱去！"说罢她就站起来走掉。

她总是会把带来的琴拨呀、外褂子呀什么的，走的时候落在他的房间里。

"昨晚上回来，水还没开。我把厨房弄得乱七八糟，把早上剩下的酱汤浇在饭上，就着梅干吃了。凉呀，真是凉。今早没人来叫我，醒来发现十点半，本来想七点起床来，结果浪费了。"

这样一些琐事，从哪家旅店去了哪家旅店，房间里的情况，诸般地报告。

"我还会来的。"她一边喝水一边站起身说，"也许不来了。三个人要陪三十人，忙得脱不了身。"然而过了不久她又来了。

"真受不了呀！三十个客人，我们才三个人。她们又是一老一少，我可就够呛了。客人太小气了，一定是什么旅行团体。三十人嘛，至少要有六个人陪才是。我现在去，喝几杯吓唬吓唬他们。"

每天都是这样，会变成什么样呢？驹子虽是恨不能把自己和心灵都隐藏起来，可那种孤独的样子，反而使她越发风情万种起来。

"沿着走廊走起来会出响声，多难为情啊！就是悄悄走，人家也会晓得的。打厨房经过，人家就取笑我：'驹姑娘呀，这是去茶花厅吧？'我可没想过我会有这样一些顾虑。"

"小地方不好办呀。"

"大家都知道了。"

“那可不行。”

“是啊。在这种小地方，只要有点坏名声可就完了。”说着抬头笑了，“不，没关系，我们这种人到哪儿都可以干嘛。”

那坦率的实在感和含蓄的语调，让靠父母的财产白吃的岛村感到非常意外。

“真的，在哪还不是一样混饭吃。不用犯愁。”从她那无所谓的语调中，岛村听出了她的心声。

“那样就行了。能真心实意地去爱一个人的，也只有女人了啊。”说着驹子脸红了，垂下了头。

敞开的衣领好像从背到肩展开了一扇白色的扇子。那抹了厚脂粉的肌肤，看着既像织物又像兽类，丰满得令人生出种无端的哀愁。

“如今这世道嘛。”岛村嘟哝了句。但忽然感觉到自己话语的空洞冷淡。

但驹子只是单纯地说：“什么时候都是这样。”然后抬起头来，模模糊糊地补充道，“你不知道吗？”

她背上露出的那贴身红内衣看不见了。

岛村正在翻译瓦勒里[①]、阿兰[②]以及俄罗斯舞蹈兴盛时期法国文人的舞蹈理论作品，打算自费出版少量的精装本。说起来，他不是认为这些书对今天日本舞蹈界有什么用处，反而只是为了自己得到某种安慰。用自己的工作冷嘲热讽自己，恐怕是一种撒娇的乐趣吧。真不知道他那可怜的梦幻世界会从怎样的地方诞生出来。所以也就毫无必要急着出来旅行了。

他仔细观察一群昆虫被闷死的情形。

随着秋凉，每天都有昆虫在他房间的榻榻米上死去。硬翅的昆虫，一翻过身就再也飞不起来。一只蜜蜂歪歪倒倒爬动着。这是一场静静的死亡，如同季节的变迁，自然地消亡着。走近一看，它的腿和触角都在颤抖着、挣扎着。作为那些小小的昆虫的死亡之地，这八铺的榻榻米看上去足够广大。

---

① 瓦勒里：保尔·瓦勒里（1871—1945），法国象征派诗人、评论家。

② 阿兰：原名埃米尔-奥古斯特·沙尔捷（1868—1951），法国理性主义哲学家、评论家。

岛村一边用手指捡昆虫的尸体，一边想起留在家里的孩子们。

有的飞蛾像枯叶一样散落，有的从墙上掉下来，有的粘在纱窗上，其实是已经死了。岛村把它们拿到手上，心想：为什么看着这样美呢！

防虫的纱窗已经取了下来，虫声寂然下来。

国界上的群山红锈色彩渐深，夕阳映照下有些像冰冷的矿石，闪着迟钝的光，客栈里前来观赏红叶的客人正盛。

“今天可能来不了了。因为有本地人的宴会。”那晚上驹子来到岛村的房间告诉他后又走了。不一会儿，大堂里响起了鼓声，也传来了女人的尖叫声。喧闹中，意外传来一个清越的嗓音。

“对不起，对不起。”叶子喊道，“驹姐让我送这个来。”

叶子站着，像邮差似的伸出手，随即慌忙跪坐下来。岛村正在打开便条，叶子已经不在了。都来不及说什么。

“现在闹得很欢快。喝了酒，只能在上写着醉字。”

可没过十分钟，驹子就拖着碎乱的脚步走了进来。

“刚才那孩子送什么来没有？”

“送了。”

“是吗？”她快活地眯缝起一只眼。

“哎，心情真好。我说去点酒，就偷偷溜出来了。被掌柜发现挨了顿骂。酒真好，挨骂也罢，脚步声也罢，我都不在乎。啊，真讨厌，一到这里就醉了。我得去干活了。”

“颜色真好看，连指尖都是哩。”

“呃，做生意去了。那丫头说了什么了？她可是会吃醋妒忌的呢，你知道吗？”

“谁呢？”

“要杀人的。”

“她也在帮忙呢。”

“她端着酒壶，站在走廊犄角上，直勾勾地眼睛闪闪发光。你就是喜欢那种眼神是吧？”

“她一定是觉得场面下流才这么盯着。”

“所以，我就写给你这个让她送来。我想喝水，给我水。谁下流？女人要是没被人勾引过，是不会知道谁下流的呀。我醉了吗？”

驹子打个趔趄，一把抓住梳妆台的角边，定睛照了照镜子，然后挺直身子，撩了撩衣服的下摆就出去了。

过了一会儿，宴会好像结束了，忽然冷冷清清的，瓷器碰撞的声音听着很远，原以为驹子是被客人带去别的旅馆参加第二次宴会了。正想着，叶子又送来了驹子的便条。

“山风厅作罢了，现在去梅花厅，回家时顺便来看你。晚安。”

岛村不好意思地苦笑道：

“谢谢，你来帮忙的吗？”

“嗯。”叶子在点头的一瞬间，用她那双尖锐而美丽的眼睛睃了岛村一眼。岛村感到狼狈。

这女子他以前也见过几次，每次总给他留下感人的印象。可当她这样若无其事坐在跟前时，他反而感到局促了。她那副过分认真的样子，看起来仿佛总处在异常状态下。

“你好像很忙吧？”

“嗯。可我什么也做不了。”

“我见过你好几次了。最初那次是在回来的那趟火车上，你照顾一个病人，还向站长拜托你弟弟的事，你还记得吗？”

“嗯。”

“听说你睡前要在浴池里唱歌，是吗？”

“哟，多不礼貌，真是的！”这声音优美得令人吃惊。

“我觉得你的事我好像什么都知道似的。”

“是吗，你听驹子姐说的吧？”

“她什么也没说。甚至好像不太想谈你的事。”

“是吗？”叶子悄悄地把脸背转过去，“驹姐是个好人，可是挺可怜的，请好好待她。”

语速很快，声音末尾微微有些颤抖。

“可我并不能为她做什么。”

叶子现在好像连身体都在颤抖。岛村把视线从她那光艳逼人的脸上移开，含笑说：

"也许我早点回东京去比较好。"

"我也要去东京呢。"

"什么时候？"

"什么时候都行。"

"那么，我回去时带你去好吗？"

"好的，那么就请带我一起吧。"

她若无其事，然而语气却是认真的。岛村大吃一惊。

"如果你的家人同意？"

"什么家人，只有一个在铁路工作的弟弟，我自己决定就行。"

"在东京有什么地方可以投靠的吗？"

"没有。"

"你同她商量过了？"

"你是说驹子姐？她真可恨，我不告诉她。"说着，叶子也许是松懈了，抬起头用微微湿润的眼睛看着他，岛村感到了一种奇怪的魅力。不知为什么，他对驹子的爱情反而猛烈地燃烧起来了。他觉得同一个来历不明的女子近似逃亡私回东京，也许是对驹子的一种深深的歉意，也是对自己的一种惩罚。

"你同男人走不害怕吗？"

"为什么要害怕呢？"

"你在东京一定得定个落脚点，定个打算，要不太危险了。"

"一个女人总会有办法的。"叶子盯着岛村，非常优美地提高尾音说，"你能雇我当女佣吗？"

"什么话？你能做女佣吗？"

"我并不喜欢当女佣。"

"前次你在东京干什么呢？"

"我是护士。"

"在医院还是在学校？"

"不，只是打算。"

岛村又想起叶子在火车上护理师傅儿子时的情形，也许在那真挚的感情中表露了叶子的意愿。他不由得笑了。

“那么，这次你想去学护士？”

“我已经不想当护士了。”

“你这样漂泊无着怎么行呢。”

“哎哟，什么漂泊不漂泊的，管他呢。”叶子反驳似的笑了。

这笑声清越得近乎悲戚，一点也不显得呆痴。在岛村空的心弦上陡然叩击后消失了。

“有什么可笑的呢？”

“因为，我只看护过一个人。”

“什么？”

“我再也做不到了。”

“好吧。”岛村又一次冷不防，轻声说，“听说你每天都要去荞麦地上坟？”

“嗯。”

“你打算一辈子再不看护别的病人，也不会再去给别的人扫墓了，是吗？”

“不会。”

“可是，你舍得离开那座坟去东京吗？”

“哎呀，对不起。带我去吧。”

“驹子说你是个可怕的爱吃醋的人。那人不是她的未婚夫吗？”

“你是说行男？骗人，骗人的！”

“你恨驹子，为什么？”

“阿驹？”叶子像呼喊站在面前的人似的，目光闪烁地盯着岛村。

“请你好好待驹姐。”

“我什么也做不了呀！”

叶子的眼角涌出了泪水，她抓起落在榻榻米上的小飞蛾，一边抽抽搭搭地哭着，一边说：“驹姐说我要疯了。”她突然走出了房间。

一股寒意袭上岛村的心头。

他打开窗户想扔掉叶子杀死的飞蛾，只见醉醺醺的驹子正欠起身逼着客人猜拳。天空阴云密布。岛村去了室内浴池。

叶子也带着旅馆的小孩子进了旁边的女浴池。

给她脱衣服，给她洗衣服，真是亲切，就像听到天真的母亲甜美的声音一样令人喜爱。

然后，她又用这嗓音唱起歌来。

……

……

到后院去瞧瞧
那有三棵梨树
三棵杉树
一共六棵树
乌鸦在下面
筑巢
麻雀在上面
做窝
林中的蟋蟀
叫个不住
阿杉来上坟了
是朋友的坟
一处一处又一处

拍球歌那稚嫩而快活的语调，使岛村觉得叶子是出现在梦里。

叶子不停地跟那孩子说话。直到她爬出浴池，她的声音像笛声一样还在那儿回响。黑亮、陈旧的泡桐三弦盒靠在门口的地板上，静静的像是秋天的深夜。岛村也被这种寂静所吸引。岛村正念着那个艺伎的名字，驹子从洗碗的那边走了过来。

“你在看什么呀？”

“这个人住在这里吗？”

“谁？哦，你说这个呀。真傻，这个玩意儿哪能带来带去的呀。有时一放就是好几天。”她刚要笑，就喘起苦闷的气，闭上眼睛，松开衣襟，踉踉跄跄地向岛村扑来。

“喂，送我回去吧！”

“不要回去了吧。”

“不，不，我要走了。本地人的宴会后，大家都跟着去了第二次聚会，只剩下我一个人。要是宴会在这儿举行还可以，不然朋友们回头找我去洗澡，我不在家，那就不好了。”

驹子虽然酩酊大醉，但还是挺着身板走在陡坡上。

“你把那丫头弄哭了。”

“这么说来，确实有点疯了。”

“这样看别人，有意思吗？”

“不是你说她要发疯的吗？她可能是想起你这话，哭起来的吧。”

“那就好。”

“可没有十分钟工夫，她进了浴池就用优美的嗓子唱起歌来。”

“那丫头有在温泉里唱歌的怪癖。”

“她还正经地要我好好待你。”

“真傻。可是，这样的事你何必要对我吹嘘呢？”

“吹嘘？奇怪，我不明白为什么一提那个丫头你就意气用事。”

“你想要那丫头？”

“瞧你，说哪儿去了！”

“我可不是开玩笑。不知道为什么，我看见那丫头就觉得将来可能会成为我的累赘。就是觉得是这样。就说你吧，假定你喜欢她，那就好好观察观察，你也会这样想的。”驹子把手搭在岛村的肩头上，依偎过去，突然摇摇头说：

“不。要是碰上像你这样的人，也许她还不至于发疯呢。你替我背这个包袱吧。”

“别胡说。”

“你以为我撒酒疯儿？每当想到她在你身边会受到你疼爱，我在山沟里继续过放荡日子，这才痛快呢。”

“喂！”

“别管我！”驹子说着小跑着逃开，猛地撞在了木板套窗上。原来已经到了驹子的家。

“我以为你不回去了。”

“不，开了。”驹子把那沙哑的门下摆拉起来，轻轻地说，“顺便进去坐坐吧。”

“就现在……”

“家里人都睡了。”

但岛村到底还是退缩了。

“那么，我送你回去。”

“好吧。”

“不行，你还没看过我现在的房间。”

一进后门，眼前就展现着这家人横七竖八的睡态。褪了色的硬邦邦的被褥是用像做雪裤一样的棉布做的。主人夫妇和一个十七八岁的姑娘，还有五六个孩子，在昏黄的灯光下，各自面朝一个自己的方向沉睡着。在贫寒中，却蕴藏着一种蓬勃的生命力。

岛村像是被一股睡眠的温暖推了一把，不由得要退出去。驹子砰的一声把后门关上，无所顾忌地踏着重重的脚步走过木板间。岛村只好从孩子们的枕边轻轻擦身而过。一种无以名状的快感在心头激荡。

“在这儿等等，我上二楼开灯去。”

“不必了呀。”岛村登上漆黑的楼梯。回头一瞧，在一张张纯朴的睡脸那边，可以看见卖糖果点心的铺面。

二楼有四间房，铺着庄稼人的旧榻榻米。

“我一个人住，所以宽敞。”驹子说。可隔扇都敞开着，家里的旧器具等堆在那边的房间里，煤烟熏黑的拉门里铺着驹子的小床，墙上挂着陪酒的衣服，简直是狐狸的栖居之所。

驹子孤单单地坐在铺盖上，把唯一的一张坐垫让给岛村。

“哎哟，满脸通红的。”她照了照镜子，“真的醉成这个样子了？”

然后她一边在衣柜上翻着，一边说：“喏，日记。”

“好多啊。”

她又从那旁边拿出一个花纹纸盒，里面装满了各种香烟。

“是客人送的，我把它放在袖兜里或夹在腰带里带回来的，都成了这样皱皱巴巴的，但是并不脏。种类倒是大体上都齐全了。”她一只手支在岛村面前，另一只手乱翻起盒子里的香烟让岛村看。

“哎呀，没有火柴。因为我戒烟了，也就不需要了。”

“行了。你在干针线活？”

“嗯。赏枫的客人多了，就耽误下来了。”驹子回过头把衣柜前的针线活儿放到一边。

这大概是驹子在东京生活留下来的痕迹吧。那别致的直木纹衣柜和名贵的朱漆针线盒，依然摆在这冷清清的二楼上，就如同住在师傅家那间旧纸盒似的顶楼时一样，显得格外凄怆。

一根细绳从电灯上坠落到枕头上。

“看完书要睡觉时，一拉这根绳就能关灯。”驹子一边说，一边抚弄着细绳。像个家庭妇女似的温驯而规矩地坐着，有点羞涩。

“真像待嫁的狐仙呀。”

“可不是。”

“真的要在这房子里待四年？”

“可已经半年了。很快就过去了。”

岛村似乎听到了楼下传来的鼾声，一时间找不到话说，便有些慌张地站了起来。

驹子一边关上门，一边探头仰看天空。

“要下雪了。红叶也快结束了。”又走到外面，“这一带都是山，明明还有红叶却下雪了。”

“那么，请歇息吧。”

“我送你，送到旅馆门口。”

可是，她还是跟岛村一起进了旅馆，说了声“请安歇吧”就不见了人影，不大一会儿，端着两杯满满的冷酒回来，一进房间就大声嚷嚷道：

“来，喝吧，喝下去呀！”

“旅馆的人都睡着了，哪儿弄来的？”

“嗯，我知道放在哪儿。”

看样子驹子从酒桶里倒酒时已经喝过了，她眯着眼，刚才那副醉态又回来了，凝看着酒从杯子里溢出来，说：

“不过，摸黑喝，真没味儿。”

岛村漫不经心地把冷酒一饮而尽。

喝这么点酒是不会醉的，也许是在外面走身体受了寒，突然觉得胸口不舒服，就上了头。他认为自己一定面色苍白，于是闭上眼躺下。驹子慌慌张张护理着。过了会儿，岛村挨着女人热乎乎的身体，像孩子似的安静下来。

驹子羞答答的，像一个没生过孩子的姑娘抱着别人的孩子那样，抬头看着孩子睡着时的面容。

过了一会儿，岛村冒出一句："你是个好丫头。"

"为什么？哪点好呢？"

"是个好丫头！"

"是吗？讨厌的人，你在说什么。振作点嘛。"驹子把脸转了过去，一边摇着岛村，一边像是驳斥他似的断断续续地说，然后沉静下来变得一言不发。

她一个人抿嘴笑了。

"这么不好。我心里难受，你还是回去吧。我已经没什么替换的衣服了。每次到你这儿来，总想换件陪酒时穿的衣服，可也换不出什么新花样，身上这件还是找朋友借的。我这人很坏，是吗？"

岛村无言以对。

"我这种人，有哪点好呢？"驹子有点哽咽，"头一回见你时，感到你这个人讨厌。哪有人讲话像你这样冒失的。我当时觉得你真讨厌哪。"

岛村点点头。

"哎呀，这事我一直没说，你明白吗？情况发展到让女人说这种话，不就完蛋了吗？"

"这倒无所谓。"

"是吗？"驹子像是在回顾自己的一生，安静了很久。岛村感受到了一个女人生命的温暖。

"你是个好女人。"

"怎么个好法？"

"是个好女人嘛。"

"你这个人真怪。"驹子难为情地遮住了脸，接着又好像想起什么，支着一只胳膊，抬起头来，“这话什么意思？哎，指什么？”

岛村吃惊地看着驹子。

“告诉我，就是为这才和我来往？你是在嘲笑我，果然是在笑。”

驹子的脸涨得通红，瞪住岛村责问。这时，她的肩膀在强烈的愤怒中颤抖起来，脸变得苍白了，眼泪哗啦哗啦往下掉。

“真委屈，啊，真委屈。”她说着，从被窝里骨碌了出来，背着脸坐下。

岛村明白驹子是误会自己了，心里一怔，但他闭上眼睛一声不响。

“真让人伤心呀！”

驹子自言自语地嘟囔着，身子缩成一团，趴在席上。

也许是哭累了，她用银簪哧哧地在榻榻米上插，突然走出了房间。岛村没去追赶。让驹子这么一说，心里有了愧疚。

可很快驹子就悄悄走了回来，从拉门外用尖厉的声音叫着：“喂，来洗澡吗？”

“啊。”

“对不起。我改变主意了。”

她躲在走廊里站着，似乎进不来房间。岛村拿着毛巾走了出去。驹子避开对视，稍稍低着头走在前面，就像给人揭穿了罪行后，被逮住了拖走的样子。可是，在浴池里把身子暖和后，她又嘻嘻哈哈怪可怜地闹腾起来，这时，她的睡意早就没有了。

六

一个女人的身体从上面掉落下来

第二天早晨，岛村被歌谣声吵醒。

静静听了会儿，驹子在梳妆台前回头莞尔一笑说："那是住梅花厅的客人唱的。昨晚宴会散后，他们就把我找去了。"

"是民谣会的团体旅行者吧？"

"嗯。"

"下雪了吧？"

"嗯。"驹子站起来，哗啦一声把拉窗拉开。

"红叶也快落尽了。"

牡丹雪[①]从窗子隔开的灰色天空中呼啦呼啦地飘过来，好像是个安静的谎言。岛村茫然地看着。

唱歌的人敲着鼓。

岛村想起了去年岁末那面映着晨雪的镜子，就向梳妆台那边看去，只见镜子里还飘着大片冰冷的牡丹雪瓣，驹子张开衣领擦着脖子，周围飘荡着白色的线条。

驹子的肌肤像刚洗过一样洁净。简直难以相信她为了岛村一句随意的话，竟生出那样的误会。这反而使人觉得她内心有种难以释怀的悲哀。

因红叶的铁锈色，在变得暗淡了的远山因初雪而鲜明地重生了。

杉树林覆盖了薄薄的积雪，每一棵杉树都格外显眼，分明地立在雪地上，凌厉地指向天空。

在雪地里抽线，在雪地里编织，在雪水里洗涤，在雪地上曝晒。从一开始到织完，一切都在雪中。古人在书中写道：有雪有缩[②]，雪乃缩之亲。

---

① 牡丹雪：一般指在冬天开始或结束时，以及气温过高时的降雪。由数粒甚至数百粒雪晶交织成雪花。其中特别大的团子状雪片叫牡丹雪。

② 缩：夏布。日本一种用天然草木纤维揉搓成线织成的布，在雪地里反复晾晒，花费漫长的时间成就的"自然布"。最著名的是有一千多年历史的小千谷缩。

这是村里的女人们长时间在积雪中做的手工活，在估衣铺里，岛村就找到了一种雪国的麻质夏布，拿来做夏装。由于舞蹈方面的关系，他认识几家出售能乐[①]服装的旧货商店，所以他要求只要有好的夏布，就随时给他看。他喜欢这种夏布，把它做成单衫。

据说，当掀开积雪覆盖的帘子，就到了冰雪消融的春天时节，从前有夏布的初市。这里甚至有千里迢迢来买夏布的京城绸缎批发商的固定住处。姑娘们用半年时间精心织成的夏布也是为了赴这个初市。远近村落的男男女女凑到一起，据说杂耍和卖东西的商店也比比皆是，就像镇上的庙会一样热闹。在夏布上会挂上写着织子名字和住址的纸牌，按成色评定为一等二等。这也成了选媳妇的标准。如果不是在孩提时代就开始学织，那些十五六岁甚至二十四五岁的年轻女子，是做不出质量上乘的夏布的。人一上岁数，织出的夏布就会失去光泽。女子们想要挤进屈指可数的一流织子行列，就得磨炼技艺。她们从旧历十月开始缫丝，到翌年二月中旬晾晒完毕，在这段冰封雪冻的日子里，别无他事可做，所以她们下了很大功夫，明治初那个时候江户[②]的小女孩们织的东西也许就有了。在岛村穿的夏布中，说不定就有江户末期到明治初期的女子织的吧。

岛村至今仍会把自己的夏布拿出来“晒雪”。每年要把不知是谁穿过的估衣送去产地曝晒，虽说麻烦，但想到旧时女子们在冰天雪地里所花的心血，也还是希望能拿到织子所在的地方真正晒一番。朝阳照着晒在深雪上的白麻，光是想想雪被布染成红色的样子，就好像夏天的污垢被洗掉了，就像阳光照晒在自己裸露的身子上一样舒服。不过，因为都是交由东京的估衣铺代办，古老的曝晒法是否会流传至今，岛村就不得而知了。

晒铺自古就有。织子很少在各自家里晒，大部分织成后都拿去晒店晾晒。白色夏布直接铺在雪地上晒；有色的织成纱线后挂在竹竿上，在拐角处晾。因为过去是在一月到二月晒，所以也有的把被雪掩埋了的农田当作晒场。

不管是布还是线，都要在灰汁里浸泡一夜，第二天早上再用水将其漂洗几遍后才拿去晾晒。这样要反复好几天。就在白夏布即将晒好的时候，

---

① 能乐：是日本独有的一种舞台艺术，为佩戴面具演出的一种古典歌舞剧。在日本作为具有代表性的传统艺术，跟歌舞伎一同在国际上享有高知名度。

② 江户：东京的旧称。

朝阳升起，一片红艳艳的景色，无可比拟。古人也在书中写，说是希望能把它给南国之人欣赏欣赏。到夏布晾晒完毕，这大概也是雪国的春天即将到来的预兆吧。

夏布产地离这个温泉浴场很近。它就在山峡的河流下游渐渐宽阔的原野上，因此从岛村的房间也可以看见。昔日建有夏布市场的镇子，如今修了火车站，成为闻名于世的纺织工业区。

可是，无论是穿夏布的盛夏，还是织夏布的寒冬，岛村都没有来过这个温泉浴场，所以没机会和驹子谈夏布的事。再说，他这个人也并不具有去探求古代民间技艺的资格。然而，想到叶子总在浴室里唱歌，忽然想到，这姑娘要是出生在以前的话，也许也会坐在纺车或桌前那样唱的吧。叶子的歌声里有的就是这种古朴的风情。

比毛还细的麻线如果没有天然的雪的湿气就很难处理，据说阴冷的季节比较好，古人有这样一种说法：严寒中织的麻在暑热中穿上凉爽皮肤，这是自然的阴阳之道。驹子腻着岛村走着，似乎也有某种深沉的凉意。因此，驹子热情洋溢时，岛村对其也就格外地怜惜。

但这种挚爱之情，不像一件夏布那样实在。纵然穿衣用的夏布在工艺品中算是寿命最短的，但只要保管得当，五十年前或更早的夏布，穿在身上也不褪色。而人的这种依依之情，却没有夏布寿命长。岛村茫然地这么想着，脑海浮现出为别的男人生了孩子做了母亲的驹子的样子。他遽然惊觉，环顾周围，觉得大概是自己太累了吧。

岛村这次逗留时间这么长，好像忘记了要回到家中妻子的身边。这倒不是因为难舍难分，而是由于形成了等驹子时时前来相会的习惯。驹子越是急切着想靠近自己，岛村就越发感到自责，已经心如死灰了吗？这就是说，明知自己寂寞，却又只是一动不动地打量这寂寞。对驹子闯进自己的生活，岛村感到有些不可思议。岛村了解驹子的一切，可是驹子却似乎一点也不了解岛村。驹子撞击墙壁的空虚回声，岛村听起来有如雪花飘落在自己的心田里。岛村的这种任性不可能一直持续下去。

岛村总觉得这次回去的话，就暂时不能来这个温泉了。临近雪季，岛村靠着火盆，旅馆主人特意为他端来的京都产的古老铁壶发出柔和的松风般的声音。铁壶上精巧地镶嵌着银丝花鸟。松涛之声有二重音，听起来像是一近一远，远处的松风的另一端，似乎有个小铃铛在微微地响着。岛村把耳朵贴近铁壶听了听。驹子在铃铛声不断的远处，踏着同铃声相似的细碎的脚步走来。她那双小脚赫然映入岛村的眼帘。岛村吃了一惊，不禁思量道：已经到了该离开的时候了。

于是，岛村想起要到夏布产地去看看，也想趁机离开这座温泉浴场。

但河的下游有好几个小镇，岛村不晓得到哪个镇上去好。他又不是想去看正在发展成纺织工业区的大镇，因此，索性在一个冷落的小站下了车。走了一段路，就到了一条颇具昔日驿站特色的街市。

家家户户的屋檐长长地伸出，支撑屋檐的柱子鳞次栉比。好像江户城里叫“店下[①]”的廊檐，但在这个国家，自古以来就叫“雁木”，在积雪很深时廊檐就成了往来的通道。廊檐连绵不绝。

因为是比邻而居，屋顶上的雪要落到路中央，根本没有地方堆积。实际上是将雪从大屋顶上铲到马路正中形成一条雪堤。要到马路对过，就得挖条隧道。在这个地方好像叫“胎内钻”。

同是在雪国，但驹子所在的温泉乡房檐并不相连。岛村到了这个镇子，才头一回见到“雁木”。好奇心促使他走过去看了看，只见破旧的房檐下十分昏暗，倾斜的柱脚已经腐朽，令人觉得仿佛是在窥视世世代代被埋没在雪里的忧郁的人家一样。

在雪里把精力倾注在手工活上的织子，她们的生活可不像织出来的夏布那样爽快。这镇子自然而然地给人相当古老的印象。在记载夏布的古书里，也引用了唐代秦韬玉[②]的诗。但据说纺织商之所以不愿雇用女工，是因为织一匹夏布相当费工，在经济上划不来。

这样呕心沥血的无名工人，早已长逝。他们只留下了这种别致的夏布。夏天穿上有一种凉爽的感觉，成了岛村他们奢华的衣着。这事并不稀奇，但岛村却突然觉得奇怪。难道凡是充满诚挚爱情的行动，迟早都会鞭挞人的吗？岛村从“雁木”底下走到了马路上。

这是条很长很像驿站的街道，是从温泉村延伸过来的古老街道吧。木

① 店下：带屋檐的商铺，类似于广州等地的骑楼。
② 秦韬玉：中国唐代诗人。诗以七律见长，代表作《贫女诗》。

板葺的屋顶上的算木[①]和添石[②]也和温泉町的差不多。

屋檐的柱子投下了淡淡的影子。不知不觉已近黄昏。没有什么可观赏的，于是岛村又乘火车来到了另一个镇子。那里也和先前那个镇子没多大区别。岛村在那里也只是悠然漫步，然后吃了一碗面条，暖和暖和身子。

乌冬面[③]店在河岸上。想来这条河大概也是从温泉浴场流过来的。只见尼姑三三两两地先后走过桥去。穿着草鞋，有的还背着馒头笠[④]，像是化缘回来的样子，给人小鸟急于归巢的感觉。

“有不少尼姑打这儿路过吧？”岛村问面食店的女人。

“是啊。这山里有座尼姑庵。过几天就要下雪了，那时走出山里会很困难了。”

在渐浓的暮色里，桥那边的山峦白茫茫的。在这北国，每到落叶飘零、寒风萧瑟的时节，就会出现这样阴冷的天气。快要下雪了。远近的高山都变得白茫茫的，这叫作“岳贺廻[⑤]”另近海处能听见海啸，深山中可听到山鸣。远远如雷声滚滚，这叫作“胴鸣[⑥]”。看到岳廻，听见胴鸣，就知道要下雪了。岛村想起古书上有过这样的记载。

岛村早上躺在床上听着赏红叶的客人唱歌谣的那天下了第一场雪。今年的海啸和山鸣是否已作响过了呢？岛村独自一人羁旅温泉村，和驹子经常会面，不知不觉间听觉也变得敏锐起来，光是想想那大海和山峦的鸣叫声，就觉得有遥远的鸣叫声从耳底穿过。

“尼姑们这就要深居过冬了。她们有多少人呢？”

“哦，大概很多吧。”

“这么多尼姑聚在一处，在冰天雪地里待几个月，都干些什么呢？这一带旧时织夏布，她们在尼姑庵里要是也织就好了。”

---

① 算木：用来钉住屋顶上盖的木板等的细长棒子。

② 添石：为了防止屋顶被风吹动而排列在屋顶上的石头。

③ 乌冬面：也称拌面。一种用食盐水揉面，擀薄切成细长条的面条。最初由唐朝传入日本国。食用时加入调味料和配料搅拌而成。

④ 馒头笠：一种头戴斗笠。上半部是圆而浅的馒头形状。用藤、菅、竹子等制作而成。

⑤ 岳廻：海拔高、山顶有积雪的山峰连绵。

⑥ 胴鸣：形容山或海的鸣动。另，这种声音也被看作下雪的前兆。

对岛村这席好奇的话，乌冬面铺的女人只是淡淡地笑了笑。岛村在车站等了将近两个小时回程的火车。微弱的阳光沉下去了，一股寒意袭来，犹如星星的寒光，冷飕飕的。脚板也觉得透心凉。

漫无目的地跑了一趟，岛村又回到了温泉浴场。汽车驶过平常的道口，来到镇守的杉树林旁，眼前有一户亮着灯的房子。岛村松了一口气，那是小饭馆菊村，门口站着三四个艺伎在说话。

他刚想不知驹子在不在，驹子就出现了。

车速突然下降。司机似乎早已知道岛村和驹子的事，于是车放慢速度。

岛村突然转过头，朝着跟驹子相反的方向看去。汽车车辙的痕迹清晰地留在雪地上，在星光下出乎意料地延伸到很远的地方。

车子来到了驹子跟前。驹子突然闭上了眼睛，猛地跳到车上。车没有停下来，就那样静静地爬上了坡。驹子弯下身子站在门外的脚踏板上，抓着门的把手。

驹子仿佛是被吸上来的，但岛村却仿佛被一种温暖的东西紧紧依偎着，他既不觉得驹子的举动有什么不自然，也不觉得有什么危险。驹子抬起一只胳膊，好像是抱着窗户。袖口滑落下来，露出了长衬衣的颜色。那色彩透过厚厚的窗玻璃，映入岛村冻僵了的眼帘。

驹子把额头紧贴在窗玻璃上，尖声喊着："到哪儿去了？喂，到哪儿去了？"

"太危险了，胡来！"岛村也高声回答，但却是种甜蜜的戏谑。

驹子打开车门侧身倒了进来。但这时车子已停下，来到山脚下。

"喂，你这是到哪儿去了？"

"嗯，这个……"

"哪儿？"

"也说不上哪儿。"

驹子修整下摆的动作，颇有艺伎风度，在岛村看来，这是一种奇特的举止。

司机一动也不动。岛村意识到，在路上停着的车里这样坐着很奇怪。"下车吧。"驹子把手放到岛村那只放在膝头的手上。

"哎呀，好冷，这样啊，你为什么不带我去？"

"原来是这样。"

"什么呀？真是个怪人。"

驹子开心地笑着，爬上了陡峭的石阶小路。

"你出去的时候，我看到了。大概是两三点吧？"

"唔。"

"听到车声，我就出来了。到外面来看。你没看后面吧？"

"嗯。"

"你不知道我在送行吗？"

岛村有点惊讶。

"真不知道我在送你吗？"

"不知道。"

"瞧你。"驹子还是开心地笑着。然后，她把肩膀靠了过来。

"为什么不带我去？你变得冷淡了。我不喜欢。"报火警的钟声突然响了起来。

两人回头看去。

"着火，着火了呀！"

"着火了呀！"

火从下面村子的正中央蹿起。

驹子叫了两三声，抓住岛村的手。

在滚滚黑烟中，火焰的舌头隐约可见。火势向旁边蔓延，吞噬着周围的房檐。

"什么地方？哪里？离你原来的师傅家不是很近吗？"

"不是。"

"是在那一带。"

"在上头一点，靠近火车站那边。"

火焰冲过屋顶，腾空而起。

"哎呀，是茧房。是茧房呀！瞧，你瞧，茧房着火了。"驹子继续说着，把脸颊贴在岛村的肩上，"茧房，茧房呀！"

火越烧越旺，但从高处俯瞰浩瀚的星空下，寂静得像一场游戏。然而，却传来了一种可怕的感觉，仿佛能听到猛烈的火焰声。岛村抱着驹子。"没什么可怕的。”

“不，不，不！”驹子摇摇头，哭了起来。她的脸贴在岛村掌上，显得比平时要小。绷紧的太阳穴在跳动。

看见着火驹子就哭了起来。可是她哭什么呢？岛村并没怀疑，还是抱着她。

驹子突然不哭了，把脸从岛村肩上抬了起来。

“哎哟，对了，今晚茧房放电影，里面挤满了人，你……”

“那可不得了。”

“一定有人受伤，会被烧死啊！”

两人急忙跑上石阶，上面传来嘈杂声。抬头一看，高处旅馆二三楼大部分房间的拉窗都打开了，走廊上有人在观看火灾。庭院尽头那一排菊花的枯叶在旅馆的灯光或星光的映照下，浮现出轮廓，乍看以为是着火所在。那菊花后面也站着人。三四个旅馆掌柜的从岛村他俩头顶上跌跌撞撞地跑了下来。驹子提高嗓门问：

“喂，是茧房吗？”

“是茧房。”

“有人受伤吗？有没有人受伤？”

“正一个个地往外救呢。来电话说是电影胶片呼啦一声烧着了，火势蔓延得很快。喏，你瞧。”掌柜挥挥胳臂走了。

“听说人们正把孩子一个个从楼上往下扔哪。”

“唉，这可怎么得了。”驹子好像追赶着掌柜似的走下石阶。后面下来的人跑过去了。她被带着跟着跑起来。岛村随后跟上。

石阶下，火场被房子挡住，只能看见火舌。火警声响彻云霄，人们更加不安起来。

“结冰了，请留神，滑啊！”驹子回过头看着岛村，忽然站住了，趁机说：“但是，是的。你倒好，不用去呀。我是担心村里的人。”她这么说倒也是。

岛村一泄气，低头才发现脚下是铁轨，他们已经来到道口前了。

“银河，多美啊！”

驹子喃喃自语，仰看着太空，又跑了起来。

啊，银河。岛村也仰头看去，仿佛身体悠然飘进了银河当中。银河的亮光显得很近，像是要把岛村轻轻托起似的。当年漫游各地的芭蕉[①]，在波涛汹涌的海面上看到的就是这样鲜明的银色之大河吧。赤裸裸的银河，仿佛是将夜的大地用自己赤裸的肌肤环抱了起来，就在那降落下来，明艳得吓人。岛村觉得自己小小的身影似乎是从大地映在了银河中。你可以看到银河中点点的繁星，一粒粒如天光云影中的银砂子，清澈可辨，而且银河那无底的深邃吸引了人的视线。

“喂，喂。”岛村呼唤着驹子。

“喂，来呀！”

驹子正朝银河低垂处黑暗的山峦那边跑去。

好像是拎着下摆，每次挥动手臂时，红色的下摆就伸缩着。在星光下的雪地上显得格外殷红。

岛村一溜烟地追了上去。

驹子放慢了脚步，松开衣襟，抓住岛村的手。

“你也要去？”

“嗯。”

“真爱管闲事！”提起拖在雪地上的下摆，“人家会取笑我的，你快回去吧！”

“好吧，我就到前边。”

“这多不好，连到火场也要带着你，在村里人面前怪难为情的。”

岛村点点头停了下来。驹子却轻轻抓住他的袖子放慢了脚步。

“找个地方等着我，我马上就回来。找什么地方好呢？”

“什么地方都行啊。”

“是啊。再过去点吧。”驹子直勾勾地看着岛村的脸，突然摇摇头说，“不，不理你了。”

驹子抽冷子用肘碰了下岛村。岛村踉跄晃一下。路旁薄薄的雪中站着一排葱。

“真无情啊！”驹子说得很快，“嘿，你说我是个好女人。一个说走就走的人，干吗还说这些话呢，难道是向我表白？”

---

① 芭蕉：即松尾芭蕉（1644—1694），日本著名俳句诗人。他一生在旅行中度过，写了许多游记和俳句。

岛村想起驹子用发簪哧哧地扎榻榻米的情形。

“我哭了。回家以后还哭了一场。就害怕离开你。不过，你还是早点走吧。你把我说哭了，我是不会忘了这事的。”

岛村一想起那句虽然引起驹子的误会，然而却深深印在她的心上的话，就生出依恋之情。瞬间，从火场那边传来杂沓的人声。

新的火舌又喷出了火星。

“你瞧，还烧得那么厉害，火苗又蹿上来了。”

两人得救似的松了一口气，又跑了起来。

驹子跑得很快，看起来像是用木屐掠过冻住的雪在飞翔，与其说是前后摆动，不如说是两旁伸展着。岛村想，驹子的力量全集中在胸前了，看上去格外小巧玲珑。发胖的岛村一边瞧着驹子一边跑，很快就感到疲惫不堪。可驹子也突然喘不过气来，踉踉跄跄倒向岛村。

“眼珠子冷，要流泪了。”

她脸颊发热，眼睛却感觉冰冷。岛村的眼睛也湿润了。他眨眨眼，眸子里映满了银河。他极力忍住。“每晚都有这样的银河吗？”

“银河？美极了。可并不是每晚都这样吧。多明朗啊。”他们两人跑过来。银河像从身后倾泻到前面似的。驹子的脸仿佛映在银河上。

但细高的鼻子形状并不明显，小嘴唇的颜色也消失了。岛村不敢相信，横贯天空的一层亮光竟然这么暗。也许是比薄月夜还浅的星光吧，可银河比任何满月的天空都明亮。在地上没有任何阴影的幽明里，驹子的脸活像副旧面具，散发出女人的气味，简直不可思议。

岛村抬头仰看，觉得银河仿佛要把这大地拥抱在怀里似的。

宛如巨大的极光一般的银河浸透了岛村的身体，使他感到仿佛站在了天涯海角。这既是种冷冷清清的寂寞，又是一种千丝万缕的惊奇。

“你走后，我要正经过日子。”驹子说着迈步走起来，用手拢了拢松散的发髻，走了五六步又回头说，“怎么了呀？别这样嘛。”

岛村原地站着不动。

“嗯？那你就等一下，一会儿我和你一起去房间。”

驹子扬了扬左手走了。从后面看她仿佛是被吸进了黑暗的山底。银河在被山的弧线切断的地方展开自己的裙摆，但又恰恰相反，它似乎是从那里以一种华丽的姿态向天空伸展，所以，山更加阴沉了。

岛村走起来时驹子的身影消失在街旁的人家的背后。

“嘿，嘿，嘿，嘿！”传来一声声吆喝声，街上有人拉着水泵往前走。人们前呼后拥地在马路上奔跑。岛村也急匆匆走到马路上。他们两人来时走的那条路的尽头，和大马路连成了“丁”字形。

又有水泵被拖来。岛村让路，然后跟随在他们后头。这是老式手压木制水泵。一个消防队员在前头拉着长长的绳索，另一些消防队员则围在水泵周围。水泵小得可怜。

驹子也躲闪一旁，让那台水泵过去。她找到岛村，两人又一块跑起来。站在路旁躲闪水泵的人，仿佛被水泵吸引了，跟在后面追赶着。如今，他们两人也不过是奔向火场的人群当中的成员罢了。

“你也来了？真好奇。”

“嗯。这水泵老掉牙了，怕是明治前的家伙了。”

“是啊。别绊倒啰。”

“真滑啊。”

“是啊。往后要是刮上一夜大风雪，你再来瞧瞧，恐怕你来不了了吧？那种时候，野鸡和野兔都逃进人家里来了。”驹子说着，在消防的吆喝声和人们的脚步声里声音又亮又脆。岛村也觉得浑身轻松了。

能听到火焰爆发出的声音了，火就在眼前燃烧。驹子抓住了岛村的胳膊肘。街上低矮的黑色屋顶在火光照耀下时隐时现，渐渐淡去。脚下是水泵溢出的水。岛村和驹子被人墙挡住停住了脚步。火里夹杂着焦煳味，仿佛煮蚕蛹的腥气。

电影胶片着火了，把看热闹的孩子从楼上“啪”一声扔下去，没有人受伤，还好村里的蚕茧和大米都没放在里面，人们到处做着类似的高谈阔论，对于着火大家却都闭口不谈，仿佛是别的地方正在发生火灾，只是隐约听到的燃烧声和水泵声。

不时有来晚了的村民在呼唤亲人的名字。有人答应了，就会欢欣若狂互相呼唤。只有这种声音才显出一点生机。火警钟已经不响了。

岛村顾虑有旁人看见，就悄悄地离开了驹子，站在一群孩子的后面。火光灼人，孩子们向后倒退了几步。脚底下的积雪有点松软了。人墙前面的雪被水和火融化，雪地上满是凌乱的脚印，变得泥泞不堪。

这里是挨着茧房的旱田。同岛村他们一起赶来的村民都在这里。

火好像是从放放映机的入口处冒出来的，茧房的屋顶和墙壁一半左右已经烧毁，但柱子和房梁等骨架仍然屹立不倒。木板屋顶、木板墙和木地板已荡然无存，屋内并没有怎么冒烟了。屋顶被浇了大量的水，看样子再燃烧不起来了。可是火势并没有停止，有时会从意想不到的地方冒出火焰来。三台水泵的水连忙喷射过去，那火苗就扑地喷出火星子，冒起黑烟来。

火星子迸散到银河中，扩展开去，岛村觉得自己仿佛又被轻轻托起飘到银河里了。黑烟冲上银河，而银河却哗哗倾泻下来。抽水机脱离了屋顶，水头摇晃着，变成了水烟，白茫茫的，仿佛映着银河一般。

驹子不知什么时候靠了过来，她握住岛村的手。岛村回过头看看，但没有吱声。驹子仍看着火，她显得有点兴奋，一本正经的脸上闪着火焰的一吸一张。岛村的心头涌起一股激情。驹子的发髻松散了，脖颈长长的。岛村几乎忍不住将手伸过去，可指头颤抖起来。岛村的手是温暖的，可驹子的手更热。不知为何，岛村感到离别在即。

入口处的柱子什么的又起火燃烧起来，水泵里的水一股一股地往外冲，屋脊和房梁都开始倾斜，冒着热气。人群“啊”的一声倒抽了一口气，目睹一个女人的身体从上面掉落下来。

茧房设有二楼的观众席，可以用来演戏。虽说是二楼，但很低矮。从这二楼掉落到地面只是一瞬间的事，可时间足够用肉眼捕捉她坠落的过程。或许是因为木偶般不可思议的坠落方式吧。一看就晓得她已经不省人事。坠落的过程没有发出声响。由于这地方被水淹没，也没有尘埃扬起，正好落在新燃烧起的火苗和余烬之间。

一台水泵斜着冲死灰复燃的火苗喷射，喷射出一道弧形的水柱。在那水柱前突然出现一个女人的身体。她就是这样掉下来的。女人的身体在空中是平躺着的。岛村吓了一跳，但一时也没有感到危险和恐怖，就好像那是非现实世界的幻影。僵直的身体被扔到半空中后变得柔软了；但是，像木偶一样地不抵抗、没有生命的迹象，生跟死都像是休止了一样。如果说岛村脑中也闪过什么不安的念头，那就是他曾担心那女人的身躯这样横着，头部会不会朝下，腰身或膝头会不会折曲。虽然看起来好像要那样，但还是水平地掉下来了。

“啊！”

驹子尖厉地喊着，捂住了双眼。岛村目不转睛地看着。

岛村也不知道自己什么时候看出的落在地上的女人就是叶子。

人墙屏住了呼吸和驹子发出“啊”的一声叫喊，其实都是在同一瞬间。叶子的腿肚子在地上痉挛似乎也是在这同一瞬间。

驹子的惊叫穿透了岛村全身。叶子的腿肚子抽搐的同时，连岛村的脚尖也出现了冰冷的抽搐。在某种痛苦和悲哀的打击下，他心悸得厉害。

叶子的痉挛微弱得让人看不清，很快就停了。

岛村在她抽搐之前，看到了叶子的脸和红色箭条花纹的和服。叶子仰面摔了下来。衣服的下摆掀到一只膝头上。即使碰到地上，也只是腓肠肌痉挛，好像还是失神了。不知为何，岛村还是没有感觉到死亡，但感觉到叶子的内在生命发生了变形，似乎是一种转折。

从叶子掉下来的二楼看台上倾斜下来两三根木架，在叶子的脸上燃烧起来。叶子美丽的眼睛紧闭，下巴突出，伸长了脖颈。火光在她惨白的脸上摇曳。

岛村想起了几年前自己到这温泉浴场来同驹子相会，他猛然想起在火车上山野灯火映照下叶子的脸，心颤抖起来。仿佛瞬间照出了跟驹子的岁月。仿佛在这一瞬间，火光也透彻了他同驹子共同度过的那些岁月。这当中充满某种难以名状的苦痛和悲哀。

驹子从岛村身旁跳了出去。这跟她捂住眼睛惊叫几乎就是在同一瞬间，也正是人墙屏住呼吸的时候。

驹子拖着艺伎那长长的衣服下摆踉踉跄跄地走在水里，黑色的残烬落了一地，一片狼藉。她把叶子抱在怀里想要抱回来。脸上有种坚定，而叶子就要升天了，表情漠然的脸下垂着。驹子仿佛抱着自己的牺牲和罪孽一样。

人墙瞬间崩塌，一拥而上把两个人围了起来。

“让开，让开！”

岛村听见了驹子在喊叫。

“这孩子，疯了，她疯了！”

岛村想靠近驹子，却被那些想从驹子手中抢走叶子的人推得踉踉跄跄。当站起身抬头时，银河的辉光哗啦哗啦仿佛是在往他心里倾泻似的。

（1935年—1948年）

千只鹤

小说得名于日本一个古老的民间传说。传说任何人只要折一千只纸鹤，就可以满足一个愿望，如老人长寿或病人从疾病复原等。

小说分为五个部分:《千只鹤》《森林的夕阳》《志野彩陶》《母亲的口红》《双重星》。

在这部小说中，川端康成“借茶道展现日本人的心理”(山本健吉语)，故事讲述了茶道大师菊治在父亲死后，无法摆脱父亲的影响，因而与父亲生前的情妇太田夫人发生了关系。事后太田夫人深感内疚，认为自己罪孽深重而自杀。那之后，菊治把对太田夫人的思恋之情转移到了其女儿文子身上。而父亲的另一个情妇栗本近子则想撮合菊治和自己的徒弟稻村雪子。后来文子悄悄离开了菊治，菊治最终甩开栗本近子的纠缠，出门去寻找文子。

日本评论家山本健吉说:“读这篇小说，令人忍不住要问，究竟主角是太田夫人呢，还是志野的茶杯？又好像是茶杯的妖精那样，太田夫人冒出一种妖气。夫人死后，菊治想要回忆起夫人的肉体，但是复活的好像只有陶醉于香味的触觉而已。”

千只鹤

1

桃红的绉绸上绘着白鹤千只

都走进镰仓圆觉寺院内了，菊治还在犹豫是不是参加茶会。而此时已经很晚。

“栗本近子之会”每次在圆觉寺深院的茶室举办茶会，菊治照例收到请帖。可打从父亲辞世后，他一次也不曾去过。因为他觉得人家给自己发请帖，只是在顾及亡父情面，一种礼节吧。

可这次对方在请帖上附上了：请一定莅临，见见我的一个女弟子。

读请帖时菊治无来由地想起近子的那块痣。

应该是八九岁的时候，父亲带菊治到过近子家。那次近子在茶室里敞着胸脯，正在用小剪子剪痣上的毛。痣是黑紫色的，长在她左乳房上，占了半边乳房，延展到了心窝那，约有掌心那么大。

“啊！少爷也一同来了？”

近子吃了一惊，想合上衣襟。可也许她觉着慌张地掩藏反而不好，便转过身去把衣襟掖进腰带里。

她吃惊大概不是因为菊治父亲，而是看到菊治才慌了神吧。因为女佣到正门去接应并通报过了，近子自然知道是菊治的父亲来了。

父亲在贴邻的房间里坐下，没有直接走进茶室。这里原本是客厅，现在成了学习茶道的教室。

父亲观赏壁龛里的挂轴，漫不经心地说：“给我来碗茶吧。”

“哎。”

近子应了一声却没起身。

她那些像男人胡子般的毛，掉落在放在她膝上的报纸上。菊治都看到了。

老鼠竟在天花板上跑来跑去，这可是大白天呀。靠近廊子处桃花正在开放。

近子坐在炉边烧茶，神情有点茫然。

此后过了十天，菊治听见母亲像揭开一个惊人秘密似的告诉父亲，近子只因胸上长了块痣才没结婚。母亲以为父亲不知道。她好像很是同情近子，露出了怜悯的神色。

“哦，哦。”

父亲故作惊讶附和，却说：“不过，让丈夫看见了又有什么关系呢，只要婚前取得谅解就好嘛。”

“我也这么说。可胸上有块大痣这样的事女人家哪能说得出口。”

“她已经不是小姑娘了呀。”

“毕竟难以启齿。就算婚后才知道，男人也许会一笑了之。可……”

“这么说，她让你看了痣了？”

“哪能呢。净胡扯。”

“说说而已吗？”

“今天她来茶道教室时闲聊了阵……终于坦白了。”

父亲默然。

“就算结了婚，男方又会怎样呢？”

“也许会讨厌，会感到不舒服吧。不过也难说呀，说不定会变成一种乐趣、一种情趣。也许这个短处还会引出别的长处来呢。实际上，这不算什么大不了的毛病。”

“我也安慰她说这不是毛病，可她说问题是这块痣长在乳房上。”

“哦。”

“她觉得，一想到生孩子要喂奶就没法不痛苦。就算丈夫认可，可为了孩子……”

“是说因为有块痣，奶水就出不来吗？”

“不是……她说，孩子吃奶时会看见，这会让她感到尴尬。这层我倒没想到。不过，设身处地想想，当事人总不免会有这样那样的念想啊！婴儿从出生之日起就要吮吸奶汁，眼一睁看到的首先就是母亲乳房上这块难看的痣。这可是孩子对这个世界、对母亲的第一印象，会纠缠孩子一生啊！”

“噢。不过，她这样想有点多虑吧，何苦呢。”

“说的是呀，给孩子喂牛奶，或请个奶妈不也可以吗？”

“只要出奶，长块痣也没什么嘛。”

“不，那可不行。我听她那样说以后，泪水都止不住呀。心想有道理啊！就说我们家菊治吧，我也不愿意他吸有块痣的奶。”

“是啊。”

那时菊治对父亲感到义愤。自己都看见近子的痣了，父亲却不当回事，对这样的父亲他感到厌恶。

只是过去了将近二十年，今天菊治回顾起来，心想当年父亲也一定很尴尬吧。于是忍不住苦笑起来。

另外，菊治不时会想起自己十几岁时母亲说，担心他会有吃长块痣的奶的异母弟妹。这使菊治感到惶恐不安。

菊治害怕不知在哪个角落里存在着自己的异母兄弟，更害怕有这种孩子。他会忍不住去想象孩子吃那有长了毛的大块痣的奶，总有种遇见恶魔的恐惧。

好在近子没生孩子。往坏里猜，也许是父亲没让她或不想让她生，而借口向她吹风说，痣和婴儿的事使母亲流了泪。总之，无论是生前还是死后，都没有出现过父亲跟近子的孩子。

菊治和父亲一起看见了那块痣后不久，大概近子觉得最好是赶在菊治告诉他母亲之前，就向他母亲坦白了这事。

近子一直没结婚，难道就因为那块痣吗？

不过，有点奇怪，那块痣给菊治留下的印象却无法消逝，很难说不会在某个地方同他的命运邂逅。

当菊治知道近子想借茶会的机会让自己看某小姐的请帖附言时，那块痣就又浮现在眼前，无来由地想：近子介绍的会是个玉肌洁肤的小姐吗？

菊治还曾这样想过：父亲有过偶尔用手指去捏近子胸脯上的那块痣吗？说不定父亲甚至咬过也难说。

现在，菊治走在寺院山中鸟音鸣啭的庭院里，那种胡思乱想又不期而至。

不过，近子自从被菊治看到那块痣后，两三年后就不知道为何男性化了，现在则变成中性，实在有点难以置信。

茶会上，近子一定又是在演示自己的麻利吧。当然了，那长着痣的乳房多半已经干瘪。菊治松了口气，刚要发笑时，两位小姐从后面急匆匆地赶了上来。

菊治马上停下来让路，并借机探询："请问，栗本女士的茶会是顺着这条路往里走吧？"

"是的。"

两位小姐异口同声道。

菊治当然知道怎么走，再说小姐们这身和服装扮，也表明她们是去参加茶会的。他这样，其实是在逼迫自己确定去参加茶会。

其中一位小姐手拿一个绉绸包袱，桃红的绉绸上绘着白鹤千只[①]，美极了。

2

稻村小姐拿过茶碗放在面前

就在两位小姐换上布袜准备走进茶室时，菊治也到了。

菊治打小姐们身后看了一眼茶室，房间约八榻榻米，很是拥挤，人们几乎是膝盖挨着膝盖并排坐着的。所有人都身着华丽的和服。

近子几乎是即刻就看到了菊治，马上起身走了过来。

"哟，稀客呀。欢迎光临。请从那边上来，没关系的。"

近子指了指靠近壁龛的拉门。

菊治觉着茶室里的女客都转头在看自己，他的脸红了，说："都是女客吗？"

"嗯，男客也来过，不过都走了。你是万绿丛中一点红嘛。"

---

① 千只鹤：指用穿串起一千只纸鹤，或是画有一千只仙鹤的画，以及在花纹上染有许多仙鹤的画。在日本，自古以来鹤就被视为吉祥之鸟，集齐一千只鹤更是吉兆。除了供奉给神社寺庙外，还会赠送给患有疾病或不幸的人，以表达对幸福的祈愿和祝福。

“不红。”

“没问题，菊治有资格称红呀。”

菊治挥挥手，示意自己要绕到另一个门进去。

小姐把先前进来时换上的布袜包在千只鹤包袱里了，她文静地礼让菊治先走。

菊治进到旁边房间，房间里散乱地放着诸如点心盒子、临时搬来的茶具箱以及客人的东西等。里面有间洗茶具的房间，女佣正在里面洗洗涮涮。

近子走进来，在菊治面前下跪样跪坐下问：“怎么样，小姐还可以吧？”

“是拿千只鹤包袱皮的那位？”

“包袱皮？我不知道什么包袱皮。我是说刚才站在那里的那位标致的小姐。她是稻村先生的千金。”

菊治点点头，不置可否。

“包袱皮什么的，你竟然连这样一些东西都注意到了，看来我得小心点才是。我以为你们是一起的，正暗自佩服你的本事哪。”

“看你说的。”

“在来的路上碰上那是缘嘛。再说令尊也认识稻村先生。”

“是吗？”

“稻村家早先是横滨的生丝商。今天的事我没跟她说，你放心吧，只管端详吧。”

近子有个大嗓门，菊治担心仅一扇之隔的茶室里的人听见，心里正着急着，近子突然凑近了说，“不过，事儿有点麻烦。”然后压低嗓门说，“太田夫人来了，她女儿也一起来了。”

说着她观察着菊治的表情，又说：“今天我可没请她……不过这种茶会，任何过路人都可以随意进出，刚才就来过两拨美国人。真抱歉，太田夫人听说就来了，没办法呀。可你的事她当然不知道。”

“今天这事，我也……”

菊治本想辩解，他压根没打算来相亲，可又把话咽回去了。

“尴尬的是太田夫人，菊治你只当不知道就是。”

菊治对近子的这种说法也相当不认可。

菊治想，栗本近子多半同父亲的交往不深，时间也短。父亲辞世前，近子总以一个随便的女人的姿态经常出入菊治家。

不仅在茶会，来做客时也下厨房干活。

自从近子开始男性化后，感觉母亲似乎觉得事已至此，再妒忌什么的就会让人觉得可笑。菊治想的是，母亲后来肯定已经察觉父亲看过近子的那块痣。不过，这时早已是事过境迁，近子也无事一样坦然站在母亲的身后。

不知不觉里，菊治渐渐跟近子随便起来，在不时任性地顶撞她的过程中，幼时那种强烈的嫌恶也淡了。

近子的男性化，悄然成为菊治家的帮工也许符合她的生活方式。

因为菊治家，近子作为茶道师傅有了不小名气。

父亲辞世后，想到近子不过是同父亲有过一段没有结果的交往，就把自己的女人天性全都扼杀，菊治不由得对她有了那么点同情。

而母亲之所以不那么仇视近子完全是因为受到太田夫人的牵制。

自从茶友太田去世后，菊治的父亲负责处理太田留下的茶道用具，因此跟他的遗孀接近。

最早把此事报告菊治母亲的是近子。

当然，近子是站在菊治母亲一边的，甚至做得很是过分。她居然尾随菊治父亲，还屡次前往遗孀家警告人家，简直就像是一个妒火中烧的女人。

菊治母亲天生腼腆，对近子这种捕风捉影以及好管闲事，有点反被吓住了，她担心这样的事情被宣扬出去太丢人了。

菊治即使在场，近子也会对母亲数落太田夫人。菊治母亲表示不愿意听后，近子竟说应该让菊治听听。

“上回我去她家训斥了她一顿，大概是被她孩子听到了，因为听见隔壁房间有轻轻的哭泣声，不是吗？”

“是她女儿？”

母亲皱起了眉头。

“对。据说十二岁了。太田夫人很有趣。我原以为她会责备女儿，谁知她竟起身到隔壁把孩子抱过来，搂在膝上跪坐在我面前，母女俩一起哭。”

“那孩子真可怜，是吧？”

“所以说，也可以把孩子当作出气的工具嘛。因为那孩子知道她母亲所有的事。长个小圆脸，倒是蛮可爱的。”

近子说着去看菊治。

“我们的菊治少爷，要是也能这样说说父亲就好了呀。”

“请少挑拨离间。”

母亲到底还是规劝了她。

“太太总把委屈埋在肚子里，这可不行。咬咬牙把它全都吐露出来吧。看您这么瘦，人家可是丰腴得很呢。尽管有点愚笨，却以为只要温顺地哭上一场就能解决问题……首先，她故去丈夫的照片还原封不动挂在接待您家先生的客厅里。您家先生也真能无所谓。”

当年被近子数落过的太田夫人，在菊治父亲死后，甚至还带女儿来参加近子的茶会。

菊治感觉到像是被某种冰冷的东西敲打了一下。

即便如近子所说今天并没邀请太田夫人，让菊治感到意外的，是近子同太田夫人在父亲死后可能还有交往，甚至有可能是她让女儿来跟近子学习茶道。

“如果你不愿意，那就让太田夫人先回去吧。”

近子说完，跟菊治对视一下。

“我倒无所谓，如果对方要回去，随便好了。”

“如果她是那样明智，何至于令尊令堂烦恼。”

“对呀，那位小姐一道来了吗？”

菊治没见过死去的太田的女儿。

菊治觉得就这样在太田夫人在场时和那位拿着千只鹤包袱皮的小姐见面不太合适。再说，他更是不愿意在这里跟太田小姐第一次正式见面。

可近子的话言犹在耳，总是刺激着他。

“既然他们都知道我来了，想逃也不成呀。”

说着菊治站起身。

他从壁龛旁的那扇门进入茶室，在进门处的上座坐下。

近子紧随其后。

“这位是三谷先生的公子。”

近子为菊治做了郑重其事的介绍。

菊治再次向大家施礼，乘机抬起头把小姐们扫视了一遍。

菊治有点紧张。满屋鲜艳的和服，简直让人无法分清谁是谁。

好不容易定下心来，他发现太田夫人原来就坐在正对面。

“啊！”夫人发出这样一声。

在座的都听见了，那声音纯朴而亲切。

“多日不见，久违了。”夫人致意道。

与此同时轻拽身旁女儿的袖口，示意她快打招呼。

小姐看着菊治有些困惑，低头施礼前显然脸红了。

菊治很是意外。夫人的态度没有丝毫敌意，反倒看着着实亲切。跟菊治这样不期而遇夫人好像很高兴——看来她是忘了自己的身份。

小姐则一直低着头。

待到意识过来，夫人的脸也红了。她看着菊治，那样的目光让人觉得她急迫地想要尽快对菊治倾吐衷肠。

“您还在做茶道？”

“不，我向来不做。”

“是吗？可府上是茶道世家啊！”

夫人突然有些感伤起来，眼睛湿润了。

父亲葬礼后就再也没见过太田的遗孀。

仔细看看，她跟四年前没什么改变。

她的脖颈如往昔一样白皙而修长，跟均匀圆润的肩相映生辉。体态比年龄显得年轻。仔细观察，她的鼻子小巧别致，让人不由得心生喜欢。说话时，偶尔会反咬精致的上唇。

小姐则继承了母亲的脖颈跟丰腴圆润的肩。不过嘴比母亲大些，一直紧闭。同女儿比，母亲的嘴唇小得有点滑稽。

小姐黑眼珠看着比母亲的大，似乎总带着几分淡淡的哀愁。

近子看看炉里的炭火，说：“稻村小姐，给三谷先生沏碗茶行吗？你还没点茶[①]吧。”

---

① 点茶：也称点茶法，日本茶道中的抹茶道。最初流行于中国宋代，后传入日本并延续至今，是日本茶道的主要茶艺。

“是。”

拿千只鹤包袱的小姐应了一声，起身走了过去。

菊治看清了这位小姐就坐在太田夫人的近旁。

只是在看到太田夫人和小姐后，就一直回避去看稻村小姐。

这样让稻村小姐点茶，近子或许是想让菊治看看稻村小姐吧。

稻村小姐在茶水锅前跪坐下，回头向近子请示：“用哪种茶碗？”

“啊，请用那只织部茶碗[①]吧。”近子说，“因为是三谷少爷的父亲爱用的，还是他送给我的呢。”

稻村小姐拿过茶碗放在面前。这只茶碗菊治见过，依稀记得是父亲从太田遗孀那转承下来的。

已故丈夫喜爱的遗物从菊治父亲那到了近子手里，此刻再这样出现在茶席上，太田夫人不知会作何感想。

对近子的满不在乎，菊治感到吃惊。

要说满不在乎，太田夫人又何尝不是呢？

跟那些有过太多经历的中年妇女比，菊治感到这位点茶的小姐，让人觉得着实纯美。

3

菊治这才明白，母亲和自己都曾受过太田小姐的恩惠

近子是想让菊治看看手里拿千只鹤包袱的小姐。很可能小姐本人对此一无所知。

小姐点好茶后端到菊治面前。落落大方，一点看不出紧张。

菊治喝完茶，欣赏了一下茶碗。这是只黑色的织部茶碗，正面白釉处有用黑釉描绘的嫩蕨菜图案。

---

① 织部茶碗：由古田织部指导烧制的陶器茶碗。古田织部即古田重然（1544—1615），织田信长至丰臣秀吉时代武将。织部之名是由他受封的官职从五位下织部正而来。他在茶器制作、建筑、造园方面创造了日本安土桃山时代（1568—1603）的“织部风”。

“见过吧？”

近子问得毫不委婉。

“可能吧。”

菊治说着放下茶碗。

“因为这蕨菜的嫩芽展现了山村情趣，所以这茶碗适合早春使用，令尊也曾使用过。从时令来说，这时候拿出来用晚了点儿，但如果是给菊治少爷献茶，正合适啊。”

“不，这只茶碗家父也只是短暂拥有过，不算什么。可不是嘛，这茶碗是从桃山时代的利休[①]传下来的吧。数百年历经无数茶人之手传承至今，这样看家父恐怕还难以跻身了。”菊治这样说。

他想要忘掉这只茶碗的来历。

该茶碗由太田先生传给他的遗孀，再从太田遗孀那转到菊治父亲手里，菊治的父亲转赠给了近子，其中两个男人都已去世，可两个女人却还在这里。就此来看，这茶碗的命运也够怪诞的。

如今这古老的茶碗在这被太田的遗孀、太田小姐、近子、稻村小姐以及别的小姐唇接，手抚。

“我也要用这只茶碗喝一碗。因为刚才用的是别的茶碗。”太田夫人突然这样说。

这让菊治一惊。他很是困惑，不知她是在犯傻还是恬不知耻。

菊治有点可怜起一直低着头的太田小姐，不忍心去看她。

稻村小姐再次为太田夫人点茶。人们的目光落在她身上。这位小姐多半是不知道这只黑色织部茶碗的来历吧。她在那严格按照所学张罗着。

她的点茶纯朴自然，找不出任何瑕疵。从胸部到膝部姿势都很标准，有股子高雅气度。

嫩叶般的稻村小姐的身影投射在了身后的纸拉门上，她那艳丽的长袖和服的肩部和袖兜隐约反射出柔光。一头秀发乌黑亮丽。

作为茶室，这房间光线有点过，不过不这样也就无法映出小姐的光彩。

---

① 利休（1522—1591）：即千利休。日本安土桃山时代著名茶道宗師。本名田中与四郎。与今井宗久、津田宗及合称“天下三宗匠”。

那小红绸巾一点都不使人感到平庸，反倒给人一种少女般的水灵。小姐的手恍若绽开的红花。

此时小姐周边似有千只小白鹤在翩跹。

太田遗孀把织部茶碗托在掌上，说："这黑碗衬着绿茶，就像春天初发的嫩绿啊！"

她到底没说出这茶碗曾为她亡夫所有。

接着近子简略介绍了一下茶具。小姐们不了解茶具的由来，听得津津有味。

水罐和小茶勺、柄勺，都曾是菊治父亲的东西，但是近子和菊治都没说出来。

目送小姐们起身告辞回家，菊治刚坐下，太田夫人就挨过来对他说道："刚才的失礼让你生气了吧？不过看到你真的特别亲切。"

"哦。"

"你可是一表人才呀。"

夫人的眼里似乎噙着泪。

"啊，对了，令堂……本想去参加葬礼，可最终没能成行。"

菊治的神情有些不悦。

"令尊令堂相继辞世……很寂寞吧。"

"哦。"

"还不回家吗？"

"哦，再等会儿。"

"有机会我想和你再谈谈……"

近子在隔壁大声喊道："菊治少爷！"

太田夫人站起身来，有点恋恋不舍的。小姐已在庭院里等她。

小姐和母亲向菊治低头施礼后离去。小姐的眼里似乎是在说什么。

近子和两三个亲近的弟子带着女佣在隔壁房间收拾茶具。

"太田夫人说什么了？"

"没……没说什么。"

"对她可得提防点。她总是一副温顺无辜的样子，可心里想些什么太难捉摸了。"

"她不是经常来参加你的茶会吗？从什么时候开始的？"

菊治语带嘲讽意味。

他走了出去，似乎是在躲避这房间里到处都是的恶意似的。

近子尾随而来，说："怎么样，那位小姐不错吧？"

"的确不错。如果能在没有你和太田夫人，最好是感受不到家父幽魂的地方见就更好。"

"你很在意这些？太田夫人跟那位小姐可是没什么关系呀。"

"我是觉得对那位小姐有点过意不去。"

"有什么可过意不去的。你如果介意太田夫人在场我很抱歉。不过今天我可没请她来。稻村小姐的事，请另作考虑吧。"

"今天就此告辞了。"

菊治停下来说。因为要是走着说，近子就没有要走开的意思。

剩下菊治一人时，他一抬眼就看到了前方山脚下的杜鹃花蓓蕾。不由得深吸口气。

近子说什么看请帖把自己引诱来了，这让菊治嫌恶起自己来。不过，手拿千只鹤小包袱的这位小姐，留给自己很是强烈的印象。

茶席上看见两个跟父亲有关系的女人，但他觉得自己好像并没感到厌恶，可能也是因为那位小姐的缘故吧。

但一想到这两个女人如今还活着，并且还要议论父亲，而母亲却已辞世，菊治心里就会怒火中烧。这样的时候，近子乳房上那块丑陋的痣就会浮现。

晚风透过嫩菜习习传来。菊治摘下帽子，慢步走着。

他远远看见太田夫人站在山门后。即刻有了避开此道的念头，于是环顾四周寻找。如果走左右两边的小山路，看来不用经过山门。

但最终菊治还是朝山门的方向走去。紧绷着脸。

太田夫人发现菊治后就迎了上去。她两颊绯红。

"我想再见见你，就在这等候。也许你会觉得我是个厚脸皮的女人，可我不愿就这样分别……这样分别了，不知什么时候才能再见。"

"小姐呢？"

"文子和朋友一起先回去了。"

"那么，小姐知道她母亲在等我吧。"

"是的。"夫人看看菊治的脸。

"看来，小姐讨厌我吧，不是吗？刚才在茶席上，小姐似乎也不想见我，真遗憾啦。"

菊治的话客气但有点咄咄逼人。可夫人却说："她见了你，心里准是很难过。"

"许是家父的缘故吧。"

菊治本想说"这就像夫人您使我痛苦一样"。

"不是的。令尊很喜欢文子。有些事有机会我会慢慢告诉你。起初，令尊再怎么善待这孩子，她也总是排斥不愿亲近他。可战争快结束那阵，空袭越来越猛烈，她似乎悟到了什么，就转变了态度。她也想对令尊尽一份心。虽说是尽心，可一个女孩子能做到的，充其量不过是买只鸡，做个菜罢了。不过，她倒是挺拼命的，也曾冒过相当的危险。在空袭中她还从老远的地方弄回了米……她的转变让令尊也感到震惊。看到孩子的转变，我又心疼又难过，仿佛遭到谴责似的。"

菊治这才明白，母亲和自己都曾受过太田小姐的恩惠。那时候，父亲偶尔带些土特产回家来，让他们感到突然和高兴，原来都是太田小姐搜集到的呀。

"我不太清楚女儿的态度为什么突然转变，也许她每天都想着自己说不定什么时候就会死去，因此担心我。她对令尊真的就是想尽尽心意啊！"

在战败后的那些岁月里，小姐应该是看到了母亲拼命不放弃对菊治父亲的爱。而日子是一天天严酷，因此，她顾不上去回忆自己已故的父亲，因为有一个这样的母亲需要照料。

"那么，你注意到文子手上的戒指了吗？"

"没有。"

"那是令尊送给她的。令尊到这里来，只要一响警报就会立即回家，文子说什么也要送他回。她担心令尊一人发生什么事。有一回，她送令尊回府上，却不见她回家来。如果她在府上歇一宿就好了，我担心的是两人会不会都死在了途中。到了第二天早晨她才回到家。一问才知道，她送令尊到府上大门口，折回时，路上在一个防空壕里待到天亮。令尊再来时说：

文子，上回谢谢你了。说着就把那只戒指送给了她。这孩子，大概不好意思让你看到戒指。”

菊治不由得厌烦起来。奇怪的是，太田夫人竟自以为能由此博得菊治的好感。

不过，菊治也并没有因此就有成见及产生排斥和不相信太田夫人。太田夫人好像天生就有让人感到温馨和放松戒备的本事。

小姐之所以那样做，想来也许是目睹了母亲的凄凉吧。

所以，夫人虽然是在讲述小姐的往事，可菊治却感觉她是在倾诉自己的情怀。

然而，夫人的话有些过分，她多半是情不自禁忘了自己现在的谈话对象是菊治而不是菊治的父亲。她的那种亲昵，完全就是只会发生在跟菊治的父亲在一起时的。

早先，菊治还有他母亲对太田遗孀所抱的敌意，虽说还没完全消除，但是已减退大半。不知不觉间，他甚至会觉得自己就是她所爱的父亲，跟这个女人早就很亲密了。

菊治知道，父亲跟近子在一起的时间很短，可同这个女人却至死都保持着关系。菊治估计，近子为此会恨太田夫人。而此时，菊治心中也冒出想要捉弄一下太田夫人的残忍。

“你常参加栗本的茶会，以前她不是总欺负你吗？”菊治问。

“是的。令尊仙逝后，她给我来过信，因为我怀念令尊，也很寂寞，所以……”夫人垂下了头。

“令爱也一起吗？”

“文子大概很勉强。”

跨过北镰仓车站外的铁轨，两人朝与圆觉寺相反方向的山上走去。

4

而夫人体内刚平复一会儿的激情又来了

太田夫人的年龄至少四十五，应该大菊治差不多二十岁，可跟她在一起，菊治却像完全忘了她的年龄。菊治搂抱着她时，感觉是搂抱一个年轻的女人。

毫无疑问，菊治是在和夫人一起享受着来自夫人作为成年女人的经验带来的愉悦，他并不胆怯，也不觉得自己是个毫无经验的单身汉。

菊治的感觉就像是初次同女人发生关系，懂得了初做男人的感受。这份觉醒让他吃惊。在这以前，菊治从来不知道女人竟是如此温柔的被动者，那种温顺既是作为被动承受者同时又是具有强烈诱惑力的诱导者，所带来的温馨简直令人陶醉。

很多时候，独身者菊治在事后不知为何总会生出一种厌恶。然而，这次本该是最可憎，他却觉得甜美而安宁。

每次菊治都会不由自主想要冷漠地离开，可这次他却听任她温馨地依偎，而自己也如痴似醉。他不知道女人情感的波浪竟是这般如影随形，是如此前后相逐。菊治在这波浪中荡漾，宛如一个胜利者在完成一次征服后，心满意足地打着瞌睡听凭奴隶给自己洗脚。

当然，其中也有母爱的感觉。菊治缩着脖颈说："栗本这个地方有一大块痣，你知道吗？"

菊治也马上就察觉到了自己的不得体，也许是思绪松弛了的缘故，可他并不觉得这话对近子有什么不利。

"长在乳房上，就这里，这……"说着菊治把手伸过去。

促使菊治如此的那个东西此时突然在他体内苏醒。这是种像是要拂逆自己，又像是想伤害对方的刻薄。也许是为了掩饰想看那个地方的一种甜蜜的羞怯。

"不要这样嘛，太可怕了。"

夫人说着悄悄把衣领合上，却蓦地又像有点难以理解似的悠悠地说："我还是头一次听说，不过，在衣服下看不见吧。"

"哪能看不见呢。"

"呀，为什么？"

"瞧，在这儿就看见了嘛。"

"喂，瞧你多讨厌，以为我也长了对吧？"

"那倒不是，不过，真有的话，你此刻的心情会是怎样的呢？"

"在这儿，是吗？"夫人也看看自己的胸，无所谓地说："为什么要说这些呢？这种事跟你有什么相干？”

菊治的恶毒对夫人似乎没有效果。可菊治自己却为此兴奋了起来。

“怎么会不相干呢。虽说我只看过一次那块痣，而且还是在八九岁时，但直到现在还清清楚楚呢。”

“为什么？”

“就说你吧，那块痣对你也有影响嘛。栗本不是打着家母和我的招牌，到你家狠狠数落过你吗？”

夫人点点头，然后缩回身子。菊治用力搂住她说：“我想，就是在那种时候她也肯定在不断地想着自己胸上的痣，所以出手才更狠。”

“算了，你在唬人呢。”

“也许是想要报复一下家父的念头在起作用吧。”

“报复什么？”

“那块痣让她自卑，认定是因为这个自己才被抛弃的。”

“请不要再谈痣的事吧，让人实在不舒服。”

夫人看来非常不愿意去想象那块痣。

“如今栗本已经不需要在意痣的事了，所以过得不错嘛。那样的烦恼没有了真好。”

“过去了的烦恼就不会留下痕迹吗？”

自然有时还会令人怀念呀。”夫人说。

她像是在做梦。

接着菊治把本不想说的那件事，一不小心也说了。

“茶席上坐在你身边的那位小姐……”

“啊，你说雪子呀，她是稻村先生的千金。”

“栗本邀我去是想让我看看这位小姐。”

“是吗。”

夫人睁开了她那双大眼，盯着菊治好个看。

“是相亲吗？我一点也没察觉到。”

“不是相亲。”

“是吗？是相过亲后回家的，对吧？”

夫人潸然泪下，肩膀在颤动，泪珠落在枕头上。

“不应该嘛，太不应该了呀！为什么不早告诉我？”

夫人伏在枕头上哭着。这让菊治始料不及。

“管他是相亲还是不是嘛，实在要说不该，那就不该好了。两件事没有关系嘛。”这样说着，菊治心里也是这样想的。

这时，稻村小姐点茶的倩影在菊治眼前浮现，特别是那缀有千只鹤的桃红色包袱皮。

这样一来，正在哭哭啼啼的夫人的样子就显得难看起来。

“啊！太丢人了。罪过啊。我是个坏女人。”

说罢，夫人圆匀的肩越发颤抖起来。

对菊治来说，说后悔那无疑是因为这事的不堪。不论相亲那事怎样，毕竟这是父亲的女人呀。

问题是菊治一点也不觉得后悔，更不觉得丑恶。他完全想不明白自己为什么会跟夫人做出这样的事来。

事态的发展就是这么自然。也许夫人是后悔自己诱惑了菊治。且不说这样的诱惑是有心还是无意，菊治也不觉得自己是遭到了引诱。而且菊治看上去一点也不反感，对方不是也很顺从吗？因此，这事完全不存在什么道德观念的困惑。

两人换了一家旅馆用了晚餐。关于菊治父亲的那些事还没有讲完。菊治不明白自己是不是非听不可，只是这样一本正经地听很滑稽，可夫人好像没意识到这点，只顾在那幽幽倾诉。渐渐地，菊治感受到了她那祥和的温情。

至此，菊治算是明白了父亲曾获得的是怎样一种幸福。

现在，已经完全无所谓该不该了。他放弃了任何挣脱夫人的努力，反而开始享受这种温馨。

然而，也许是因为心底有挥之难去的阴影，所以菊治才恶意地说出近子和稻村小姐的事。没想到反应有点大。现在，菊治因自己的行为对自己感到了恶心。

“忘了这事吧，它不算什么。”夫人说，“这种事真不算什么。”

“你只不过是想起家父的事吧？”

“喂！”

夫人抬起头来。由于先前伏在枕上哭的缘故，眼都有点红了。菊治认为她的神情中残留着女人的倦怠。

“你要这么说也没办法。我是个可悲的女人呀。”

“不是啦。”

菊治猛拉开她的衣襟。

“要是有痣，印象更深，是很难忘记的……”

菊治对自己感到震惊。

“不要这样。这么想看，我已经不年轻了。”

菊治龇牙咧嘴贴近她。而夫人体内刚平复一会儿的激情又来了。

事后，菊治安心进入梦乡了。迷迷糊糊里，小鸟的鸣啭吵醒了他。这样的经历，在菊治应该是头回吧。

仿佛朝雾润湿了树木的翠绿，菊治的心也像是有过一次荡涤，此时丝毫杂念也没有了。

原本背向菊治睡的夫人翻过身来。菊治支起一只胳膊肘凝视着，他觉得睡意朦胧的夫人的面容迷人又有点可笑。

5

我是为家母的事来求您的

茶会过去后大约半个月，太田小姐造访了菊治。

菊治把她请进客厅之后，心里还是忐忑不安，他亲自打开茶柜，把洋点心在碟子里摆放好，他不清楚小姐是独自来的，还是跟夫人一起，夫人只是觉得尴尬所以在门外等。

菊治打开客厅的门扉，小姐从椅子上站起身来。她低着头，紧抿着有点地包天的下唇。这模样菊治看在眼里。

“让你久等了。”

菊治从小姐身后走过去，打开了朝向庭院的玻璃门。

走过小姐身后时，菊治隐约闻到花瓶里白牡丹的芳香。小姐的圆肩稍有点前倾。

“请坐！”

说着菊治自己先在椅子上坐下，那样子好像一切都在掌握中的。并且，这时候他在小姐身上看到了她母亲的影子。

“突然来访，失礼了。”小姐还是低着头。

“不客气。你很熟悉路，对吧？”

“哎。”

菊治想起那天在圆觉寺时，夫人说的空袭时，这位小姐送父亲到家门口的事情。

对这事菊治是欲言又止。他盯着小姐看。

猛然里，太田夫人的温馨宛若一股温暖的泉流在他心中涌起。菊治想到夫人的温顺从容，于是就不再顾虑了。

菊治对小姐的戒心也不复存在。然而他还是无法跟她的目光对视。

“我……”小姐似乎有些犹豫。“我是为家母的事来求您的。”

菊治屏住呼吸。

“希望您能原谅家母。”

“啊？原谅什么？”

菊治觉察到夫人大概把自己的事告诉小姐了。

“如果说需要原谅的话，那也应该是我吧。”

“令尊的事，也希望您能原谅。”

“就说家父的事，请求原谅的也应该是家父吧？再说，家母如今已经过世，就算要原谅，也没了受害者呀。”

“令尊那样早就仙逝，我想可能跟家母多少有点关系。还有令堂也……这些事，我对家母也都说过了。”

“那你过虑了。令堂真可怜。”

“家母先死就好了！”

小姐的神情显得羞愧难当。

菊治明白了小姐说的是她母亲跟自己的事。这事使小姐蒙受了多大的耻辱和伤害，菊治无从得知。

“请原谅家母吧。”小姐再次请求。

“不存在原谅不原谅。我很感激令堂。”菊治也毫不含糊起来。

“是家母不好。家母这人很糟糕，希望您今后不要理睬她。再也不要去了。”

小姐的声音在颤抖。

“求您了！”

菊治非常清楚小姐说的，自然也明白所谓不理睬的意思。

“请不要再挂电话……”

小姐脸红了。她抬起头看着菊治，神情中有了种倔强，像是要战胜自己的羞耻感似的。她黑黑的大眼里噙着泪，满满的真诚的哀求。

“明白了。真过意不去。”菊治回复道。

“拜托了！”

小姐越发地腼腆，连白皙的长脖颈都被染红。

也许是为了突出自己修长优美的脖颈，洋服的领子上装饰了白色的饰物。

“您打电话约家母，是我阻拦她不让去的。可她无论如何也要去，我只好抱住她不放。”

此时小姐显然松了口气，语调也趋于平和。

至于菊治给太田夫人挂电话约会，是那次后的第三天。

当时电话里传来夫人的声音，确实听着是高高兴兴的，但她却没有如约到茶馆来。

只有过一次，两人也没见面。

“只是后来我也觉得母亲很可怜。不过，当时我拼命阻拦她，现在想起很有点无情呀。家母说，那么，文子，你就去替我回绝吧。可我走到电话机前怎么也说不出话来。家母就那样盯着电话机，流下泪来。仿佛三谷先生就在电话机前等着似的。家母这人就是这样。”

两人都沉默了，好一阵菊治才开口说：“那次茶会后，令堂等我的时候你为什么先回呢？”

“因为我希望三谷先生能了解家母，知道她并不是坏蛋。”

“她太不坏了。”

小姐的眼睑垂下了。那样精致漂亮的小鼻子，有点地包天的下唇，典雅的圆脸很像母亲。

“我早知道令堂有你这样一位千金，我曾设想过同小姐谈谈家父的事。”

小姐点点头。

“我也曾这样想过。”

菊治暗想，要是没有跟太田夫人发生那种事，能跟这位小姐无拘无束地谈谈父亲的事该有多好。

不过，菊治打心里想原谅太田的遗孀，也原谅父亲，因为现如今菊治跟这位遗孀间再也不是过去那样的状况。这很好理解，对吧？

小姐大概觉得该告辞了，就站起身来。

菊治把她送出去。

“真希望能再有机会跟你谈家父和可敬的令堂呀。”

菊治只是随便说说，可对方似乎当真了。

“是啊。不过，据说您不久就要结婚了。”

“我？”

“是呀。家母这样说的，说您跟稻村雪子小姐……”

“没这么回事。”

迈出大门就是下坡道。在坡道的中段那有个小拐弯，从那地方回头看时，只能看到菊治家院里的树梢。

小姐的话让千只鹤小姐的身影浮现在菊治的脑海。这时，文子停下了脚步跟他道别。然后菊治反身爬上坡道回去了。

森林的夕阳

1

在那里，壁龛上的水盘里插的应该是菖蒲

菊治在公司接到近子挂来的电话。

“今天直接回家吗？”

菊治显得有些不悦，说：“是啊！”

“因为令尊历年都照例会在今天举办茶会，我想，为了令尊，今天请一定直接回家吧。一想起这来我就坐不住了。”

菊治不说话。

“我把茶室打扫了，啊，打扫茶室时我突然想做几道菜来。”

“你现在在哪里？”

“在府上，我已经到了。对不起，没先跟你打招呼。”

菊治吃了一惊。

“我坐不住呀，每次都会这样。我就想哪怕把茶室打扫打扫，心也会平静些。本该先挂个电话，可我知道你会拒绝。”

自从父亲去世后茶室就没用过。

菊治母亲健在时偶尔会进去独自坐坐。但并不生炉子，而是提一壶开水进去。菊治不喜欢母亲这样，那里面过于冷清了，她担心母亲会生出忧伤。

菊治有过想窥视一下，想看看母亲独自在茶室里的情形，但终究没这样干。

不过，父亲生前，都是近子张罗茶室的事务。母亲很少进茶室。

母亲辞世后，茶室一直关着。父亲在世时充其量也是一年由在家里干活的老女佣打开几次，通通风而已。

“多久没打扫过了？榻榻米上再怎么揩拭都有股霉味，真没办法。”

说着说着近子放肆起来。

“打扫起来呀，我就忍不住想要做几道菜。因为是一时兴起，来不及准备材料，只能稍许做点准备，想着你能直接回家来。”

“真没办法啊。”

“菊治一个人太冷清了，能不能邀公司三四位朋友一道来呢？”

“不行呀，没有懂茶道的。”

“不懂更好，因为准备得简单。请尽管放心来吧。”

“不行。”

菊治终于说了出来。

“是吗，真令人失望呀。请谁呢，令尊的茶友嘛……很难请呀。要不这样，要不请稻村小姐来？”

“开玩笑，就算了吧。”

“为什么？不是很好吗？那事对方大概是有心了，你再好好跟她谈谈嘛。今天我邀她，她要是来就表明问题不大。”

“不行！这件事就算了。”

菊治很烦，说：“算了。我不回了。”

“啊？瞧你说的。这种事在电话里说不清。以后再说吧。总之，事情的原委就是这样，请早点回来吧。”

“所谓事情的原委是什么，我可不知道。”

“行了，就算我瞎操心好了。”

虽这样说，可近子那强人所难的气势还是被菊治感受到了。

菊治莫名其妙想起近子乳房上那块大痣。

于是当听见传来的近子清扫茶室的扫帚声，菊治就感觉到扫帚是在自己脑子里扫动，还有抹布擦榻榻米边也像是在擦拭自己脑子。

这种嫌恶涌了出来。近子竟趁自己不在家擅自登门，甚至随意做起菜来，这的确是件奇怪的事。

要是只是为了供奉父亲而打扫一下茶室，或插上几枝鲜花就回，还情有可原。

然而，这时候稻村小姐的身影却犹如一道亮光照亮了菊治的脑海。

父亲辞世后，菊治自然跟近子疏远了。可她现在难道企图以稻村小姐作为手段，重新跟菊治建立关系，纠缠不休吗？

近子在电话里的语气照例展示了她那好笑的性格，这种性格有时会因为令人哭笑不得而疏忽了防备，而她这种语气通常都含有不容置疑的命令。

菊治想她的语气之所以让自己觉得咄咄逼人，还是因为自己的软弱吧。既然有这样的毛病，对近子那随意的电话自然就无法发火。

近子是因为菊治性格的弱点在步步紧逼吗？

下班后菊治去了银座一家小酒吧。

菊治虽然不得不按近子所说的回家去，可他对自己的弱点越发感到郁闷了。

圆觉寺的茶会后，在归途中菊治跟太田的遗孀在北镰仓的旅馆意外住了一宿，近子应该不至于知道这事，只是不了解那之后她见过太田遗孀没有。

菊治开始有些怀疑，他觉得电话里近子那样咄咄逼人，有可能不仅是由于她的厚颜无耻。

不过，也许近子只是一厢情愿在企图按照自己的想法安排菊治跟稻村小姐的事。

既然在酒吧间里也无法静下来，菊治也就只好乘电车回家。

在国营电车经过有乐町[①]驶向东京站途中，菊治透过车窗凝视大街上成排的高大街树。

大街几乎跟国营电车线路成直角，东西走向，西照的阳光刚好折射到了，仿佛是照在一大块金属板上，晃得人眼发花。但由于阳光是在街树的那面，因此树叶的深绿越发地深了，形成浓浓的荫。街树枝叶茂盛舒展。街道两边是幢幢洋楼。

这样一条大街上行人稀少，寂静异常。可以一直眺望到皇宫护城河的那边。电车车道在夕阳下闪着无声的幽光。

在拥挤的电车厢里，感觉仿佛大街是浮现在黄昏奇妙的时间里的，是另一个国度。

---

① 有乐町：日本东京千代田区一个町名。“町”在日语可以指市集、街市等，也是日本行政区划名称之一。

菊治仿佛看到了稻村小姐，她手里拿着缀有千只白鹤的桃红色绉绸包袱皮的小包袱，正走在林荫道上。那个千只鹤的包袱皮格外显眼。

菊治心情一下子就舒畅了。

可想到这时小姐或许已经到自己家了，菊治又不得不忐忑不安起来。话说回来，近子在电话里让菊治邀几个朋友，菊治拒绝了，那样她才说把稻村小姐请来，这是什么打算呢？她是一开始就想好了要请小姐来吗？菊治开始有点迷糊了。

他刚到家门口，近子就迎出来，说："就一个人吗？"

菊治点头。

"太好了。她来了。"

近子说着，走过来想接过菊治的帽子和皮包。

"你好像拐到什么地方去了吧。"

菊治心想是不是自己带着酒气。

"你好像到哪儿去了。后来我又往公司挂了电话，说你已经走了，我还算了一下你到家的时间。"

"真令人吃惊。"

这女人擅自闯进家门，事前也不招呼就恣意胡为了。

她尾随菊治到了起居室，打算把女佣备好的和服给他换上。

"不麻烦了，对不起，我换衣服。"

菊治脱下上衣，像要甩开近子似的走进藏衣室。

在藏衣室里换好衣服走出来时，菊治发现近子还坐在那，她居然说："独身真好，真是羡慕呀。"

"噢。"

"这种不方便的生活，还是适可而止，结束算了。"

"想到父亲吃过的苦，我当然要引以为戒。"

近子看着菊治。

近子穿的是从女佣那借来的烹饪服。这件烹饪服原本是菊治母亲的。她把袖子卷了上去。手腕到袖子深处露出的小臂胖乎乎的，白得不是很协调。胳膊肘内侧的青筋蜿蜒突起。简直就像块没有生气的肉。这让菊治很意外。

“还是请小姐进茶室吧。她正在客厅里坐着呢。”

近子说着，有些故作庄重。

“哦，茶室里装了电灯吗？点上灯，我还没见过呢。”

“要不点上蜡烛，反而更有情趣。”

“我可不喜欢。”

近子像忽然想起什么似的说：“对了，刚才我挂电话邀请稻村小姐来时，她问是否需要家母一起。我说能一起光临那就更好。可她母亲有别的事，最后决定小姐一个人来。”

“什么最后决定，恐怕是你擅自做主的吧。这样突然请人家来，人家会觉得你失礼。”

“我知道，不过小姐已经到了。她肯来，我的失礼也就自然不存在了，不是吗？”

“为什么？”

“你想呀，小姐既然来了，就表明她对上次的见面不反感。就算方法有点古怪也没关系。如果事成了，你俩就算笑我栗本是个办事古怪的女人也无妨。我的经验告诉我，能成的事不管怎样都会成。”

近子像看透了菊治的心思。她的语气有点轻蔑的味道。

“你已经跟对方说过了？”

“说过了。”

这等于是在对菊治下命令，要他明确态度吧。

菊治起身从走廊向客厅走去。到了那棵大石榴树处，他稍作停留，试图稳定一下情绪。不应该带着满脸的不高兴去见稻村小姐呀。

看着石榴树影形成的那片阴暗，近子乳房上那块长了毛的痣又浮现了出来。他使劲摇摇头。此时，夕阳的余晖正照在客厅前的庭石上。

客厅的拉门敞开着，小姐坐在近门处。

顺着小姐的光彩，菊治甚至看清了客厅深处的昏暗。

在那里，壁龛上的水盘里插的应该是菖蒲[①]。

---

① 菖蒲：是一种菖蒲科水生草本植物。

小姐系的是缀有菖兰[1]花样的腰带。可能是巧合吧，不过的确是适合这样的季节，这可不该是巧合。

的确，壁龛里插的不是菖兰而是菖蒲花，所以叶子和花都显得较高。仔细观察那花的样子，看来是近子刚插上的。

2

夫人落座在外廊，双手支撑在地上

第二天星期天是个下雨的日子。

午后，菊治一个人来到茶室收拾昨日用过的茶具。

他想闻到哪怕一丝稻村小姐留下的余香。

雨下大起来，菊治让女佣送雨伞来。他从客厅走下庭院，停在门口的踏脚石上，发现屋檐的下水槽有地方破了，雨水如注哗哗落在石榴树前。

“这地方该修修了。”菊治对女佣说。

“是啊。”

菊治想起每当雨夜，上床后总是会听到很响的雨水滴落的声音。

“不过呢，一旦维修起来就会发现很多需要维修的，没完没了呀。倒不如趁现在这房子看着还行把它卖掉好。”

“最近呀，那些拥有大宅院的人家都这么说。昨天，小姐也说这宅邸真大。看样子小姐会住进这来，是吧？”

菊治听出了女佣话里的意思，那就是：不要卖掉。

“栗本师傅是不是说了这类话？”

“是的，小姐一来，师傅就带她到处参观。”

“是吗？这种人真少见。”

昨天小姐没有对菊治提这件事。

他以为小姐只是从客厅走进了茶室，所以，今天自己才会下意识也从客厅走进茶室。

---

① 菖兰：也称洋蝴蝶。鸢尾科唐菖蒲属，多年生草本植物。

昨夜菊治失眠了，简直通宵未眠。

他想茶室里应该有小姐的余香吧，半夜忍不住想起来到茶室去。

“她永远是另一个世界的人啊！”

为了能睡着，他就开始如此想象这样一个稻村小姐。

这位小姐竟愿意在近子的引领下四处观看。这让菊治感到意外。

菊治吩咐女佣往茶室里送炭火，自己就踩着踏脚石走过去。

昨晚，近子要回北镰仓，稻村小姐就跟着一起离开了。茶室是由女佣收拾的。本来菊治应该检查一下摆在茶室一角的茶具是不是摆对了，可他不很清楚原来是怎样置放的。

“看来还是栗本那家伙比我清楚啊。”

菊治喃喃自语着观赏起挂在壁龛里的歌仙画①来。这是法桥宗达②的一幅小品，在轻墨线描上添上了淡彩。

“画的是谁呢？”

他想起昨天稻村小姐问过，可自己没答上来。

“是谁呢？没有题歌，我也不知道。这类画画的是歌人的模样，差不多都一样吧。”他这样念叨着。

“可能是宗于③吧。”近子插嘴说，“和歌里是这样说的：常盘松翠绿，春天色更鲜。虽然现在季节过了点，但令尊喜欢，春天里总是会挂出来。”

“难说，画的究竟是宗于还是贯之④，仅凭这画很难分辨吧。”菊治回她一句。

今天再来看，这面容从容磊落，根本没法确定是哪位歌仙。

不过只是这样勾勒几笔，却能令人感到人物形象的高大。这样欣赏着，不一会儿仿佛就有了一股清香散发出来。

---

① 歌仙画：歌仙，日本和歌诗人纪贯之等人在编撰日本和歌集《古今和歌集》时，模仿中国称李白为“诗仙”，把柿本人麻吕、山部赤人等歌人称为和歌仙。歌仙画是描绘歌仙的绘画。

② 法桥宗达：即俵屋宗达（生卒年不详），法桥是他的法号。本姓野野村氏。“俵屋”是宗达管理的一间小规模装饰绘师工房（当时称为“绘屋”）之商号。

③ 宗于：即然宗于，平安时代三十六歌仙之一。

④ 贯之：纪贯之（？—945），日本平安时代三十六歌仙之一，《古今和歌集》的主要编撰者，并撰假名序。

无论是这歌仙画还是昨日客厅里插的菖蒲，都让菊治感受到稻村小姐的亲在。

“我想让水多烧开一会儿，送来晚了。”

女佣送来了炭火和开水壶。

因为茶室有些潮湿，菊治只想要火。

但女佣一听到菊治说要火，就自作主张连开水也准备好了。

菊治漫不经心地添了些炭，把水壶坐上去。

从孩提起，菊治就跟随父亲浸润在茶道的氛围里，对那些规矩了如指掌，但却没有兴趣自己点茶。父亲也没有意诱导他学习茶道。

水烧开后，菊治只是把水壶盖半敞开来，呆呆坐在那。

茶室里还是有股霉味，榻榻米也是潮的。

那墙壁昨天衬着稻村小姐的倩影显得古雅，可今天则幽暗了。

这感觉就好比一个住在洋房里的人身穿和服一样。

“栗本突然邀请你来，可能使你感到为难了。在茶室里接待，也是栗本擅作主张的。”

这是昨天菊治对小姐说的话。

“师傅告诉我，历年的今天都是令尊举办茶会的日子。”

“据说是的。不过，这种事我全忘了，也没在意过。”

“在这样的日子里，把我这个外行叫来，师傅这不是在挖苦人吗？最近我可是很少去学习呀。”

“连栗本也是今早才想起这事，于是才匆匆跑来打扫茶室。所以还有股霉味呢。”菊治继续咕噜着，“不过，要说相识总归会的，可要是不是栗本介绍会更好吧，对稻村小姐我觉得很过意不去。”

稻村小姐可能是觉得有点蹊跷，她看看菊治。

“为什么呢？如果没有师傅，就没人给我们引见了嘛。”

这几乎就是在表达明确的反对了，不过事实的确如此吧。

的确，如果没有近子，也许两人在这人世间就不会相见。

菊治一瞬间仿佛遭到了迎面射来的鞭子样的闪光抽打。

听小姐的语气，像是同意这桩跟菊治提亲的事。

菊治有这种感觉。

小姐那种蹊跷的目光，也是菊治会感觉到那闪光的抽打的原因吧。

但菊治直呼近子为栗本，不知道小姐会作何感想？尽管时间短暂，可近子毕竟是菊治父亲的女人，不知小姐是否知道这点呢？

“在我的记忆里，栗本也有不少令人讨厌的地方。”

菊治的声音有点颤抖。

“我不愿意让她接触到我的命运问题。所以，我才会不愿意稻村小姐是她介绍的。”

正说着，近子把自己的食案端了过来，谈话也就戛然而止。

“我也来作陪了。”

近子跪坐下来，脊背稍许弯下，像是在让自己因为干活而生的喘息平复一下，她在悄悄察看小姐的神色。

“只有一位客人，显得有点清静。不过，令尊会高兴的呀。”

小姐垂下眼帘，老实地说：“我呀，实在没资格进令尊的茶室。”

近子当作没听见，她接着把自己想到的一股脑说了出来，如菊治的父亲在世时怎样使用这间茶室之类的。

近子的表现似乎是已经确定这门亲事会成功。

临走时，她在门口对菊治说：“少爷也该回访稻村府上……下次就该商谈日子了。”

小姐点了点头。像是要说什么却没说出口，却露出羞涩样来。

这让菊治始料未及。他仿佛触碰到了小姐身体的温暖。

问题是菊治无缘无故还是觉得自己像是被包裹在一幅丑陋的帷幕里似的。即便到如今，这帷幕也没能打开。

不只介绍稻村小姐的近子不纯洁，菊治自己也不干净。

菊治总是会不由自主去想象，父亲用脏兮兮的牙咬近子胸脯上的那块痣……并且在这情形里，父亲跟自己是混淆在一起的。

小姐似乎并不在意近子，可菊治却耿耿于怀。菊治的本性懦怯，但却敏感，这大概也是原因之一吧。

菊治装出嫌恶近子的样子，企图造成一种跟稻村小姐相亲是受迫于近子的感觉。再说近子就是这么个会轻易受人利用的女人。

只是菊治感觉自己的这点小伎俩已被小姐看穿，于是犹如当头挨了一鞭。菊治感到愕然，他第一次发现这样一个自己。

用过膳后，当时近子起身准备去泡茶，菊治却说："如果说栗本的命运就是操纵我们的，那么，在对这种命运的看法上，稻村小姐跟我相距很远呀。"

这话自然有某种辩解的味道。

父亲辞世后，菊治不喜欢母亲独自一人进入茶室。

现在，菊治还是这样，他相信，无论是双亲中的任何一位，还是自己，只要独自一人在茶室里，就会各怀心思。

雨点敲打着树叶。

与此同时，在这敲打声里夹杂着雨点击打在雨伞上的嘈杂声。女佣在拉门外说："太田女士来了。"

"太田女士？是小姐吗？"

"是夫人。好像有病，人很憔悴……"

菊治猛地站起来，却又伫立不动。

"请夫人上哪间？"

"请到这里吧。"

"是。"

没看到太田遗孀拿着雨伞。是把雨伞放在大门口了吧。

起初菊治以为她脸上是雨水，但仔细看后才知道是泪水。因为泪水还在汩汩涌流。菊治对自己的迟钝非常生气。

"啊！你怎么了？"

菊治叫了一声迎过去。

夫人落座在外廊，双手支撑在地上。那样子几乎就是要瘫倒在菊治身上。门槛附近的走廊都被雨水打湿了。

夫人的泪水汩汩，可这时候菊治竟又幻觉起来，以为那是雨水。

夫人的视线没离开过菊治，那样子似乎这样才能不倒下去。菊治也感到自己要是避开夫人的视线，一定会有某种危险发生。

夫人眼圈发黑，眼窝凹陷，眼角细细的皱纹清晰可见；并且奇妙地成了松弛病态的双眼皮，噙着泪水的眼，目光露出苦闷的倾诉，满满都是难以名状的柔情。

“对不起，很想见你，实在没法呀。”

夫人含情脉脉，幽幽地说。

憔悴不堪的样子，假如不是这份柔情，菊治多半都无法正视她。

菊治心如刀绞。虽然他明知夫人的苦痛是因为自己，却有一种错觉，在夫人这份柔情的影响下，自己的痛苦仿佛也和缓了。

“会被淋湿的，请快上来吧。”

菊治突然从背后搂住夫人的胸，几乎是把她拖上来的。动作有些粗暴。

夫人试图站稳，她叫着：“放开我。很轻吧，请放开我。”

“是啊！”

“很轻，近来瘦了。”

菊治对自己这样冷不防抱起夫人很是震惊。

“小姐会担心的，不是吗？”

“文子？”

听夫人这样叫，菊治还以为文子也来了。

“小姐也一起来了吗？”

“我瞒着她……”夫人哽咽着，“这孩子总盯着我不放。就是在半夜里，只要我有什么动静，她就会立即醒来。都是我的缘故，这孩子也变得有些古怪。有时她会问：妈妈为什么只生我一个呢？甚至说出这种可怕的话：哪怕生三谷先生的孩子，不也很好吗？”

夫人说完端正了坐姿。

那都可能是文子不忍心看着母亲的忧伤，发出的悲鸣吧。

尽管如此，文子说的“哪怕生三谷先生的孩子，不也很好吗”还是刺痛了菊治。

“今天，不知道她是否也会追到这里来。我是趁她不在家溜出来的……天下雨，她可能认为我不会外出吧。”

“怎么，下雨天就……”

“是呀，她可能以为我体弱，下雨天无法外出走动。”

菊治点点头。

“前些天，文子也到这里来过吧。”

“来过。小姐对我说：请原谅家母吧。这让我不知道如何作答。”

“我明白这孩子的心思，可我为什么又来了呢？啊！太可怕了。”

“不过，很是感谢你呀。”

“谢谢。仅那次，我就该知足了。可……我很内疚，真对不起。”

“可你理应没什么可顾虑的。如果说有，那就是家父的亡灵吧。”

然而菊治的话夫人完全没在意。菊治一下子失去了着力点。

“让我们忘了吧，把这些事都忘了！”夫人说，“不知怎的，我对栗本师傅的电话竟那么恼火，真不好意思。”

“栗本给你挂电话了？”

“是的，今天早晨她打电话给我，说你跟稻村小姐的事定下来了……她为什么要通知我呢？”

太田夫人眼里又流出泪来，可又在微笑。不是破涕为笑，而是孩童般天真的微笑。

“事情并没有定下来。”菊治否认说，“你是不是让栗本觉察出我的事了呢？那次之后，你跟栗本见过面吗？”

“没见过。不过，她很可怕，也许知道了。今天早晨打电话时，多半让她猜疑了。我真没用，差点晕倒，好像还喊了些什么。尽管是在电话里，可对方肯定能听出来。因为她说：‘夫人，请你不要干扰。’”

菊治紧锁双眉，一时间说不出话来。

“说不要干扰，这……你跟雪子小姐的事，我只觉得自己不好。从清早起我就觉得栗本师傅太可怕了，令人毛骨悚然，在家里实在待不住了。”

夫人说着，肩膀就开始不停颤抖，嘴唇也向一边歪斜，仿佛是被拉扯上去的，模样一下子就老态龙钟起来。

菊治起身走过去，伸出手按住夫人的肩膀。

夫人抓住他的手说：“怕，我怕呀！”

夫人环顾四周，怯生生有气无力地说：“是这间茶室？”

菊治不很明白她这句话的意思，含混答道：“是的。”

“是间好茶室啊！”

不知她是想起已故丈夫不时受到的邀请，还是想起了菊治的父亲。

“是初次吗？”菊治问。

“是的。”

"你在看什么呢？"

"没看什么。"

"这是宗达的歌仙画。"

夫人点点头，垂下头来。

"你以前没到过寒舍？"

"哎，一次也没来过。"

"是吗？"

"不，只来过一次，令尊遗体告别……"

说到这，夫人的语音隐没了。

"水开了，喝点茶吧？可以解除疲劳，我也想喝。"

"可以吗？"

夫人准备站起来，却打了个趔趄。

菊治从摆在一角上的箱子里，把茶碗等茶具取了出来。他意识到这些茶具都是稻村小姐昨天用过的，但他还是取了出来。

想打开锅盖时，夫人的手不停哆嗦，锅盖碰到锅发出细微的清脆声响。

夫人手持着茶勺，胸略前倾，泪水滴落在锅沿。

"这只烧水壶，也是我请令尊买下的。"

"是吗？我都不了解。"菊治说。

即使夫人说这原先是她已故丈夫的烧水锅，菊治也不会有反感。夫人的坦率，他丝毫不感到奇怪。

夫人点完茶后说："我端不了，请你过来好吗？"

菊治走到锅旁，就在那喝茶。

夫人好像晕过去了似的倒在菊治的膝上。

菊治搂住夫人的肩，她的脊背微微颤抖，呼吸越发地虚弱。

菊治抱住的仿佛是一个婴儿，夫人太柔弱了。

3

过世了。是心脏麻痹致死的

"夫人！"

菊治使劲摇晃着夫人。

他双手抓住她咽喉连胸骨处，像是勒住她的脖颈。这时，他发现她的胸骨比上次更加突出了。

“对太太来说，家父和我，你能分辨得出吗？”

“太残酷啦！不要呀。”

夫人闭着眼睛说，那样子无端地娇媚。

她似乎不愿从另一个世界回到现世中来。

菊治与其说是冲着夫人，毋宁说是冲着自己内心的惶恐在询问。

此时，菊治毫无抵抗地被诱入另一个世界。只能是另一个世界。在那里，菊治和父亲的区别消失了。那种不安甚至是后来才萌生的。

夫人仿佛不是凡间的女子。你甚至会觉得她或者是人类出现前或人类的最后一位女性。

一旦走进另一个世界，她是否能分辨出亡夫、菊治的父亲和菊治之间的区别，十分令人怀疑。

“你一旦想起父亲，就把父亲和我看成一个人了是不是？”

“请原谅，啊！太可怕了，我是个罪孽深重的女人啊！”

夫人的泪涌出。

“啊！我想死，真想死啊！如果此刻能死，该多幸福啊！刚才菊治少爷不是要掐我的脖子吗？为什么又要松开呢？”

“别开玩笑。不过，你这么一说，我倒想真的掐一下。”

“是吗？那就谢谢了。”

说着夫人把原本就有点修长的脖颈伸得更长。

“现在瘦了，一把就掐住了。”

“恐怕不忍心留下小姐去死吧。”

“不，照这样下去，终归会死的。文子的事就拜托菊治少爷了。”

“你是说小姐和你一样？”

夫人放心地睁开了眼。

菊治被自己的话吓一跳。简直是意想不到啊。

不知夫人是怎样理解的。

“瞧！脉搏这么乱……活不长了。”

夫人说着握住菊治的手，按在乳房下。

也许菊治的话使她震惊，心才会这般悸动的吧。

“菊治少爷多大了？”

菊治没有回答。

“不到三十对吧？真糟糕，可悲的女人呀！我确实不知道。”

夫人支起一只胳膊，双腿曲起，斜斜地坐着。而菊治则坐好。

“我呀，不是为玷污菊治少爷跟雪子小姐的婚事才来的。不过，已经无法挽回了。”

“我可没决定一定要结婚。既然你那么说，我觉得这是你替我把我的过去刷洗干净了。”

“是吗？”

“就说当媒人的栗本吧，她也是家父的女人。那女人的目的就是想把过去造成的罪孽播撒开去。你是家父生前最后的女人，因此我觉得家父是幸福的。”

“还是跟雪子小姐早点结婚吧。”

“这是我的自由。”

夫人觉得眼前模糊，她看着菊治，摸摸自己的额头，面色发青。

“我现在感觉头晕眼花。”

夫人说她无论如何也要回去，菊治就叫来车，自己也坐上去。

夫人一路都紧闭双眼，靠在车厢的一角。看她这种无依无靠的身姿，似乎连生命都有着危险。菊治没有进夫人的家。下车时，夫人从菊治的掌心里抽出冰凉的手，很快就消失在房屋内。

当天深夜两点左右文子挂来了电话。

“三谷少爷吗？家母刚……”

话说到这中断了，但接着清楚起来：“辞世了。”

“啊？令堂怎么了？”

“过世了。是心脏麻痹致死的。近来她服了太多安眠药。”

菊治一时间无语了。

“所以……我想拜托三谷少爷一件事。”

“说吧。”

“如果三谷少爷有相熟的大夫，要是可能的话，就请您陪他来一趟，可以吗？”

“大夫？是大夫吗？很急吧？”

菊治大吃一惊，居然没请大夫？但他即刻明白过来了。

是自杀。为了掩饰，文子才会这样拜托菊治。

“知道了。”

“拜托您了。”

给菊治挂来电话，文子自然是经过深思熟虑。所以她才用郑重其事的口吻只讲要办的事。

就那样坐在电话机旁，菊治紧闭了双眼。

在北镰仓的旅馆跟太田遗孀共度一宿，归途中在电车上看到的夕阳，全都在菊治的脑海里浮现了出来。

那可是池上本门寺[①]森林的夕阳呀。

血一样红的残阳掠过森林的树梢。

森林在这残阳的映照里，隐现出一片暗来。

残阳掠过树梢时也刺痛了菊治疲惫的眼，他也就闭上了。

蓦然间，菊治在如血的残阳里看到了稻村小姐包袱皮上的千只鹤，洁白的鹤正在晚霞中翩跹。

---

① 池上本门寺：位于东京都大田区池上一丁目的日莲宗寺院。寺格为大本山。山号长荣山，院号大国院，寺号本门寺，俗称池上本门寺。

志野彩陶

1

给后人留下悔恨，会让死者背上沉重的负担

在给太田夫人做过头七的第二天，菊治去了太田家。

原本他打算提前下班，因为等公司下班后再去就天黑了。

可他刚要动身时，却又踌躇起来，心神一阵荡漾。所以，直到天暗下来了也没能成行。

文子迎到了大门口。

“呀！”

她双手扶地施礼，抬头看了看菊治。那双手像是在努力支撑自己颤抖的肩膀。

“感谢您昨天送来的鲜花。”

“不客气。”

“我以为您既然送了花，就不会来了。”

“是吗？也有先送花人后到的嘛。”

“不过，这我没想到。”

“昨天，我也到附近的花铺……”

文子诚恳地点头说：“花束虽然没写上您的名字，可我当时就知道了。”

菊治想起昨天自己站在花铺内的花丛中的情景，那时他很是思念太田夫人呀。

只是花香袭来，让他内心里对自己罪孽的恐惧减轻不少。

现在文子的迎接又是如此亲切。

文子身着白底棉布服装，不施脂粉，只在有些干涸的唇上淡淡抹了点口红。

“总觉得昨天还是不来的好嘛。”菊治说。

文子斜斜挪动一下膝盖，请菊治上来。

这样来到门口寒暄，文子好像是为了不让自己哭出来。不过呢，要是她继续说下去，不定就会哭起来了。

“收到您的花不知有多么高兴。至于昨天，您也可以来嘛。”

文子在菊治的背后起身跟着走了过来。

菊治假装轻松地说：“我顾虑会给府上的亲戚不好的印象，那样就很是没趣了。”

“我已经不在乎这些了。”文子明确说。

客厅里的骨灰坛前立着太田夫人的遗像。

坛前只供奉了菊治昨天送来的花。

这让菊治感到意外。只留下菊治送的花，文子是不是把别人送的都处理掉了呢？

不过，菊治隐约感觉到这多半是个冷清的头七。

“这是水罐吧。”

文子明白菊治说的是插花的瓶子。

“是。我觉得正合适。”

“像是件很好的志野陶[①]呀。”

用来做水罐插花显得有点小。

水罐里插的花是白玫瑰和浅色石竹花，花束形状跟筒状水罐相得益彰。

“家母也经常插花，所以没把它卖掉。”

菊治跪坐在骨灰坛前进了香，双手合十闭上了眼睛。

他是在内心里向死者谢罪。然而，因夫人给予自己的爱涌出，仿佛一股暖流流遍全身，尤其是夫人对自己的宽容跟疼惜难以忘怀。

夫人是被自己内心强烈的罪恶感逼上绝路，还是因爱无法得到而寻短见的？也就是说，令夫人寻短见的究竟是爱还是罪？这样的困惑想得菊治头痛了也无济于事。

眼下这样跪在夫人灵前瞑目静思，脑海里虽然没浮现出夫人的肉体，

---

① 志野陶：创始于日本桃山时代，在现在的岐阜县远野地区烧制的一种雅陶。陶器的主要品种有茶碗、花瓶、水缸、砚水，以及碗、盘、木壶、杯等餐具。

但是那暖腻的触感却使菊治陷入无比的温馨之中。

说也奇怪，也是夫人的缘故，这一切发生得如此自然而然。虽说是触感复苏了，但却并非雕塑似的质感，而是音乐式流动的感觉。

夫人辞世后菊治曾彻夜难眠，他把安眠药加在酒里一起喝。可即便是睡着了，也是不停做梦。

但每次被梦惊醒，菊治在恍惚中会感到陶醉而甜美。

还有一点就是，为什么一个死去的人，在梦中能让人感到她拥抱的真实，以菊治的见识，他无法对此做出解释。

“我是个罪孽深重的女人啊！”

记得在北镰仓的旅馆共宿时，以及来菊治家走进茶室的时候，夫人都曾这样说自己。菊治隐约感觉到这样说的时候，夫人反而能得到某种快感，即便抽泣也是愉快的。现在，菊治坐在夫人灵前寻思导致她寻死的原因，想到这可能是罪时，夫人这句话就会在脑海里回荡。

菊治睁开了眼睛。

文子坐在菊治背后。她偶尔抽噎一声，但显然都强忍回去。

菊治这时不便动，问：“这是什么时候拍的照片？”

“五六年前吧，是把小的扩大了。”

“是吗？不是点茶时拍的？”

“哟！看来您很清楚嘛。”

这张照片脸部被放大了。从衣领合拢处往下的部分被剪掉，两边的肩也剪了。

“您怎么知道是点茶时拍的？”文子这样问。

“感觉嘛。眼帘略下垂，那样子应该是在做什么。虽说看不见肩部，但还能看出她的身体在用力。”

“有点侧脸，我犹疑过用不用这张，但母亲生前喜欢这张。”

“很不错，相当文静。”

“不过，脸侧着总是不太好。人家来进香时，她都没目视着。”

“哦？这样呀，也真是的。”

“脸扭向一边，还低着头。”

“是啊！”

菊治想起了夫人辞世前一天点茶的情形。

手持茶勺的夫人潸然泪下，弄湿了烧水锅沿。是菊治自己过去端过的茶碗。

直到喝完茶，锅边上的泪水才干。菊治刚一放下茶碗，夫人就倒在他的膝上了。

“拍这张照片时家母稍胖了点。”文子说，接着她几乎是在咕噜，“再说，太像我了，供在这里总觉得怪怪的。”

菊治猛然回过头看了看。

文子眼帘低垂。这双眼睛刚才应该是一直在注视菊治的后背。

这样一来，菊治不得不从灵前起身离开，跟文子相对而坐。

只是，菊治应该对文子表示歉意吗?

幸亏那供花的是志野陶的水罐。菊治面对着这只水罐，将双手轻轻支在榻榻米上，仿佛欣赏似的盯着它。

这只陶罐罐身润泽，白釉下隐约透出红底，在清冷里添了些暖意，菊治忍不住伸手去抚摩。

“真柔和呀，跟梦一样，我们都很喜欢志野的精品陶器。”

他本想说柔和得像一个女人的梦，不过说出口时把这“女人”二字省略了。

“您要是喜欢，就当作家母的纪念物送给您吧。”

“不，不行呀。”

菊治赶紧抬起头来。

“如果您喜欢，就请拿走吧。家母也会高兴的。这东西似乎不错。”

“当然是件好东西。”

“我也曾听家母说过，所以才会把您送来的花插在里面。”

菊治再也无法克制自己的感情，不禁热泪盈眶。

“那么，我就收下了。”

“家母一定会高兴的。”

“不过，我可不能再把它当作花瓶用。”

“家母在世也用它插过花，您尽管用好了。”

“就是插花也不能是茶道的花。茶道用具一旦离开茶道，就会变得凄清了。”

“我不想再继续学茶道了。”

菊治回头去看文子，站起身来。过去把壁龛旁的坐垫挪到靠近廊道边重新坐了下来。

文子在菊治的后面一动不动，始终保持着一定的距离。她跪坐在榻榻米上，没有用坐垫。

因为菊治挪动了位置，这样就将文子一个人留在了客厅正中。

文子双手手指微曲放在膝上，当自己的手要抖起来了，她就赶紧握住了。

“请原谅家母吧，三谷少爷。”

文子深深低下头去。

菊治吓了一跳，以为她会倒下去。

“什么话，应该是我请求原谅才对。可我总是没法开口说‘请原谅’。不知道怎样表示道歉呀，只觉得愧对文子小姐，实在不好意思来见你。”

“该惭愧的是我们！”

文子的神情苦恼，露出羞耻的神色。

“简直羞死人了。”

从那没施粉黛的双颊到白皙的细细脖颈，都开始泛起了绯红。文子的人消瘦得很厉害了。

然而这样的绯红令人怀疑文子有点贫血。

菊治伤感地说：“我不敢想，令堂不知有多恨我。”

“恨？家母会恨三谷少爷吗？”

“不，不过，难道不是我促使她的死发生的吗？”

“我想家母是自己寻死的。家母辞世后，我独自想了整整一周。”

“那之后你就一个人住在家里？”

“是，家母跟我一直这样生活的。”

“令堂的去世是我促成的呀！”

“是她自己寻死。如果三谷少爷说是您促使她死的，那么还不如说是我。假使说母亲的死非要怨恨谁的话，那也只能是我。让别人感到有责任或后悔，那么家母的死就会变得晦暗，变得不洁。给后人留下悔恨，会让死者背上沉重的负担。”

“也许是这样吧，只是如果不是我跟令堂的邂逅……”

菊治说不下去了。

“我觉得只要能宽恕死者这也就够了。也许家母是想要求得您的宽恕才死的。您能原谅家母吗？”

说着，文子起身走了。

文子的这番话让菊治觉得自己脑海里的那层帷幕被撤掉了。

他想着：这样真的能减轻死者的负担吗？

因死者而生忧思，就是在诅咒死者，接着犯更多愚蠢的错误吗？死人是不会在乎道德，并强迫活着的人接受的。

菊治的目光重新投向夫人的遗照。

2

死去的人犹如已永存在我们心中的东西

文子再进来时，手里端着茶盘。

茶盘里是两只筒状的乐陶[①]茶碗：一只赤乐，一只黑乐。她把黑乐茶碗放在了菊治面前。

沏的是粗茶。

菊治端起茶碗来看看底部的印记，就冒失地问道：“是谁的呢？”

“我想是了入[②]吧？”

“赤色的也是吗？”

“是的。”

“是一对吧。”

说着，菊治看了看赤茶碗。

---

① 乐陶：日本桃山时代最具代表性的茶碗之一，为乐家初代名匠长次郎继承千利休（1522—1591）于天正年间（1573—1592）所倡议的茶道理念所烧制。大致分为“黑乐”跟“赤乐”两类。

② 了入：日本江户时代中后期陶工。乐氏家族第九代吉左卫门的称号。

这只赤茶碗一直放在文子的膝前，但她没碰过。

这筒状茶碗用来喝茶正合适，可菊治脑海里忽然浮现出一个令人不适的场景。

菊治突然想起，文子的父亲过世后，自己的父亲到文子母亲这儿来时，想必也是用过这对乐茶碗来代替一般茶杯吧？菊治的父亲用黑乐，文子的母亲用赤乐，这难道不是成了夫妻茶碗了吗？

如果是了入陶，那也就不用太珍惜，完全可以被两人旅行时用嘛。

果真如此，心知肚明的文子还端出来给菊治用，未免太恶作剧了。

只是菊治不觉得这是挖苦，或有什么企图。他仅仅是将其理解为少女特有的感伤形式。说起来，菊治也感染上这种感伤了。

也许文子和菊治都为文子母亲的死纠缠住了，从而无法摆脱这种异样的感伤。然而，这对乐茶碗加深了菊治跟文子之间的共情。

菊治父亲跟文子的母亲之间，菊治自己跟文子的母亲之间，还有文子母亲的死，这些文子都一清二楚。

也只有他们俩在不谋而合做着掩盖文子母亲自杀这件事。

文子的眼是微红的，看来沏粗茶时哭过。

“我觉得今天来对了。”菊治说，“我理解文子小姐刚才的话，意思是说死者跟活着的人之间，已经不存在原不原谅的必要。就是说我得改变想法，认为已经得到令堂的原谅了，对吗？”

文子点点头。

“否则家母也得不到您的原谅了。尽管家母可能不原谅她自己。”

“但是，我到这里来跟你这样相对而坐，也许是件可怕的事。”

“为什么呢？”文子看看菊治，“您是说她不该死是吗？家母死后一开始我也懊丧，觉得家母不论受到多大误解，也不能用死来为自己辩解。因为死是拒绝一切谅解的，那谁也没法原谅她啊！”

菊治沉默不语，他想着，原来文子也曾探索过死的秘密。

菊治没想到会从文子那听到“死是拒绝一切谅解的”。

菊治如是想：实际上自己所理解的夫人，跟文子所理解的母亲，有可能是完全不同的人。

文子无法理解作为一个女人的母亲。

不论是原谅或是被原谅，此时的菊治都已荡漾在了女性的身心所带来的梦幻般的感受中。

至于这对乐陶碗，同样也让菊治的心绪若狂起来。

这样的母亲是文子无法理解的。

来自母体却不懂母体，这似乎很微妙。

然而，母亲的形体举止却微妙地遗传给了女儿。

从文子在门口迎接的那一刻起，菊治就感受到了一股似曾相识的柔情，恐怕也是因为这个原因，他在文子典雅的脸上看到了她母亲的影子。

如果说夫人之所以会在菊治身上犯错，是因为看到了菊治父亲的影子，那么文子对于菊治，大概也是如此。这就像是一种诅咒，让人不寒而栗。只是菊治心甘情愿地接受这诱惑。

只要看一看文子那干涸而小巧的、微带地包天的下唇，菊治就会放弃对她的拒斥。

怎么做才能使这位小姐反抗一下呢？菊治脑海闪过这样的念头。

“令堂太善良了，以致活不下去啊。”菊治说，“然而，我对令堂太残酷了。有时难免就这样下意识地把自己道德上的不安，推诿给令堂。我原本就是个懦弱的家伙……”

“是家母不好。家母太糟糕了。不论是跟令尊，还是三谷少爷之间发生的这些，我可不认为是家母性格上……。”

文子欲言又止，她的脸红了，看上去血色要好很多。她转脸去低下头，似乎是在避开菊治的视线。

“不过，家母过世后，从第二天起我逐渐觉得她美了。这不是我的想象，可能是家母自己变得美了吧。”

“死去的人恐怕都一样吧。”

“也许家母是忍受不了自己的丑恶才死的……”

“我可不会这样想。”

“也许还要加上苦闷吧，她苦闷得忍受不了。”

文子噙着眼泪。她大概是想说出有关母亲对菊治的爱吧。

“死去的人犹如已永存在我们心中的东西，珍惜它吧。”菊治说，“只是，他们都死得太早。”

看来文子也明白菊治是指他跟文子的双亲。

"你和我都是独生子女。"菊治接着说。

这话引起了他的联想：假如太田夫人没有文子这个女儿，也许他跟夫人的事，会使他锁在更阴暗更扭曲的潜意识里。

"听令堂说，文子对家父也很亲切。"

菊治终于把这句话说出来了。原本设想有机会顺带着说的。

他觉得不妨对文子说说父亲把太田夫人当作情人，因而常到这里来的事。

但文子突然双手扶着榻榻米施礼说："请原谅。家母实在太可怜了……从那时候起，她随时都准备死了。"

说着就势全身伏在了榻榻米上，不一会哭了起来，紧绷的肩膀松弛下去。

菊治突然来造访，使得文子没顾得上穿袜子。现在，她把双脚脚底藏在腰后，那姿态像蜷缩着的。

她那长发散落在榻榻米上的那只赤乐旁。

不一会儿，文子起身来，她双手捂脸出去了。之后良久不见她再出来，菊治就说："今天就此告辞了。"

走到门口时，文子抱着一个用包袱皮包着的小包出来。

"给您添麻烦了。这个，请您带走吧。"

"啊？"

"志野罐。"

文子已经把水罐里的鲜花拿出来，把水倒掉后揩拭干净，装入盒子里包了起来。如此迅捷让菊治十分惊讶。

"刚才还插着花，现在马上让我带走吗？"

"请拿着吧。"

菊治觉得是因为悲伤，文子才会这样神速的吧。

"那我就收下了。"

"您带走就好，我就不拜访了。"

"为什么？"

文子没回答。

“那么，请多保重。”

菊治刚要迈出门口，文子又说：“谢谢您。啊，家母的事请别介意，早些结婚吧。”

“你说什么？”

菊治回头看，文子低头不语。

3

近子说着，朝插了花的志野陶那边膝行过去

菊治把志野陶罐带回家后，还是插上了白玫瑰和浅色石竹花。

现在，太田夫人辞世后，菊治才发现自己是真的在爱夫人。这样的心思困扰着菊治。

不仅如此，而且他能感受自己的这份爱，还是来自夫人的女儿文子的启示。

星期天，菊治试着给文子挂了个电话。

“还是一个人在家吗？”

“是的。实在太寂寞了。”

“一个人住不行呀。”

“哎。”

“府上静悄悄的，在电话里也能听清那里的动静呀。”

文子发出笑声。

“请位朋友来陪住，怎么样？”

“可我总觉得别人一来，家母的事就会瞒不住……”

这让菊治无法回答。

“一个人住，外出也不方便吧。”

“不至于嘛，把门锁上。”

“那么，什么时候可以请您来一趟呢？”

“谢谢，过些日子吧。”

“身体怎么样？”

“瘦了。”

“睡眠好吗？”

“夜里基本上睡不着。”

“这可不好。”

“过些日子我也许会去朋友家租房住。”

“过些日子，什么时候？”

“我想这里一卖出手就……”

“卖房子？”

“是的。”

“你打算卖吗？”

“是。您不觉得卖掉好吗？”

“难说，是啊！我也想把这房子卖了。”

文子没说话。

“喂喂，这些事在电话里说不清，星期天我在家，能来吗？”

“好。”

“你送的志野罐我插了西洋花，你要是来，就请把它当水罐……”

“点茶？……”

“说不上点茶，不过，不把志野陶当水罐用一次真可惜呀。何况茶具需要跟别的茶道器具相配合，才能相互辉映出它真正的美来。”

“可是，今天我比上次见面时更加难看了，我不去了。”

“没有别的客人来。”

“可……”

“是吗？”

“再见！”

“多保重。好像有人来了。再见。”

来客原来是栗本近子。

菊治担心刚才的电话被她听见了，因此很不高兴。

“连日阴雨，好不容易有个好天，我就来了。”

近子的视线落在志野陶上了。

“此后就要入夏了，茶道也会停下一段时间，我想到府上茶室来坐坐……”

近子随手将带来的点心连同扇子拿了出来。

“茶室恐怕又有了霉味吧。”

“可能吧。”

“这是太田家的志野陶嘛，让我看看。”

近子说着，朝插了花的志野陶那边膝行过去。

她双手扶席，低头时，骨骼粗大的双肩呈现出怒汉发怒的形状。

“是买来的吗？”

“不，是送的。”

“送这个？是件珍贵的礼物呀。是遗物纪念吧？”近子抬起头转身说，“这么贵重的东西还是买下来的好，不是吗？让小姐送总觉得有点可怕。”

“我会再想想。”

“就请这么办吧。太田家的各式茶具也差不多都弄来了，可那都是令尊花钱买下的。即使在开始照顾太田太太后……”

“我不想听你说这种事。”

“好，好的。”

近子说着，站起身来转身离开了。

不一会儿传来她同女佣说话的声音。再出现时，已经穿上烹饪服。

“太田太太是自杀的，对吧？”近子突然袭击似的说。

“不是。”

“是吗？我一听说就明白了。那个太太身上有股妖气。”

近子看看菊治。

“令尊也曾说过，那个太太是个很难捉摸的女人。虽然以女人的眼光来看自然有所不同，可怎么说呢？她这个人嘛，总是一副天真的样子。跟我们合不来……”

“你还是不要说死人的坏话吧。”

“话虽这么说，可死了的人不是连菊治少爷的婚事也来干扰了吗？就说令尊吧，也被那个太太折磨得够苦的了。”

菊治心想，受苦的恐怕是你近子吧。

父亲跟近子的关系应该只是玩玩。虽然不应该是太田夫人的责任，但近子还是恨透了直至父亲过世前还相好的太田夫人。

“像你菊治少爷这样的年轻人，是不可能了解那个太太的。我实话实说吧，她死了反而更好，不是吗？”

菊治把脸转向一边。

“连菊治少爷的婚事都要干扰，这怎么行。她肯定觉得难为情，又按捺不住自己的妖性才寻死的。像她这种人，大概以为死后还能见到令尊呢。”

菊治不禁打了个寒战。

近子走下庭院时说：“我也要在茶室里镇定一下心神。”

菊治坐在那里赏花，久久地一动不动。

洁白和浅红跟志野陶的釉彩浑然一体，仿佛一团雾霭。

他眼前浮现出文子独自一人匍匐在榻榻米上啜泣的身影。

母亲的口红

1

在不言不语中，就想把女儿交给菊治少爷

刷完牙回到卧室，女佣已把牵牛花插在挂着的葫芦花瓶里。

“今天我该起来了。”

菊治嘴上这么说，人却又钻进了被窝。

他把脖子在枕头上扭向一边，仰卧着看挂在壁龛一角上的花。

“有一朵已经开了。”

女佣边说边退向隔壁。

“今天还请假吗？”

“啊，再休息一天吧。不过我要起来的。”

菊治感冒了，他头痛，已经四五天没去公司上班。

“从哪儿摘的牵牛花？”

“庭院边上，它缠着茗荷①，开了一朵花。”

应该是天生的吧。花是常见的蓝色，藤蔓纤细，花和叶都很小。

插在古色古香的黑红色漆葫芦里，绿叶和花倒垂着，让人眼见了感到清凉。

这女佣从父亲在世时就来了，多少沾染了些许雅趣。

悬挂的葫芦上可见黑红漆已然斑驳的花押②，陈旧的盒子上也有“宗旦”的字样。假如是真品，那么就是三百年前的了。

菊治不太懂茶道的插花规矩，女佣也不是很有心得。不过，早晨点茶，

---

① 茗荷：姜科，多年生草本植物。原产于亚洲热带地区，在日本生长于本州、四国、九州的山野中，也作为蔬菜被栽培。

② 花押：也叫“书判”。相当于自署签名。最初是用楷书书写，后演变成草书（草名），当其个人独特的形状演变成纹样时，就称为花押。日本平安时由唐朝传入。

缀以牵牛花，让人感觉很合适。

菊治看着葫芦里的花，想着将这晨开夕凋的牵牛花插在传世三百年的葫芦里……于是凝视良久。

也许，这比起在那同样是三百年前的志野陶的水罐里插满西洋花，要更为协调吧。

然而，这牵牛花被当作插花后，还能开放多久呢？这又令菊治生出些惝恍。

他对侍候自己用早餐的女佣说："以为这牵牛花就会凋谢，其实也不尽然。"

"是吗。"

菊治想起自己曾想在文子送作纪念的志野水罐里插一枝牡丹。

可水罐拿回家时牡丹的季节已经过了。不过谁知道呢，那时说不定在什么地方会有还没凋谢的牡丹吧。

"我都忘了家里还有这只葫芦，多亏你把它找了出来。"

"是。"

"你是不是见过家父在葫芦里插牵牛花？"

"没有。牵牛花和葫芦都是蔓生植物，所以我想……"

"蔓生植物？……"

菊治笑了，但即刻又有点沮丧。

读报时，他觉得头很沉重，就在饭厅里躺下。

"睡铺还没有收拾吧？"菊治问。

在清洗东西的女佣擦着湿手赶忙走了进来，说："这就去收拾。"

一会儿后，菊治再走进卧室时，壁龛上的牵牛花不见了，做花瓶的葫芦也没了。

"唔。"

可能是女佣不想让菊治看到即将凋谢的花吧。

虽然听到女佣说牵牛花和葫芦都是"蔓生植物"时，菊治忍不住笑了出来；但显然，女佣的行为举止还保留着父亲当年的那套规矩。

只是，那志野水罐依然摆在近壁龛的中央位置。

如果文子看到了，无疑会想：真是怠慢呀。

刚拿回来时，菊治立即就在文子赠送的这只水罐插上洁白的玫瑰和浅色的石竹花。

因为菊治看见了文子在母亲灵前就是这样做的。白玫瑰和石竹花，是文子为母亲做头七的当天由菊治供奉的。

抱着水罐回家途中，菊治在同一家花铺里买回了同样的花。

可后来，只是摸摸水罐也会心扑通跳，因此菊治就再也没插花。

有时在路上走，看见中年妇女的背影，菊治会不知不觉被吸引过去，待意识过来时就会黯然神伤对自己说：

“简直就是罪人呀。”

再仔细看时，那背影一点也不像太田夫人。

只是略鼓起的腰围有点夫人的影子罢了。

猛然里，一种强烈的渴望在菊治内心生发，与此同时，陶醉跟惊骇叠加在了一起，菊治仿佛是在即将进行犯罪的瞬间清醒的。

“到底是什么使我成了罪人的呢？”

菊治像是要把什么拂掉。可却越发地思念起了夫人。

菊治不时能觉得自己抚摸到了已经过世的人的肌肤。他想：如果不从这种幻觉中挣脱出来，自己将会万劫不复。

有时他也这样想：也许这是由于道德的洁癖使得官能产生病态吧。

菊治把志野水罐收进盒子里，钻进了被窝。

他看着庭院，不一会儿就传来了雷鸣。雷声远而激烈，而且越来越近。闪电在庭院的树木上方忽闪。

之后，骤雨降临，雷声便渐行渐远。

急骤的雨点使得庭院尘土飞溅，雨势异常凶猛。

菊治爬起来给文子挂电话。

“太田小姐搬走了……”电话那头说。

“啊？”

菊治大吃一惊。

“对不起。那……”

菊治想，看来文子把房子卖了。

“您知道她搬到什么地方去了吗？”

"请稍等。"

看来对方是女佣。

对方很快又回到电话机旁，像是照着纸条把地址念给了菊治。

据说房东姓"户崎"，也有电话。

菊治马上给那家挂电话过去。

电话那头传来文子爽朗的声音："让您久等了，我是文子。"

"文子小姐吗？我是三谷。我给你家挂了电话了。"

"很抱歉。"

文子压低了嗓门，声音像极了她母亲。

"什么时候搬的？"

"啊，是……"

"为什么不告诉我呢？"

"前些日子将房子卖了，一直住在友人这。"

"哦。"

"要不要告诉您新地址我很是犹豫。既然开始没告诉，后来就决定还是不告诉您了。可是近来又很是后悔。"

"那是自然的吧。"

"啊，您也这么想？"

菊治此时感觉到神清气爽了，仿佛身心被洗涤过似的。电话那头的人也有这种感觉吗？

"一看到你送的志野水罐，我就很想见你。"

"是吗？家里还有一件志野陶呢。那是只小的筒状茶碗。那时，我曾想过是不是连同水罐一起送给您。不过，因为家母曾用它来喝茶，因此茶碗边上残留了母亲口红的印迹，所以……"

"啊？"

"家母是这样说的。"

"令堂的口红会沾在陶瓷上不掉吗？"

"不是不掉。那件志野陶本来就带点暗红，家母就说口红沾染了茶碗边，怎么也揩拭不掉。家母辞世后，我看那茶碗边，有一处似乎格外红些。"

文子这话是无意中说出的吗?

菊治不忍心听下去，就把话题岔开了，他说:“这阵骤雨很大，你那边呢?”

“简直是倾盆大雨呀，雷声把我吓得都缩成一团了。”

“这场雨后会凉爽些吧。我也休息了四五天，今天在家，如果你愿意，请过来吧。”

“谢谢。原本打算找到工作后再去拜访的。我想出去做事。”

没等菊治回答，文子就接着说:“接到您的电话我很高兴，这就去拜访。虽然我觉得不应该再去见您……”

菊治焦急地盼着骤雨停下，他让女佣把铺盖收了起来。

菊治对自己居然会挂电话请文子过来感到惊讶。

但他更没有料到的是自己跟太田夫人之间的罪孽产生的阴影，竟由于她女儿的声音而消失。

难道女儿的声音能让人感到她母亲还活着吗?

菊治刮胡子时，把刮下来的带着肥皂沫的胡屑甩在庭院树木的叶子上，让雨浸湿。

过了晌午后有人来，菊治以为是文子，可到门口一看是栗本近子。

“哦，是你。”

“天热起来了，久疏问候，今天来看看你。”

“我身体有点不舒服。”

“得多加珍重呀，气色也不怎么好。”

近子皱着眉头看着菊治。

之前菊治想象前来拜访的文子会是一身洋装打扮，可当传来的是木屐声时，自己却错以为是文子，这真滑稽。菊治这样想着，说:

“修牙了吧。看着年轻很多了。”

“趁梅雨天得闲就去……整得太白了些，不过很快就会恢复自然嘛，没关系。”

近子走进客厅看了看壁龛。

“这样什么都不摆设，更加清爽宜人，是吧。”菊治说。

“是啊，梅雨天嘛。不过，哪怕摆点花……”

近子说着，回转身问道：“太田家的那件志野陶呢？”

菊治不吱声。

“还是退回去吧，不是很好吗？”

“这是我的权利吧。”

“那也不是呀。”

“至少不该受你指使。”

“那也不见得。”

近子露出满嘴洁白的假牙，边笑边说：“今天我就是为征求你的意见才来的。”

话音刚落，她突然张开双手，好像在祛除什么似的。

“要把妖气从屋里都赶出去，不然……”

“别唬人了。”

“但作为媒人，我今天要提一个要求。”

“如果还是稻村家小姐的事，难为你一番好意，我不会听的。”

“哟，不要因为讨厌我这个媒人，就把这样好的一门亲事给毁掉，这岂不是显得气量太小了嘛。媒人搭桥，你只顾在桥上走就行，令尊当年就是无所顾忌地利用了我的嘛。”

菊治面露厌恶神色。

近子耸肩的毛病，只要一旦说得起劲就会犯。

“这是当然的，我跟太田太太不同。我简单呀，就连这种事也毫不隐瞒，总是一吐为快。但遗憾呀，在令尊的外遇里，我可排不上号啊。只是昙花一现……”

近子说着低下头来。

“不过，我一点儿也不怨他。后来一直都是这样，只要他需要我了，他就会无所顾忌地利用我……男人嘛，使用有过关系的女人是很方便的。我也承蒙令尊的关照，学到丰富而健全的处世常识。”

“唔。”

“所以，请你利用我的常识吧。”

菊治被她这番话吸引了，他觉得不无道理。

近子从腰带间将扇子抽了出来。

“人嘛，太男人气或太女人味，都是学不到这种健全的常识的。”

“是吗？这么说来，常识是中性的了。”

“挖苦人吗？但成中性了，就能清楚看透男人和女人的心理。你难道没想过吗，太田夫人是母女俩一起生活，她怎么能留下女儿自己去死呢？据我看来，她可能另有企图，该不会是指望自己死后，菊治少爷会照顾她女儿……”

“什么话。”

“我仔细一琢磨，才恍然大悟。因为我总觉得太田夫人的死搅扰了菊治少爷的这门亲事。她的死非同一般。一定有什么问题。”

“真离奇。这是你的胡思乱想。”

菊治一边这样说，一边却感到胸口像被捅了一刀，近子这种离奇的胡思乱想简直就是一把刀。

像一道闪电掠过。

“菊治少爷把稻村小姐的事对太田夫人说了吧？”

菊治想起来了，却佯装不知。

“难道不是你给太田夫人挂电话，说我的婚事已定了的吗？”

“是，是我告诉的。我对她说：请你不要搅扰。太田夫人就是这天晚上死的。”

两人半天不说话。

“可我给她挂电话菊治少爷怎么知道呢？是她哭着来了的吗？”

菊治像是被突然敲了一下头。

“没错吧。她还在电话里‘啊’的喊了一声呢。”

“这么说来，是你害了她。”

“这么想，菊治少爷是不是就得到解脱了？我可是习惯了做坏蛋。令尊也一直把我当作随时可以指示来充当冷酷的反派角色的女人。虽说谈不上是报恩，不过，今天我是主动来做这坏蛋的。”

近子似乎在倾泻她的深深的妒忌和憎恶。

“幕后的事，嗨，就当不知道……”

说着近子耷拉下眼皮，看着自己的鼻尖。

“菊治少爷尽管皱眉头好了，把我当作好管闲事令人讨厌的女人好了……用不了多久，我就会袪除那个妖性的女人，让你能缔结良缘的。”

“请不要再提什么良缘之类的吧，可以吗？”

“可以，可以，我也不愿跟太田夫人扯在一起。”

近子的语调变得柔和起来。

“其实呀，太田夫人也不是坏人……自己死了，在不言不语中，就想把女儿交给菊治少爷，不过这也只是一盼望吧，因此呢……”

“又开始胡言乱语了。”

“本来就是嘛。菊治少爷难道一次都没想过，她活着的时候，要把女儿许配给菊治少爷吗？如果是，那你就太糊涂了。她不论是睡着还是醒着时，都在想令尊，像着了魔似的。如果说这是痴情，那的确是痴情。活在梦跟现实的混沌中，连女儿也给卷进来，最后搭上性命……不过嘛，在旁观者眼里，恐怕是一种报应吧，要不就是诅咒应验了。就是被一张魔网给罩住了。”

两人面面相觑。近子努力睁大自己的小眼睛。

她的目光总盯住菊治不放，菊治把脸扭向一旁。

菊治这样畏畏缩缩的，听任近子滔滔不绝，虽说跟一开始就处在劣势有关，但更多恐怕还是被近子的这些离奇言论震惊了吧。

难道有想过太田夫人希望女儿文子同自己成亲这样的事？菊治简直连想都没想过。再说他也不可能相信这种胡扯。

恐怕是近子出于妒忌的信口雌黄吧。这种胡乱猜想就像近子胸脯上的那块丑陋的痣。

然而，对菊治来说，这种离奇的言论还是跟一道闪电似的。

菊治害怕起来。

难道自己真的就不曾有过这种愿望？

虽然在母亲过世后移情女儿这种事，世间并非没有过，但一面陶醉于其母的拥抱，另一面却又不知不觉地倾心于女儿，而自己却浑然不知，如果是这样，那自己也真是成了恶魔的俘虏了。

如今回想起来，打从遇见太田夫人后，自己整个性格的确都变了。总觉得已经麻木了。

“太田家的小姐来了，她说有来客改天再……”女佣通报说。

"哦，她走了吗？"

菊治起身走了出去。

2

文子不露声色，只是点点头

"刚才……"

文子伸着白皙而修长的脖颈仰着看菊治。有一片淡黄色的暗影附着在她喉咙到胸脯的凹陷处。

不知是因为光线还是消瘦了的缘故，这暗影让菊治松了口气。

"栗本来了。"菊治坦荡地说。

他刚走出来时还有些拘谨，可一见到文子反而放松了。

文子点点头说："我看见师傅的阳伞了……"

"啊，是这把阳伞吧。"

那是把长把的灰色阳伞，靠放在门口。

"要不，请到厢房茶室里等会儿，可以吗？栗本那老太婆这就走。"

菊治这么说，可他对自己又产生了怀疑。为什么明知文子会来，而没有把近子打发走呢？

"我倒无所谓……"

"是吗？那就请吧。"

文子好像不知道近子的敌意，她一进客厅就向近子施礼寒暄，还对近子前来吊唁她母亲表示了一番谢意。

近子就像看着徒弟做茶道练习时那样，略耸起左肩膀，昂首挺胸地说："你母亲也是一位文雅人……我觉得她在这文雅人活不长的人世间，就像最后的一朵花，凋谢了。"

"家母也并不是个文雅的人。"

"留下文子孤身一人，恐怕她心里也很舍不得吧。"

文子垂下了眼睑，抿住地包天的下唇。

"很寂寞吧，也该来练习练习茶道了。"

“啊，我已经……”

“可以解闷哟。”

“我已经没有资格学茶道了。”

“什么话！”

近子把重叠着摞在膝上的双手松开，说：“其实嘛，梅雨天也快过去，我想给这府上的茶室通通风，今天才登门拜访的。”近子瞥菊治一眼，“文子也来了，你看怎么样？”

“啊？”

“请让我用一下你母亲的遗物志野陶……”

文子抬头看看近子。

“让我们也来谈谈你母亲的往事吧。”

“可是，如果在茶室里哭起来，该多讨厌啊。”

“哦，那就哭嘛，没关系的。不久，菊治少爷一旦成了亲，我也就不能随便进茶室里来啰——虽然这是值得我回忆的茶室……”近子笑了笑，故作庄重地说，“我是说，要是跟稻村家的雪子小姐的这门亲事定下来的话。”

文子不露声色，只是点点头。

然而，酷似她母亲的那张圆脸上，却看得出憔悴。

菊治说：“提这些没谱的事，会给对方添麻烦的。”

“我是说假如定下来的话。”

近子又把话顶了回去。

“好事多磨嘛，在事情还没有定下来之前，也请文子小姐就当没听说过。”

“是。”

文子又点了点头。

近子喊了声女佣，起身去打扫茶室了。

“这儿的树荫下，树叶还湿着，小心点！”

庭院里传来了近子的声音。

3

她似乎不再做任何抗争

“早晨挂电话时，电话里能听见这里的雨声吧？”菊治问。

“电话里能听见雨声吗？我倒没注意。这庭院里的雨声，在电话里能听得见？”

文子看向庭院。

树丛那边传来了近子打扫茶室的声音。

菊治也看着庭院说：“我也不认为电话里能听得见文子小姐那边的雨声。不过，后来却有这种感觉，骤雨真是倾盆而至呀！”

“是啊！雷声太可怕了……”

“对对，你在电话里也这么说。”

“连这些微不足道的事你都注意到了。我也像家母，每次一响雷，母亲就会用和服的袖兜兜住我的头。夏天外出时，母亲总要看看天念叨：今天会不会打雷呢。直到现在，有时打雷我还想用袖兜捂住脸。”

文子说着，肩到胸部悄然显露出腼腆。

“我把那只志野陶茶碗带来了。”

说着文子站起身走了出去。

她再折回客厅时，把包着茶碗的小包放在菊治的膝前。

见菊治有些踌躇，文子就把它拉到自己面前，打开包袱，从盒子里把茶碗取了出来。

“令堂也曾用筒状的乐茶碗来喝茶，也是了入产的吗？”菊治问。

“是呀。家母说不论黑乐还是赤乐，都不适合用来喝粗茶或烹茶，色彩配合不好，所以她常用这只志野陶茶碗。”

“是啊，用黑乐茶碗来喝，粗茶的颜色就看不见了……”

见菊治没碰面前的志野陶筒状茶碗，文子就说：“它可能不是上乘的志野陶，不过……”

“哪里。”

菊治还是没伸出手去。

正如今早文子在电话里说的那样，这只志野陶的白釉里隐约透出微红。仔细观赏，会发现那红色仿佛是在白釉里隐现。

而且，浅茶色的茶碗口带有一处更浓的浅茶色。

那恐怕就是嘴唇经常触碰的地方吧。

有点像沾了茶锈。但也可能是嘴唇碰的。

仔细看去，那浅茶色依然呈现出红色来。

难道真就是今早文子在电话里说的那样，是文子母亲的口红渗透了进去吗？

这样想着，他就忍不住再去观看，发现那碗的釉面果然茶色中掺杂了赤色。

那色泽很像暗淡了的口红，又像是枯萎了的玫瑰的殷红——并且，当产生了像滴溅的血陈旧后的血渍的感觉时，菊治心里不由得惶恐起来。

他既感到这龌龊到令人作呕，同时又感到强烈到难以抵御的诱惑。

黑青色茶碗面上绘了些宽叶草。淡淡的几丝红褐色在草叶间呈现。

这些草看着单纯而健康，沁醒了菊治病态的官能。

茶碗的形状端庄。

"很不错啊。"

菊治终于拿过茶碗端在手上。

"我不识货。不过，家母很喜欢它，常用来喝茶。"

"给女人当茶碗用很合适啊。"菊治再一次从自己的口吻中感受到文子母亲这女人的温馨。

但文子为什么要把这只渗透了母亲口红的志野茶碗拿给他看呢？

菊治无法分辨这是因为文子的天真还是她对此的无所谓。

只是菊治觉得自己被文子感染了，她似乎不再做任何抗争。

菊治把那茶碗置放在膝上转着观赏，下意识避免让手指碰到碗边嘴唇触碰过的地方。

"请收好吧。让栗本老太婆看到，不定又会说些什么，真讨厌呀。"

"是。"

文子把茶碗重新放进盒里包好。

文子本打算把它送给菊治才带来的，可好像机会不合适。也许是她担心菊治不喜欢这件东西。

文子起身后，又把小包放回门口。

这时近子正从庭院里弯着身子走上来。

“请把太田家的那个水罐拿出来，好吗？”

“用我们家的东西怎么样？再说太田小姐也在场……”

“瞧你说的，正因为文子小姐来了才要用嘛，不是吗？借志野陶这件遗物，谈谈你母亲的往事。”

“可你不是憎恨太田夫人的吗？”菊治问。

“为什么我要恨她呢？我们只是脾性不合嘛。憎恨死去的人有什么用呢？不过，我不了解她，但有些地方呀，我反而能看透那位夫人。”

“看透别人是你的毛病……”

“做到让我看不透才好嘛。”

文子在走廊上出现，她倚门框边上坐下。

近子的左肩膀耸起，回过头去对文子说：“我说文子小姐，能让我们用一下你母亲的志野陶吗？”

“啊，请用吧。”文子回答。

菊治把刚放进壁橱里的志野水罐拿了出来。

近子把扇子轻快地插在腰带间，抱着水罐盒向茶室走去。

菊治也走到门框边，对文子说：“今早在电话里听说你搬家后我大吃一惊。房子这类事，都是你自己处理的吗？”

“是的。不过，是个熟人买下来的，所以比较简单。这位熟人说自己暂住在大矶，房子较小，说愿意跟我互换。可房子再小我也不能一个人住呀。要去上班还是租房方便些。因此，就先暂住在朋友家里。”

“工作定了吗？”

“还没有。真到需要用了，才发现自己什么都不会……”文子莞尔一笑，“本打算待工作定下来后再拜访的。在漂泊无着的时候来拜访您，未免过于凄凉了呀。”

可菊治却觉得文子这种时候来最好，他本以为文子孤苦伶仃；但看起来也不是想的那样特别寂寞。

“我也想把房子卖了，但我这人拖拉。不过呀，就因为存心要卖，所以连下水槽也没修，榻榻米成了这样也懒得换席子面儿。”

“您不是要在这所房子里结婚吗？那时再……”文子脱口而出。

菊治看看文子，说：“你指栗本吧？你认为我现在会结婚吗？”

“为了家母？……家母令你这样伤心，不过家母已经是过去了，您大可不必再……”

4

文子的脸泛起一片红潮

茶道近子自然得心应手，很快就把茶室准备好了。

“这安排跟水罐子还算相配吧？”

近子问菊治，可他完全不懂，所以就没回答。文子也不说什么。两人就那样看着志野水罐。

想想，原本是用来插花供奉在太田夫人灵前的，今天算是派上了它本来的用场。

曾是太田夫人经常拿在手里的东西，现在任由栗本近子任意摆布。太田夫人辞世后把它传给女儿文子，再由文子来到菊治的手里。

这是这只水罐奇妙的命运，但也大概是所有茶道器具的际遇吧。

这水罐在被制作出来后，历经三百余年来到太田夫人这里，在这漫长的时间里，不知有过多少次的更迭转换，才得以传承至今啊！

“在茶炉和烧茶水的铁锅旁，这志野水罐真像个美人呀。”菊治对文子说。

“只是，它那姿态的劲道绝不亚于铁器。”

志野陶的白釉面润泽而光亮，仿佛是自深底透出来的。

菊治还记得在电话里自己对文子说过，一看到这件志野陶，就会忍不住想见她。他想告诉她，她的母亲那细腻白皙的肌肤里，也蕴含着女人的刚劲。

天气酷热，菊治把茶室的拉门拉开。

坐着的文子身后的窗外枫叶翠绿。枫叶的阴影层叠，洒落在文子的乌发上。

窗外投进的亮光映照了文子的修长脖颈部分。她的胳膊裸露着，她可能是今年第一次穿短袖衣服吧，白皙中略带黛色。她不胖，但肩膀圆匀，胳膊也是肉嘟嘟的。

近子看看水罐。

"如果水罐不用在茶道上，它的灵性就显不出来。要是只随便插上几枝西洋花，实在是太委屈它了。"

"家母也用它插过花。"文子说道。

"你母亲遗下的这只水罐竟然来到这儿了，真像做梦呀。只是你母亲一定会很高兴。"

近子是想挖苦一下文子。

可文子却若无其事，她回答道："家母也曾用这只水罐插花。再说，我也不再学茶道了。"

"不要这样说嘛。"近子环顾一下茶室，"我觉得能在这儿坐坐，心里就很踏实了。到处看看就好。"

她看看菊治：

"明年是令尊五周年忌日，忌辰那天举行一次茶会吧。"

"是啊，把所有赝品茶具统统摆出来，再把客人请来，这样也许会是件很有趣的事。"

"什么话，令尊的茶具没有一件是赝品。"

"是吗？但全部用赝品的茶会，可能也很有趣吧。"菊治对文子说。

"我怎么总觉得这间茶室里有一股霉臭味，如果举办一次茶会，全部用赝品，说不定能消除这股味。那么我就把它当作为已故父亲祈冥福吧，从此便跟茶道断绝关系。其实我本来就跟茶道无缘……"

"你这是觉得我这个老婆子讨厌，总到这茶室里来晃悠是吗？"

近子迅速用圆筒竹刷搅和抹茶[①]。

"这么说也没错吧。"

---

① 抹茶：一种除去水分后的粉末状茶品，通常为冲泡热水后饮用，也常用于制作糕点及甜点。起源于中国隋朝，中文为"末茶"。

“不许你这么说！但是，你要是结上新缘，那么就该断掉旧缘。”

近子说声“请吧”，将茶送到菊治面前。

“文子小姐，听了菊治少爷的这番玩笑话，会不会觉得你母亲的这件遗物来错了地方呢？我一看见这件志野陶，就觉得上面映着你母亲的面孔。”

刚喝完茶放下茶碗的菊治，急忙去看水罐。

那黑漆的盖子上可能是近子自己的身影吧。

显然，文子开始心不在焉了。

现在，菊治看不明白文子是不想跟近子抗争，还是无视近子。

她的表情很是淡然，跟近子在这茶室里坐在一起，也算件奇妙的事呀。

对近子提到菊治的亲事一事，文子也似乎毫无反应。

憎恨文子母女的近子言语刻薄，句句带刺，显然她是想尽可能羞辱文子，但文子一点都不为所动。

难道深深悲伤中的文子把这一切都看作过往烟云吗？

或者是母亲的去世对她的打击太过沉重了？

要不就是她继承了她母亲的性格，于人于己，都宽容以待，以一种与世无争的纯洁活在这世上？

但菊治像是在刻意掩饰自己想要保护文子以免她受近子的羞辱似的。

菊治意识到这点时，就觉得自己非常奇怪。

他看着近子最后自点自饮茶的模样，同样觉得奇怪。

近子从腰带间取出手表看看：“这手表太小，老花眼看起来费劲……把令尊的怀表送给我吧。”

“他可没有怀表。”菊治顶了回去。

“有。他常用呢。去文子小姐家时也总带在身上。”

近子呆然若失的神色显然是装出来的。

文子垂下了眼帘。

“是两点十分吗？两根针聚在一起，模模糊糊看不清呀。”

近子故作态道。

“稻村家的小姐给我招徕来了一些人，今天下午三点开始学习茶道。我在去稻村家之前，到这里来了一趟，想听听菊治少爷的回音，以便心中有数。”

“请你明确地回绝稻村家吧。”

尽管菊治这么说，但近子还是笑着给自己圆场：“好，好，明确……”接着又说，“真想能早一天让那些人在这间茶室里学习茶道啊！”

“那就请稻村家把这幢房子买下吧。反正我最近就要把它卖掉。”

“文子小姐，我们一起走去那儿吧？”

近子不理会菊治，转过身来对文子说。

“是。”

“那我就赶紧把这里收拾干净。”

“我来帮您。”

“那就谢了”

可近子不等文子，自己去了水房。

不一会儿就传来放水声。

“文子小姐，我看算了，还是不要跟她一起走。”菊治小声说。

文子摇摇头：“我害怕。”

“有什么可怕的。”

“我真的害怕。”

“那么，你就跟她走到那边，然后摆脱她。”

文子又摇摇头，起身把夏服膝弯后造成的皱褶抚平。

菊治差点伸出手去帮忙。因为他看到了文子有些踉跄，以为她会跌倒。文子的脸泛起一片红潮。

刚才近子提到怀表的事时，她的眼圈红了。现在则羞得满脸通红，宛如红花初绽。

她抱着志野水罐向水房走去。

“哟，还是把你母亲的东西拿来了？”

里面传来了近子嘶哑的声音。

双重星

1

就连太田家的文子小姐也都结婚了

栗本近子到菊治家告诉菊治，文子和稻村小姐都结婚了。

夏令时节的傍晚八时半，天色还亮。晚饭后，菊治躺在廊道上看女佣买来的萤火虫笼。不知什么时候开始，发白的萤火光就开始泛黄了，而且天色也开始昏暗。但菊治没起身去开灯。

之前菊治向公司请了四五天夏休假，到野尻湖[①]畔的友人别墅去度假，今天刚回。

友人已经结婚，有一个孩子。婴儿生下来有多少日子，这个菊治完全没有经验。至于是长得健壮还是瘦小，就更是心中无数，因此寒暄时不知该怎么说。

“这孩子长得真好。”

菊治的话音刚落，友人的妻子就说：“哪里呀，生下来时小得可怜，近来才长得像样了些。”

菊治伸出手在婴儿面前晃晃：“他怎么不眨眼呀？”

“孩子看得见，不过得过些时候才会眨眼呢。”

菊治原以为婴儿出生了好长时间，其实才刚满百天。年轻主妇还带着产后症状，她头发稀疏，面色发青。

如今，友人夫妇全部心思都在婴儿身上，这让菊治觉得自己有点多余。但在他乘火车回家途中，那位友人很老实的妻子毫无生气的面容，抱着婴儿纤弱的身影，一直在菊治的眼前浮现，怎么也没法赶走。友人本来同父母兄弟住在一起，这孩子出生不久，就暂住在湖畔的别墅里。这对于习惯于跟丈

---

① 野尻湖：位于日本长野县的信浓町，为著名的度假胜地，是日本最早的抽水蓄能水电站所在地。

夫过二人生活的妻子，大概算是过于安心了，才会看着都有些发呆了。

此刻，菊治躺在自己家的廊道上，还是没法忘掉这位母亲的身影。这应该是一种带着圣洁的哀思的怀念吧。

就在此时近子来了。

近子冒冒失失走进房间，说："哎哟，这地方这么黑呀……"

她一屁股坐在菊治脚边的廊道上。

"独身真可怜呀。躺在这里，连灯都没人给开。"

菊治把腿缩了缩。一会儿满脸不高兴地坐起身来。

"请躺着吧。"

近子抬抬右手打个手势，示意菊治继续躺下，故作庄重地寒暄一番。她说她去了京都，回来时还在箱根停留了。在京都她师傅那遇见了茶具店的大泉先生。

"难得一见呀，我们畅谈了你父亲的往事。他说要带我去看看三谷先生当年幽会时住过的那家旅馆，于是我们去了木屋町①的一家小旅馆。你父亲跟太田夫人有可能去过那地方。大泉还说要我在那住，说这种话太没分寸了。一想到你父亲跟太田夫人都死了，我再厉害，半夜里也会害怕呀。"

菊治心想，没分寸的正是说这种话的近子你。

"菊治少爷去野尻湖了吧？"

其实近子一进门就从女佣那里打听到了，她没等女佣传达就冒失地走了进来，这是她一贯的作风。

"我刚到家。"菊治满脸不耐烦地回答。

"我三四天前就回来了。"

接着她耸起左肩郑重其事地说："可是，一回来就听说发生了件令人遗憾的事，使我大吃一惊。都怪我疏忽，简直都没脸见菊治少爷了。"

近子告诉菊治，稻村家的小姐结婚了。

菊治很是吃惊，所幸廊道上昏暗。但他装作毫不在意地说："是吗？什么时候？"

---

① 木屋町：位于日本京都市的中央区，从二条到五条的高濑川东侧的地区。南北向的街道叫木屋町通。曾经是京都的木炭、木柴集散地。

“好像别人的事似的，真沉得住气啊！”

近子挖苦了句。

“本来嘛，雪子小姐的事，我不是已经让你回绝过多次了吗？”

“那也只是口头上嘛。恐怕是对我你才这样不耐烦的。好像自己从一开始就不情愿，都是我这个爱管闲事的老太婆多事，自作主张令人讨厌。其实，你心里却在想这位小姐很不错呀。”

“胡说些什么。”

菊治忍不住笑出声来。

“你还是喜欢这位小姐，对吧？”

“是位不错的小姐。”

“这点我早就看出来了。”

“说小姐不错，跟想不想结婚没关系吧。”

菊治听说稻村小姐结婚，心里还是像是被什么猛地撞击了一下，稻村小姐的面容身影即刻开始浮现。

在圆觉寺的茶会上，近子为菊治特地安排了雪子点茶。

雪子点茶的手法纯朴、典雅，在嫩叶投影的拉门映衬下，她身着的长袖和服的肩和袖兜，甚至连头发仿佛都在散发着柔和的辉光，这印象印刻在了菊治的记忆中。可是，菊治怎么也记不起雪子的容貌了。当时她用的是红色绸巾，还有那去圆觉寺深院的茶室的路上，手拿缀有白色千只鹤的桃红色绉绸小包袱的形象，菊治都历历在目。

后来，雪子来过菊治家一次，那次是近子点茶。即使到了第二天，菊治还感到茶室内小姐的芳香犹存。小姐身上系的那条绘有菖兰的腰带还历历在目，但是她的倩影却难以捕捉。

即便三四年前才亡故的父亲和母亲的容颜，菊治也都难以清晰回忆起。只有在看到照片后才能确定下来。也有可能越是亲近、越是深爱的人，总是如此吧。反倒是那些丑恶的东西容易被清晰记住。

雪子的眼睛和面容像光影残留在菊治脑海，但是并非具象的。

完全不像近子乳房跟心窝间的那块长了长毛的痣，那块黑痣就像是一只癞蛤蟆趴在菊治脑海中。

这时的廊道虽然很黯淡，但是菊治知道近子多半穿的是那件小千谷白麻绉绸的长衬衫，即使在亮处，也不可能透过衣服看见她胸脯上的痣。然而菊治却能看见。与其说昏暗而看不见，毋宁说正因为黑暗，记忆里反倒更为清晰。

“像稻村小姐这样的人，世上恐怕是独一无二了。就算找一辈子也难得找到同样的。既然知道如此，就不该错过这样一位优秀的小姐吧。这样简单的道理菊治少爷都不明白吗？”

近子口吻几乎已经是在斥责了，她说：“你经验不多，要求倒很高。唉，一下子，菊治少爷和雪子小姐两人的人生就改变了。小姐本来对菊治少爷还满意，现在嫁给别人，万一有不幸，菊治少爷能说自己就没有责任吗？”

菊治没有回应。

“小姐的风貌你也看得一清二楚。难道就忍心让她悔恨自己没能早几年结识菊治少爷并结婚，让她总是在那思念吗？”

近子的话几乎有些恶毒。

既然雪子已经结婚了，近子为什么还要纠缠不休，这样说些多余的话呢？

“哟，是萤火虫笼子，这时节还有呀？”近子伸伸脖子，“这时候，该是挂秋虫笼子的季节，这时节看到萤火虫简直像见到幽灵嘛。”

“是女佣买来的吧？”

“女佣嘛，也就这个水平哪。菊治少爷要是修习过茶道，就不会犯这种错。日本是讲究季节的。”

近子一说，萤虫的火在菊治看来还真显得有那么点像鬼火。他不由想起野尻湖畔虫鸣的景象。但这些萤火虫能活到这个时节，也实在是不可思议。

“要是有了太太，就不至于出现这种季节倒错的事儿。”

近子突然压低声音说：“我之所以努力给你介绍稻村小姐，是因为我觉得这是为令尊效劳。”

“效劳？”

“是啊。可是菊治少爷还躺在这昏暗中观看萤火虫，就连太田家的文子小姐也都结婚了，不是吗？”

“什么时候？”

听到这消息，菊治更是大吃一惊，仿佛被人猛地推了一把摔倒。他也不准备掩饰自己的受惊。那神态似乎在怀疑：不可能吧。近子看在眼里。

“我也是从京都回来才知道的，都给愣住了。两人就像约好了的，先后都将婚事办了，年轻人太简单了。”

近子接着说：

“我还以为文子小姐既然结了婚，就不会再有人来打扰菊治少爷。谁知那稻村家的小姐之前就把婚事办了。对稻村家，我的脸面也算是都丢尽了。都是因为菊治少爷的犹豫不决呀。”

“太田夫人直到死都还在搅扰菊治少爷吧。不过，文子小姐结了婚，太田夫人的阴魂邪性也该从这家里消散了。”

这时近子看向庭院。

“这样也好。这庭院的树木也该修整了。看看这廊上暗的，都是因为树木的枝叶太繁茂、太凌乱了，让人感觉憋闷呀。”

父亲过世后这四年，菊治一次也没请过花匠来修整过。庭院里的树木着实是无序地生长，只要闻到白天的余热散发的气味，就能明白这一点。

“女佣恐怕连水也没浇吧。这点事，总可以吩咐她做的。”

“少管点闲事吧。”

然而，尽管近子的每句话都使菊治皱眉头，但他还是听任她絮絮叨叨个没完。每次都这样。

近子其实是在讨好菊治，并且也想要试探菊治的心思。菊治习惯了她的这套。有时也会不留情面反驳她一下，对她也有所提防。近子心里明白，但通常佯装不知，只是偶尔暗示一下自己是明白的。

而且，近子很少说些令菊治感到不适应而会生气的话，只是菊治那自我嫌弃的行为，让她忍不住要刺激刺激菊治。

今晚，近子来告诉雪子和文子结婚的事，是想看看菊治的反应。菊治难以理解她的居心，但他本能就产生了警惕。近子本想通过把雪子介绍给菊治使文子疏远菊治，可现在这两个女子都已成亲，只剩下菊治一人。原本他怎么想跟近子毫不相干，然而近子却控制不住自己，似乎要抓住菊治心灵上的那个影子。

菊治想起身去打开客厅和廊道上的电灯。他突然觉得这样跟近子在黑暗中谈话有点荒唐，他们之间可没有达到如此亲密的程度。她就会爱管闲事，连修整庭院树木的事也指手画脚。菊治把她的话只当耳旁风。但只是为了开灯而起身，菊治又觉不值得。

近子刚进房间时说了灯的事，但她也无意起身去开。她的职业原本使她养成了这类注意小事的习惯。可现在她似乎不想为菊治做更多的事。也许年纪大了，也许是作为茶道师傅下意识要拿点架子吧。

“京都的大泉托我捎个口信，如果这边有意要出售茶具，那么，希望能交给他来办理。”

接着，近子用沉稳的口吻说：“跟稻村家小姐的这门亲事也已经吹了，菊治少爷该打起精神开始新的生活。这样看来，这些茶具也就没什么用场了。真让人寂寞呀，打你父亲时起，我就在这帮忙。想想这间茶室也只有我来了才能通通风。”

菊治这才领会，近子的目的非常露骨。眼看着菊治跟雪子小姐的婚事办不成，她对菊治也已没什么指望，跟茶具铺的老板合谋弄走菊治家的茶具算是最好的企图了吧。看来她在京都跟大泉已商量好。对此，菊治没有生气，反而感到轻松。

“我连房子都想卖了，到时候也许会拜托你的。”

“那人毕竟是从你父亲那代起就有了交情，终归可以放心啊。”

近子强调。

菊治心想：家中的茶具，近子可能比自己更清楚，也许近子心里早已盘算过了。

菊治把目光转向茶室。茶室前有棵大夹竹桃正盛开着白色的花，白乎乎一片。夜色下，几乎难以分清天空跟庭院树木的界限。

2

菊治从文子这也感受到了太田夫人的体味

下班时，菊治刚要走出办公室，电话铃声就响了。

“我是文子。”

电话里传来怯怯的声音。

“哦，我是三谷……”

“我是文子。”

“啊，知道。”

“给您打电话实在是失礼了。但有件事，如果不打电话道歉就来不及了。”

“哦？”

“是这样的，昨天，我给您寄了一封信，可是忘贴邮票了。”

“是吗？我还没有收到……”

“我在邮局买了十张邮票，就把信发了。可是回家一看，邮票依然还是十张。真糊涂呀。我想着怎么才能在信到之前向您致歉……”

“这点小事不必放在心上的。”

菊治心想，可能是结婚通知书吧。

“是报喜信吗？”

“什么？……以前总是用电话跟您联系，给您写信还是头一回，我拿不定主意，惦挂着写信发出去是不是不太好，就忘了贴邮票。”

“你现在在哪？”

“东京站的公用电话亭……外面还有人在等着打电话呢。”

“哦，公用电话。”

菊治不明白为什么会是公用电话亭，但还是说：“恭喜你了。”

“您说什么呢？……托您的福……不过，您是怎么知道的呢？”

“栗本告诉我的。”

“栗本师傅？……她是怎么知道的呢？真是个可怕的人啊。”

“不过，你也不会再见到她了。记得上次在电话里还听见了雷雨声。”

“您是那么说的。那时，我刚搬到朋友家去住，犹豫着要不要告诉您，这次也是同样的情形呀。”

“当然是希望能得到你的通知。我也是从栗本那里听说后，拿不定主意该不该向你道贺。”

“就这样销声匿迹，未免太凄凉了。”

她的声音给人的感觉很远，仿佛是正在消失似的，在菊治听来，像极了她母亲。

菊治沉默了。

“也许是不得不这样吧……”过了会儿，文子又说，“房间只有六榻榻米，实在是简陋，因为工作方便才找的。”

“啊？……”

“正是最热的时候去上班，真累呀。”

“是啊，再加上结婚不久……”

“什么？结婚……您是说结婚吗？”

“恭喜你。”

“什么？我……我可不愿听到这话。”

“你不是结婚了吗？”

“没有呢。我现在怎么会有心思结婚呢？……家母刚那样去世……”

“啊！”

“是栗本师傅这么说的吧？”

“是的。”

“为什么呢？真不明白。三谷先生听了后，也信以为真了吧？”

文子仿佛是在自言自语。

菊治突然明确了，他即刻说：“电话里说不清，能见见面吗？”

“当然了。”

“我去东京站，请就在那里等着。”

“可是……”

“要不然就约个地方？”

“我不喜欢在外面跟人家约会，还是我到府上去吧。”

“那么，我们就一起回去吧。”

“一起回去，那还不是等于约会吗？”

“是不是先到我公司来？”

“不。我一个人去府上。”

“是吗，我这就回去。如果文子小姐先到，就请先进屋里歇歇。”

如果文子从东京乘电车，恐怕会比菊治先到。但菊治下意识地觉得会跟她同乘一趟车，他在车站时，便在人群中边走边张望。

结果还是文子先到。

女佣说文子在庭院里，他就从大门旁边走进庭院。文子落座在白夹竹桃树荫下的石头上。

庭院里的旧水龙头还能用，自从近子来过后的这四五天里，女佣总在菊治回来前给树木浇水。

文子坐的那块石头下半部看上去还湿漉漉的。那株正盛开的夹竹桃如果是浓郁的绿叶衬着红花，那就会显得如烈日当空似的，可它开的是白花，也就显得凉爽。花簇拥着文子，文子的身影那样的柔媚。她一身洁白的棉布服，在翻领和袋口处用深蓝布镶了一道细边。

夕阳从文子背后的夹竹桃上方一直照射到菊治的面前。

“欢迎你来。”

菊治亲切地走上前去。

看着文子是想先跟菊治打招呼的，但菊治抢先了。于是她就说：

“刚才在电话里……”

文子收紧了双肩，像要转身似的站了起来。那样子就像要是菊治继续向前，大概会主动握她的手。

“因为在电话里说了那种事，所以我才来。更正一下……”

“结婚的事吗？我也大吃一惊呀。”

“嫁给谁呢？……”

文子垂下了眼帘。

“嫁给谁的事嘛……就是说听到文子小姐结了婚时，以及现在听到你说没有结婚时，我已经是两次感到震惊了。”

“两次都是吗？”

“可不是。”菊治沿着踏脚石边走边说，“从这里上去吧。你刚才可以进屋等我嘛。”

菊治说着在廊道上落座。

“前些日子我旅行回来，傍晚时在此休息，结果栗本来了。”

女佣在屋里召唤菊治。大概是晚饭准备好了，这是他离开公司时用电话吩咐过的。菊治起身走了进去，再出来时，换了身白色上等麻纱服。

文子好像也重新化过装，在等菊治坐下。

“栗本师傅是怎样说的？”

“她只是说听说文子小姐也结婚了……”

“三谷少爷就信以为真了，对吧？”

“没想到她竟然会撒谎……”

“一点都不怀疑？……”

转瞬间，他看到文子又大又黑的眼湿润了。

“我现在能结婚吗？三谷少爷以为我会这样做吗？家母和我都很痛苦，也很悲伤，这些都还没有消失，怎能……”

听了这些话，菊治甚至觉得她母亲还活着。

“家母和我天生轻信别人，相信人家也会理解我们。难道这只是一种梦想？是自己心灵的水镜映照出的自我……”

说着文子泣不成声。

菊治沉默良久才开口说：“记得前些时候，我曾问过文子小姐，你认为我现在会结婚吗？那是在一个雷阵雨的……”

“是雷声大作那天？……”

“对。今天却反过来由你说了。”

“不，那是……”

“文子小姐总爱说我，快结婚了吧。”

“那是……三谷少爷跟我全然不同嘛。”

文子说着用泪眼凝视菊治。

“三谷少爷跟我不一样呀。”

“哪有什么不一样。”

“身份不一样……”

“身份？……”

“是，身份不一样。不过，如果说身份这个词用得不合适的话，那么可不可以换成身世呢？”

“就是说罪孽深重？……那恐怕是我吧。”

“不！”

文子使劲摇头，泪水又夺眶而出。但是，有一滴泪珠却顺着左眼角，流到耳边才滴落。

“如果说罪孽，家母早已带着它辞世了。可我不认为是罪孽，而觉得这只是家母的悲伤。”

菊治低下头来。

“是罪孽的话，也许就很难消失，而悲伤则会过去的。”

“但是，文子小姐说身世这种话，不就使令堂的死灰暗了吗？”

“还是说深深的悲伤吧。”

“这深深的悲伤也……”

菊治本想说“就像深深的爱一样”，但还是没说出口。

“三谷少爷不是还有跟雪子小姐的婚事吗？和我可不一样呀。”

文子好像有意想要避开似的，她说：“栗本师傅之所以说我已结婚，好像是认为家母从中破坏了这事。显然是把我也看成搅局者了。”

“可据说这位稻村小姐已经结婚了。”

文子显然松了口气，似乎放松了下来。但她又说：“……恐怕还是谎言吧。也是骗人的。”说着她使劲摇摇头，“是什么时候的事？”

“稻村小姐结婚吗？……好像是最近的事吧。”

“肯定是骗人的。”

“据她说，雪子小姐和文子小姐两人都已经结婚了，我反而更相信文子小姐结婚是真的。”菊治低声补了句，“不过，也许雪子小姐那边才是真的……”

“撒谎。在大热天里结婚，只能穿一层衣裳，还会汗流不止。”

“说的也是啊，夏天就没有人举行婚礼吗？”

“哎，几乎没有……虽然也不是绝对……一般在秋季或……”

这样说着，文子不知何故眼里又涌出了新的泪水。她看着自己滴落在膝的泪珠。

“但栗本师傅为何要撒这种谎呢？”

“我还真上当了呀。”

菊治若有所思。

可文子为什么会为此落泪呢？

但这至少可以确认文子结婚是谎言了吧。

菊治猜想，说不定雪子是真结婚了，而近子很可能是想让菊治能远离文子，才说文子也结婚了。

然而，光凭这样的猜想还是说服不了自己。菊治还是觉得雪子结婚也是谎言。

“总之，在弄清雪子小姐是否真结婚之前，还不能断定栗本就是在恶作剧。”

“恶作剧……”

“嗨，就当她是在使坏吧。”

“可我今天要是不给您挂电话，我就成了已婚的人了。这可真是个残酷的恶作剧。”

女佣来招呼菊治。菊治去了里间，回来时拿着一封信，他说：

“文子小姐的信送到了。的确没贴邮票呀……”

菊治要拆开信。

“别，别呀。请不要看……”

“为什么？”

“不愿意嘛，请还给我。”

文子说着膝行过去，想从菊治手里把信夺过来。

“还给我嘛。”

菊治突然把信藏到背后。

一下子文子的左手按在菊治的膝上。她原本是想用右手把信抢过来，可身体失去了平衡。

她用左手支撑着身子，右手仍然往前伸想去抢那信。整个人都险些扑在菊治身上。她身子向右扭，脸就要贴进菊治的怀里。文子轻柔地把脸闪开。连按在菊治膝上的左手也只是轻触了一下。只是这样轻根本没法支撑住她扭曲了的上半身。

眼看着文子的身子摇摇晃晃压将过来，菊治身子绷紧了，文子那意外投入的轻柔的身子让他差点喊出声来。她的女性气息强烈地冲击了他，这时候文子的母亲太田夫人也出现了。

他忘了文子是怎样闪开的身子，也没注意到她是何时变得这样轻柔放松的。这是不可名状的温柔。仿佛是女人的一种本能的奥秘。菊治可能以为文子的身体会压过来，却不料文子只是轻轻一触就躲开了，宛若一阵温馨的风掠过。

这阵风有着浓郁的芬芳。夏季里，从早到晚工作的女性的身体的气味会变得浓烈。菊治从文子这也感受到了太田夫人的体味。那是跟太田夫人拥抱时留下的。

“哎呀，请还给我嘛。”

菊治没有再拒绝。

“我把它撕了。”

文子说着转向一边将信撕碎。汗水濡湿了她的脖颈和裸露的胳膊。

文子刚才险些倒下却又硬把身子闪开，那时脸色刷白，待坐正后，才满脸绯红，似乎就在这个时候出的汗。

3

文子的目光也随着那茶碗一起移到菊治膝前

菊治的晚餐是从附近饭馆叫的。总是那几样菜肴，食而无味。

女佣习惯性地在菊治面前摆上了那只志野陶的筒状茶碗。

等菊治意识到时，文子早就看在眼里。

“哟，那只茶碗您用着呢？”

“是呢。”

“真糟糕。”

文子的语调显得轻松。

“送您东西，我很是后悔。本来在信里也提到这件事。”

“提什么……”

“没什么，只是表示歉意，送给您这么件太没价值的东西……”

“这可不是没有价值的东西啊。”

“不是上乘的志野陶。家母甚至把它当作平日用的茶杯呢。”

“我虽然不在行，但它难道不是挺好的志野陶吗？”

菊治把茶碗端在手上观赏着。

“可比这好的志野陶多着呢。您用了它，也许又会想起别的茶碗，而觉得别的志野陶更好……”

“我们家好像没有这种志野陶小茶碗。”

“即使府上没有，别处也能见到。您用它时，假使又想起别的茶碗，而觉得别的志野陶更好的话，家母和我都会感到悲哀的。”

菊治倒抽一口气，但他只是说：“我跟茶道早就绝缘了，根本不会去看什么别的茶碗。”

“可总难免会有机会看到的。何况您也见过更好的志野陶。”

“照你这么说，只能把最好的东西送人啰？”

“是呀。”

说着，文子抬起头直视着菊治：“我是这样想的。信里还请您把它摔碎后扔了。”

“摔碎？扔了？”

文子的进逼让菊治有些慌乱。

“这只茶碗是志野古窑烧制的，恐怕是三四百年前的东西了。当初也许是宴席上或别的什么场合的用具，既不是茶碗也不是茶杯。不过，从它被当作小茶碗用，恐怕也有漫长的岁月了，古人珍惜它，并把它传承了下来。也许还有人把它收入茶盒里，随身带去做远途旅行呢。对，恐怕不能由于文子小姐的任性而把它摔碎啊。”

据说，茶碗口嘴唇接触的地方，渗透了文子母亲的口红的痕迹。

文子说听母亲告诉过她，说口红一旦沾在茶碗口上，是没法揩拭掉的。菊治得到这只志野茶碗后，也发现碗口有一处显得深色，看着像是污渍，只是无论如何也没法弄掉。当然，并非口红颜色，而是一种茶色，只是显得有点暗的微红，所以，把它看成是褪了色的口红陈色也未尝不可。但是，它也许就是志野陶本就有的色泽吧。再说，作为茶碗，碗口接触嘴唇的地方总是在那一处，要说是留下的唇痕，更有可能是之前的物主留下的呢。

不过，也许是太田夫人平日用得最多吧。

把它当茶杯用是太田夫人自己这样决定的，还是菊治的父亲想出来让夫人这样使用的呢？菊治有时也会这样想。

他曾怀疑太田夫人是把那对了入产的赤乐跟黑乐筒状茶碗代替茶杯，当作跟菊治父亲共享的夫妻茶碗吧。

是父亲让太田夫人把志野陶的水罐当花瓶，插上玫瑰和石竹花，把志野的筒状茶碗当茶杯，父亲有时也是在把太田夫人看作是同样的一种美吧。

当两人都辞世后，这水罐和筒状茶碗最终也到了菊治这里，而现在文子也来了。

“不是任性，是真希望您把它摔碎呀。”文子接着说，“我把水罐送给您，看到您高兴收了下来，于是我又想起还有另一件志野陶，就顺便把这只茶碗也一起送给您。不过，事后觉得实在是难为情。”

“这件志野陶，恐怕不该当作茶杯使用，委屈它了……”

“不过，比它更好的有的是。如果您一边用它，一边又想着别的上乘志野陶，那我就太难过了。”

“所以你才说只能把最好的东西送人？……”

“那也要根据对象和场合呀。”

文子的话让菊治感到震动。

文子是不是在想要菊治通过太田夫人的遗物，记住夫人和文子自己，或者想既然被这样亲切地抚触，那就该是最上乘的东西呢？

文子是希望能将她母亲的遗物看作最珍贵的东西，这菊治能理解。

这也许正是文子的最大的愿望和情感所在吧。实际上，这个水罐就是这种情感的证明。

志野陶光滑的表面冷艳而温馨，让菊治不断在思念着太田夫人。然而，之所以没有伴随着罪孽跟丑恶的阴影，不能否认这其中有着“这只水罐是传世之品”这种心理的因素吧。

在观赏作为传世之作的遗物时，菊治越发感受到作为女性极致的太田夫人的珍贵。极品是没有瑕疵的。

雷阵雨的那天，菊治在电话里告诉文子，自己看到水罐就想见她。因为是在电话里，所以他才能说出来。听到这话后，文子才说，还有另一件志野陶。于是她才把这件筒状茶碗带到菊治家里来。

尽管这件筒状茶碗不像那件水罐那么名贵。

“记得家父有一个旅行用的茶具箱……”菊治说，“那里面装的茶碗一定不如这件志野陶名贵吧。”

“是怎样的一只茶碗呢？”

“我没看过。”

“能让我看看吗？令尊的东西自然是更好。”文子这样说，“如果不如令尊的，这件志野陶就可以摔碎了吧？”

“危险啊！”

饭后吃西瓜，文子一边灵巧地剔掉西瓜子，一边又催促菊治把那只茶碗拿出来瞧瞧。

菊治让女佣把茶室打开，他走下庭院打算去找茶具箱。文子也跟着来了。

“茶具箱究竟放在哪我也不清楚。都是栗本……”

说着，菊治回过头去看，文子在盛开的夹竹桃满树的白花花荫里，此时只能看到树根处她那双穿着袜子和庭院木屐的脚。

菊治走进茶室，在水房的横架上找到茶具箱。他把茶具箱放在文子的面前。文子以为菊治自己会解开包装，所以她正襟危坐地等着。可不见菊治动弹，她这才伸出手说：

“那我来打开吧。”

“积了这么厚的灰尘。”

菊治把文子刚解开的包袱拎起，起身去庭院把灰尘抖落。

“水房的架子上有只死蝉，都生蛆了。”

“茶室真干净啊。”

“嗯。前些日子栗本来打扫过。就是这个时候她告诉我文子小姐和稻村小姐结婚……因为是夜间，可能把蝉也关进屋里了。”

文子从箱子里取出一只小包，看着像是包裹着茶碗的。她深深弯下腰去，轻轻解开带子，她的指尖有点颤动。

从侧面俯视的菊治看见文子浑圆的双肩微缩着前倾，脖颈显得更是修长了。

她有些紧张，因此抿紧了嘴唇，这样地包天的下唇就更突显了。而她那没戴耳环的耳垂着实让人心生怜爱。

“这是唐津陶[①]呀。”

文子仰脸去看菊治。

菊治是紧挨着她坐着的。

文子把茶碗放在榻榻米上。

“真是只上乘的好茶碗啊。”

这是一只同样可以做茶杯用的筒形小茶碗。

“朴实简约，气派不凡呀。不是那件志野陶可比的。”

“拿志野陶跟唐津陶相较，恐怕不太合适……”

“放一起看就知道了嘛。”

菊治也被唐津陶的魅力迷住了，他将它放在膝上，仔细欣赏着。

“那么，把那件志野陶拿过来吧。”

---

① 唐津陶：日本佐贺县西北部唐津市等地出产的陶瓷。唐津陶朴实简约，呈现出别致的魅力。质朴的图案带来温润稳定的感觉。茶道用具尤为出名。

“我去拿。”文子说着，起身走了出去。

当志野陶跟唐津陶刚被并排摆在一起时，菊治和文子两人相互看了对方一眼。接着，两人的视线都专注在两只茶碗上。

菊治显得有些把握不住自己。

“真像是男碗跟女碗啊。这样并排在一起才……”

文子说不出话来，只是点点头。

菊治感到自己的话引起了异样的反应。

唐津陶上是纯素色的，没有彩绘，近似鹅黄的青中还带有暗红，显得踏实浑厚。

“令尊去旅行也带着它，足见是非常喜爱的。跟令尊很相像呀。”

文子没意识到自己这样脱口而出的莽撞。

而菊治无法说出那志野陶茶碗像极了文子母亲。两只茶碗就那样并排摆在那，实话说吧，的确像菊治父亲跟文子母亲在一起的样子。

留存下来三四百年的茶碗，形态总是健康的，不会诱惑起拥有者做病态的狂想。不过，它那饱满的生命力甚至能引发人肉体的快感。

菊治把两只茶碗看成父亲跟文子母亲时，就觉得眼前并排着的两只茶碗是两个人的形象，也就是两个还活着的魂灵吧。

而且，茶碗的形态是真实的，因此菊治觉得自己跟文子这样隔着两只茶碗相对而坐，因此这情景也是真实纯洁的。

记得过了太田夫人头七，第二天菊治甚至对文子这样说：两人相对而坐，也许是件可怕的事。然而现在，那种罪恶的恐惧感并没有出现，难道也是被面前这茶碗的纯洁给洗涤净了吗?

“真美啊！”

菊治不由得喃喃自语道。

“家父也不是个品格高尚的人，却好摆弄茶碗之类的，说不定正是为了中和自己的种种罪孽吧。”

“啊？”

“不过，看着这茶碗，谁也不会去想原物主的不好吧。家父自然是短寿的，甚至不到这只传世茶碗寿命的几分之一……”

“死亡就在我们脚下。真可怕啊！虽然明知自己脚下就是死，但我想不能总这样被母亲的死纠缠着，因此我也努力过呀。”

“是呀，一旦成为死者的俘虏，就会觉得自己不是这个世间的人。”菊治幽幽地说。

女佣把铁壶等点茶家什拿了进来。

因为两人在茶室里待的时间太久，女佣大概是以为他们要点茶。

菊治向文子建议用眼前的这唐津和志野的茶碗，像旅途中那样点一次茶。

文子温顺地点了点头。

“在把家母的志野茶碗摔碎前，把它当作茶碗再用一次，表示惜别，好吗？”

说着，文子从茶具箱里取出圆筒竹刷，到水房去洗涮了一遍。

夏天日长夜短，天此时仍然没有暗下来的迹象。

“就当作是在旅途……”

文子用小圆筒竹刷一边在小茶碗里搅抹茶，一边说。

“既是旅行，那么，住哪家旅馆呢？”

“不一定是旅馆呀。也许在河畔或山上。就当作是用山谷的溪水来点茶，要是用冷水也许更好……”

从小茶碗里拿出小竹刷时，文子就势抬起了头，用黑眼睛看一下菊治；但即刻又专注于自己正在掌心里转动的唐津陶茶碗。

接着，文子的目光也随着那茶碗一起移到菊治膝前。

菊治感觉文子也跟着她的目光一起过来了。

这回，文子把母亲的志野陶放在面前，竹刷碰了碰茶碗边缘，这时她停住手说：

“真难啊！”

“碗太小，很难搅动，是吧？”

菊治这样询问。文子的手腕依然在颤抖。

接着，文子的手停了下来，竹刷子在筒状小茶碗里搅不开了。

文子凝视着自己变得僵硬了的手腕，垂下头颅，一动不动。

“是家母不让我点茶啊！”

“哦？”

菊治起身猛地抓住文子的肩膀，仿佛要把被咒语束缚住动弹不了的人拉出来似的。

文子并没抗拒。

4

死亡就在我们脚下

菊治难以成眠。待木板套窗的缝隙里有一线亮光透入后，他就起身向茶室走去。

庭院里石制洗手盆前的石头上，还掉落有志野陶的碎片。

菊治捡起其中四块大点的，放在掌心上拼，就出现了茶碗形，但碗边有一处拇指般大的缺口。

菊治想，这缺口处的残片，不定还能找回，于是就在石头缝里寻找起来，可很快就停了下来。

抬头看去，东边树林那里的上空有一颗闪闪发光的大星星。

菊治已经有好几年没有见过黎明的晨星。他这样想着，就站起身来观看，看见天空漂浮着云彩。

云中闪烁的星光让那颗晨星显得更大。星光的边缘仿佛被水浸过了似的。

当着这明亮的晨星把摔碎了的茶碗的碎片捡起来拼合，菊治突然觉得自己很是可怜。

他随手扔掉手中的碎片。

昨晚，文子不顾菊治的劝阻，还是将茶碗在庭院的石制洗手盆上摔碎。当文子手拿茶碗悄悄走出茶室时，菊治居然一点也没有察觉。

“啊！”

菊治不禁发出一声大喊。

但菊治顾不上去捡散落在昏暗的石缝里的碎片，他得把住文子的肩，因为她蹲在摔碎了的茶碗旁，身子正要朝着石制洗手盆倒过去。

“一定会有更好的志野陶吧。”

文子喃喃道。

难道她是在担心菊治把它跟更好的志野陶比才感到悲伤了吗？

那之后菊治彻夜难眠，因为文子的话中蕴含的无奈与哀切让他难以释怀。

所以，到曙光洒满庭院时，他才起身出去寻地上茶碗的碎片。

然后是看到了晨星，就把捡起来的碎片扔掉。

菊治抬头仰看，不由得发出一声“啊”的长叹。

就在刚才，在菊治低头去看刚扔掉的残片时，晨星躲进云中去了。

菊治凝视东方的天空，仿佛自己身上的什么东西被人夺走了。

云层不厚，却再也找不到那颗晨星的踪影。浮云到了天际处，一直到远处街市的屋顶。曦光红得越发深沉了。

“扔在这里也不行。”

菊治自言自语着，就又把志野陶的碎片捡起，揣进睡衣的口袋。

把碎片就这样扔掉实在是让人不忍，但他担心栗本近子等见了会盘问。

文子也许只是没法想明白，于是干脆摔碎了，这使得菊治决定不保存这些碎片。起先琢磨着把它们埋在石制洗手盆旁。可最后还是用纸包了起来，放进壁橱里，然后钻进被窝。

文子在担心什么，她觉得菊治会拿什么同这志野陶比呢？

菊治很是不解文子的这种担心，无法明白它从何而来。

何况，从昨晚一直到今晨，菊治压根儿就没想过把文子同什么人作比。

对菊治来说，文子已是这世上无与伦比的了。是他命运的控制者。

此前，菊治很难让自己不去想文子是太田夫人的女儿这一事实，可现在他似乎忘了这一点。

母亲的身体通过女儿得以复现，这样的念头曾吸引了菊治，令他做过离奇的梦，可这感受如今已然消失殆尽。

菊治终于从长期封闭住自己的那块黑暗、丑恶的帷幕里钻了出来。

难道是文子纯洁的悲痛挽救的菊治？

菊治现在明白了，根本不是文子在抗拒，而是纯洁本身。

当菊治正像一个坠入被魔咒封闭的深渊的人，在急速下坠过程中反而感到了解脱；也仿佛中毒极深的人，最后服下超量毒药反而发生以毒攻毒的奇迹。

重新回到公司上班后，菊治就给文子工作的店铺挂了电话。对方告诉他文子去了神田一家呢绒批发店。

菊治因为失眠早早就出来了，他去了那家店，可文子还没到店里。

难道文子还在清晨的睡梦中？菊治寻思，今天她会不会因为难为情闭居家中呢？

午后，菊治又挂了个电话，但文子还是没去上班。菊治向店里人打听到了文子的住所。原本在她昨天的信里应该写了这次搬家的住址，可信还没开封就被文子撕碎，连碎片都塞进衣兜带走。直到晚饭时提到工作的事，菊治才记住呢绒批发店的店名。却忘了问她住址。

下班后，回家的途中菊治找到文子租赁的那间在上野公园后面的屋子。

文子不在家。

一个像是刚放学回家穿水兵服的十二三岁的少女走到门口来，然后她回屋里去了，片刻才出来说："太田小姐不在家，她今早说跟朋友去旅行了。"

"旅行？"菊治感到有些不解，"去旅行了吗？今早几点走的？她说到什么地方去了吗？"

少女退回屋里，站在稍远的地方说："不清楚呢，我妈不在家……"

她的样子有些怯生，像是害怕菊治似的。小女孩的眉毛有点稀疏。

走出大门后，菊治回头看了看，但无法判断哪间房是文子的。这是幢带小院子的很小的二层楼房。

猛然记起文子说过的"死亡就在我们脚下"，他的腿麻木起来。

他掏出手绢擦擦脸。越擦脸变得越是苍白。可他还是一个劲擦。手绢湿了，有点发黑。他脊背也冒出冷汗。

菊治对自己说："她不会寻死的。"

既然文子能使菊治获得重新生活的勇气，她自己理应不会去寻死。

可昨天文子的举止和说的话，难道不正是死的表白吗？

或许她害怕自己跟母亲一样骨子里就是一个那样的女人，将会变得罪孽深重？

"让栗本一个人活下去好了……"

这样说后，菊治好像对仇人吐出了怨恨。接着，他匆匆朝公园的林荫深处走去。

古　都

“古都”当然指京都。该中篇从1961年10月8日起，至次年的1月在《朝日新闻》上连载。在该小说的单行本后序中，川端康成坦言自己因多年大量服用安眠药而出现严重中毒现象，这篇小说几乎大部分是在朦胧状态下写出的。按他自己的说法，这是“我的异常下的产品”。但是事实上我们从中很难看出作者在写作过程中存在身心异常，反而算是川端康成小说中相对趋于正常的一部作品。但作者还是为此不安，后期反复修改，并请京都人将其中的对白校准为京都腔。

小说以京都为舞台，围绕北山杉村的穷人家女孩苗子和被京都大和服批发商收养长大的弃婴千重子两位美丽的双胞胎姊妹展开，同时代入倾慕她们的织工秀男以及真一的哥哥龙助，展现了人与人之间离奇的命运与邂逅。

主角虽说是一对孪生姐妹，但在读的过程中有时会不知不觉错以为小说真正的主角是京都美丽的四季以及那里人琐碎却典雅的生活。在短短的篇幅里，小说为读者展现了平安神宫的樱花、嵯峨野的尼姑庵、植物园的樟木、葵祭、鞍马寺的伐竹会、祇园祭的宵山、大文字篝火、时代祭、南禅寺、圆山公园的左阿弥、粉雪等等，构成一幅完整的京都生活工笔画卷，囊括了如地理、历史、人文和风情等元素。与此同时，作者还熟练地勾画出守护着古老传统的和服批发商、西阵的织屋等京都人独有的特质。

有学者认为，这篇小说给人的感觉是以场景描绘为主，等于是日本古都京都的一首抒情诗。而川端康成笔下的京都，在今天的人看来，简直就是另一个世界了，几乎就同千重子养金钟儿的古丹波壶里的壶中天地一般。

春之花

真一，我是个弃儿

千重子发现那棵老枫树树干上的紫花地丁开花了。

“啊，今年的开了。”千重子感受到了花的温馨。

相对于市内狭窄的庭院，这棵枫树真算是高大的，树干比千重子的腰还粗。当然，它那老旧的树皮、布满青苔的树干，自然是无法与千重子青春的躯体相提并论……

枫树的树干从高过千重子腰部的位置，开始稍向右一拐；在高过千重子的头部时，向右拐了一大弯。弯弯曲曲的枝条舒展开来，遮蔽了整座庭院。长长的枝梢因不堪重负而低垂。

树干在大拐弯处有两个小凹洼，每个凹坑里都寄生了一株紫花地丁。每到春天就会开花。这两株紫花地丁从千重子记事时就在那里了。

上下各一株，相距约一尺左右。花季年龄的千重子寻思道：“上边的这株和下边的这株不知道会不会相互认识，它们会相见吗？”她为什么会寻思这些呢？

这紫花地丁每到春天就会开三朵，最多时开五朵花。可每年这个时候，都会在树干上这两个小凹洼里发芽开花。千重子时而在廊道上眺望，时而来到树下仰头去观察，时常会为这紫花地丁的生命力而感动，自然也会生出些孤寂和伤感。

“长在这种地方，还能一直活着……”

到店铺来的顾客通常会为枫树的高大奇诡而叹赏，但却很少有人注意到这树干上的紫花地丁。枫树的长了树瘤的粗干直到很高的地方都布满了青苔，让它显得越发古朴苍劲。而那寄生的紫花地丁自然就不显眼了。

但蝴蝶们却跟这紫花地丁很熟。千重子发现，在紫花地丁开花时，总是有成群小白蝴蝶飞入庭院，飞到紫花地丁那。枫树枝头正在抽出的小嫩芽微微泛红，与翩跹翻飞的洁白的蝶群交相辉映，实在是美不胜收。两株紫花地丁的藤叶和花朵，在枫树树干新鲜的青苔上投下斑斑点点的疏影。

风和日丽，天空飘着白云。

直到白蝶群飞走，千重子还坐在走廊上眺望树上的紫花地丁。她几乎脱口而出：

“还是在老地方开花，实在是不容易呀。”

在紫花地丁下的树根旁竖着一个古色古香的石灯笼，灯笼脚上雕刻了一尊人像。千重子记得父亲有一次告诉她那是基督。

“不是圣母玛利亚呀？”千重子那时曾这样问道，“北野神社里有尊很大的跟这很像呢。”

“应该就是基督。”父亲对此很是肯定，“因为没抱婴儿嘛。”

“哦，当真……”千重子点头认可，她接着又问，“我们家的祖先里有人信基督吗？”

“没有。这灯笼大概是园林师或石匠搬来放在这里的，不是什么稀罕的东西。”

这只带基督雕像的灯笼，多半是禁教前的东西。石料粗糙、易碎，上面的浮雕经过了数百年的风雨，早已毁损难辨，只有头、身子和脚依稀可辨。恐怕原本就是粗制滥造的东西吧。雕像的袖子太长，几乎拖到了下摆，好像是双手合十的，手腕那有点凸出，看不出究竟的形象。不过，看上去总还是能跟菩萨或地藏王区别。

这有基督雕像的灯笼，不知从前是因为信仰，还是因为其异国的情调，由于岁月的原因有了些古朴，所以才被搬来安置在千重子家的庭院那棵老枫树下的。如果有哪位客人看到了询问起，父亲总会告知对方那是“基督像”。至于来店里的那些生意人，很少会有人留心到这树下的石灯笼。就算偶尔有人注意到了，大概也是觉得院子里摆设一两个石灯笼再正常不过了。

千重子的目光移到下方盯着基督像。她虽没念过教会学校，但喜欢英语，常常进出教堂，也会翻翻《圣经》的新约旧约什么的。只是她总是觉得给这个石灯笼献花点蜡烛不合规矩，因为灯笼上找不到十字架。

基督像上面的紫花地丁倒是容易使人联想起圣母玛利亚的心。千重子的目光又从石灯笼那移到紫花地丁上——她突然想起了自个养在丹波国[1]瓷壶里的金钟儿。

千重子开始饲养金钟儿是在四五年前，那时千重子早已发现老枫树上寄生的紫花地丁。有一次在高中同学家的起居室听到了金钟儿不停地鸣叫，便讨要了几只回家饲养。

“养在壶里多可怜呀！”千重子说。可同学却说总比养在笼子里就那样死掉好。据说有的寺庙养了很多专门出卖虫卵。由此可见爱好者还是不少。

现在，千重子饲养的金钟儿越来越多，已经是两个古丹波壶都装不下。每年七月一日开始孵出幼虫，到了八月中旬就会鸣叫。

它们总是那样出生在小又暗且窄的丹波壶里，然后在里面鸣叫、产卵、死去。如此一代一代生存下来。比起那些在笼中只能活短短一代好得多吧。所谓“壶中别有洞天”也许就是说的这吧。

千重子知道那个中国故事“壶中天地”。是说一只壶里有人世间的楼台亭阁、美酒和珍馐。那是一个传说中的仙人的世界，里面的一天等于世间的一年。

要知道这金钟儿可不是厌世才逃进壶里的。想来恐怕它也不会知道自己在那，也就知道不停地传宗接代。

最让千重子惊奇的是得经常把别处的雄虫放进壶里，否则壶里的金钟儿就会越来越瘦小。据说是近亲交配的缘故。为了避免这种情况发生，养金钟儿的人之间会彼此交换雄虫。

眼下是春天了，不是金钟儿引吭高歌的秋天。可千重子还是由枫树凹洼里的紫花地丁的开花，联想到了壶中的金钟儿。这可并不是没有缘由的。

金钟儿当然是千重子放进壶里的，可这紫花地丁又是怎样找到这点点天地的呢？如今紫花地丁开花了，金钟儿想必也会就快要开始繁殖、鸣叫了吧。

“这都是自然赐予的吗？”

千重子把被风吹乱了的鬓发撩到耳后，心里一直在琢磨紫花地丁和金钟儿的事。

---

① 丹波国：今京都府中部和兵库县东部的旧国名。物产丰富，盛产陶瓷。

“那么我呢……”

在这万物复苏，生机盎然的春日，千重子看着小小的紫花地丁。

这时候店铺那边传来了开饭的动静。

千重子该去梳洗打扮了，她约好要去赏樱花的。

昨天，水木真一来电话邀她去平安神宫[①]赏樱花。据说真一的一个是学生的朋友，在神宫入口处兼职检票，说是已经干了半个月。是他告诉真一，现时正是樱花盛开的时节。

“是我叫他留心观察的，没有比这消息更确切的吧。”

真一说着浅浅一笑，笑声很是迷人。

“他会注意我们吧？”千重子问。

“他是个看门人，谁都得经过他允许才能进去。”真一又笑了，“不过呀，要是你不愿意，咱们就各走各的，之后在院里的樱花树下会合吧。好在那些花即便是一个人也是看不厌的。”

“那么，你就一个人去赏吧。”

“行是行，不过万一今晚上了来场大雨，花全凋了我可不管。”

“那我就看落花呀。”

“被雨打风吹落的花脏兮兮的，哪还来的景致？所谓落花……”

“你真坏！”

“谁？……”

出门前，千重子挑了件素净的和服。

平安神宫的“时代祭[②]”相当出名。这座神宫是明治二十八年（1895）为纪念一千多年以前桓武天皇建都京都而建造的。由于历史不算太长，殿堂都还很新。据说大门和外殿是仿当年平安京[③]的应天门和太极殿而建的。在右近卫府有橘林，而左近卫府有樱树。从一九三八年迁都东京前，孝明天皇跟之前的历代天皇都被供奉在此并接受祭祀。而在这里的神位前举行

---

① 平安神宫：位于日本京都左京区的神社。是日本的重要文化遗产。

② 时代祭：日本传统节日，1895 年为纪念桓武天皇平安迁都 1100 年而设。每年 10 月 22 日在日本京都举行。

③ 平安京：日本古都，别称“洛阳”“京洛”。为桓武天皇于 794 年所建。位于现在京都市的市中心区域。

婚礼的人也是有很多。

而最让人忘不了的是装点着神苑的一簇簇红垂樱。如今的确可以说“除此樱花外，没什么足以代表京都春天了”。

一走进神苑入口，一片盛开的红垂樱便映入千重子的眼帘，好像这花儿都开到心里去了。“啊！今年又赶上京都的春天了。”说着，她就停了下来伫立在那凝视着簇簇繁花。

但真一在哪里呢？会不会还没到呢？千重子打算找到真一再去赏花。她从花树丛中走了出来。

原来呀，真一正躺在垂樱下的草坪上，他用双手交叉着枕在脑下闭目养神。

千重子没想到真一会躺在这儿。实在讨厌。既然在等年轻的女子，居然还这样躺着。倒不是千重子觉得他这样很是失礼，羞辱了自己，而是他那样躺着的模样很是难看。在千重子的生活里，难得看到躺着的男人。

也许真一常在大学校园里的草坪上跟同学一起曲肱而卧，谈笑风生，所以，现在这样不过是常态而已。

而且，此时真一身旁还有四五个老太婆，她们正把带来的提盒一层层打开，在那闲聊。也许是这些老太婆让真一有了亲切感，于是就挨着她们坐，后来干脆躺下的吧。

这么想，千重子也就不再难受，甚至有点想发笑，只是这让她的脸一下子绯红了。她只是站着，没去叫醒真一。最终，她从真一身边走开了……千重子长这么大，确实未见过男人的睡相。

穿着整洁学生服的真一，头发梳理得一丝不苟。睫毛那么长，合起来完全遮住了眼睛，活像个少年。只是千重子并不去看他。

“千重子！”真一大声叫住她，并站起身来。千重子忽然恼怒了，很不高兴。

“这样睡觉，真不雅观。就不怕路人看吗？”

“我没睡，你一来我就知道了。”

“你太坏了！”

“我想知道，要是我不叫你，你会怎样？”

“看到我了，才故意装睡的吧？”

“哪里，就是看到一个这样充满幸福感的女子，不由得有点哀伤吧。头也有点痛了……”

“我？幸福？……”

“……”

“你在头痛吗？”

“哦不，已经好了。”

“脸色不怎么好嘛。”

“不，已经没什么了。”

“真像一把宝刀呀！”

真一从没听人这样形容过自己的脸，“真像一把宝刀”，千重子这样的形容还是头一次听到。

这样一来，真一的胸腔内即刻洋溢起一股激情。

“这把宝刀是不伤人的。何况是在樱花树下。”真一笑了起来。

千重子爬上斜坡，向回廊的入口处折回去。真一也离开草坪跟着。

“真想把所有的花都看遍呀。”千重子这样感叹道。

来到西边回廊的入口处，映入他们眼里的是红色垂樱，马上让人感觉到是走入了春天，真正的春天！连细细低垂的枝梢都挂着一簇簇红色的八重樱，那情景说是花儿开满枝头，还不如说是把一片片的树铺满。

“这一带的花我最喜欢的在那里。”

说着，千重子把真一引到回廊下一个拐弯处。那里有棵樱树，枝丫朝空中伸展开去，枝头繁花似锦。真一站在树旁看着。

“仔细一看，很有女性风韵呀！”真一说，“垂下的细枝，还有这些花儿，看着那么柔美丰腴……”

而且这棵八重樱的花还稍带点紫色。

“我过去不知道樱花竟然会这般女性化。无论是色彩、风韵，还是那种娇柔润泽。”真一接着评点道。

两人离开这棵樱树向池子那边走去。马路边上有张折凳，上面铺着绯红色毡子。有游客坐在那品赏谈茶。

“千重子，千重子！”有人在喊。

那是真砂子，她身穿长袖衫，正从微暗的树丛中的澄心亭茶室那边走下来。

“千重子，我想请你帮个忙。刚才在帮师傅伺候茶席，好累！”

“我穿这身顶多只能帮忙洗洗茶具。”千重子回答说。

“没关系，洗洗茶具也……真是的，来不来嘛。”

“我还有朋友……”

真砂子这才发现真一，便咬着千重子的耳朵轻声问：

“未婚夫？”

千重子轻轻摇头。

“男友？”

千重子还是摇头。

真一看到真砂子便转身走开了。

“那么，就一起进茶室来喝茶吧……现在，刚好有空位子。”真砂子劝道。

千重子婉谢了，她追上真一：“是我学茶道的同伴，长得标致吧？”

“当然漂亮。”

“哎呀，人家会听见的。”

千重子转身瞧目送他们的真砂子，行了个注目礼。

茶室下面的小道尽头是水池。池畔的菖蒲嫩绿挺拔，水面漂浮着睡莲。

这个池子周围没有樱树。

两人绕过池子，踏上条昏暗的林荫小道。清香和湿土的芬芳扑鼻而来。小道很短，很快就出现了一个开阔的庭园，里面也有个水池，比前面那个要大一些。池畔红垂樱倒映在水中，美不胜收。很多外国游客在拍摄樱树的花姿。

在水池对岸的树丛中，马醉木[①]安静地开着白花。这让千重子想起奈良来。池子的对岸有很多松树，虽不成材，却也千姿百态。如果没有樱花，这些翠绿的劲松倒也引人入胜。就是现在，这松树的苍翠对映着池子中的绿水，把垂樱的红花衬得格外娇艳。

---

① 马醉木：别名日本马醉木，杜鹃花科。灌木或小乔木，树皮棕褐色，小枝开展，无毛。总状花序或圆锥花序，顶生或腋生；花冠白色，坛状。

真一率先踏上池中的踏石。这叫作“涉水”。这池子里的踏石圆圆的，像是把牌楼立柱顶上的柱头切下来排列起来的。千重子跟着踏上去，有时还得稍稍撩起和服的下摆。真一回过头来说：

“要不我背你过去吧。”

“你不妨试试，那样我才服你。”

当然，这些踏石连老太婆都能过去。

踏石边也漂着睡莲的叶子。在对岸岸边处，踏石周围的水里倒映岸上的小松树。

“这种踏石的排法，很有点抽象派的味道呢。”真一说。

“日本的庭园，好像都有点抽象派吧？就像醍醐寺[①]庭园里的杉藓[②]，那些人总爱嚷嚷什么抽象派、抽象派的，反而令人讨厌……”

“是吗？那种杉藓看着确实有些抽象派的味道。醍醐寺的五重塔已经修好，正在举行落成典礼呢。咱们去看看吧。”

“醍醐寺的塔也是模仿新金阁寺建造的吗？”

“想来必定是焕然一新了。不过，塔没被烧掉……是拆掉后照原样复建的。落成典礼正好赶上樱花盛开，一定会招来许多人。”

“要论赏花，看过这里的红色垂樱，就再没什么地方可看的了。”

说着两人走完了最后几块踏石。

走完踏石，来到岸边林立的松树下，再走不远就是桥殿。这座桥造型因为很像宫殿而得名，正式名字叫“泰平阁”。

桥两侧有矮靠背折椅，人们坐在这里休息，可以隔着水池眺望庭园的景色，当然也可以说是观赏有水池的庭园。

坐在桥两头的人们大多在吃吃喝喝，而小孩子在桥上跑来跑去。

“真一，真一，到这里……”千重子先坐下，用右手按在凳上给真一占个位子。

---

① 醍醐寺：日本真言宗醍醐派总本山的寺院。位于京都市伏见区醍醐东大路町。始建于公元874年。

② 杉藓：苔藓科。分布于北海道本州的低地和亚高山，生长于潮湿的地面和沼泽边。高约10厘米。

“我站着就行。”真一说，“也可以蹲在你脚下……”

“没必要呢。”千重子站起来让真一坐，“我买鲤鱼饵食去。”

买了鱼饵回来，千重子把饵洒进池子，鲤鱼成群聚拢过来，有的还把身子钻出水面。水面出现一圈圈水波，迅速扩散开。樱树和松树的倒影也在波面微微荡漾。

千重子说:“给你吧！”把剩下的鱼饵给了真一。真一默不作声。

“还头痛吗？”

“好了。”

两人在桥头坐了好一阵，真一面色不好，眼盯着水面。

“在想什么呢？”千重子问。

“哎，也没想什么。有时什么也不想也能感到幸福。”

“在樱花盛开的春日……”

“不，在幸福的小姐身边……自然也会沾染点幸福，这样朝气蓬勃又温婉啊！”

“我很幸福吗？………”千重子反问道，目光里就有了一层忧郁。她低着头，像是一泓池水映入了她的眼帘。

千重子站了起来。

“桥那边有棵樱花，我很喜欢。”

“这里也能看到，就那棵吧？”

那边那株红垂樱极其秀丽。这也是有名的樱树。它的枝丫像垂柳般低垂，十分地舒展。千重子走到这株樱树荫下，微风轻拂，花儿飘落在她的脚边和肩上。

树下的地面也有很多落花。水面上也有。但仔细算算，也就七朵八朵……

低垂的枝丫虽被竹竿支撑着，但有些纤细的花枝枝梢也许是太柔弱无力了，所以仍然快垂到地面。

透过八重樱纷垂的枝叶缝隙，可以看见池子东岸树丛上方苍翠的山峦。

“那是东山的支脉吧？”真一问。

“那是大文字山[1]。”千重子回答。

“哦，是大文字山吗？怎么显得那么高？”

“可能是从花丛中看的缘故吧。”

说这话的千重子，自己也站在花丛中呢。

两人都恋恋不舍地离去了。

这樱树周围铺着白粗沙子，沙地右边是一片挺拔的松林，让这庭园显得格外雅致。接着两人来到神苑的出口。

走出应天门后，千重子说：“真想到清水寺去看看啊。”

“清水寺？”真一那副神态像是说“那地方很一般啊”。

“我想从清水寺鸟瞰京城的暮景，想看日落时西山的晚霞。”见千重子反复这样说，真一只好答应。

“那就去吧。”

“步行去行吗？”

路程很远。他们躲开电车道，从南禅寺[2]那边绕远路走，出知恩院后门穿过圆山公园，走一条幽静的古道来到清水寺。这时恰好春晚，已然是暮色沉沉了。

清水寺的舞台上只剩三四个女学生，面容也都已经模糊。

但这正是千重子最喜欢的时候。幽暗的大雄宝殿已经点上了明灯。千重子径直越过正殿的舞台，经过阿弥陀佛殿来到后院。

后院也有一座悬挂在峭壁上的小巧玲珑的舞台。舞台的顶是用桧树皮葺就，有着轻扬的檐角。但舞台是西向的，正对着京城那边的西山。

华灯初上，天边还残留着几缕霞光。

千重子倚在舞台的波形栏杆上远眺西山，仿佛忘了陪伴自己的真一。当真一走到她身旁时，她突然说：

“真一，我是个弃儿！”

---

① 大文字山：位于日本京都府京都市市区东北部，是指京都东山三十六连峰主峰如意岳的西峰。

② 南禅寺：位于日本京都市左京区，为临济宗南禅寺派的大本山，是日本京都最重要的寺庙之一。

"弃儿？……"

"嗯，弃儿。"

真一一下子无法理解"弃儿"的含义。

"弃儿？"真一喃喃自语，"千重子，你怎么会觉得自己是弃儿呢？要是千重子是弃儿，那我这样的人更是了，精神上的……也许每个人都是弃儿，一个人来到世上，正是因为遭到了上帝的放逐嘛。"

从侧面看千重子的脸，隐约染上了一层薄薄的晚霞。也可能是这样的傍晚总是会使人忧伤吧。

"所以，因为是上帝的儿子，才要这样先遗弃再拯救……"真一说。

然而千重子似乎根本没有听，她俯瞰灯光璀璨的京城，没回头瞧真一一眼。

真一感到千重子有一种不可名状的哀愁，就想抬手去搭在她肩上，千重子却躲闪开了。

"别碰我这个弃儿。"

"我说了都是上帝之子嘛，都是弃儿……"真一稍稍提高了声音。

"别说得那么玄妙。我才不是什么上帝之子，我是被人间的生身父母抛弃了的弃儿。"

"……"

"是被扔在店铺格子门外的弃儿。"

"你这是在胡说什么！"

"真的。这种事告诉你也无济于事……"

"……"

"从清水寺这儿眺望京城苍茫的暮色，忍不住就会想：我果真不是在京都出生的吗？"

"你都说些什么，你简直是在发神经……"

"这种事我怎么会乱编呀。"

"你是批发商的掌上明珠吧，独生女都爱这样胡思乱想吧。"

"当然，他们确实宠爱我。所以呀，如今是弃儿也无妨……"

"有什么证据说自己是弃儿？"

"证据？店铺的格子门呀。古老的格子门最清楚不过了。"千重子的声音越发清越了，“记得刚上中学时，母亲对我说：‘千重子呀，你不是我亲生的。是我看到一个别人的婴孩实在是可爱，就抱上车一溜烟跑回家来了。’可抢婴儿的地点爸妈有时不经心，说法不一致。一个说是在夜里祇园[①]的樱树下，另一个又说是在鸭川[②]河畔……他们一准是可怜我才这样说的，我就是被扔在店铺格子门前的弃儿，真是可怜呀……”

“哦？那么，你知道生身父母吗？”

“养父母既然这样疼爱我，我也就不想去找生身父母啦。他们大概也早已成了仇野[③]那一带的游魂了吧？连石碑也都残破了……”

春天的暮色溶溶，淡淡的红霞从西山那边的天空浸染了过来，几乎把京都上空的半边天都染红了。

真一不信千重子是弃儿，更无法相信她是偷来的。千重子的家，坐落在古老的批发商街，只需在附近打听很快就能了解底细。可真一一点都不想去打听这事儿。他很是困惑，不懂千重子此时这样对自己说这种事目的何在。

真一很难相信千重子邀自己来清水寺，就是为了告诉自己这件事。千重子的声音越发清越了，动听而蕴含了坚定，完全没有一点诉苦的感觉。

千重子隐约觉察到真一在爱自己。她的这番告白也许是为了让爱自己的人了解自己的身世。可真一听出的却是她在拒绝自己。就算“弃儿”一说是千重子编造的……

真一曾在平安神宫再三说千重子很“幸福”，但愿她的告白是对这话的抗议，因此他决定试探一下。

“你知道自己是弃儿后，感到伤心和孤独了吗？”

“不，一点也不伤心。”

“……”

“我要求上大学时我父亲说：一个要继承家业的女孩子家，上大学反

---

① 祇园：指京都八坂神社周边一带。八坂神社也称祇园。

② 鸭川：穿越日本京都市的一条河流，属于淀川水系的一级河川。

③ 仇野：京都市西部、右京区嵯峨野的小仓山东北麓一带的总称。也写作“化野”“徒野”等。相传是古代风葬之地。

而碍事。倒不如多关心点买卖。只是在这时候我才感到有点……”

“应该是前年的事，对吧？”

“是啊。”

“你对父母能做到绝对服从吗？”

“嗯，绝对服从。”

“婚姻问题上也是？”

“嗯，至少目前还是打算服从。”千重子毫不犹疑地回答了。

“你这样完全不考虑自己的……感情吗？”真一问。

“想啊，是想太多了，很是痛苦。”

“你难道是想压抑自己，完全不顾自己的情感？”

“不，我想顾及。”

“你总是绕弯子。”真一笑笑，声音却有些抖，他把上身探出栏杆，想偷看一眼千重子的神情，“真想看看你这弃儿谜一般的脸啊！”

“天恐怕太暗了。”千重子这才把脸转向真一。她的目光忽闪着。

“怪吓人的……”千重子抬头去看那边正殿的屋顶。那上面葺得很厚的桧树皮屋顶此时显得暗黑沉重，阴森森的气息压迫得人难受。

尼姑庵与格子门

她就像花儿样笑了，让人没法不把她抱起来

三四天前，千重子的父亲佐田太吉郎来到嵯峨野[①]，住进了一座尼姑庵里。

尼姑庵的庵主已年过六十。虽是在古都，这小小的尼姑庵却因掩没在竹林丛中很难发现，因此也就少有游人，几乎跟观光无缘，显得很是冷清。顶多有间厢房偶尔会举办一两回茶道会之类的。但并不知名。倒是庵主经常外出教人插花。

佐田太吉郎在此租了一间房子，现如今，他的境遇也大概跟这尼姑庵差不多了。

佐田好歹是中京[②]一家绸缎批发店的老板。这些年那一带的老店铺基本都改为股份公司了，佐田的店铺也不例外。形式上是股份公司，但照旧是太吉郎担任经理，只是买卖都由掌柜掌管。但如今多少还保留着昔日店铺的老规矩。

太吉郎年轻时起就颇有名士风范。而性格很是孤僻。至于说像别人那样把自己的染织作品拿去举办个人展览什么的，就更是毫无兴趣。要知道在那个时代，就算举办了，也会因为有点标新立异而效果不好。

太吉郎的父亲太吉兵卫在世时，从不干涉太吉郎作画。太吉郎似乎不像别的图案设计师那样，能紧跟时尚潮流，无法跟上流行的变幻。而且也不具多少才华，因此在图案设计上很难有进展。于是学人借助麻药想得到灵感，弄出一些与众不同的玩意，比如画了很多怪诞的花鸟画。太吉兵卫发现后赶紧把他送进了医院。

到太吉郎这一代管事起，他这家的染织花样就变得平淡无奇了。为此，太吉郎感到十分悲伤，就独自躲到嵯峨野的尼姑庵里。也是想借此找到些

---

① 嵯峨野：日本京都市右京区的地名。此处指岚山到小仓山之间社寺林立的地域。

② 中京：京都的一部分。京都分为上、中、下三大区。

灵感吧。

战后，和服的花样发生了显著变化。他想起自己当年借助麻药画出那些奇怪图样，拿到今天来看，或许干脆成了标新立异的抽象派了。然而，太吉郎如今也已年过半百了。

“要不干脆就采用古典式样算了？”太吉郎有时会这样嘀咕。于是眼前就浮现出过往的各式精品款式。古代的织锦和旧时的那些花样、色调展现在了脑海里。当然，他也经常到京都的名园或山野漫步写生，做些和服的图样。

中午时，女儿千重子来了。

“爸爸，想吃森嘉店的烫豆腐吗？我买来了。”

“哦，那可好极了……森嘉店的豆腐我可喜欢呢，可千重子来我更高兴。我看你就索性待到傍晚，让爸爸也休息下脑子。说不定就想出一幅精妙的图案……”

一般来说，绸缎批发商是没必要亲自设计图案的，而且这样反而会耽误生意。

可在太吉郎店里，他这位老板常会在那张摆放在立有基督像石灯笼的院子靠客厅那头的窗边的桌前，一坐就半天。桌子后面有两个古色古香的桐木衣橱，里面装满了中国和日本的古代织锦。衣橱边的书箱塞满各地各国的织品图样。

后院做仓库用的厢房的二楼，保存有不少能乐戏服和武士家贵妇的礼服。还有南洋各地的很多印花布样。

其中很多衣料样品是太吉郎的父辈甚至祖辈收集来的，可每当举办古代衣料之类的展览，希望他提供展品时，他总是非常冷淡地加以谢绝说：

“祖先立下了规矩，敝舍所藏概不能外借。”而且语气生硬。

他们家的房屋是京都的老房子，去厕所得走那条经过太吉郎桌旁的狭窄的走廊。每当有人经过，太吉郎都会皱起眉头，但也不至于说什么。但只要店铺那边有点喧嚣，他会厉声呵斥：

“就不能安静点吗！”

于是掌柜会过来，双手扶榻榻米向他报告说：

“是大阪来客人了。”

“买不买无所谓，批发店铺有的是嘛。”

“是咱们的老主顾……”

“挑衣料靠的是眼不是嘴巴，这样吵闹岂不是没有眼力吗？行家嘛，看一眼就识货了，尽管咱们柜上有很多便宜货。”

“那是，那是。”

太吉郎的桌旁的坐垫，置放在一块有点不知来自何地的外国地毯上。四周还挂着南洋名贵印花布的帷幔。这是千重子的主意，帷幔多少能遮挡一些来自外面铺子里的噪声。千重子经常更换这些帷幔。每当千重子更换时，做父亲的心里都会深深感受到千重子的体贴的温暖，并会仔细讲解每一款的来历，比如产自爪哇，或者伊朗，还有年代、图样的形式等。只是千重子总是不甚了了。

“这种整幅用来做手袋太可惜了，剪开做点茶时用的小绸巾又太大，要是做腰带，倒是可裁成几条。”一次，千重子围着帷幔环视后说道。

“去把剪刀拿来。”太吉郎说。

千重子拿来剪刀，父亲接过把帷幔剪成几幅，不愧是名师巧手。

“拿给你做腰带，一定很不错。”

千重子听了一怔，眼睛即刻湿了。

“爸爸，这样怎么行呀！”

“没事，你系上这种印花腰带，不定我会想出怎样新颖的图案。”

到嵯峨野尼姑庵时，千重子系的就是这腰带。

自不必说，太吉郎一眼就看见女儿系的是印花腰带，可他故意装作不在乎。做父亲的寻思道：单就印花布的图样来说，一大朵一大朵的花真是很漂亮，配色也浓淡相宜。可让花季的女儿做腰带合适吗？

千重子把半月形的食盒放在父亲面前。

“这就开始吃吗？要不先等等，我去准备烫豆腐。”

“……”

千重子乘起身的机会，回头看了看门前的竹林。

“都是属于竹子的秋天了。”父亲说，“土墙也是倒的倒，颓圮得厉害。真像我呀！”

千重子已经听惯父亲这类牢骚，也不去安慰。只是重复了父亲那句

"竹子的秋天"。

"来的路上樱花怎么样？"父亲轻声问。

"也落英缤纷了，池子的水面漂着不少花瓣。唯有山中翠绿丛中还有一两株没凋谢，远远看着反而特别美。"

"嗯。"

千重子进厨房去了。太吉郎听见切葱跟刮鲣鱼[①]的声音。千重子准备好了煮豆腐的用具并端了出来。——这些都是从家里带来的。

千重子很用心地照料着父亲。

"你也一块儿尝尝？"父亲询问着。

"嗯，也行……"千重子应着。

父亲从肩到上身上下打量着女儿，说道：

"太素了吧。你尽穿我设计的和服了。恐怕也只有千重子一个人肯穿吧，这些可是卖不出去……"

"我喜欢，您就随意让我穿它嘛。"

"嗯，只是太素了。"

"素倒是素，不过……"

"年轻女子穿得素，总是不太好。"父亲突然严肃起来。

"有眼光的都夸我呢。"

父亲默然。

绘制图样现在已成太吉郎的爱好和消遣。店铺尽管说是批发店，现如今也做点零售。掌柜照顾主人的面子，也会印染几样太吉郎设计的花样。千重子从中挑选了件，自己总穿着。布料的质地很是讲究。

"不要总穿我构图的嘛。"太吉郎说，"更不要只穿店里的……不必过于顾及这个情面。"

"情面？"千重子有些愕然，"我可不是为了顾及情面！"

"千重子还是要穿得靓丽些，那样就能早点遇到意中人了。"

父亲难得地朗声笑了。

---

① 鲣鱼：又称正鲣、烟仔、小串、柴鱼，鲭科鲣属。分布于全球各大洋水深0–260米的温暖海域，有时会跟随洋流迁徙至高纬度海域，例如日本海。

伺候父亲吃烫豆腐时，父亲那张大桌子自然会被她留意。她没看到专为印染准备的图样。

桌子的一个角，只摆放了江户出产的泥金的砚台盒，还有两帖高野切[①]的复制品（不如说是字帖）。

千重子心想父亲到尼姑庵来，难道是想要忘掉店里的生意吗？

“我这也算是老而弥坚吧。”太吉郎自我解嘲，“不过，藤原体的假名[②]线条流畅，用来构图不无益处啊。”

“……”

“说来也是可悲，现如今写起字来手开始发抖了。”

“写大一点呢？”

“是写得很大呀……”

“砚台上那串旧念珠哪来的？”

“噢，那个嘛，是我无意提了句，庵主就赠送了。”

“爸爸挂着它可以念佛吗？”

“用现在的话，算是 mascot（吉祥物）吧。有时真恨不得咬碎了它。”

“哟，那可多脏呀！那上面留有长年的手垢呀！”

“怎么会呢，那可是两三代尼姑信仰的凝结，怎么会脏嘛。”

千重子觉得自己不小心触动了父亲的心事，便默默低下头不再言语。她把吃烫豆腐的餐具拾掇好端到厨房去。从厨房里出来后问：

“庵主呢？”

“大概回来了吧。你有什么打算吗？”

“我想到嵯峨野走走。这会儿岚山游客正多，我喜欢野野宫[③]、二尊院[④]的小径，还有仇野。”

“年纪轻轻的，你就喜欢那种地方，让人担心你的日后呀。可别学我

---

① 高野切：“切”是日本美术史、书法史、茶道等的专用术语。为鉴赏，把原本是卷轴和册子的和歌集、汉诗集等抄本切断成片，做成挂轴或贴在叫手鉴的相簿上。因现存最古老抄本《古今和歌集》收藏在日本高野山金刚峰寺而得名。

② 藤原体的假名：指日本藤原时代形成的假名书写字体。假名，日文字母的称谓。

③ 野野宫：日本中古时代未婚的内亲王、皇族女子斋戒期间寄寓的宫殿。

④ 二尊院：位于京都市右京区，是一座天台宗寺院。

这样。”

“女的怎能像男的呢？”

父亲站在廊檐下目送千重子。

不大工夫，老尼姑回来了，随即开始清扫庭院。

太吉郎来到桌前坐下，脑子里浮现出宗达和光琳①画的蕨菜，还有春天的花草。心里念着刚离去的女儿。

走上有人家的乡间小路，父亲遁迹的尼姑庵完全掩没在竹林子里。

千重子打算去仇野的念佛寺，就登上了古老的石阶，一鼓作气走到左边山崖有石佛的地方，听到上面传来嘈杂的人声，便停了下来。

这一带林立着好几百座颓圮了的石塔，被称作“无缘佛②”。近来这里经常会举办摄影会之类的，让一些女子穿着奢华的奇装异服，站在低矮的石塔丛中照相。看来今天也是如此。

千重子打石佛前转身走下石阶。脑子里想起父亲的话。

就算是想回避岚山的游春客，跑到仇野和野野宫这样的地方来，也不该是一个年轻女子应做的。这比穿父亲亲手设计的素色图样和服更为过分吧……

“在那尼姑庵里，父亲好像什么也没干啊。”千重子的心里不由得生出一些凄凉来，“要用嘴咬破那满是陈垢的旧念珠，那是种什么心情和思绪呢？”

千重子知道，在店铺里时，父亲是需要竭力抑制自己这种咬碎念珠的情绪的。

“还不如咬自己的手指头……”千重子喃喃自语着。她摇摇头，接着又想起和母亲两人到念佛寺去敲钟的旧事。

这座钟楼是新建的。身材娇小的母亲如何也撞不响那钟。

“妈妈，您先吸口气。”说着，千重子把自己的手掌叠在母亲的手上，一起敲响那钟。

“真的，能有多响呢？”母亲高兴地问。

---

① 光琳：尾形光琳（1658—1716），日本江户时代画家、工艺美术家，琳派代表人物。
② 无缘佛：指宿世未结佛之缘。这里指死后无人祭祀的荒冢。

“瞧！同敲惯钟的和尚的敲法也不一样啊。”千重子笑盈盈地说。

千重子一边回想这些事，一边漫步在通往野野宫的小路上。这条小路有块不太旧的路牌，写着“通往竹林深处”几个字。原来比较幽暗的地方，如今明亮多了。宫门前的小卖店也喧哗得很。

然而，那不大的野野宫还在那里，简朴幽静如故。《源氏物语》一书中亦有提及。据说这里是神社的遗址，当年官居伊势神宫的斋宫内亲王曾在此闲居，修无垢之身性，戒斋三年。它以带有原树皮的黑木建造的牌坊和小篱墙而闻名。

打野野宫前面走上原野小路，视野即刻开阔了，也就到了岚山。

千重子在渡月桥前岸边的松树林荫处乘上公车。

“爸爸的事该怎么说好呢……尽管妈妈早就知道……”

中京的商家曾在明治维新前的两场大火[①]中烧掉了很多。太吉郎家也未能幸免。

因此，这一带的铺子尽管保留着红格子门和二楼小格子窗这一京都古风，其实大多不到百年。据说太吉郎家后面的仓库得以幸免……

太吉郎的店铺之所以要保留原样不加改装，固然与主人的性格有关；但另一方面，恐怕也是因为批发生意衰败了。

千重子回到家打开格子门，屋内一览无余。

和往常一样，母亲繁子正坐在父亲的桌前抽烟。用左手托着腮帮，曲着身子，像是在读或写什么。然而，桌上却什么也没有。

“我回来了。”千重子走到母亲身旁。

“啊，回来了。辛苦了。”母亲像是惊醒了问道，“你爸还好吗？”

“嗯。”千重子没想好怎么回答，便说，“我给他买了豆腐。”

“是森嘉的吗？你爸一定很高兴。做了烫豆腐？”

---

① 两场大火：指“元治大火”（1864 年 8 月 20 日）与“天明大火”（1788 年 3 月 7 日）这两起发生在日本京都的大火。前者也称为“禁门之变”，是长州藩及其盟友派兵进入京都与幕府联军进行激烈的巷战所引起的大火。而后者是京都史上最大规模火灾，当时京都市街 80% 以上都成为灰烬。

千重子点点头。

“岚山怎样？”母亲问。

“游客很多……”

“没叫你爹陪着去岚山？”

“没有，那会儿庵主没在家……”等了会儿千重子才说，“爸爸好像在练毛笔字。”

“练毛笔字呀。”母亲似乎一点都不感到意外，“练字嘛，可以养神。我也想试试呢。”

千重子观察着母亲白皙而端庄的脸，却看不出她心里在想什么。

“千重子，”母亲平静地叫道，“千重子，你将来也不必非要继承这个店的……”

“……”

“如果想出嫁，什么时候都可以。”

“……”

“你听清楚了吗？”

“干吗说这些呢？”

“用一句话是说不清的。不过，妈也过五十了。想到这，也就跟你说说吧。”

“索性把铺子关掉不好吗？”这样一说，千重子美丽的眼里就噙满了泪水。

“你这是想哪去了……”母亲微微一笑，“千重子，你是说把生意了结了，是真心话吗？”

母亲的声音不高，但神情很是庄重。——刚才千重子还看见母亲在微笑，难道是自己看错了？

“真这样想呢。”说着，千重子心里就莫名酸楚起来。

“我没生气。不要这样看着我。你应该明白，作为说这话的年轻人，你没法知道我这听你说的老年人的感受，真不知我俩谁更该伤心。”

“妈妈，请原谅我。”

“有什么可原谅的……”母亲这下子倒是笑了，“妈妈现在说的这些，也不是很合适嘛……”

“我也是懵懂的，完全不知道自己在说些什么。”

“人呀——女人也一样吧，最好说话算数，不要随意改变。”

“妈妈！”

“在嵯峨野，你对你爸说过了？”

“没有，对爸爸什么也没说……”

“是吗？你不妨也对他说说嘛……她一个大男人的，听了也许就会生气；不过，心里不定会高兴呢。”母亲用手按着额头接着说，“我坐在你爸这桌前呀，就会想到他。”

“妈妈，您全知道了吧？”

“知道什么？”

母女两个人沉默了好一阵。最后千重子忍不住问：

“我去锦市场[①]去看看有什么菜，好准备晚饭？”

“好，那你就去吧。”

千重子起身朝店铺走去，然后下到土间。这个狭长形状的土间直通内宅。在店铺对面的墙边上有一排黑色炉灶，厨房就在那儿。

如今这些炉灶都不用了。炉灶的后面装了煤气炉子，还铺上了地板。要是像原来那样是泥灰地，四下里漏风，等到了京都的寒冬腊月，是很难经受得了的。

但大部分人家都保留了老的炉灶，也许是因为普遍信奉灶王爷——灶神。各家在炉灶后面都供着镇火的神符，而且还供着七福神[②]之一的大肚子布袋神[③]。每年初午[④]人们都到伏见的稻荷神社[⑤]请一尊回来供上，以后逐尊买来添上。如果在这期间家里死了人，就又从第一尊开始，再逐尊请回。

千重子家店铺里的七尊都请齐了。因为只有父母和女儿三口人，在最

---

① 锦市场：京都市中心一条东西走向的古老的以贩卖鱼、蔬菜为主的街道。

② 七福神：是日本信仰中被认为会带来福气、财运的七尊神明。包括惠比寿、大黑天、毗沙门天、寿老人、福禄寿、辩才天和布袋和尚。

③ 布袋神：也称弥勒佛。大肚、体胖，因总带着布袋而得名。

④ 初午：每年二月首次的午日，是稻荷神社的庙会。

⑤ 伏见的稻荷神社：位于日本京都市伏见区，是遍及日本全国约三万所稻荷神社的总本社。主要祀奉以宇迦之御魂大神等稻荷神。是掌管农业与商业的神明。

近十八年里也没有死过人。

在这排灶神的旁边，供着一个白瓷的花瓶。三天两头母亲就会换水，还小心谨慎地把佛龛擦拭得干干净净。

千重子拎着菜篮子出门，遇见一个青年男子和自己只差一步前后进出格子门。

“大概是银行的人吧。”

对方好像没看见千重子。

千重子觉得是常来的年轻职员，也就没怎样在意。但她的脚步却变沉重起来。她挨着店前的格子门走，用手指顺势轻轻触摸着一格格走了过去。

沿着店铺的格子门走到尽头，又回转头看了看店铺。

二楼小格子窗前那块古老的招牌映入了她的眼帘。招牌上有个小小的檐顶。这好像是老字号的标志。也像是一种装饰。

春天和煦的斜阳照在招牌的旧金字上，让人觉得凝重而沧桑寂寞。店铺外挂着的厚布门帘也已褪色发白，露出粗缝线脚来。

“唉，现在，就算是平安神宫的红垂樱，以我这样的心情去看，多半也会觉得萧索落寞呀。”千重子心想着，于是加快了脚步。

同往常一样，锦市场上人声鼎沸，熙熙攘攘。

她折回时，在店铺附近遇见了白川女[①]。千重子跟她招呼道：

“来家坐坐好吗？”

“嗯，好吧。小姐，您回了？巧呢……”那女子说，“您这是上哪儿去了？”

“上锦市场了。”

“那您辛苦了。”

“啊，是供佛的花……”

“啊，每次都承蒙您关照……挑您喜欢的吧。”

那花其实是杨桐的嫩叶。

---

① 白川女：京都市东北部以白川砂而闻名的北白川附近的卖花女性。相传始于平安时代初期。江户时代她们穿着藏青色木棉的筒袖和藏青色碎点的三幅和服。紧身裤系白色腰带，戴白头巾，头上顶放满花草的簸箕在市内贩卖。

每逢初一及十五，白川女就会送花来。

“今天遇上小姐，太好了。”白川女说。

千重子也挑一支挂满嫩叶的小枝，心里感到十分快活，手拿着杨桐枝回到家，进门便叫：

“妈妈，我回来了。”声音很是爽朗。

千重子又把格子门拉开一半朝街上张望，白川女还在那，就唤道：

“进来歇歇，喝杯茶。”

“嗯，谢谢。您总是这样体贴人……”女子点点头，然后举着一束野花走进土间，“这野花平淡无奇，不过……”

“谢谢。我最喜欢野花，你倒记住了……”千重子一边说一边欣赏着山野的花儿。

厨房门边的灶前有一口古井。上面盖着用竹子编的盖子。千重子把野花和杨桐枝放在竹盖上。

“我去拿剪子来。哦，对了，杨桐枝的嫩叶得洗洗……”

“我这儿有剪刀。”白川女拿出剪刀空剪几下，“府上的灶神总是干干净净的，我们卖花的看了也真感激啊。”

“是我妈收拾的……”

“还以为是小姐……”

“……”

“近来许多家庭里的灶神、花瓶还有井口，都落满了灰尘，脏着呢。卖花人看了心里怪难受的。可到府上我就放心了，真高兴啊。”

“……”

眼见店铺的买卖日渐萧条，自然也不能对白川女说。

母亲依然坐在父亲的桌前。

千重子把母亲请到厨房，让她看了从市场上买来的东西。母亲看到女儿从篮子里拿出来摆好的这些东西，心里暗想：这孩子也学会节俭了。也可能是父亲去了嵯峨野的尼姑庵吧……

“我也来帮忙吧。”母亲留在了厨房里，“刚才那人就是常见的卖花女子吧？”

“嗯。”

“你送给你爸的画册放在嵯峨野的尼姑庵了？”母亲问。

“那个我倒没留意……”

“记得他只带走了你送给他的书。”

那本画册收入了保尔·格雷①、亨利·马蒂斯②、马勒·夏加尔③等人的作品，还有一些现代抽象派的绘画。千重子想，这些画说不定能唤起新的灵感，所以才为父亲买了下来。

“咱们家本来就不需要你爸画什么嘛。只要鉴别别人染好送来的东西，再卖出去就行。可你爸总是……”母亲说着。

“可话又说回来，千重子，你净穿你爸设计的和服，妈也该感谢你啊。”母亲继续说。

“干吗要谢我……喜欢才穿嘛。”

“你爸见千重子穿这身和服，不会觉得太素净了吗？”

“妈妈，虽然素了点，但细看还是很别致的。还有人夸奖呢。”

千重子想起了今天也跟父亲说过同样的话。

“有时候，漂亮的女子穿素些反而更合适。不过……”母亲打开锅盖，用筷子夹锅里的东西，接着说，“你爸为什么就不能画些鲜艳、时尚的花样呢？”

“……”

“不过，你爸从前也画过鲜艳的花样，也很别致……”

千重子点点头。她突然问道：

“妈，您为什么不穿爸爸设计的和服呢？”

“妈妈上年纪了……”

“您总说上年纪、上年纪的，您能有多大年纪呢？”

“总归是老了……”母亲只是这样回答。

“听说那位叫什么国宝——小宫先生，他画的江户小花纹，年轻人穿起来反而耀眼夺目。从身旁走过的人都会回头瞧上一眼。”

---

① 保尔·格雷（1879—1940）：瑞士抽象派画家。

② 亨利·马蒂斯（1869—1954）：法国著名画家，野兽派的创始人。

③ 马勒·夏加尔（1887—1985）：法国画家，超现实主义先驱。

“你爸怎么能同小宫先生这样的大人物比呢？”

“爸爸的精神境界……”

“你又讲深奥的道理了。”母亲那张京都型的白皙的脸晃动一下，“不过，千重子呀，你爸说过，他要为你设计一件鲜艳华丽的和服，让你举行婚礼时穿……妈妈也早就盼着这一天……”

“我的婚礼？……”

千重子的神色突然变得黯然，久久不作声。

“妈呀，您这一生最令您神魂颠倒的是什么呢？”

“我以前告诉过你了吧。就是同你爸结婚，还有就是偷你这个可爱的婴儿，同你爸把你抱起来，坐车逃跑的时候啊！虽然已经过去二十年了，如今回想起来，心里还是扑通扑通直跳呢。千重子，快按按妈的胸口。”

“妈妈，我是个弃儿吗？”

“不是，不是。”母亲使劲摇头。

“一个人在一生当中，也许要做一两件可怕的坏事吧。”母亲继续说，“偷走别人的婴儿，恐怕比强盗抢钱财什么的罪孽更深吧，也许比杀人还要坏！”

“……”

“你父母几乎都急疯了。一想到这，我恨不得现在就把你送回去，可已经还不了了呀。如果你要寻找亲生父母，那可就没法子了。不过……果真那样，我这个做母亲的，也许会伤心死了。”

“妈！您别再说这种话……千重子只有一个母亲，我从小到大一直都是这样想的……”

“我很了解。正因为这样，我们的罪孽才更深……你爹和我都做好死后下地狱的准备。可只要今天有个好女儿，下地狱又算什么呢。”

言辞激烈的母亲此时已是泪流满面。千重子也噙着泪水问：

“妈呀，请如实告诉千重子，千重子真的是弃儿吗？”

“不是嘛，说不是就不是……”母亲又摇摇头，“千重子，你为什么会觉得自己是弃儿呢？”

“因为我不相信爸妈会偷别人的婴儿。”

“刚才我不是说过了吗，一个人在一生当中也许会做一两件令人神魂颠倒却又是可怕的坏事！”

“那么，你们是在哪儿捡到千重子的？”

“晚上祇园的樱树下。”母亲越说越快，“以前好像也告诉过你，是樱花树下的椅子上，看到躺着一个可爱的婴儿，看到我们后，她就像花儿样笑了，让人没法不把她抱起来。可抱起来就放不下了呀，真叫人喜欢。我贴着她的脸，看着你爸。他对我说，繁子，我们把这孩子偷走吧。我没明白过来，他又说，繁子，快跑，快跑呀！于是我们就拼命地跑。记得像是在卖山药烧鳕鱼的平野屋附近上的车……”

“……”

“婴儿的母亲大概是刚走开，就被我趁机抱走了。”

母亲的话有时不太合理。

“命呀……打那以后，千重子就成了我们的孩子，转眼就过了二十年。可这对你究竟是好还是不好呢？就算好吧，我心里也是感到不安，总在心里暗自祈求你原谅。你爹大概也是这样吧。”

“我一直认为这对我是好，太好了！”

说着，千重子捂住了眼睛。

捡来也罢，抢来的也罢，千重子报的户籍就是佐田家的嫡长女。

在父母第一次告诉千重子她不是亲生女儿时，千重子完全没有什么不好的感觉。刚上中学的时候千重子甚至怀疑是不是自己做了什么令父母不满的事，父母才这样说。

有可能是父母担心邻居会把这事传到千重子那，才先坦白了出来；要不就是看着千重子是个孝顺的孩子，不至于怎样吧？

起初千重子确实震惊。可一点都不伤心。即便到了青春期，也没被这事困扰，也丝毫没改变她对太吉郎和繁子的爱。她几乎就没把这事放心上。这也许就是千重子的性格吧。

但如果他们不是生身父母，那么自己的生身父母在什么地方呢？说不定还会有同胞兄弟姐妹？

“我倒不是想见他们……”千重子这样对自己说，“他们的日子一定过得比这里苦吧。”

然而，对千重子来说，这事扑朔迷离，反倒是在这店铺格子门后深居简出的父母的忧愁让她揪心。

千重子捂住眼就是因为这个。

母亲繁子扳住女儿的肩，摇晃着说：

“千重子呀，都是过去的事了，就不要再费心去打听吧。人这一生谁也不清楚，说不定什么时候就会遇到一粒失落的珍珠。”

“珍珠，啊，真是颗好大的珍珠。要是能给妈妈镶一枚戒指就好了……”说着，千重子麻利地干起活来。

收拾完餐具碗筷，母女俩上了后面楼上。

二楼临街一面有小格子窗，天花板很低，是一间让学徒工睡觉的简陋的房间。从中院天井那有一道走廊直通后楼，从前面店铺里也能上来。二楼通常用作招待客人或留宿的。那些主要客户多半在此设宴招待。一般客户都在对着中院的客厅里洽谈。虽说是客厅，其实是从店铺直接连到后面的过厅，过厅两侧堆满和服绸缎。开间长又宽，便于摊开衣料供顾客挑选。屋内常年铺着藤席。

后楼的天花板很高。有两间六席大的房间，是父母和千重子的起居和寝室。千重子在梳妆镜台前坐下，松开发束把一头秀发梳理整齐。

“妈妈呀！”千重子隔着纸拉门呼唤母亲。这声音里满是惆怅。

和服街

繁子，你看秀男这孩子怎样

作为大城市，京都林木的苍翠，令人目不暇接。

修学院离宫[①]和御所[②]里的松林，还有那些古寺庭园里的各类林木，自然是郁郁葱葱，满目苍翠；而市区里如木屋町和高濑川[③]畔，以及五条通[④]和崛川通[⑤]的那些垂柳，也是让游人流连忘返。那可是真正的垂柳。条条绿枝几乎都要垂到地面，在风中摇曳不定，婀娜多姿。至于那浑圆延绵的北山上的红松，也是苍翠欲滴。

在春天，可以看到东山满山的初绽不久的嫩叶。天气清朗的日子，甚至能望见远处比睿山[⑥]的新叶。

树木枝叶青翠，多半是因为这城市的安静和勤于清扫吧。在祇园那一带，当走进幽静深长的小巷后，会发现那些房舍尽管低矮古旧，也因过于密集而阴暗，但小街却一尘不染。

西阵[⑦]一带也是这样。那里挤满了专做和服的老店，一家挨着一家的，又老又旧，可街道路面同样干干净净，即使那些门窗上的小格子也看不到积尘。植物园也是如此，地上看不见乱扔的杂物。

原本美军在植物园盖了营房禁止日本人进入。现在军队撤走了，就又恢复了本来面目。

西阵的大友宗助很喜欢植物园里的那条林荫道。那就是樟木林荫道。

---

① 修学院离宫：位于日本京都市左京区比睿山麓，日本三大皇家园林之一。

② 御所：京都御所。从 794 年桓武天皇迁都平安京起，到明治维新前，一直是天皇的居所。

③ 高濑川：日本京都市内的一条南北走向的运河。全长约 10 公里，始建于 1611 年。

④ 五条通：京都市中心的一条东西走向的主要街道。

⑤ 崛川通：京都市南北走向的主要街道之一。

⑥ 比睿山：京都东北部的一座山，位于京都和滋贺县交界处。

⑦ 西阵：位于京都上京区，以生产绸缎织锦而出名。

樟木不算是高大，道也不长，可是他常来这儿散步。尤其是在樟木发新芽的时节……

“那些樟树现在不知怎样了？”在织机的轧轧声里，他时不时会如此念叨念叨。他是担心这些樟木被美军砍伐了。

宗助一直都在盼着植物园能重新开放。

通常宗助都是独自一人散步。他从植物园出来后，总是会爬到鸭川的堤岸上走走。因为在那里可以看到北山的景色。

在植物园和鸭川走一圈，宗助一般会花一个小时左右。这样的散步让他难以忘怀。此刻，他正在遐想。

“佐田先生来电话了。”妻子在叫，“像是从嵯峨野打来的。”

“佐田先生？从嵯峨野打来？”宗助边说边向账房走去。

织锦匠宗助比批发商佐田太吉郎小四五岁，他们之间除开生意的关系，也算是志趣相投。年轻时就有了很深的交情。只是近些年有些疏远。

“我是大友。久违了……”宗助接过电话说。

“啊，大友先生。”太吉郎的声音中透着难得的兴奋。

“你到嵯峨野去了？”宗助问。

“我躲进了一座冷清的嵯峨野尼姑庵。”

“这就让人费解了。”宗助故作郑重地说，“不过在尼姑庵里，也会有各样的……”

“不，是名副其实的尼姑庵……庵主上了年纪，由她主持……”

“那更好嘛。只有一个庵主，你就可以带年轻女子……”

“你又开始信口雌黄了！”太吉郎笑道，“今天我有事求你呢。”

“哦，好嘛。”

“我这就上府上去，不知道方便不？”

“欢迎，欢迎。”宗助有点纳闷，“我这儿工作离不开，在电话里你也能听到织机声吧？”

“那是织机声啊？实在是令人怀念啊。”

“敢情。要是织机停了，我又不能躲到尼姑庵去，可怎么办呢？”

不到半个小时，佐田太吉郎就乘车到了宗助的店里。他神采飞扬地马上打开带来的包袱，拿出画稿摊开说：

“这个想拜托你了……”

“嗯？”宗助瞧瞧太吉郎，“是腰带吗？对佐田先生来说，这可是难得的时尚、华丽啊。噢，是为藏在尼姑庵那人……”

“又来了……”太吉郎笑了，“是我女儿的。”

“嘿，织出来不吓令爱一大跳才怪。不过，这样华丽的腰带她会系吗？”

“是因为千重子送了几本格雷的画册给我。”

“格雷是什么人？”

“一个西洋画家，据说是抽象派先驱。他的画典雅，线条柔和，富有诗意，倒是引起了我这个日本老人的共鸣。在尼姑庵里，我反复欣赏了好久，然后画出这个来。这跟日本古典书画的断片全然不同，恐怕是脱离了日本衣料花样的传统了啊。”

“这倒也是。”

“究竟会成什么样，我想请你先织出来看看。”

太吉郎那股子兴奋劲儿还没有消退。

宗助把太吉郎的图样端详了好一会儿。

“嘿，不错。色彩调配也好……这对佐田先生来说，是过去没有设计过的。不过，色调还是有些素净，织起来怕是有些难呀。就让我用心织织看吧。我会努力把女儿的孝心和双亲的慈爱表现出来的。”

“那就先谢谢了。……近来，人们一开口就是什么 idea（创意）、sense（感觉）的，往后恐怕连颜色都要西洋化了。”

“那种东西大概不会太高雅。”

“我这人最讨厌那些洋玩意。说到色彩，日本不是自昔日的王朝时开始，就有了最优雅的吗？”

“正是，单单黑色就有好多种说法。”宗助点头表示赞同，“尽管如此，今天我也在想，腰带织造业里也有像伊豆仓店那样的……他那里盖了一栋四层楼的洋房，搞现代工业。西阵大概也要那样发展了，一天能产五百条腰带，不久的将来连伙计都会参与经营。听说平均年龄在二十岁上下。像我们这种手工业的织机作坊，也许用不了二三十年，就会全部被淘汰了。”

“胡说些什么……”

“就算能勉强维持，也是苟延残喘呀，又不是什么国宝。”

"……"

"像你佐田先生这样的人，还知道点格雷什么的……"

"你是说保尔·格雷？这条腰带的花样和色彩，都是我一个人躲在尼姑庵冥思苦想出来的，也有十天半月吧。这带子的花样，你觉得还算协调吧？"

"很协调了，而且还有日本的风雅。"宗助忙说，"不愧是出自佐田先生之手啊。就让我来为你织一条漂亮的腰带吧。我要尽快拿出版样，用心搞一搞。对了，论手艺，还是秀男比我好，让秀男来织吧。他是我的大儿子，你是见过的。"

"嗯。"

"秀男织得比我强呀……"宗助说。

"总之拜托了，织好一点就是。虽说是批发商，我家的货物也多半是销到下边去了。"

"瞧你说的。"

"这条腰带嘛，准备秋季用的，请快点织好吧。"

"知道了。准备配怎样的和服呢？"

"我现在只顾考虑腰带了……"

"你们批发店里，尽可以挑最好的料子……这个好办。看样子你这是在给令爱办嫁妆了嘛。"

"哪里，哪里呀！"像是说的自己，太吉郎的脸红了。

据说西阵的织造技艺是很难连传三代的。也就是说手工纺织全在悟性与娴熟，所以即便父辈是最优秀的织匠，也未必就能传给儿子。就算是做儿子的跟着技艺高超的父亲亦步亦趋，无论多勤奋，也不一定就能学到父亲的技艺。

但是也有孩子到了四五岁，就开始让他学缫丝这种情况。到了十一二岁，就开始练习操作织机。这样过不久就可以租织机揽活了。因此，家里孩子多的话，常常也能帮助父母建立家业。另外，六七十岁的老太婆也可以在自己家里帮人缫丝。所以，也有人家是祖母和孙女俩对坐干活的。

大友宗助家里只有老伴一人帮忙缠绕腰带用的丝。长年累月闷头坐着，看上去要比实际年龄苍老得多，人也沉默寡言。

大友宗助三个儿子每人操作一部织机。家里能有三台织机的家境当然不错了，一般人家只有一台，还有的是租用别人的机子。正如宗助所说，长子秀男的手艺超过了父辈，在同行中已经小有名气。

“秀男，秀男。”宗助呼叫着。

但没听到秀男的回应。要知道这里只是摆着三台手织机，都是木制的，不可能有很大噪音。宗助觉得自己的喊声已经够大了。说不定是因为秀男的织机安在靠近院子里头，他织的又是难度最大的双层腰带，所以过于专注，没能听见吧。

“老婆子，去把秀男叫来，好吗？”宗助对妻子说。

“嗯。”妻子掸掸膝盖下到了土间。在朝秀男那边走去时，她握着拳头不住捶自己的腰。

秀男停下手，看看这边，但他没有马上起身。也许是太累了，但他知道有客人，就欠身表示了歉意。他擦把脸，这才起身走了过来。

“这地方太简陋，欢迎您。”秀男沉着脸跟太吉郎寒暄，劳作的疲惫明显显示在脸上。

“佐田先生画好了一幅腰带图样，想让咱家来织。”父亲说。

“是吗？”秀男的样子很是无精打采。

“这条腰带这样重要，还是你来织比我织更好。”

“是令爱的吗？”

秀男这才把白皙的脸朝转向佐田。作为京都人，宗助看见儿子简慢的样子，很是过意不去，他急忙说：

“秀男从一早干到现在，怕是累了……”

“……”秀男没作声。

“不卖力气是干不好活的……”太吉郎反过来安慰他。

“虽然织的都是些不够品的双层腰带，也要动脑子去织啊。请您原谅。”秀男说着点点下巴。

“一个手艺人不这样就不成！”太吉郎连连点头。

“即使是没意思的东西，但还是可以看出是我的手艺，如果太差，就更使我难堪了。”秀男说着低下头去。

“秀男呀，”父亲的语气变了，“佐田先生交代的活跟别的可不同。这就是佐田先生躲到嵯峨野尼姑庵想出来的图样，不会卖的。”

“是吗？噢，是在嵯峨野的尼姑庵……”

“你也看看吧。”

“嗯。”

太吉郎被秀男的气势压倒，刚才进大友家时的威风全没了。他把画稿摊开放在秀男面前。

“……”

“不行对吗？”太吉郎懦怯地说。

“……”

秀男还是一声不吭。

“秀男！”宗助忍无可忍斥责道，“回话吧！太没礼貌了！”

“是。”秀男还是不抬起头来，“我是手艺人，难得让我来评说佐田先生的图样。这毕竟不是一般的活。这是千重子小姐的腰带呀！”

“对呀。”父亲点点头。可秀男的态度有点异样。

“不行吗？”太吉郎又问一句，语气也严厉了。

“很好。”秀男稳重地说，“我可没说不行。”

“嘴上不说，你心里却……你的眼睛告诉我了。”

“是吗？”

“你说什么……”太吉郎起身扇了秀男一耳光。秀男没有躲闪。

“您尽管打吧。我可没说佐田先生的图样不好。”

也许是因为被扇耳光的缘故吧，秀男的脸反而有了生气。

挨了耳光，秀男双手扶席，也不去管那被扇红了的半边脸，向太吉郎道歉道：

“佐田先生，请您原谅。”

“……”

“虽说惹您生气，不过，这条带子还是让我来织吧。”

“好吧。我本来就是来拜托你们的。”

太吉郎极力使自己的情绪平静下来：“还是我来请你原谅。上年纪的人呀，还这样子也实在不像话。打人的手很痛……”

“要不把我的手借给您，手艺人的手皮厚。”

两个人都笑了。然而，太吉郎内心芥蒂犹存。

“我已经想不起来多少年没打过人了。——这回多蒙你原谅。不过，秀男，我还是想问问你，当你看到我的腰带图样时，为什么表情那样古怪。能跟我直言吗？”

“嗯。”秀男的脸沉了下来，“我还年轻，是个手艺人，不是很识货。您不是说这是隐居在嵯峨野尼姑庵里画出来的吗？”

“是啊，今天还要去。对了，还要待半个月吧……”

“算了。”秀男语气很强硬，“您还是回家去吧。”

“在家里静不下心来啊。”

“这条腰带花样画得艳丽、华美，很是新颖，这让我感到吃惊。心想佐田先生怎么会画出这样图样来呢。于是就仔细瞧了……”

“……”

“第一眼看到时感觉新颖、有趣，可同柔和的心不大协调呀。不知为啥，让人心里觉得有些粗暴和荒凉。”

太吉郎脸色苍白，嘴唇哆嗦着，一时里说不出话来。

“无论是怎样冷清的尼姑庵，佐田先生也不至于被狐狸精什么的附体吧……”

“唔。”

太吉郎把图样拉近自己仔细审视。

“嗯……说得很对。年纪轻轻的却很有见地。谢谢……让我再琢磨一下，重画一张吧。”太吉郎把图样卷起来揣进怀里。

“不需要呀，这样就很好。织出来效果会很不同的，再说了，笔触和染丝的颜色也……”

“多谢了。秀男，这种图样，你真能织出某种能表达我对女儿的爱的颜色吗？”

这样说罢，太吉郎就慌慌张张告辞了。

门前流过一条地道的京都风格的小溪。岸边的草古风依旧，草尖都沾着水面了。溪边那道白墙大概是大友的家。

太吉郎伸手到怀里，把腰带图样揉成小团扔到溪流里。

繁子突然接到丈夫从嵯峨野打来的电话，说要她带女儿去御室御所[1]赏花。正在那狐疑不定，因为她从没跟丈夫去赏过花。

"千重子，千重子！"繁子呼唤着女儿，"爸爸来电话了，你来接一下……"

千重子过来，她把手搭在母亲肩上接过听筒。

"是，我和妈妈一起去。请在仁和寺[2]前面的茶馆等我们吧。好的，尽量快点……"

放下电话，千重子看着母亲笑了。

"是邀我们去赏花嘛，妈妈您真是的。"

"何苦把我也叫去呢？"

"因为御室的樱花这几天开得正盛吧……"

千重子催促着有些惶惑的母亲走出店铺。但走出去后，母亲还是犹豫不决。

以城里的樱花来说，就数御室御所的有明樱和八重樱开得最迟，许是樱花舍不得就这样离开京都吧。

进了仁和寺的山门，就看到左手边的樱花林（或许是叫樱花园吧）满树都是一簇簇的樱花，把枝头都压弯了。

可太吉郎却说："哎呀，真叫人受不了了。"

原来，在樱林路上摆了几张很大的折床，一群人在那饮酒唱歌，吵吵嚷嚷，乱糟糟的。有些乡下老太婆兴高采烈地跳着舞，有些喝醉了的男人们鼾声如雷，有的还从折床上滚落下来。

"成何体统呀！"

太吉郎很是扫兴，站在那不知如何是好。三人终于没有走进花丛。其实，御室御所的樱花，他们早就很熟了。

树丛深处在烧游客扔的垃圾，烟雾缭绕。

---

① 御室御所：延喜四年（904）宇多法皇在仁和寺建造"御室"作为起居的御所，该建筑被称为"御室御所"，后人以此代称仁和寺。

② 仁和寺：真言宗御室宗的总本寺。位于日本京都西部，始建于886年，888年建成。1994年被联合国教科文组织列入世界遗产名录。

“咱们找个清静的地方吧，行吗，繁子？”太吉郎问道。

他们刚要往回走，就看见樱花林对面高大的松树下的折床边，有六七个朝鲜妇女，她们身穿朝鲜服装，敲着朝鲜长鼓，正在跳朝鲜舞。那情景倒是远比那边的幽雅。透过松林可以看见山樱的一角。

千重子停下了脚步，看着朝鲜舞。

“爸爸，还是找个清静的地方吧。植物园可以吗？”

“嗯，可能好点。御室御所的樱花只要看一眼，也算是给春天饯行过了吧。”

于是太吉郎一家走出山门，乘上汽车。

植物园从今年四月起重新开放。开往植物园的新辟电车线路，从京都车站频频开出。

“要是植物园人多，咱们就到加茂川边走走。”太吉郎对繁子说。

汽车在满目都是嫩绿的道上行驶。跟那些新的建筑比，古色古香的老式建筑的屋顶上方的新枝嫩芽，就越发显得生机勃勃。

顺着植物园门前的林荫道继续往前，天地一下子开阔平坦起来。左手边便是加茂川的堤岸。

繁子把门票掖在腰带里。一望无际的开阔景致使她的心情豁然开朗。在批发商店街看见的山，也仅是远山的一个角。何况繁子很少走出店铺大门。

走进植物园，迎面就是喷泉，四周开满了郁金香。

“这景色不是京都的了。到底美国人在这儿盖房子了。”繁子说。

“瞧，最里头就是。”太吉郎附和道。

走近喷泉，春风拂面，细小的水沫飞溅。喷泉的左边用钢筋和玻璃修建了一座很大的圆顶温室。三人只是隔着玻璃就那么瞧了一小会儿里面的各种热带植物。路的左边是挺拔的雪杉，现在正在出新芽。下层的枝丫贴近地面伸展。虽是针叶树，但那新芽却格外嫩绿，让人很难跟“针”联系在一起。和日本松[①]不同，不是落叶松。假使是落叶松，是不是也会长出梦幻般的新芽来呢？

---

① 日本松：全名日本落叶松。落叶松属，日本的特有植物，分布在日本本州中部和关东一带。

“大友先生的公子把我奚落了一番。”太吉郎没头没脑地说，“不过，他的手艺比他父亲好，目光也敏锐，能看透人的心思。”

太吉郎喃喃自语着，繁子和千重子有些莫名其妙。

“您见秀男先生了？”千重子问。

“听说是个纺织能手。”繁子只说了这么一句。因为太吉郎一向讨厌被人刨根问底。

从喷泉右边往前走到尽头，向左拐就是儿童游戏场。传来了孩子们的喧闹声。草坪上还堆放着许多小孩的衣物。

太吉郎他们三人从树荫下向右拐，出乎意料地下到了郁金香园。满园怒放着郁金香，美得使千重子几乎叫起来。红的、黄的、白的，还有黑山茶花那样的深紫色，而且都很大，满园都是。

“嗯，就用郁金香做新和服的花样吧。只是俗气了点……”太吉郎也叹了口气。

雪杉下层正在绽出新芽的枝丫铺展开来，很像是孔雀开屏。那么，又该把这花团锦簇、竞相怒放的郁金香比作什么呢？太吉郎边想边凝视着这些郁金香。绚丽的花朵甚至为天空也添加上了一抹斑斓，令人为之陶醉。

繁子同丈夫保持几步的距离，总是贴着女儿。千重子心里觉得好笑，脸上却没表露出来。

“妈呀，白郁金香园前面那堆人，好像是在相亲哩。”千重子向母亲耳语着。

“噢，可不是。”

“您别尽盯着人家瞧，妈。”女儿拽着母亲的袖子。

郁金香花圃前有处喷池，池中有鲤鱼。

太吉郎从椅子上站起身来，走近郁金香花圃，弯下身子细细观赏，几乎碰到花丛。然后折回母女跟前说：

“西方的花再娇艳，也会看腻的。还是竹林好呀。”

繁子和千重子也站了起来。

郁金香花圃是片洼地，四周被树丛围着。

“千重子，植物园是西洋式庭园吗？”父亲问女儿。

“这不太清楚。不过，好像有点像。”千重子回答说，“为了妈妈，咱们再多待会儿，好吗？”

太吉郎无可奈何，又去花圃边走起来。

“是佐田先生吗……没错，果然是佐田先生。”有人在喊。

“啊，是大友先生。秀男也一道来了吗？”太吉郎说，“没想到会在这儿……”

“可不，我也没想到……”宗助说着深深鞠了一躬。

“我喜欢这里的那条樟树林荫道，一直都在等植物园的重新开放。这些樟树也该有五六十年了吧。我们是从那信步走过来的。”说着宗助又抱歉说，“前些日子，我孩子真是太失礼了……”

“年轻人嘛，没什么。”

“你是从嵯峨野来的？”

“嗯，我是从嵯峨野来的，繁子和千重子是从家里……”

宗助这才过去跟繁子和千重子寒暄。

“秀男呀，你看这郁金香怎么样？”太吉郎的语气有些生硬。

“花倒是鲜活的。”秀男无头无脑来这么一句。

“鲜活？啊，不错，的确是鲜活的。不过，我现在有点看腻了……”说罢，太吉郎把脸扭向一边。

花是活的。它的生命虽短，但活得有声有色。最主要是来年还会开放。——就像大自然的万物，总是充满生机……

太吉郎感觉自己遭到了秀男的讥讽。

“我目光短浅。我虽然不喜欢用郁金香这类图案，但要是出自名家的手，即使是郁金香图案，也恐怕会有长久的生命。”太吉郎的脸依然扭向一旁，“古代的衣料就是如此。说到古老，再也没有比我们这座京城更古老的了。只是它的美，没人能画出来，只能临摹。”

“……”

“就拿这活着的树来说吧，也没有比这京城更古老的，你说呢？”

“我不会有这样高深的议论，我每天就是忙着操作织机。”秀男低下了头，“不过，比如说吧，千重子小姐要是站在中宫寺或者广隆寺的弥勒佛爷面前，她不知要比佛爷美多少倍呢！”

“这话你说给千重子听，让她也高兴高兴。不过，这比喻太不敢当了……秀男，我女儿很快就会变成老太婆的。很快。”太吉郎说。

“是吗？所以我才说郁金香是鲜活的。”秀男加重语气，“它开花时间短，但却尽其所能怒放。现在难道不是正当其时吗？”

“那是啊。”太吉郎这次转过身来面对着秀男。

“我并没有奢望，狂妄地认为自己能织出会被留给子孙后辈的腰带。现在……只求能织一条哪怕只系一年，但系它的人能称心的。”

“好呀，志存高远呢！”太吉郎点点头。

“没法子。和龙村先生他们不同。”

“……”

“我说郁金香是鲜活的，就是因为这种心情。现在郁金香就是怒放着，也难免会有两三片花瓣凋谢。”

“不错。”

“说这落花呀，还是要数樱花纷纷扬扬飘落最具雅致了，也不知郁金香怎样？”

“也会凋零吧……”太吉郎说，“不过郁金香的花太多，我看着会腻味。色彩也太鲜艳，反而令人感到索然……也许是上年纪了吧。”

“走吧。”秀男催促太吉郎，“以往拿来家里的郁金香漏花纸板[①]，没一样是活的。今天真是耳目一新呀。”

太吉郎一行五人从低洼的郁金香花圃拾级而上。

石阶的一侧是一长排雾岛杜鹃，与其说形成了一道篱笆，还不如说像一道长堤。眼下虽然没到花期，但已经有了很多的花苞，尤其是茂密的细小嫩叶绿油油的，把盛开的郁金香衬托得更为娇艳。

登了石阶后，右边一片是宽阔的牡丹园和芍药园。这些园圃也都还没有开花。或许是新辟的吧，这些园圃不大为人所知。

这里可以远眺东面的比睿山。

尽管植物园的每个角落几乎都可以望见比睿山、东山和北山，但芍药园东面的比睿山好像是扑面而至。

“也许是云雾浓郁，比睿山看起来特别低矮。”宗助对太吉郎说。

---

① 漏花纸板：传统印染用的模板。

“正因为有了春霞，才这样美呀……”太吉郎眺看了一会儿，说，“哎，我说大友先生，看到这春霞，是不是觉得春天要离开了？”

“是啊！”

“那样浓郁，反而让人……春天即将逝去。”

“可不。”宗助说，“真快啊，我都还没好好赏过花呢。”

“也没什么稀罕的。”

两个人默默走了会儿。

“大友先生，咱们就从你喜欢的那条樟树林荫道往回走吧。”太吉郎说。

“太好了，谢谢。我是只要能走那条林荫道，就心满意足。来时就是走那条路……”宗助说着回头问千重子，“跟我们一起走吗？”

道路两旁的樟树枝柯交错，枝梢新叶初绽，带着点微红。虽然没有风，但有时却会轻轻摇曳。

五人慢步走着，谁也不说话。在林荫下，各人在想着自己的心事。

太吉郎在心里琢磨秀男的话。秀男曾将千重子与京都最风雅的佛像类比，说千重子更胜一筹。难道秀男钟情千重子到这种程度了吗？

“可……”

假如千重子和秀男结婚，在大友作坊里，千重子能立足吗？难道就要像秀男的母亲那样，一年一年没完没了地挠丝吗？

太吉郎回过头去，看见千重子在听秀男讲什么，不时点头。

太吉郎心想，即便结婚，千重子也不一定要嫁到大友家去，可以把秀男招赘来佐田家，也不是不可以嘛。

千重子是独生女。如果把她嫁出去，繁子不知会多伤心。

虽然秀男是大友的长子，但大友曾说秀男的手艺比自己强。不过，大友毕竟还有老二、老三。

此外，佐田家的“丸太”商号虽说生意日渐凋零，甚至连店内的那些陈旧了的设备也无力更换。但毕竟是中京的批发商，不同于只拥有三台纺织机的纺织作坊。一个雇工都没有，光靠家庭手工，生活也可想而知了。这从秀男的母亲朝子的身上，还有厨房的简陋就看得出。即使秀男是长子，但只要好好同他们商量，谁说秀男就不会为千重子而入赘呢？

“秀男这孩子稳重。”太吉郎试探宗助，“虽说是年轻，但很有志向。

真的……”

“过奖了。”宗助若无其事地说，“干起活来倒是卖力气。不过，总是得罪人呀，太鲁莽……叫人不放心啊。”

“那很好呀。打那次以后，我一直都在挨秀男训……”太吉郎乐呵呵说。

“真是的，请你原谅，那孩子太……”宗助鞠了鞠躬，“连父母的话，他不理解的都不会听从。”

“很好嘛。”太吉郎点头认同，“今天为什么只带秀男一人出来？”

“如果连他弟弟也带来，家里的织机就得停下来。加上这孩子个性倔，我想让他在我所喜欢的樟树林荫道上走走，也许能使他受到熏陶，变得温和些……”

“这条林荫道真不错。我说大友先生，你要知道，我把繁子和千重子带到这儿来，也是听了秀男的劝告呀。”

“这样吗？”宗助惊讶地瞧着太吉郎，“恐怕是你想见令爱了吧？”

“不，不！”太吉郎连忙否认。

宗助回过头，见秀男和千重子跟在后面，而繁子落在最后。

走出植物园大门后，太吉郎对宗助提议：“就跟我们一起坐这辆车子走吧。西阵不远。这工夫我们还要到加茂川边走走……”

宗助有些踌躇，跟上来了的秀男便说：

“那么，我们就不客气了。”说着便让父亲先上了车。

佐田一家站在路边目送。宗助在座位上欠身行了礼。秀男好像只是点了点头。

“这孩子，有点意思。”

太吉郎突然想起秀男挨耳光那事，就忍住笑对千重子说：“千重子呀，看你和秀男谈得很投缘，他在你这女孩子面前胆怯了吗？”

千重子神情有些腼腆，她说：“你是说在樟木林荫道上？我只听他讲，不知他为什么那么兴冲冲，跟我说了好多……”

“啧，都是因为喜欢千重子吧，这你都不明白？他对我说，你比中宫寺和广隆寺的弥勒佛爷还好看……连爸爸都吓一跳，那么一个古怪的小子，竟说出这样了不起的话来。”

“……”

千重子一惊，马上连脖子都红了。

“他都说了些什么？”父亲探问。

“说西阵手织机命运一类的事。”

“命运？咦？”父亲陷入沉思。女儿说：

“命运这话好像很深奥。其实，命运……”

出了植物园，右边是加茂川的堤岸，堤上种着松树。太吉郎穿过松林下到河滩上。那地方虽叫河滩，其实就是一长条绿茵茵的草地。溪流声到此骤然清晰了。

一群上年纪的人坐在那吃自带的盒饭，零散几对情侣在漫步。

河对岸在车道下面有处供游人游乐的场所。透过稀疏的樱树可见正对的爱宕山[①]，它跟西山相连。河流上游，快贴近北山。这一带是风景区。

“咱们坐会儿吧。”繁子说。

朝北大路桥下望去，可见河畔草地上晾着一幅友禅绸子[②]。

“哦，到底是春天了呀！”繁子四下张望着。

“繁子，你看秀男这孩子怎样？”太吉郎问。

“什么怎么样？”

“招个养老女婿……”

“什么？怎么突然说起这事……”

“人还算稳重。”

“虽然不错，可还是得先问问千重子吧。”

“千重子早就说过，父母之命嘛。”太吉郎说着看看千重子，“对吧，千重子。”

“这种事可绝不能勉强呀！”繁子转脸去看千重子。

千重子低下了头，眼前水木真一的形象浮现了出来。那是小时候的真一，描了眉、涂了唇，一身王朝时代装束乘坐在祇园祭游行的彩车上。——当然，那时的千重子也是个孩子。

---

① 爱宕山：日本京都右京区西北部的一座山，海拔 924 米。离市区大约 1.5 千米。

② 友禅绸子：一种印染了花鸟、草木或山水的绸子。“友禅”最初指宫崎友禅斋将扇绘应用于染布上色所发展出的染色工艺。

北山杉

千重子，那人真像你

打平安时代[①]起，提到京都的山，人们几乎就会下意识联想到比睿山，至于节日嘛，当然就是加茂祭了。

五月十五日的葵祭[②]已经过去了。

打昭和三十一年（1956）起，就让斋王[③]加入葵祭仪式的敕使队伍。这是一种古代仪式的复活。相传斋王在退居斋院前，要先在加茂川清洁身子。斋王要穿上十二件和服，乘牛车游行过到河对岸。进行中需要由身穿便礼服的女官乘轿子率领。女孺和童女等随后。其中有伶人乐师奏雅乐。现在的斋王多由跟女大学生年龄相仿的人装扮，所以，看上去风雅而华丽。

千重子的同学中有个选上扮斋王。之后千重子和同学还赶到了加茂川的大堤上看热闹。

京都有太多的古老神庙和寺院，可以说几乎每天都要举行大大小小的节日、庙会。翻开皇历一瞧，整个五月份就有好些。

祭神时要献茶，还有茶室茶会、野外休憩，因此就连茶釜都供不应求。

今年这个五月，千重子连葵祭也没去看。多雨是个原因。但也是从小经常被领去参加各种节日，不稀罕了。

花固然美，但千重子同样喜欢去看嫩绿的新叶。高雄[④]附近枫树的新叶自不消说，若王子[⑤]一带的她也喜欢。

---

① 平安时代：日本古代的一个历史时期（794—1192），从桓武天皇迁都平安京（今京都）开始，到源赖朝建立镰仓幕府止。

② 葵祭：正式名贺茂祭。每年5月15日在京都神御大屋神社（下鸭神社）和贺茂别雷神社（上贺茂神社）举行。

③ 斋王：又称斋皇女。指在伊势神宫和贺茂神社出任巫女的未婚内亲王，她们代表日本皇室侍奉天照大神。

④ 高雄：日本京都市京都区的一处地名。

⑤ 若王子：即日本传说中的天照大神。京都熊野有若王子神社，位于京都市左京区若王子町。

友人从宇治[①]寄来了新茶。千重子把茶沏好后说：

“妈呀，今年连去看采茶的事也都忘了。”

“采茶嘛，现在还有吧？”母亲说。

“也许还有。”

上次去植物园游览，林荫道旁的樟树正在抽芽，就像花一样美，大概也是属于抽芽稍晚的吧。

千重子的女朋友真砂子打来电话了。

“千重子，去看高雄的枫树嫩叶吗？”她对千重子说，“现在比看红叶时的人少……”

“时节不会晚吗？”

“那儿比城里冷，大概不会晚吧。”

“嗯，”千重子稍作沉吟，接着说，“本来看过平安神宫的樱花后，就该去看周山的樱花的。可全给忘了。那棵古树……樱花已经看不成了，不过我想去看北山的杉树。反正高雄离那不远嘛。看着那又高又直的北山杉，心里就格外畅快。咱们就从高雄去看杉树好吗？比起枫树，我更想看北山的杉树啊。”

千重子和真砂子觉得既然已经到那儿，就决定去看看高雄的神护寺，以及槙尾的西明寺和梅尾的高山寺[②]，那一带都有嫩芽新绿的枫树。

神护寺和高山寺的坡道都很陡峭。已经换上夏装西服裙的真砂子穿的是平跟皮鞋自然无所谓，只是穿和服的千重子不知怎样。真砂子担心她，就偷瞧了眼千重子，发现千重子毫不费劲。

“干吗总看我？”

“真美啊！”

“真美啊！”千重子停住脚步，俯视着清泷川说，“还以为树木都深绿了，会很热闹的，可没想到这样凉爽。”

---

① 宇治：位于日本京都盆地东南部，京都市南侧的城市，以世界遗产寺庙平等院及宇治抹茶闻名。

② 梅尾的高山寺：高山寺是位于京都市右京区梅尾山的古刹。梅尾位于京都市西北部的山中。神护寺、西明寺和高山寺三家寺院都属于日本佛教真言宗。

“我是说……”真砂子忍住了没笑出，“千重子，我是说你呀！”

“……”

“人世间怎会有这样的美人儿呀！”

“讨厌鬼！”

“素雅的和服，走在万绿丛中，显得格外俏丽呀！想来你要是穿华丽的，会更好看吧……”

千重子穿的是一件绛紫色和服，腰带是她父亲毫不吝惜剪给她的那条红白相间印花布的。

登上石阶后，千重子想起神护寺的平重盛①、源赖朝②的肖像画，法国人安德烈·马尔罗③认为可以被列进世界名画之列。她好像记得平重盛那幅的脸颊上还是别的什么地方，有处隐约有残留的绯红。刚想到这里，真砂子就跟她讲起这个来。对了，以前真砂子也讲过好几次。

在高山寺，千重子喜欢在石水院宽阔的廊道上眺望对山的姿容，也喜欢那幅高山寺开山祖师明惠上人（1173—1232）树上坐禅的那幅画。在壁龛两旁摊放着一幅《鸟兽人物戏画》的复制品。她俩在此还受到了清茶的款待。

真砂子不曾再往里进入过高山寺深处。里面是游人止步的。

千重子记得父亲曾带她到周山赏花，采了些又粗又长的笔头菜④回。此后，每次到高雄来，哪怕是一个人，她也要到满山都是北山杉的村庄走一趟。如今，那里已经并入市区为北区中川北山町，但只有一百二三十户人家，所以叫村更合适。

“我在家总是在走路，咱们走走吧。”千重子说，“再说路又这么好。”

清泷川岸边，陡峭的山直逼而来。不久，美丽的杉树林映入眼帘。杉树笔直整齐地挺立着，人的精心打理一眼就能看出来。只有这个村庄才出产名贵的北山圆木。

---

① 平重盛（1138—1179）：日本平安时代末期的武将、公卿。

② 源赖朝：日本平安时代末期至镰仓时代的武将、政治家。镰仓幕府首任征夷大将军，也是日本幕府制度的建立者。

③ 安德烈·马尔罗（901—1916）：法国近代著名作家、艺术评论家。

④ 笔头菜：一种野菜。由于看上去像毛笔而得名。

下午三点大概是工间休息的时间，一群像是割草的女人正打杉山上走下来。

真砂子突然站住，呆呆看着人群中的一个女子。

“千重子，那人真像你！跟你长得一模一样。”

那女子穿藏青碎白花的窄袖和服，双肩斜系揽袖带①绳；下身穿扎脚裤②，系围裙；手戴手背套③，头扎头巾。围裙一直绕到腰后，两边开衩。她身上只有揽袖带绳和袴下露出的细带是带红色的。其他女子也是同样的装扮。

这群女子的装扮，跟那些大原女④或白川女相似，看着都像古装玩偶。区别只在于她们是在山上干活，那些是进城卖东西。这大概也就是日本劳动女性劳动时基本的穿着吧。

“真像呀，你不觉得奇怪吗？千重子，你仔细瞧瞧。”真砂子开始唠叨个没完。

“是吗？”千重子并没认真去看，“别太冒失了。”

“什么冒失，那么漂亮的人儿……”

“漂亮倒是漂亮，不过……”

“简直像你的异母姐妹啊！”

“瞧你，太冒失了！”

真砂子被她这么一说，这才察觉到自己的离谱。忙掩住笑声说：

“人虽然也有长得相像的，可却没有这么像的，有点吓人了！”

那女子和她身边的人都没注意千重子她们，大家就那样擦身而过。

女子的头巾扎得很低，只露出一点额发，几乎遮了半边脸。哪能跟真砂子说的可以看清脸，何况又没法脸对脸看清楚。

再说了，千重子来过这个村子很多次，见过男人们把大杉圆木的树皮大致剥掉后，由妇女们仔细地再剥一遍，然后用水或热水拌进去菩提瀑布

---

① 揽袖带：日本妇女劳动时用于挽起和服的长袖，斜系在双肩上在背后交叉的带子。

② 扎脚裤：日本农村妇女劳动时穿的宽腰窄裤管的裤子。

③ 手背套：日本人劳动时用来保护手背的用布或皮做的一种手套。

④ 大原女：京都大原附近到京都市里卖薪炭的妇女。

的砂子，轻轻刷洗圆木的情景；她还模糊地记得那些女子的面孔。因为这样的活儿都是在路旁或户外完成的，而这么一个小小的山村，未必能有很多女子。当然，她也没能将每个女子的面孔都一一仔细观察过。

女子们的背影远去后，真砂子也稍稍平静了些。

“真怪呀！”她说。然后转脸仔细端详千重子的面孔。

“真很像啊！”

“哪儿像呢？”千重子问。

“怎么说呢？总觉得像，可又很难说出来，眼睛，或是鼻子……不过，中京的小姐和山村女子当然不一样喽。请原谅。”

“瞧你说的……”

“千重子，咱们跟上去到她家瞧瞧好吗？”真砂子有些恋恋不舍。

“到她家瞧瞧”这种话，一般来说，即使是出自真砂子的口，也只能当是说说而已。可千重子却几乎要停下来。她时而仰看杉山，时而凝视堆放在家家户户门前的杉圆木。白杉圆木都一般粗大，磨得非常好看。

“像手工艺品呀。”千重子说，“据说也用它来修建茶室，甚至还远销东京、九州呢……”

在靠近屋檐前的地方，整齐立着一排圆木；二楼也有一排。其中一处人家二楼那排圆木前还晾晒着衣物。真砂子觉得稀罕，就说：

“这家人就住在圆木排中呀。”

“冒失鬼，真砂子……”千重子笑了，“在圆木小屋边，不是有很好的屋子吗？”

“哦，二楼上还晾晒着衣服……”

“真砂子，你说那女子像我，也是这样信口开河的吧。”

“两码子事。”真砂子认真起来，“我说像你，你觉得遗憾吗？”

“一点也不。只是……”

千重子眼前忽然浮现出那女子的眼神。在那样一个勤劳健美的人的那对黑漆般的眼里，竟然有着深深的忧郁。

“这个村子的妇女都很能干啊。”千重子要回避什么似的说。

“女人和男人一起干活，没什么稀奇的。山里人嘛，都是这样吧。那些卖菜的、卖鱼的又何尝不是……”真砂子轻快地说，“像你这样的小姐才看见什么都大惊小怪的。”

“你才是小姐呢。别看我这样，我也会干活呢。”

“哼，我才不愿干活儿。”真砂子干脆承认。

“干活儿，说起来简单……真想让你看看这个村子的女子干活儿的情景。”千重子的视线投向杉山，“大概要开始整枝了吧。”

“什么叫整枝？”

“想要杉树长得好，就要用刀把多余的枝丫砍掉。人们有时用梯子，但大多数时候像猴子一般从这棵杉树梢荡到另一棵杉树……”

“多危险啊！”

“有的人清早爬上去，直到吃午饭时也不下来……”

真砂子也抬头去仰望杉山。一排排杉树笔直耸立，美得让人心醉。树梢一簇簇叶子，也像是精巧的工艺品。

山不高，也不太深。山巅上整齐排列的杉树历历在目。这种杉木用来修建茶室是最好的材料，所以，杉林的景象也有茶室的韵味。

两岸的山十分陡峭，清泷川仿佛坠落在狭长的盆地里。据说，此地多雨，阳光很难穿透雨雾，这是圆杉木生长的最佳环境。陡峭的山势也阻挡了强风，这样一来，杉树的幼苗就不至于因此变得扭曲。

村子里的房屋沿着山脚和河岸建造。

千重子和真砂子走到这个小村的尽头然后折回。

有一户正在磨圆木的人家。把泡在水里的圆木拿起来，女人们用菩提瀑布的砂子细心研磨。这种砂子是红褐色的，像黏土一样。据说是从菩提瀑布的下游取来的。

“如果那种砂子用完了怎么办？”真砂子问。

“一下雨，砂又会跟着瀑布一起冲下来，堆积在下游处。”一个年长的妇女答道。

真砂子心想，这回答得有多么乐观啊。

正如千重子所说，这里的妇女干起活来手脚麻利，相当娴熟。圆木有五六寸粗，可能是用来做柱子的。

——据说磨好的圆木会用水洗净，然后晾干，卷上纸或捆上稻草，就可以运出山去了。

连清泷川河畔上有的地方也种了杉树。

望着山上整齐的杉树和屋檐前竖着的成排杉木木材，真砂子不由得想起京都那些古老的房子纤尘不染的红格子门。

村子入口处有个叫菩提道的国营公共汽车站。顺路继续往上走，可能就到了瀑布处。

两人在这乘上回家的公共汽车。沉默一会儿后，真砂子突然说：

“女孩子要是能像杉树那样挺拔地成长就好了。”

“……”

“可惜我们得不到那样的精心栽培！”

千重子都快要笑出声来了。

“真砂子，你有约会过吧？”

“哦，有过。坐在加茂川边的草地上……”

“……”

“那时木屋町的水边餐厅客人多起来了，灯也亮了。可我们是背对着的，餐厅里的人不知道我们是谁。”

“今晚呢？……”

“今晚约的七点半，到时又会是擦黑呢。”

真砂子的这种自由真让千重子羡慕。

千重子一家三口正在对着中院天井的内客厅吃晚餐。

“今天这些竹叶鱼肉寿司是岛村先生送来的，请多吃点。我只做了个汤，就将就点吧。”母亲对父亲说。

“是吗？”

家鲫鱼做的竹叶卷寿司父亲最爱吃。

“关键是掌勺人回来得晚……”母亲是说千重子，“她又和真砂子去北山看杉树了……”

“嗯。”

伊万里①瓷碟里盛着竹叶鱼肉寿司。剥开包成三角形的竹叶，就看见

---

① 伊万里：位于佐贺县西郊，盛产陶瓷器。所产瓷器称为“伊万里陶”。

饭卷上铺着一片薄薄的家鲫鱼。汤主要是豆腐皮加少许香菇。

太吉郎家的店铺像外面朝街的格子门那样，保留着京都旧批发商的风格。只是现在改成股份公司，掌柜和伙计现在都改称职员，大部分大抵都成了早至晚走的上班人。只有从近江来的两三个店员还住在临街小格子窗的二楼。所以，晚饭时间，后面很安静。

“千重子，那样喜爱北山的杉村。”母亲说，“为什么呢？”

“因为那儿的杉树又直又好看，于是我就想呀，人的心也都这样该多好。”

“那不是跟你一样了吗？”母亲说。

“不，我的心可是弯弯绕绕的……”

“那也是。”父亲插进来说，“无论多耿直的人，也难免有乱七八糟的杂念。”

“……”

“当然那也没什么。有像北山杉那样的孩子固然可爱，可是太难得了啊。即使有，一旦遇上事，也很容易遭遇不幸。就拿树来说吧，不管它是弯是曲，只要长大就好。我觉得吧……你瞧咱们院子里的那棵老枫树。”

“对千重子这样的孩子，你还有什么好挑剔的呀。”母亲有些不悦。

“知道，知道，千重子是个正直的孩子……”

千重子把脸扭向中院，沉默了一会儿。

“那棵枫树多顽强，可我……”千重子语带悲伤，“顶多像长在枫树干上的坑洼里的紫花地丁。哎呀，紫花地丁不知不觉也谢了。”

“真的……明春一准还会重新开的。”母亲说。

低下头来的千重子，把目光停在枫树根旁有基督像的石灯笼上。借屋里的灯光已看不清剥蚀严重了的圣像，但她好像在祈祷。

“妈妈，真的，我是在什么地方生的？”

母亲和父亲面面相觑。

“在祇园的樱花树下呀！”太吉郎断然地说。

晚上生在祇园樱花树下，那岂不是像《竹取物语》[1]里的辉夜姬？据说

---

① 《竹取物语》：又名《竹取翁物语》。日本最早的物语作品。作者与创作年代不详，以女文字（假名）写成。辉夜姬是书中的主人翁。

辉夜姬就是从竹节之间生出来的。正因为这样，父亲才会这般断然。

千重子本想开个玩笑，说自己要真是在樱花树下出生，也许会像辉夜姬一样，被人从月宫里下来迎回去。可她没说出来。

捡来的也好，偷来的也罢，千重子在什么地方出生现在的父母也不会知道。多半连千重子的生身父母是谁、在哪也不知道。

千重子后悔了，觉得自己不该问这些。但她觉得还是不道歉好。那么，自己又为什么会突然问这个问题呢？连她自己也不明白，也许是她模糊想起真砂子说的北山杉村那个姑娘长得跟自己一模一样……

千重子不知往哪看好，就把目光停在大枫树的顶梢。是月亮出来了，还是街灯的辉映，夜空才会显得白茫茫的？

"这夜空也有夏天的颜色了呀。"母亲繁子仰看天空说，"喂，千重子，你是在这家生的。虽说不是我生的，可是就是在这家生的啊！"

"是啊。"千重子点点头。

——正如千重子在清水寺对真一说过的，自己不是繁子夫妇从赏夜樱的圆山公园里抢来的，而是被人扔在店铺门口，被太吉郎抱回家来的。这是二十年前的往事了。

那时太吉郎三十岁出头，荒唐过一阵。因此妻子不敢轻信丈夫。

"别说得好听……这孩子兴许是你跟艺伎生的吧。"

"不要胡说！"太吉郎变色道，"你好好看看这孩子身上穿的，这会是艺伎生的吗？瞧，是艺伎的孩子吗？"太吉郎说着把婴儿推给了繁子。

繁子接过婴儿，把自己的脸贴在婴儿冰冷的脸颊上。

"这孩子，你打算怎么办？"

"到里头再慢慢商量，干吗发愣啊？"

"是刚生下来的啊！"

因为不知亲生父母，所以不能收做养女。户口册上也就申报为太吉郎夫妇的亲生闺女，取名千重子。

俗话都说领来孩子招来弟弟，可繁子一直都没生。千重子就被当作独生女受到抚育和宠爱。随着岁月的流逝，太吉郎夫妇也不再为这孩子究竟被谁遗弃而烦恼。至于千重子的亲生父母是死是活，更无从知晓。

当晚吃过饭后，只需收拾竹叶鱼肉寿司的竹叶和汤碗。由千重子一个人负责。然后，千重子躲到后面二楼自己的寝室里，翻看父亲曾带去嵯峨野尼姑庵的保尔·格雷和夏加尔等人的画集。后来有点昏昏欲睡。不一会儿被噩梦魇住，发出“啊！啊！”的喊声，挣扎着醒来。

“千重子，千重子！”隔壁传来了母亲的叫唤，没等千重子答应，隔扇门就打开了。

“魇住了吧？”母亲走了进来，“做噩梦了？”

说着在千重子身边坐下，打开枕边的电灯。千重子坐在睡铺上。

“哟，出这么多汗。”母亲从梳妆台上拿过一条纱毛巾，擦着千重子额上和胸口的汗。千重子任凭母亲揩拭。母亲暗想：这胸脯多白嫩啊。顺手就把毛巾递给千重子。

“擦擦胳肢窝……”

“谢谢，妈。”

“做噩梦了？”

“是啊，梦见从高处摔下来……咚一声掉进一个绿得可怕的无底洞里了。”

“谁都会做这种梦的，”母亲说，“但总也掉不到底啊。”

“……”

“千重子，换件睡衣吧。别着凉了。”

千重子点点头，可还是心有余悸。想要起身，却觉得腿脚发虚有点不稳。

“得了，得了，妈给你拿。”

千重子原地坐着，腼腆而麻利地更换了睡衣。她正要去叠换下了的衣裳，母亲就说：

“不用叠了。就拿去洗吧。”

说着就把换下来的衣裳扔到犄角的衣架上。然后，坐在千重子的枕边说：

“做这梦……千重子，你不会是在发烧吧？”说着用掌心摸了摸女儿的额头。冰凉的。

“大概是上北山杉村去太累了吧。”

“……”

“瞧你这副心神不定的神色，妈到这儿来陪你睡。”说罢就要去把铺盖搬来。

“谢谢妈……我已经不要紧了，您放心睡去吧。”

“真的？”母亲一边说一边钻进千重子的被窝，千重子把身子挪向一旁。

“千重子，你已经这样大了，妈再不能抱着你睡了。啊，多有意思呀！”

结果母亲自己倒是先安然睡着了。千重子怕母亲肩膀着凉，用手探了探，然后关了灯。可千重子辗转反侧，就是没法成眠。

千重子做了个长长的梦。说给母亲听的只是梦的结尾。

最初不像是梦，就是迷迷糊糊想起白天和真砂子去北山杉村的情景，挺高兴的。说也奇怪，真砂子说的那个很像自己的姑娘在村里，而且形象远比那村庄来得鲜明。

到了最后，她才掉进那个墨绿的深渊。那绿色，也许就是留在她心里的杉山吧。

鞍马寺举行的伐竹会[①]，是太吉郎所喜欢的一种仪式。大概是因为很有男子汉气概吧。

太吉郎年轻时看过多次后，已经不再觉得新奇。不过他想带千重子去见识一下。听说因经费关系，鞍马寺今年十月间的火祭不举行了。

太吉郎担心下雨。伐竹会在六月二十日举行，正是梅雨季节。

十九日那天下雨，而且还很大。

“这么下，明天恐怕举行不了了。”太吉郎不时去看天。

“爸爸，下点雨算什么呢。”

“话虽如此，”父亲说，“天气不好总是……”

二十日雨还在下个不停。

“把窗户和柜门都关上吧。潮气重会使和服料子上潮的。”太吉郎吩咐店员。

---

① 伐竹会：每年6月20日在京都市鞍马寺举行的活动。正殿前一字排开的四根大竹，由分成东、西两部分的僧人用砍刀砍断。砍断的缓慢预示着一年的丰收。

“爸爸，不去鞍马寺了吗？”千重子问父亲。

“明年还会有的，今年算了吧。鞍马山上雨雾缭绕的……”

——其实伐竹会上表演的并非僧众，而是些被称作法师的乡民。十八日得做准备，将雄竹和雌竹各四根分别横捆在大雄宝殿左右的圆柱上。雄竹断根附叶，雌竹留下根。

对着大雄宝殿正殿，左叫丹波座，右叫近江座，这是自古流传下来的称呼。

主持仪式的老和尚身穿历代相传的白绢素服，足蹬武士草鞋，肩系揽袖带绳，头缠五条袈裟做的僧冠，腰间插着两把刀，掖着南天竹叶子。伐竹用的樵刀则收在锦囊里。在开路人的引领下向山门进发。

下午一点，身着直裰的僧侣吹起海螺号，伐竹会正式开始。

两名童男齐声对主持长老称贺：

“恭贺伐竹神事开始，大吉。”

然后分别走向左右两座夸赞：

“近江之竹妙哉！”

“丹波之竹妙哉！”

伐竹开始后，伐竹人会先把捆在圆柱上的粗大的雄竹砍断整理好，留下细长的雌竹。由童男报告长老：

“伐竹完毕。”

接下来僧众相继走进大殿开始诵经。然后抛撒代替莲花供神的夏菊花。接着，长老从祭坛上走下来，打开丝柏扇子，上、下扇三遍。随着众人的“嗨哟嗨哟”声，近江、丹波两座位上各有两人把竹子砍成三段。

太吉郎本想让女儿去看看这伐竹仪式。由于天下雨，就有点犹豫不决。正在此时，秀男夹一小包走进格子门来。

“小姐的腰带好歹算是织出来了。”

“腰带？……”太吉郎有点困惑，“我女儿的吗？”

秀男踞退一步，双手扶席恭敬地低头施礼。

“是郁金香图样的吗……”太吉郎小心问了句。

“不，是您在嵯峨野尼姑庵里画的……”秀男很是郑重，“那天，只因我年少气盛，对佐田先生实在失礼了。”

“哪里，我也只是兴之所至，随便画的。倒是你的见解点醒了我呀。是我要道谢才对。”

“承蒙看得起，那条腰带我已经织好带来了。”

“什么？”太吉郎暗自惊讶。

“那张画稿我把它揉成团，扔到你家旁的小溪里去了。”

“您扔掉了？原来如此。”秀男沉静异常，“您既然让我看过，就冒昧记在脑子里了。”

“真不愧是手艺人呀。”但太吉郎沉下脸来，“不过，秀男，我都扔到溪流里了，为什么你要坚持织出来呢？”

太吉郎反复质问几遍，心中突然生出悲凉来，也可能是一股愤懑之情也未尝可知。

“同柔和的心不大协调，粗暴、荒凉——这难道不是你下的评语？”

“……”

“所以一走出你家大门，我就把画稿扔到小溪里去了。”

“佐田先生，请您原谅。”秀男双手扶席，再次低头道歉，“当时也是因为我每日每夜织那些俗不可耐的东西，弄得身心疲惫了，心里很焦躁啊。”

“彼此吧。嵯峨野尼姑庵那地方环境倒清静，可只有老尼姑一人和一个白天雇来帮忙的老婆子，实在是寂寞……再说，我家生意清淡，因此，觉得你的话倒也合情合理。何必要我这样一个批发商来设计图样呢。更不要说那些时尚、新奇、别致的，也就更是……”

“我也有许多想法。自从在植物园里遇见小姐，我还在想。”

“……”

“请您看看腰带好吗？倘若不如意，您可以当场用剪子把它剪碎。”

“嗯，”太吉郎点点头，然后呼喊女儿，“千重子！千重子！”

在账房同掌柜并排坐着的千重子，起身走了过来。

秀男有着一双浓眉，他抿紧嘴唇，显得信心十足。但解开包袱时两手还是在轻微颤抖。

他似乎不便对太吉郎说什么，就转向千重子。

“小姐，请鉴赏一下吧。这是按令尊的图样织的。”说着就将卷好的腰带递了过来。很是拘谨。

千重子稍稍展开腰带的一端，说：

“啊，爸爸！这是在嵯峨野画的，是从格雷画集得到启发，对吧？”说着把腰带在膝上展开。“啊，真好。”

苦着一张脸的太吉郎一声不言，但内心却被秀男的过目不忘能记住图样震惊。

“爸爸，”千重子的声音中透着孩子气兴奋，“真是条好腰带呀！”

“……”

千重子摸摸腰带的质地，对秀男说：

“您的织工真精致呀！”

“嗯嗯。”秀男的头低得更深。

“可以在这儿抖开来看看吗？”

“当然行。”秀男回答。

千重子站起来，把腰带摊在他们两个人面前。她把手放在父亲肩上，就这么站着观赏起来。

“爸爸，您觉得怎样？”

“……”

“不是挺好看吗？”

“真觉得好看？”

“嗯。谢谢爸爸。”

“你再仔细瞧瞧。”

“花样多新颖，虽然也要看配怎样的和服……不过，真是条好腰带呀。”

“是吗？既然那么喜欢，你就谢谢秀男吧。”

“秀男先生，多谢了。”

说着，千重子在父亲身后跪坐下来，向秀男低头道谢。

“千重子！”父亲喊了一声，“这带子和谐吗？是意境。”

“什么？和谐？”千重子猝然里不知如何回答。再瞧瞧腰带，“所谓和谐吧，还得看配怎样的和服，也会因人而异。不过……如今倒是时兴可以破坏和谐的设计呢。”

“嗯。”太吉郎点点头，“千重子，其实我让秀男看这条腰带画稿时，他说不和谐。所以，我把画稿扔到他们家作坊外的小溪里了。”

“……”

“然而，秀男竟然能织出来。难道不是和我扔掉的画稿一样的吗？虽然颜料和彩线还有色泽有点差异。”

“佐田先生，请多原谅。”秀男双手扶席致歉道，“小姐，我能冒昧请求您系上这条腰带试试吗？”

“就这件和服……”

千重子起身系上腰带。顿时就显得光彩照人了。太吉郎的神色平和下来。

“小姐，不愧是令尊的杰作呀！”

秀男眼里闪烁着光芒。

祇园会

再也没法变那么小了

千重子提着大篮子走出店门。她要向北走，经御池大街[①]到麸屋町[②]的汤波半[③]老铺子去。比睿山至北山间的天空，晚霞火红。站在御池大街上，千重子抬头看了好一阵晚霞。

夏天里白天长夜晚短，晚霞来得早。西边的天空变幻着，不一会儿就染成一片火红。

“没想到天空原来能这样，真是头一次见。”

想着，千重子掏出小镜子，就这霞光照起自己的脸来。

“没法忘记，一辈子也不行呀……人呀真是，心情能把什么都控制了。”

这时候，晚霞把比睿山和北山映照得呈现出深蓝色。

汤波半老铺里，豆腐皮、牡丹豆腐皮和八幡卷刚出锅。

“小姐，您来啦。一到祇园会就忙得不可开交，这还只是说老主顾。真是的，还请多多包涵。”

这家铺子平日只接受预订。京都的糕点行业中有很多这类老店。

“是买去过节用的吧，一向承蒙关照。”汤波半的老板娘边说边把千重子的篮子装得满满的。

这家的八幡卷跟鳗鱼做的八幡卷做法一样，用豆腐皮裹上牛蒡卷成。而牡丹豆腐皮有点类似油炸豆腐什锦，在豆腐皮里包上白果馅。

这是一家从1864年那场禁门之变大火中幸存下来的老字号，有两百多年历史。其间自然做过一些修缮改造。比如给天窗安了玻璃，做豆腐皮用的炉灶也改成砖砌的了。

“过去烧炭，每次添火炭灰就会落到豆腐皮上，所以改烧锯末。”

---

① 御池大街：日本京都一条主要的东西向的古老街道。

② 麸屋町：京都市南北向街道之一，北起丸太町通，南至五条通。

③ 汤波半：日本京都一家著名的豆制品店铺。采用石臼研磨的制法。

"……"

一排锅釜，用四方的铜板隔开，等面上结出一层豆腐皮了，就用竹筷迅速灵巧地捞出来晾在锅上面的细竹棍上。晾晒豆腐皮的竹棍上下摆了好几层，豆腐皮干了就往上移。

千重子走进作坊后面，扶着那里古老的柱子。母亲每次来都要抚摸这根黑黑的大柱子。

"什么木料的呀？"千重子问。

"丝柏。又长又直，一直到顶上……"

千重子抚摸了一下这根柱子，走出这家老铺。回家时，路上听到了祇园会排练中响起的高亢嘹亮鼓乐声。

那些远道而来瞧热闹的人们，常常以为祇园会的举办日期是祭神彩车巡行的七月十七那天，所以，往往会在十六日夜里赶来看前夜祭[①]。而实际上祇园会的法事要在七月一整个月里举行。

七月一日是准备祭神彩车行走各街道的日子，先自"入吉符"，开始奏乐打鼓。

所有彩车中，那辆乘有童子和长刀的，每年照例会走在仪仗队前。至于其他彩车的先后次序，会在七月二日或三日这几天，由市长亲自主持抽签决定。

七月十日是"洗御舆"日，也是祭祀真正开始的日子。彩车在头一天要搭好，御舆要在鸭川的四条大桥上洗；所说的"洗"，不过是神官用杨桐枝蘸水，洒于车上就行了。

到了十一日，童子将会参拜祇园神社。他乘着饰有长刀的彩车，由头戴京式乌纱帽、身着古代公卿礼服骑马的侍从随后，前去领受五位[②]之职。高于五位的称为殿上人。

以前，彩车上还会安置神像，所以，童子两侧的侍童要扮成观音菩萨和势至菩萨。童子从神庙领受职位，象征已与神道婚配礼。

---

① 前夜祭：正式祭典开始前一天晚上举行的活动。

② 五位：日本古代官职等级。分上五位跟下五位。分属太政官、八省、弹正台、卫门府、左右卫士府、国司和藏人所。

被装扮成童子的水木真一很不满，他抱怨道："为什么要弄成这种怪样子呀？我是男孩子呢。"

因为为了保持所谓的洁净，童子不能跟别的人一起吃饭，连用火都不能共用。如今已经从简。只是童子吃的饭，要用火镰打两下。据说，要是家人忘了，童子就得自己提醒说："打火镰，打火镰。"

这童子的工作远不是巡行一天后就能结束的，那之后还要去彩车街一一拜谢诸人。算起来，全部祭典总要一个月才能结束，这段时间童子都会有事干。

比起七月十七日的彩车巡行，京都人更愿意去参加十六日晚上的前夜祭。

祇园会的正日就要到了。

千重子家店铺外的格子门已经卸下，所有人都在忙着做准备。

作为京都衣料批发商的千重子的家靠近四条。祖上入祀①于八坂神社②，所以才会在意年年都要举办的这祇园会。这庙会举办的时间又恰好是京都的夏天。

让人最无法忘怀的便是乘在彩车上装扮成童子的真一。只要遇到庙会，甚至听到鼓乐的喧嚣，或见到被辉煌的灯火环绕的彩车，那样的真一就会浮现在千重子脑海里。那时的真一和千重子只有七八岁。

"就算是女孩子，也很少见到过那样俊俏的。"

真一到祇园神社领受五位少将之职时，千重子也跟了进去，彩车在街上巡行时，她都一直跟在后面。扮成童子的真一还带着两个假扮的侍童，到千重子家致谢。

"千重子，千重子。"

听到真一的呼叫，千重子满脸绯红，她的眼睛离不开真一。那时的真一化了妆，涂了口红。而作为女孩的千重子却是一张素脸，还被阳光晒得

---

① 入祀：入，进入、安放在；祀，置备供品对祖先或神佛行礼，表示崇敬并祈求保佑。指死后被安置在某个特定场所接受祭祀。

② 八坂神社：原称"祇园神社""祇园社"等。位于日本京都市东山区，是日本所有祇园社的总本社。祇园祭与东京的神田祭、大阪的天神祭并称为日本的三大祭。

黑红。她穿了一件单和服，系一条三尺长的红花纹腰带，挨着格子门将坐榻放倒，正在同邻居的孩子放花火玩。

即便是在这多年后的今晚，在鼓乐声和彩车的灯火里，千重子依稀还能见到当年扮童子的真一。

“千重子，晚上去逛前夜祭吗？”晚饭后母亲问千重子。

“您呢，妈？”

“有客人来，妈去不了呢。”

一出家门，千重子就加快了脚步。四条通[①]上人山人海，简直挪动一下都难。

那些彩车在四条通的哪一条，哪个胡同有怎样的彩车，千重子都了如指掌。她把各处都转了转。真是热闹。处处可闻彩车上的鼓乐声。

千重子到神舆前买了支蜡烛供在神前。庙会期间，八坂神社的神道都被迎到神舆那。出了新京极[②]，再穿过四条通，路南就是神舆。

千重子在神舆前发现有个姑娘在拜七拜，尽管只是背影，但一眼便知。所谓拜七拜，是在离开神舆几步远的地方，走上前去拜一拜后退回原处，再走上前去拜一拜。这样重复七次。这期间不管遇到谁都不能开口打招呼。

“咦？”千重子觉得那姑娘面熟，于是就跟着拜了起来。

姑娘往西走几步，再走回神舆前。而千重子跟她反向。明显看得出这姑娘要更虔诚，祷告得更久。

由于千重子离神舆的距离近些，所以跟对方差不多是同时拜完。拜完后姑娘就盯着千重子看。

“你在祈求什么？”千重子率先开口问道。

“你看见了？”姑娘的声音有些发抖，“我想知道姐姐的下落……就是你，你就是我的姐姐。神佛保佑让我们相逢。”这时那姑娘已是泪水盈盈。没错，正是北山杉村遇到的那位姑娘。

---

① 四条通：日本京都市一条东西向横贯市中心的主要道路，古为平安京的“四条大路”。

② 新京极：京都市中京区一条南北走向的商业街，介于北侧的三条通与南侧的四条通之间。

神舆前挂满灯笼，加上朝拜者点燃的蜡烛，神像周围简直就是灯火通明。灯火在那姑娘泪流满面的脸上忽闪着。

千重子强忍着没让自己的泪水流出。

“可我是独生女，没有姐妹呀。”

这样说时，她其实也心惊胆跳了。而北山杉姑娘哽咽着回答说：

“我知道，小姐，请原谅我，原谅我吧。”她反复说道，“因为从小一直惦念着姐姐，因此认错了人……”

“……”

“只说是双胞胎，也不知道是姐姐还是妹妹……”

“人和人也有长得像的。”

姑娘点点头，泪水继续顺着脸颊往下淌。她掏出手帕随便擦擦，说：“小姐是在什么地方出生的？”

“就这附近，中京的批发街。”

“是么？小姐是在求神保佑什么呢？”

“保佑父母福寿双全。”

“……”

“你父亲呢？”千重子随口问了句。

“早不在了……是给北山杉剪枝，从这棵树跳到另一棵树上时失足掉下来摔坏了……这是村里人告诉我的。那时，我出生不久，什么也不知道……”

千重子一阵揪心。

——原来我总是想那村子，想山上那些挺秀的北山杉，谁知道是不是父亲的魂灵在呼唤我呢？

这姑娘说自己有个孪生姐妹。我亲爹会不会是因为在树上跳时，突然想起我千重子这个弃儿了，才一时失神从树上摔下来的呢？怕真就是这样了。

千重子的额角冒出冷汗。四条通纷至沓来的脚步声，祇园会的鼓乐声，一时间都退到了很远很远。千重子眼前发黑。那姑娘赶忙扶着千重子，用手帕为她擦额角的冷汗。

“谢谢你。”千重子接过手帕擦了擦，无意识地就塞进自己衣袋。

“你妈妈呢？”千重子小声问。

“妈妈也……”姑娘欲言又止，“我生在妈妈的娘家，是个深山坳，比杉村还偏远。妈妈也不在了……”

千重子无法再问了。

北山杉村来的姑娘当然是因为激动才流泪的。可当收住泪后，她的脸就即刻间变得光彩照人。

反倒是千重子双腿颤抖，几乎没法动弹，她此刻欣喜若狂。她也只能倚靠在那位姑娘健美的身上。千重子不像那姑娘那样率真，她的神色渐渐变得有些幽怨。她在想接下来该怎么办，那姑娘叫她：“小姐！”

姑娘伸出右手让千重子握住。姑娘的手皮肤很粗糙，跟千重子的纤纤素手无法相比。只是那姑娘好像没注意这个，她说：

“小姐，再见了。”

“说什么？”

“啊，非常高兴……”

“你叫什么名字？”

“苗子。”

“我叫千重子。”

“村子不大，你说苗子谁都知道。我在那做工。”

千重子轻轻点头。

“小姐，您的福气真好。”

“嗯。”

“我发誓今晚的事，我不对任何人说。只有这祇园神知道。”

苗子大概是意识到虽说是孪生姐妹，但两人身份差异太大。

千重子也明白苗子的心思，也就什么也没说。可她还是无法释怀，难道不是自己才是那个被遗弃的婴孩吗？

“再见，小姐。”说完苗子再提醒道，“趁别人没注意……”

千重子的心里一阵酸楚。

“我家的店就在附近，哪怕从门前走过去也好，苗子就去至少走一趟，好吗？”

苗子摇摇头。又问：“府上有几个人？”

“就父亲和母亲……”

“不知怎的，我就觉得该是这样。您是父母的心肝宝贝，自然是娇生惯养的。”

千重子拉着苗子的衣袖，说：“在这儿站得太久了……”

“是呀。”

苗子又去到了神舆前，虔诚地拜了拜。千重子也跟随着。

“再见。”这是苗子第三次说了。

“再见。”千重子也说。

“什么时候再去村里？就在杉林里，谁也看不见，有好多话想要说呀。”

“谢谢。”

说着，两人挤出拥挤的朝拜的人群，下意识朝四条大桥走去。

先辈入祀八坂神社的后人在京都有很多。前夜祭和十七日正日祭神彩车巡行后，赶庙会的人还是络绎不绝。家家店铺都把门全打开了，摆上屏风之类的。早先屏风上都是初期的浮世绘①、狩野派②、大和绘③形式的绘画，要不就是宗达的绘画。浮世绘中有在古雅的京都风俗下描绘异国人物的南蛮屏风。但大多表现京都当年的繁荣。

如今，这种风俗还能从祭神的彩车上的绘画中看到。车上通常饰以中国织锦、法国葛布兰式花壁毯④、毛织品、金线织花锦缎、高仿的织锦刺绣等等。从绚丽的桃山风格中，还显出因发达的开埠对外贸易而带来的异国情调。

彩车内挂的是当下名家的绘画。车顶端的那根像柱子的装置，传说是代表朱印船⑤的桅杆。

祇园会敲打的鼓乐节奏简单，通常是“咚咚锵咚锵”。传说本该是有二十六套的，有人说类似壬生狂言⑥之假面哑剧的伴奏，但也有人说近乎

---

① 浮世绘：日本的一种与木板活版印刷结合的传统绘画艺术形式。起源于17世纪，主要描绘风景、戏剧，以及人们的日常生活等。

② 狩野派：日本绘画史上最大的画派。是以血缘关系为主组成的职业画家集团，因其始祖狩野正信而得名。

③ 大和绘：日本10世纪前后产生于本土的民族绘画。主要形式为长卷的称绘卷物。

④ 葛布兰式花壁毯：法国巴黎一家历史悠久的挂毯工厂生产的壁毯。它最初是由Gobelin家族创造。

⑤ 朱印船：17世纪前期日本江户幕府时代，得到政府特许的海外贸易船只。

⑥ 壬生狂言：每年四月下旬，在京都市壬生寺的大念佛会上举行的默剧。

雅乐。

彩车上会在前夜祭时挂起一串串灯笼，奏起高亢的鼓乐。虽然在四条大通桥东头没有彩车，可去八坂神社的这一路上却热闹非凡。

刚上了大桥，千重子就被人流推挤得落下苗子几步。

“再见。”苗子第四次说，可千重子难以委决，不知是就此分手，还是等过了自家的丸太老店再分手，那样也好让她知道店的所在位置。千重子对苗子难舍难分的亲情油然而生。

“小姐，千重子小姐！”刚要过大桥，就有人在呼喊。原来是秀男。秀男错把苗子当作千重子了，“一个人来逛前夜祭？……”

这一来，苗子感到十分为难。但她知道自己不能回头去看千重子。而千重子则迅速藏到了人群中。

“今晚天气真好呀……”秀男说，“明天也会，看，星星好亮……”

苗子就抬头去望夜空。她一时间茫然无从——苗子不可能认识秀男。

“前一次对令尊十分无礼，但那条带子的花样真的很好……”秀男对苗子说。

“哎。”

“令尊后来生气没？”

“哎。”

莫名其妙的苗子无从回应。她只是努力让自己的目光不要去人群里寻千重子。

苗子不解。要是千重子愿意见这年轻男子，她会走过来吧。这男子的头有点大，宽阔的双肩，目光沉静。这让苗子放松了下来。他刚才提起什么腰带，苗子揣摩可能是西阵那边的织工。这样的体型很容易辨认，因为那些织工一开始就是那样整天坐在高高的织机上的。

“怪我年轻不懂事，对令尊的图样说三道四了，为此回去一晚都没睡。还是决定把它织出来了。”秀男说。

“……”

“您系过了？”

“哎。”苗子含混应道。

“怎么样？”

桥上不如马路上那么亮，人来人往，很快就把他们隔了开来。苗子还是无法理解秀男为什么会认错人。

双胞胎生下来后，如果在一起抚养长大，难以分辨那是自然了。但千重子和苗子长在不同地方，生活境遇迥然不同。苗子甚至以为这人或许是近视。

“小姐，我打算自己设计，为您精心织一条锦带，作为您二十岁生日的纪念，不知可以吗？”

“哎，谢谢了。”苗子期期艾艾地说。

“祇园会的前夜能见到小姐，神佛一定会保佑我织好锦带。”

“……”

苗子心里思忖，我们是孪生姐妹，千重子准是不愿叫这人知道，因此才不过来。

“再见。”苗子让秀男一惊。

“哦，再见。”秀男只能回应，临别了他又说，“您既然准许我织，那可太好了。我一定赶在看红叶前织出来……”秀男强调道，然后又说了一遍才走开。

苗子用目光搜寻千重子。方才那个男子以及腰带的事，对苗子来说无所谓；可在神舆前同千重子相逢，似乎是神佛在引导，为此她觉得快乐。手扶着桥栏杆望了会水中的灯影，苗子开始沿着桥边缓缓前行，她准备走完四条通，去参拜八坂神社。在大桥中央她发现千重子和两个年轻男子正站在那说话。

“啊！”苗子叫出声来，她并没过去。她无意中看见他们三个。

千重子本来在思忖苗子同秀男站在那说些什么。显然秀男错把苗子当成自己了。苗子该如何应付呢？真令她为难了。

千重子想，也许自己该过去。可不行。当听见秀男把苗子喊成“千重子”时，她竟本能躲进了人群。她无法理解自己为什么会这样。

神舆前与苗子的邂逅所带来的震动，千重子要比苗子强烈得多。因为苗子一开始就知道自己是孪生的，而且一直都在企图找到那不知是姐姐还是妹妹的另一个。但千重子却万万没有想到。她没法像苗子那样兴高采烈，也顾不上高兴。

并且，听苗子讲述了父亲从杉树上摔下，母亲产后早死，这让她受到了过重的打击，感到心一阵阵痛。

过去，她只是听见邻居们私下说自己是弃儿，可她一直都在克制，不让自己去想抛弃自己的是怎样的父母，为什么要抛弃自己，以及他们在哪。其实想不想都一样于事无补。何况太吉郎和繁子对自己十分钟爱，无须再想。

今晚苗子告诉的这些事，在千重子听来未必是幸事。只是她对苗子已生出了一种温暖的手足之情。

“她的心地比我纯洁，又能干活，身体好像也挺好。”千重子喃喃自语，“总有一天，说不定还能靠她呢……”

她漫无目的走在四条大桥上，突然听到有人叫自己：“千重子！千重子！”原来是真一。

“一个人走想什么想得这样出神？你脸色好难看。”

“哦，真一呀。”千重子回过神来说，“真一，那年你扮童子坐在插着长刀的彩车上，太好玩了。”

“当时我可不好受。现在嘛，倒是觉得怪好玩的。”

跟真一一起还有位同伴。

“我哥哥，在念研究生。”

哥哥长得跟弟弟很像，大大咧咧地向千重子点点头。

“真一小时候胆小，长得秀气，像个女孩子，所以才被选来扮童子。那样子很傻。”说着哥哥发出爽朗的笑。

来到桥心，千重子看了一眼哥哥英武的脸。

“千重子，你今晚脸色真差，像是有伤心事似的。”真一问。

“是桥中央灯光照的吧。”千重子说着，用脚使劲踩踩，“再说，这前夜祭人头攒动，个个兴高采烈的，孤零零的一个女孩子，看着自然会像是伤心的了，这有什么。”

“那可不行。”说着，真一把千重子推到桥栏杆边，“靠一会儿。”

“谢谢。”

“河面风不大……”

千重子手扶额角闭上了眼。

“真一，你扮童子乘彩车时几岁？”

“嗯……不到七岁吧，记得是上小学前一年……”

千重子点点头，不作声了。她想擦额角和颈上的汗，就把手伸进怀里，摸到了苗子的手帕。

“啊！”

手帕沾着苗子的泪，千重子犹豫着要不要掏出来。但最终还是拿了出来。她把手帕捏成团擦着额角。她的泪水几乎涌了出来。

真一诧异地看着。他知道千重子一般不会把手帕团成一团塞进衣袋。

“千重子，你热吗？还是在发冷？要是热伤风了，那可不容易好，赶快回去吧……我们送你。可以吗，哥哥？”

真一的哥哥点点头。他一直目不转睛盯着千重子。

“不远，不必……”

“近就更得送。”真一的哥哥很干脆。于是三个人从桥心往回走。

“真一，你扮童子乘彩车巡行时，我一直在后面跟着，你知道吗？”千重子问。

“记得，记得呢。”真一回答。

“那时都小。”

“可不。当童子不能东张西望，可我心里想，那么小的女孩，难为她跟着走。累得很吧？人又挤……”

“再也没法变那么小了。”

“你今晚说的都是些什么呀？”真一很疑虑，不明白千重子今晚是怎么了。

送千重子到家后，真一的哥哥跟千重子父母寒暄后就离去了。而真一一直躲在哥哥身后。

太吉郎在后房陪一位客人喝酒庆祝祇园祭节日。太吉郎没喝什么，主要是陪客人，繁子在一旁侍候，不停起身又跪坐下。

“我回来了。”千重子说。

“回来了，这么快？”繁子察看着女儿的神色。

千重子对客人恭恭敬敬地行过礼后对她妈说：

“回来晚了，没能帮您的忙……”

“没什么。”繁子示意千重子一起到厨房去端烫好的酒。

“是看到你伤心的样子，他们才送你回来的吧？”

“嗯，真一和他哥哥一定要送……”

“我看也是。你脸色不好，走路也摇摇晃晃的……”繁子伸出手摸摸千重子的额头，“倒没烧。看来你有些伤心。今晚有客人，你就跟妈一起睡吧。”说着，温柔地搂住千重子的肩。而千重子的泪几乎要流出，但她拼命忍着。

“你先上楼去睡吧。”

“是，妈……”母亲的慈爱温柔让千重子感到释然。

“看看你爸爸呀，客人少了就觉得闲得慌。吃晚饭那阵倒还有五六个人来着……”

千重子把酒壶端了进去。

“酒足饭饱了。再来一点就够了。”

千重子斟酒时尽管用左手扶着壶，可手还是在微微颤抖。

今晚，天井里那盏有基督雕像的石灯笼也点亮了。隐约可见大枫树干上的那个洼里的两株紫花地丁，它们的花已凋落。看着这一上一下两株细小的紫花地丁，不就是千重子和苗子吗？尽管上下相隔了好像无法相遇，可今晚不是相逢了吗？远远望着两株昏暗中的紫花地丁，千重子禁不住泪水流了出来。而太吉郎发现千重子像是有心事，于是不时看看她。

千重子起身走上二楼。她的卧室里铺上了客人的铺盖。便从壁橱里拿出自己的枕头到母亲房里睡下。

她终于忍不住哭出来，但怕被人听见，就把脸埋进枕头里，用两手抓住枕头的边。繁子走进来时发现千重子的枕头湿了一片，就说：

“来，换一只，我一会儿就来。”说着给她拿来一只新枕头，转身又下楼去了。来到楼梯口，她停了停，回头望了一眼。

只铺了两副铺盖。倒不是铺不下三副，是母亲大概打算和千重子一起睡。在脚头处叠好有两床夏天盖的麻绉被，一条是母亲的，一条是千重子的。

繁子只铺了女儿的。这本算不得一回事，但千重子却能体会到母亲的用心。千重子止住了泪水，心绪渐渐平复下来。

“我就是这家的孩子。”

和苗子邂逅，千重子的心乱了，一时间不知所以，这很自然。她起身到镜台前打量自己。想搽点粉遮掩一下泪痕，但马上觉得无趣，就用香水在被上洒了几滴。然后把身上的窄腰带重新系好。自然她没那么容易入睡。

“我对苗子是不是太冷淡了？”

一闭上眼，千重子就看见北山杉村秀丽的杉山。苗子的话让千重子对自己的亲生父母有了基本了解。

“这事是告诉爸妈，还是不告诉呢？”

恐怕这批发店的老夫妇，既不知道千重子生在哪，也不知道她亲生父母的下落。“亲爹亲娘已不在人世……”想到这，千重子倒也并不伤心。

街上传来了鼓乐声。

楼下的客人似乎是近江长滨[①]一带的绉绸店老板。已经有了醉意，嗓门高了起来。睡在后楼的千重子不时也能听见只言片语。

客人在楼下喋喋不休讲述祭神彩车队经过的路线，从四条通出来后，经现代化改造了的河原町绕过了单行的御池大街。在市政府前搭有观礼台，因此现在的彩车巡行已经属于旅游的“游览”范畴了。

从前车队会行走京都那些古老狭窄的街道，有时会毁损一些房屋。那时候，人们可以向楼上的人讨要粽子，现在改为撒粽子。四条通还算好，一旦拐进狭窄的小街小巷，就看不到彩车的脚了。

太吉郎告诉客人，在宽阔的大街上，彩车一览无余那才壮美。

躺在被窝里的千重子好像听见彩车的大木轮碾过十字路口的声音。客人今晚似乎要在隔壁房留宿。千重子决定，和苗子相遇的事明天再告诉父母。

听说北山杉村里都是私人产业，只有少数人才拥有山林。千重子想自己的生身父母大概是给人家做雇工的。

“我在做工……”她想起苗子这样说自己。

二十年前父母之所以会在生下双胞胎后抛弃了她，也许是怕遭到世人的白眼，也许是因为生计艰辛，担心无法养活。

——千重子想起有几件事忘了问苗子。当年遗弃的为什么不是苗子？父亲又是什么时候从树上摔下来的？苗子似乎说过是在她“刚出生”时……还有就是苗子说她“生在母亲的娘家，那儿是个深山坳，比杉村还要偏远”，那地方叫什么名字呢？

千重子意识到，苗子是因为觉得身份跟被抛弃的自己相差太大，所以是不会主动来找自己的。假如想要见，也只能千重子去苗子干活的地方。

---

① 近江长滨：指长滨市，是日本滋贺县北部的城市。在令制国时代一部分属于近江国。

但千重子无法瞒着父母去找苗子。千重子曾诵读过大佛次郎[①]的名篇《京都的魅力》，这时其中一段就浮现了出来：

“北山上做圆杉木用的杉林，树梢青翠，重重叠叠，像极了天空的云层；而红松丛立于山间，有着纤细的树干，色调鲜明。林涛细细响起来时，简直就是音乐……”

层峦叠嶂，浑圆的山峰，细细的林岚，起伏的音乐……这些盖过了外面传来的鼓乐和人声，在千重子心头回荡。仿佛冲破北山上的彩虹，听得见那音乐和细响……

千重子现在不再那么悲哀了。也许那本来就不是悲哀，而是与苗子的不期而遇引起的惊愕、迷惘和困惑。大概女孩儿天生就爱流泪吧。千重子翻个身合上眼，凝神静气去倾听山里的歌声。

“苗子那样高兴，可我自己呢？”

不一会儿，客人同父母上楼来了。

“请好好休息吧”父亲对客人说。

母亲叠好客人脱下的衣服，回到屋里正要叠父亲脱下的衣服，千重子说：

“妈，我来吧。”

“还没睡？”母亲让千重子叠自己躺下。

“到底是年轻人，真香呀。”母亲明快地说。

隔着纸拉门，酒醺了的近江客人鼾声很快就响起。

“繁子，”太吉郎喊了声睡在一边的妻子，“有田先生不是说要把儿子送到柜上来吗？”

“做店员……职员吗？”

“是做上门女婿，千重子的……”

“算了，千重子还没睡着呢。”繁子拦住丈夫。

“我知道。千重子听听也好。”

“……”

“是他家老二。曾经打发他来过几次。”

---

① 大佛次郎（1897—1973）：日本小说家。《京都的魅力》是他的一篇散文。

“我可不大喜欢有田这个人。”繁子声音低却坚决。千重子心里的来自山林的音乐消失了。

“是吗，千重子？”母亲转身朝向女儿。千重子没作声。睁着眼睛半晌，两脚交叠着，一动不动。

“有田先生看中的大概是咱们的铺子。我想。”太吉郎说，“而且他也清楚我们的千重子既漂亮又可爱……虽然只是主顾，可对柜上的情况心知肚明。多半是哪个伙计透露的。”

“……”

“不过，不论千重子的模样如何，也不能为了生意叫她出嫁，这事我想都没想过。繁子，你说呢？这么做也对不起神灵。”

“可不是。”繁子回答说。

“我这人做不好生意，性格的原因吧。”

“爸爸，我真不该让您把那些保尔·格雷什么的画集带到嵯峨野的尼姑庵去呀。”千重子支起身子向父亲道歉。

“哪里，爸爸也是很喜欢的。这样生活才有点意义嘛。”父亲点点头。“我可没能耐，设计那种图案要……”

“爸爸！”

“千重子，要不咱们把店盘出去，搬去幽静的南禅寺，要不冈崎那里也行，租间小房子，哪怕西阵。我们父女俩一起设计和服式样，画腰带的花样，那样多好！只是你受得了那种清贫吗？”

“我才无所谓……”

“真的吗？”说完，父亲很快就睡熟了。可千重子还是辗转难眠。

第二天清晨，她很早醒来，把店前的街道打扫了，格子门和坐榻也擦过了。

那时候祇园会还在继续。

十八日是进山伐木祭。二十三日那天是节后祭和屏风会。二十四日彩车要上山巡行，然后祭神演狂言。到了二十八日，洗净御舆返回八坂神社。最后在二十九日上奏神事已毕的奉告祭。

好多彩车都要经过寺町。

可千重子心事重重难得静下来。祇园庙会差不多前后忙了一个月。

秋色

可她为什么长得这样像千重子小姐呢

沿护城河行驶的北野线电车终于决定要取消了。这是日本最早的电车，也是明治初年“文明开化”运动残存的痕迹之一。

这让人们了解到千年的古都早就开始了取法西洋，吸收并引进了很多新事物。原来京都人也不是那样保守。

可话说回来，保留的那辆古老的“叮叮当当”的电车，至今还能开动。这车很有“古都”的风味，车身很小，座位是面对面的，坐上去后膝盖几乎会跟对面乘客的膝盖紧挨着了。

然而一旦要取消，又不免令人生出几分惋惜。为此，人们用假花把这辆车装饰成“花电车”，一些人按照明治时代的风格把自已装扮起来坐在上面。很多市民干脆把这看作是一个“节日”。

接下来的几天，这辆古老的电车天天满员。正好是七月，烈日炎炎的，不少人来坐电车也撑着阳伞。说起这夏日，京都的日头要比东京的更加晒人。可如今东京已经很少能看到打阳伞走路的人了。

按年龄太吉郎也算明治老人。在京都站前太吉郎正要上花电车，身后有个中年妇女拉了拉他的衣裳，然后往后躲，像是在忍着笑。

上车后太吉郎才注意到这个女人，就有点调侃：

“是你呀！你还不够明治时期资格呢。”

“不过也离明治不远啦。我家就在这北野线上呢。”

“是吗？想想还真是。”太吉郎说。

“什么还真是！你这人真薄情……都忘了吗？”

“还带了个可爱的孩子……你准备把她藏什么地方去？”

“别装糊涂嘛……明知不是我的孩子。”

“这我可不确定。总之你们女人家……”

“瞧这话说的，男人才不可捉摸呢。”

这女人带着的这个女孩肌肤细腻白净，姿容十分曼妙。约莫有十四五岁，单和服上系了条红色窄腰带。在太吉郎面前女孩很是忸怩，腼腆地挨着中年妇女坐着，一声不吭。

太吉郎轻轻拽了拽女人的袖子。

“小千代，往中间坐点！”女人说。

三人沉默了一阵。那女人越过女孩的头向太吉郎耳语道：

“我总想要是让这孩子去祇园当舞伎，一准能红起来。”

“这是谁家的孩子？”

“隔壁茶馆老板的。”

“哦。”

“有人竟然以为是你我的孩子。”女人的声音几乎是在嘟哝。

“不像话！”

这女人是上七轩[①]一家茶馆的老板娘。

“这孩子非拉着我带她去北野的天满宫[②]……”

太吉郎明知老板娘是在开玩笑，就问女孩：

“你多大了？”

“上初一了。”

“嗯。”太吉郎打量这女孩，对老板娘说，“待来世投胎了，再来拜托你吧。”

到底是在花柳里成长的孩子，好像懂点风情，对太吉郎说的俏皮话算是明白吧。

“有什么事，非让这孩子拉你去天满宫，莫非这孩子就是天神的化身？”太吉郎调侃老板娘道。

“是啊是啊，没错。”

“天神可是男的哟……”

“现在已经投胎成女的了。”老板娘假装严肃地说，“要是个男的，又要遭流放的痛苦了。”

太吉郎听了，笑出声来：“那要是女的呢？”

---

① 上七轩：位于日本京都市上京区真盛町至社家长屋町之间的一条花街，是京都五条花街（祇园甲部、祇园东、上七轩、先斗町、宫川町）之一。

② 北野的天满宫：位于日本京都府京都市上京区。是祭祀学问之神菅原道真的神社。

“是个女的嘛……对呀，是女的自然会有如意郎君宠爱她呢。”

“哦。”

女子的模样俏丽，额前留着乌亮的刘海。大眼睛，双眼皮。

“独生女吗？”太吉郎问。

“有两个姐姐。大姐明春初中毕业后，可能会出来。”

“也像这孩子这样标致吗？”

“嗯，但不如这孩子。”

“……”

如今的上七轩，已经没有陪酒的舞伎了。按规定，想做舞伎得初中毕业后。最初的上七轩，顾名思义，也就是七家茶馆。太吉郎也不知从哪听说的，说是现在已增加到二十间茶室了。

也不算是太久前吧，那时候太吉郎常跟西阵的织工或外地来的老主顾到上七轩一带冶游。现如今想起来，眼前还会浮现出当时那地方的那些女子的面容。那时太吉郎家的生意还很是兴隆。

“你兴致倒不坏，还能想着来坐坐这辆电车……”太吉郎说。

“人呀，要能念旧才行。”老板娘说，“像吃我们这碗饭的，顶要紧的就是不能忘了老顾客……”

“……”

“今天也是送客人到火车站，顺道就来了……倒是佐田先生才有点奇怪，一个人跑来……”

“这个嘛……怎么说呢？本来只想来瞧一眼这花电车……”太吉郎沉吟片刻，“不知是过去让人没法忘记，还是如今太寂寞了。”

“寂寞？您还不到寂寞的年纪呢。一起走吧，去看看年轻姑娘也好嘛……”

太吉郎居然有点想要去上七轩了。

下车后老板娘径直朝北野天满宫奔去，太吉郎紧紧跟着。老板娘在神前恭敬地祷告了好一阵。那个女孩也低着头站在一旁。

老板娘折回太吉郎的身边。

“我该让小千代回去了，请您多包涵点。”

“哦。”

“小千代，回去吧。”

“谢谢。”女孩跟他俩招呼过后就走了。她走路的样子也越来越像中学生。

“看您好像很喜欢那孩子呢。”老板娘说，“再过两三年就可以出来做舞伎了。我说，您就耐心点吧。这孩子现在就够懂事的了，模样会越来越俏丽的呢。”

太吉郎没应声。他觉得既然已经到这儿了，索性到院子里转转。可是天气实在是热。

“到你柜上去歇歇好吗？我有些累了。”

“那可感情好呀！我刚才就打算来着，您可是好久不来了。”

到了那里，进到那家古旧的茶室，老板娘很郑重地招呼道：

“您来了，真是久违了，一向可好吗？大家倒是常念着您呢。”又说，“您先躺下歇歇，我给您拿个枕头来。哦，刚才您说寂寞来着，要不，找个老实的主儿来解解闷？”

“原来见过的艺伎，我可不要呀！”

太吉郎正要打盹儿，一个年轻艺伎走了进来，她静静坐了一会儿。也许看见是生客，见客人不吩咐，自己也不知道该做什么。太吉郎本来就犯困，于是也没一点聊的兴趣。可能是职业习惯，这个艺伎想要引客人说话，就说自己下海两年来，喜欢过四十七个客人。

“这不正好是赤穗义士[①]吗？有的有四五十岁了。现在回想起，实在有点滑稽……尽惹别人笑话，说这些人都要闹相思病了。”

太吉郎这才清醒过来。他问：

“现在呢？”

“现在只剩一个了。”

老板娘这时候正好走进了房间。

艺伎才二十岁来岁，随便交往过的男人，居然有“四五十”之多，对此，太吉郎心存疑虑，觉得她多半是记错了数字。

那艺伎又对他说，也就是在下海后的第三天，她领一个客人到盥洗间

---

① 赤穗义士：日本元禄十四年（1701），兵库县赤穗地方的四十七名武士为替自己的领主报仇杀了另一个领主。德川幕府以“犯上”罪强迫他们剖腹自杀，死后被埋在泉岳寺内。

去，突然被他强吻，她就把他的舌头咬了。

“咬出血了？”

“可不，当然出血了。客人发好大的脾气。要我赔他医药费。我呀，就哭，闹了好一阵。谁叫他惹我。现如今连这个人的名字都忘得一干二净。”

“啊。”太吉郎仔细打量这个艺伎，看样子不过十七八岁。一个标准的京都美人儿，细腰削肩，性情温柔。不曾想也会咬人舌头。

“让我看看你的牙。”太吉郎对年轻艺伎说。

“我的牙吗？我说话的时候您不是瞧见了吗？”

“我要仔细看看。没事的。”

“不嘛，怪难为情的。”艺伎抿嘴笑笑说，“您真坏，弄得人没法开口了。”

说着，艺伎的小嘴里露出整齐洁白的细牙来。太吉郎打趣道：

“敢情牙咬断了，多半是镶的假牙。”

“舌头软呀。”艺伎脱口而出，马上发现自己说漏嘴了，“真是，不说了……”就把脸藏到老板娘背后。

片刻后太吉郎对老板娘说：

“既然来了，也该顺便到中里去看看吧。”

“哦……那她们会高兴的。我陪您去好吗？”

说着老板娘起身到梳妆台前，可能是想要把脸整理一下。

中里家的门面依旧，但客厅却焕然一新。

又叫来了一个艺伎，太吉郎就在中里家待到晚饭过后。

——在太吉郎外出这段时间里，秀男到了太吉郎的店铺。说是要见小姐，千重子就来到前面的店堂。

“祇园会那晚，我答应过给小姐设计腰带，现在图样画好了，拿过来请小姐过目一下。”秀男这样说。

“千重子呀，”母亲在招呼，“请让人进里屋吧。”

“哎。”

在对着天井的那间屋里，秀男打开图样让千重子看。一共是两幅，一幅是带着绿叶的菊花，但叶子几乎看不出，构图很是清新；另一幅是红叶。

“真美！”千重子看得出神。

“能让千重子小姐满意，真是最好不过了……”秀男说，“那么，就请小姐定下来织哪一幅吧。”

“这个嘛，菊花是可以长年都能系的。”

“那就织菊花吧，可以吗？”

千重子低下头，神情有些落寞。

“都好，不过……”她吞吞吐吐说，“能织成青杉和赤松吗？”

“青杉和赤松？不太容易呀，让我想想。”秀男觉得奇怪，诧异地看着千重子。

“秀男先生，我该请您原谅才是。”

“原谅？哪里谈得上……”

“这个嘛……”千重子欲言又止，她一时间不知该怎么说，“前祭夜在四条通大桥上，秀男先生答应给织腰带的，其实不是我，是您认错人了。”

秀男很是吃惊，一时无法相信，神情顿时沮丧起来。因为千重子，所以才呕心沥血设计，他以为千重子这是在婉拒自己。

但千重子的话和态度又令人有些费解。秀男努力克制着自己，让心情平复下来。

“这样说，难道我遇到的是小姐的幻影？是在跟小姐的幻影说话？在祇园会里也会出现幻影吗？”但秀男究竟没说是自己“意中人”的幻影。

千重子神情庄重。

“秀男先生，那时同你说话的，是我姐妹。”

“……”

“那天晚上我也是第一次见到。”

“……”

“关于这个姐妹的事，我对父母也没说过。”

“什么？”秀男大吃一惊，完全摸不着头脑。

“您知道那个出北山圆杉木的村子吗？她就在那儿干活。”

“哦？”

秀男被惊呆了。

“您知道中川村吗？”千重子再问。

“知道，坐公共汽车曾经经过……”

“那么，就请秀男先生为她织一条腰带吧。”

“嗯？”

“给她织行吗？”

“哎？”秀男疑惑地点头答应道，“所以，小姐才叫我画赤松和青杉的图案？”

千重子点点头。

“好吧。不过，和她生活的环境是不是有些过于贴近了呢？”

“看秀男先生怎样设计吧。”

“……”

“她会终生珍惜的。她叫苗子，虽不是有山林产业人家的姑娘，但非常能干，比我坚强……”

秀男依旧疑惑不解，但还是说：

“既然是小姐吩咐，那我一定精心把它织出来。”

“我再啰唆一下，是为苗子姑娘织的。”

“知道了。可她为什么长得这样像千重子小姐呢？”

“我们是姐妹。”

“虽说是姐妹，可……”

千重子还是觉得不便告诉秀男她们是孪生姐妹。

夏天的庙会穿的衣衫自然是轻便的，因此，那晚上，秀男就算是在灯光下也会误把苗子认作千重子，也很是自然的。

古风的木格子窗外围着一道木栅栏，中间摆上折叠床，店堂的开间很深——这样的格局在今天看来，也许是旧时的遗风吧。但到底是堂堂京都的老字号绸缎批发商。秀男疑惑的是堂堂批发商的女儿，怎么会跟一个在北山杉村做雇工的姑娘是姐妹。可秀男也没法深究。

“腰带织好后送府上来吗？”秀男问道。

“这个……”千重子沉吟片刻，说，“能请送到苗子那儿吗？”

“当然行。”

“那么，就请这样办吧。”千重子的嘱托里，似乎有别的含义，“只是路远些……”

“啊，也不算很远。”

“苗子不知道该有多高兴。”

“她会接受吗？”

秀男的疑虑不无道理，苗子多半会感到莫名其妙。

“我先跟苗子说好就是。”

“是吗，那就好……我一定送去。她家在什么地方？”

可千重子也不知道：“是说苗子住的地方？”

“嗯。”

“我先打电话或写信问她。”

“是吗？”秀男说，“虽说是为另一位千重子小姐织，我还是会当作为小姐您织，一定会用心织好，亲自送去。”

“谢谢。”千重子低头施礼，“那就拜托了。你觉得奇怪吗？”

“……”

“秀男先生，这腰带不是为我织的，是为苗子姑娘。”

“嗯，明白了。”

一会儿秀男走出店门，他仍然百思不得其解。但他毕竟开始动脑子构思腰带构图。设计赤松和青杉，非要有相当气魄不可。不然，作为千重子的腰带恐怕太素。在秀男心里，他还是当作是为千重子织的腰带。换句话说，要是织给那位叫苗子的姑娘，就一定不能跟她所在的环境太过于靠近，而是要按是给千重子织的那样。

秀男在四条通街大桥上见过的，不知是该叫“千重子化身的苗子”，还是“苗子化身的千重子”。因此，他想去那大桥再走走，于是就朝那边走去。这时候烈日当头。秀男站在桥上，靠着栏杆闭上眼睛，竭力想要消除周围嘈杂的人声和驶过的电车轰鸣，去倾听桥下鸭川那轻吟般的流水声。

今年千重子没去看大文字篝火①。母亲繁子难得跟父亲一起出门去瞧热闹。

父亲和附近相好的批发商一起，把木屋町二条下一家茶馆的露天茶座包了下来。

八月十六日的大文字篝火，传说是在盂兰盆会上为超度祖先亡灵而点燃的。按从前的风俗，一般是在那天夜里将火把抛到空中，以表示送别亡

---

① 大文字篝火：也叫五山送神火，是每年8月16日在环绕京都盆地的如意岳（大文字山）等山燃起“大”字形篝火。因宗教、历史原因，又称“大文字送火”。

灵回归冥府。山上的篝火据说就是由此演变而来的。

东山如意岳的“大文字篝火”虽算是正统，但周围五座山上都会点燃篝火。金阁寺附近大北山点燃的篝火为“左大字”；松崎山上的是“妙法”；西贺茂的明见山上是“船形”；上嵯峨野曼陀罗山的为“牌坊形”。这五座山在那晚上要相继点燃，约莫燃烧四十分钟。篝火燃烧的时间里，市内的霓虹灯和广告灯等都要熄灭。

千重子看见火光映照的山色和夜空，真切地感受到了秋的来临。

比“大文字”早半个月时间，下鸭神社里要举行夏（名）越祭[①]。

以前，千重子常邀几位朋友登上加茂川的堤岸，去欣赏“左大字”篝火之类的。

但“大文字”这类，千重子打小就看了很多次，但至今心里还是会惦记着。

“今年的大文字篝火估计也……”妙龄的女子，自然是多愁善感。

出了店门，和街坊的孩子们围着折叠床嬉戏耍闹。孩子们对“大字”似乎不太在意，他们对焰火更感兴趣。

但今年夏天的盂兰盆会给千重子添了新的伤心事。因为在祇园会上她遇见了苗子，还从苗子那得知了亲生父母早已辞世。

“就这样，明天就去见苗子。”千重子这样想道，“顺便告诉她秀男织腰带的事……”

第二天下午，千重子换上一身素装出了门——她还没在白天见过苗子呢。

在菩提瀑布站她下了公共汽车。

这个季节正是北山杉村繁忙的时候。男人们正在剥杉木皮，杉树皮堆积如山，到处的空地都摊开着。

千重子有些踌躇，刚迈几步，就看见苗子一阵风样跑过来。

“小姐，您来可真好。真的，真好……”

苗子一身劳作的装扮。

“不耽误干活吗？”

---

① 夏（名）越祭：日本传统节日，时间为每年7月中旬至8月下旬，包括烟火大会等活动。

“嗯，不耽误。我请了假，因为看见你……”苗子气喘吁吁地说，“咱们上杉山里去说会儿话行吗？那里谁都不会看见的。”说着拽住千重子的衣袖。

苗子兴冲冲把围裙解下来铺在地上。丹波土布围裙很宽，能绕到腰后，足够两人并排坐。

“您请坐。”苗子说。

“谢谢。”

苗子摘下包头巾，用手将头发拢上去。

“你能来可真好。我高兴，高兴极了……”苗子的目光晶莹，她注视着千重子。

泥土的味道里合着草木的清香，杉山林苍翠欲滴。

“在这儿，下面就看不到我们了。”苗子说。

“我喜欢这片美丽的杉林，也会来看看。但钻杉林还是头一回。”千重子环顾四周。杉树的粗细都差不多，笔直地矗立在她俩周围。

“这都是经过人工修整的。”苗子解释说。

“是吗？”

“这些树的树龄大约有四十年。它们就要被人砍伐做柱子什么的。要是一直让它们这样生长，不知会不会越长越粗，长得很高很高，一直到千年后。我还是更喜欢原始森林。可村里一定要把它们当作剪花[1]一样侍弄……”

“……”

“这世上要是没有人，也就不会有京都这座城。这一带就可能成为原始森林，要不就是荒草萋萋的荒原。到处都是野鹿和山猪。这世上干吗要有人呢？人真是可怕……”

“苗子，你常想这样的事吗？”苗子让千重子感到诧异。

“偶尔想想吧……”

“你不喜欢人吗？”

“我喜欢……”苗子说，“再没什么比人更让我喜欢的了。但有时我在

---

① 剪花：是剪下带茎的鲜花，用以供佛或插花。

山上打盹醒来，会忽然想：要是没有人会成什么样子……”

“这不正是藏在你心里的厌世念头吗？”

“什么厌世？我最讨厌这了。我每天都快活地干活……可人毕竟……”

“……”

她俩的这片杉林骤然昏暗起来。

“下阵雨了。”苗子说着。这时杉树梢头已经积聚起了雨水，很快就变成大滴的滴落下来。紧接着雷声滚滚。

“好怕人！”千重子脸色煞白，紧紧攥住苗子的手。

“千重子，把腿蜷起来。身子缩小点。”苗子说着，附在千重子身上，几乎把她覆盖住。

雷电声越来越剧烈，一阵连一阵，仿佛天地都要炸裂开了，而且像是就在她俩的头顶。

雨滴急促地敲打着杉树梢。闪电一阵阵撕破天地的黑暗，也把两个姑娘周围的杉树树干照亮。原本美丽挺拔的树干变得狰狞可怖。每一声炸雷都是那样令人猝不及防。

“苗子，雷好像要劈下来了！”千重子的身子缩成一团。

“也许会劈下来。不过，劈不到我们头上。”苗子坚定地说，“不会劈过来的！”

她用自己的身子把千重子遮挡得更严实。

“小姐，你头发湿了。”苗子用毛巾擦拭千重子脑后的头发，然后将毛巾叠起来盖在千重子头上。

“雨会淋透，但雷决不会打到小姐头上，近旁都不会的。”

刚强的千重子听到苗子镇定自若的话声，平静了许多。

“真谢谢你……真的谢谢你了。”千重子说，“你为我遮挡、自己已经淋透了。”

“这是干活的衣裳，湿了也没关系。”苗子说，“我高兴啊。”

“你腰上发亮的是什么？……”千重子问。

“噢，我大意了，是镰刀。刚才正在路边剥杉树皮来着，看见你就跑过来了，镰刀也忘了放下。”苗子发现自己腰里插着的镰刀，“多危险啊！”说着，将镰刀扔到远处。那是把没木柄的小镰刀。

“等回去时再捡回。可我不想回去……”

雷声在她们俩头顶掠过。

千重子的脑海里浮现着苗子用身体覆盖自己的样子。即便是夏天，阵雨里的山里，还是冷得连手指尖都冰凉。苗子用自己的身子为千重子遮挡，她身子的体温也传递给了千重子。千重子感到温暖，心里充满了幸福。她闭上眼，一会儿都不想动。

“苗子，谢谢你。”千重子接着说，“在娘胎里时你大概也是这样护着我的。”

“那时候呀，我觉得我俩一定是彼此推搡吧。”

“可不是。”千重子温馨地笑了。

雷声住了，阵雨也停了。

“苗子，实在谢谢……可以起来了吗？”千重子在苗子怀里转动一下，想站起来。

“哦，不过，还得再等会儿。积在杉树叶上的雨点还在滴……”苗子继续护着千重子，千重子用手去摸苗子的后背。

“全湿了，不冷吗？”

“习惯了，没什么。”苗子说，“你来了我很高兴，全身暖融融的。你也有点淋湿了。”

“苗子，爸爸是从这附近的杉树上摔下来的吗？”千重子问。

“不清楚。那时我还是个小不点。”

“妈妈的老家呢？……外公外婆呢？”

“我也不清楚。”苗子说。

“你不是在那儿长大的吗？”

“干吗要打听这些事呢？”千重子被苗子这样一问，一时不知道该怎样说了。

“你没有这些亲人。”

“……”

“只要你把我看作妹妹，我就很感激了。在祇园会时我不该多嘴讲些多余的话。”

“不！我很高兴。”

“我也是……不过，苗子不会去小姐的店铺的。”

“来呀，我要好好招待你，还要跟爸妈说……”

“不，不能说，”苗子斩钉截铁地说，“假使小姐有今天这样的困难，我冒死也要保护你……你明白我的意思吗？”

“……”听着苗子这些话，千重子的眼眶发热。

“听我说，苗子，前夜祭那晚你被人误认为是我，难为你了吧？”

“哦，是说那个跟我谈腰带的人吗？”

“那个年轻人是西阵那的织工，为人很实在……他说要给你织条腰带，对吧？”

“因为他把我错看成你了。”

“前些日子他把腰带图样拿来给我看，我就告诉他那是我的妹妹。”

“什么？”

“我拜托他为苗子织一条。”

“为我？”

“对了，你不是答应过他吗？”

“那是因为认错人了呀。”

“我请他为我织一条，也给你织一条。当作我们姐妹一场的纪念……”

“我吗……”苗子吓了一跳。

“说来也不全是前夜祭时你答应过人家。”千重子温柔地说。

曾经保护过千重子的苗子的身体现在有点僵直了，一动不动。

“小姐，你要是遇到什么难处，无论什么，我都会心甘情愿为你去做。可要我替你接受礼物，那我可不愿意。”苗子断然拒绝，“那样太难堪了。”

“不是替我。”

“是替你。”

千重子不知怎样才能说服苗子。

“难道我送你你也不愿意接受吗？”

“……”

“我请他织，就是要送给你。”

“恐怕不是这样。前夜祭那晚，那人是认错了人，是说要送腰带给你的嘛。”苗子顿了顿，又说，“那位织腰带的，就那个织工，织腰带的，好像非常倾慕你呀。我毕竟是女孩，懂得这点。”

千重子也顾不得羞涩了，她说：

“因为那样，你才不愿要吗？”

“……”

“我请他织，是说要送给我妹妹。可……”

“那我就接受吧，小姐。”苗子让步了，“我净说些不必要的话，请原谅。”

“他要把腰带送到你家，你住在哪呢？”

“一个叫村濑的家。”苗子说，“腰带一定是很好的。像我这样的人，能有机会系吗？”

“苗子，一个人的将来谁能预料呢？”

“这倒也是。”苗子点点头，“我倒不是想什么出人头地……即使没机会系，我也会珍藏起来的。”

“我们店柜上不卖腰带。回头我为你挑一件跟秀男先生织的腰带相配的和服吧。”

“……”

“爸爸近来有些古怪，买卖的事，近来越发打不起精神了。像我们这样的批发商，往后也不能总只卖高级货。如今市面上化纤织品跟毛织品多起来了……”

苗子抬头看杉树的树梢，起身离开千重子的背。

“还有雨点，不过…你这样一直窝着太不舒服了。”

“没事的，多亏你……”

“生意上你也不帮着照看一下吗？”

“我？”千重子像被触碰到了痛处，直起身来。

苗子身上的衣服已经湿透，紧紧贴在身上。

苗子没送千重子到车站，不是因为衣服湿透，而是怕引起人注意。

回到店里，母亲繁子正在土间的最里面为店员们准备点心。

“回来了？”

“妈，回来了。回晚了……爸爸呢？”

“在手制幕帘后面。好像在思考什么。”母亲直勾勾地看着千重子，“上哪儿去了？衣服又湿又皱，快去换吧。”

“哎。”千重子上了后面楼上，慢条斯理地把衣服撩下，稍坐片刻，然后再下楼。母亲已经把三点钟的点心给店员们分发完了。

“妈。”千重子微微发抖，“我有话想跟妈单独说……”

繁子点头道：“上后楼去吧。”

这么一来，千重子反而拘谨了。

“这儿也下阵雨了吗？”

“阵雨？没下啊。怕不是想说阵雨的事吧？”

“妈，我上北山杉村去了。在那里有我的一个姐妹……也不知是姐姐还是妹妹，总之我俩是双胞胎。在今年的祇园会上，我们头一次见面。她告诉我，我的生身父母都不在人世了。”

这事完全出乎繁子意料，她只是那样呆呆盯着千重子看。

“北山杉的村里……哦？”

“这件事我不能瞒着妈。我们只见过两次，祇园会那次和今天……”

“还是个女孩呀，现在在干吗呢？”

“在杉林帮工，干活。是个好姑娘。她不肯上咱家来。”

“唔。”繁子沉吟片刻，“你知道这事了也好。那么，千重子你……”

“妈，千重子是妈的孩子，请您跟过去一样，把我当你们的孩子吧。”千重子神情恳切。

“那当然喽，二十年前千重子就是我的孩子了。”

“妈……”千重子把脸伏在繁子的膝上。

“打祇园会后，妈就发现你常常一个人发呆，妈还以为你有了意中人，一直想问问你。”

“……”

“把她领家里来一次好吗？等伙计们下班了，就晚上吧。”

千重子伏在母亲的膝上轻轻地摇了摇头。

“她不会来的。她还管我叫小姐……”

“是吗？”繁子抚摸着千重子的头发，“还是告诉妈好。长得跟你像吗？”

丹波壶里的金钟儿又开始叫了。

苍翠的松林

你也留长发吗

听人说南禅寺附近有座不错的房子要出售，太吉郎听了有些动心，就想借秋高气爽去散步的机会，顺便去看看。于是带着妻子和女儿同去。

“打算买吗？”繁子问。

“看看吧。”太吉郎突然恼怒起来，“听说价钱便宜，就是房子小了点儿。”

“……”

“就是不买，散散步也好嘛。”

“那倒是。”

繁子有点不安。他买了那所房子，往后是不是打算每天都来回跑呢？——和东京的银座或是日本桥一样，近来京都市中心的那些老板，也开始每天里来回跑上班了。要只是这样那还好，丸太的生意虽已日渐萧条，但手头的钱另外买栋小屋还是足够的。

只是太吉郎是不是准备将生意盘出去，就此退出后去隐居？其实目前还有余地，早点做决定或许更好。可那样丈夫在南禅寺的小房子以什么为生呢？人都年过半百了，也到了称心如意地过几天日子的时候。目前来看，店铺还是很值钱的。虽然如此，但单靠利钱生活，也难免会有危机感吧。要是有谁能好好运用这笔钱生息，那么生活也就会过得很舒适了。可繁子心里一时还想不出一个这样的人。

母亲心事重重的，虽不曾吐露，但女儿千重子已经有所察觉。还年轻的千重子看着母亲，目光里有了一种怜惜。

可太吉郎没事人一样，整天高高兴兴的。

“爸爸，要是经过那一带，咱们绕到青莲院去一趟好吗？”千重子在车上请求说，“只是在大门口经过……”

“是樟树吧，你想看樟树吗？”

“是啊。”父亲的敏锐让千重子有点惊讶，“是看樟树。”

“走吧，走吧。”太吉郎说，“我年轻时也常同朋友在那儿的大樟树底下夸夸其谈呢。不过，各奔东西，这些朋友都已不在京都。”

“……”

“那一带每个地方都让人想起往事啊！”

千重子勾起了父亲的怀旧之情。

“离开学校后，我也不曾在白天里看过那些樟树。”千重子说，“爸爸，您知道晚上游览车的路线吗？路线中寺庙只有青莲院，游览车开进山门，就会有几个和尚拎着灯笼出来迎接。”

由僧众提灯引领，走过那条长长的甬道，可以说是那里最富情趣的地方。

据导游指南介绍，青莲院的尼僧们会奉淡茶待客。可千重子笑着说，等人们被让到大厅参见方丈时，就有些变味了，“茶备好了，一群僧尼端出一个很大的木托盘，摆着很多粗瓷碗，然后就都跑了。”千重子又说，“也许是因为有尼姑混在里面的缘故，简直就是一溜烟地就跑了……太让人扫兴了，茶也是不冷不热的。”

“那也没法子。太周到了，会太耽误工夫。”父亲说。

“嗯。那还好。照明灯从四面照亮宽阔的大院。居然会有和尚站在那夸夸其谈。虽是介绍青莲院，所讲的却也是口若悬河。”

“……”

“走进庙里后，能听到古琴悠扬的琴声。我就跟同学琢磨，到底是人在弹呢，还是留声机放的唱片……”

“嗯嗯。”

“后来我们就去祇园看舞伎表演，在歌舞排练场上跳了两三段舞。哎呀，对了，那舞伎的样子怎么说来着？”

“什么？”

“倒是系了垂带[①]，可衣衫太寒酸了点。”

“哦。”

---

① 垂带：日本舞伎和服腰带特定的系法，分“垂带”（京都）或“柳带”（关东）。

“接着我们从祇园到岛原[①]的角屋[②]去看花魁[③]。花魁的衣裳才是货真价实的。使女们也打扮成那种样子。在粗大的烛光下，表演一口喝完酒，那叫交杯酒吧？最后在门口的土间，花魁还为我们按照花魁的步法走了走。”

“是吗？能看到这些很难得呀。”太吉郎说。

“可不是。最有趣的还是青莲院的和尚提灯相迎，再就是参观岛原的角屋。”千重子说，“我记得曾对你们说过……”

“什么时候也带妈去看看角屋呀，花魁呀什么的，我还从没看过。”母亲正说着，车已到了青莲院门口。

千重子为什么想到要看樟树呢？是因为上次曾在植物园的樟树林荫散过步？还是因为北山的杉林是人工培育，因此她更喜欢原始的大树呢？

青莲院入口处的石墙边种了四棵樟树。他们跟前那棵似乎是棵古树。

千重子他们三人站在那棵樟树前默默看着。樟树枝叶横虬，枝丫以奇异的弯曲姿态互相盘缠，感觉到了一种使人生畏的力量。

“行了，走吧。”太吉郎说着向南禅寺走去。

太吉郎从钱包掏出一张画着通往那座要出售的房子的路线图，一边看一边说：

“我说千重子，爸爸对树木不太在行，这樟树不是该生长在温暖的南国吗？热海和九州那边就有很多。这儿的虽说是古树，但看着怎样都像是盆景呀。”

“京都也是如此吧？山河呀，人呀，也都像是……”千重子说。

“噢，是吗？”父亲点点头说，“不过，未必人皆如此吧？”

“……”

“不论是今人还是过去的古人……”

“这倒也是。”

---

① 岛原：日本江户时代京都有名的花街。

② 角屋：一家茶馆，成立于1641年，跟另外一家成立于1688年的轮违屋一起，现为日本京都世界文化遗产。

③ 花魁：日本江户时代的吉原游廓里对地位最高级的游女的称呼。游廓，政府认可的风月区，以围墙、水沟包围集中成一区便于管理；游女，日本旧时代对妓女的统称，因从业人员在同一地方呆的时间很短而得名。

“照千重子所说，日本国不也是如此吗？”

“……”

千重子思量着父亲的话，心想从大了看，确实是这样。于是她说：

“可仔细去看那些盘根错节的枝干，您难道没觉察到一种强大的生命力，有些令人望而生畏？”

“这话说的自然没错。只是你一个女孩子家的，怎么竟然会做如此思想？”父亲回头再看看那樟树，然后凝视着女儿说，“确实像你讲的。看看千重子乌黑的长发吧，也是一种生命力呀……爸爸的脑瓜已经变迟钝了，老朽了。不过呢，你这番话很是有见地。”

“爸爸！”千重子深情地呼喊父亲。

从南禅寺的山门往院内望，空阔而寂寥。里面照例不见几人。

父亲一边看去空房的路线图，一边往左拐。那房子确实窄小，但院墙却很高，院子也深。从窄小的便门走到大门，小径两侧生长了一长溜胡枝子，正开着白花。

“噢，真美！”太吉郎立在门前，入迷地看着那些白胡枝子花。但此时他已经不想着卖房子了，因为他发现隔壁邻居是座大很多的屋子，是那种包饭的公寓。

然而，一簇簇的胡枝子白花却令他难舍难分。

有一阵子太吉郎没到这一带来了。发现南禅寺前大街多了很多公寓，这让他感到惊讶。其中有一些经过翻修改造后接待旅行团，很多外省来的学生进进出出，十分闹腾。

“挺好的房子，可不能买呀。”太吉郎站在种着胡枝子白花那家门口嘟哝着。

“看这势头呀，京都迟早会全都变成旅馆了。就像高台寺一带……大阪跟京都之间变成工业区，西京[①]一带交通不便，但那附近还有空地，也不管不顾盖起怪里怪气的时髦的房子……”太吉郎露出沮丧的神情。

或许是对那一溜胡枝子白花不舍吧，太吉郎走了七八步，又独自折回去再看看。

① 西京：指京都平城京、平安京的朱雀大路以西的地带。

繁子和千重子就在路边等他。

“开得真美啊！其中难道没有什么奥秘吗？”太吉郎回到她们俩身边，“如果能用竹子支撑起来就好了……下雨天时，过往的行人会被胡枝子叶弄湿衣裳，那石径也就没法走人了。”又说，“今年胡枝花盛开那阵，想来屋主还无意出售吧。如果到了非卖不可的地步，恐怕也就任其凋零了。”

母女俩默然。

“人嘛，恐怕就是这样。”父亲的神色黯然。

“爸爸，您这样喜欢胡枝子花吗？”千重子强作高兴，“今年是来不及了，明年让千重子来替爸爸设计一件有小碎花的衣料，就用胡枝子做图案吧。”

“胡枝子是女人家穿的花样。是用来做女人夏装的。”

“我想试试把它设计成既不是女式也不是夏装的花样。”

“噢，小碎花，打算做内衣吗？”父亲看着女儿，笑着掩饰着，“爸爸为了答谢你，给你设计一幅樟树图样做和服或外褂当作酬劳。你穿上这样的花样，一准像是怪物……”

“简直把男女给颠倒了。”

“没有颠倒嘛。”

“你敢穿樟树花样打底的和服上街吗？那可是像个怪物。”

“当然敢，哪儿都敢去呢。”

“嗯。”

父亲低头沉思会儿。

“千重子，其实我也并不只是因为喜欢白胡枝子花，任何花，无论何时何地，看到了总会令我动心。”

“这倒是。”千重子回答说，“爸爸，既然已经到这儿了，龙村离得也不远，我想顺路去看看……”

“哦，那家是专做外国人生意的……繁子，你看怎样？”

“既然千重子想去，那就去吧。”繁子爽快地答应。

“不过，龙村可没腰带卖……”

那一带是下河原町，是高级住宅区。

千重子一走进店内，就开始认真察看右边摆放着的一卷卷丝绸女性衣料。这不是龙村的织品，而是钟纺[①]。

繁子走过来问："千重子也想穿西装了吗？"

"不，妈妈。我只是想了解一下外国人到底喜欢怎样的丝绸。"

母亲点点头。她站在女儿的身后，不时伸出手去抚摸那些衣料。

店堂正中还有廊下陈列着很多仿古的衣料，那是些以正仓院[②]书画切片为主要图样的织品，其中少部分是真正的古代衣料。

这些全是龙村的织品。太吉郎参观过龙村丝绸制品举办的展出，欣赏过其收藏的古代衣料和书画断片，留下很深的印象。他几乎能叫出这些藏品的名称，但还是津津有味地观看着。

"敝号是想让西方人了解到，日本也能织出精致的织品。"一名认识太吉郎的店员介绍道。

这话太吉郎以前来时也听到过，但现在听了仍点头赞同。看到有唐代的丝绸仿品，他说：

"古代真是了不起……恐怕有上千年了吧。"

在这里陈列的一匹匹仿古衣料多半是非卖品。——那些织成女用腰带的，太吉郎曾买过几条送给繁子和千重子。不过，这家店是做洋人生意的，没有腰带出售。所谓大件，也不过是装饰用的桌布。玻璃橱窗里陈列着手袋、钱包、烟盒、方绸巾等小玩意。

太吉郎索性买了两三条不像是龙村出品的龙村领带，还有一只菊花绉的钱包。"菊花绉"是在织物上仿制光悦[③]在鹰峰发明的所谓"大菊花绉"造纸工艺用于绸缎等织品。如今这算是一种新的工艺，方兴未艾。

"现在在东北一个地方，还有用结实的日本纸做的跟这很相似的钱包。"太吉郎说。

"嗯嗯。"店员应着，"但同光悦的联系我们不太了解……"

在里头的橱窗里摆着索尼牌小型收音机，连太吉郎一家见到了都很吃

---

① 钟纺：1887年于日本东京创办的一家传统纺织企业。

② 正仓院：位于日本奈良县奈良市东大寺内，建于8世纪中期的奈良时代，是用来保管寺院和政府财产的仓库。收藏有大量文物，被誉为"丝绸之路的终点"。

③ 光悦：即本阿弥光悦（1558—1637），江户初期艺术家，擅长泥金画、书道和茶道等。

惊。即便是为了赚取外汇,这类东西摆在这里也实在是未免太不伦不类……

他们三人被请到里面的会客厅用茶。店员告诉他们，他们坐的这些椅子，曾有好几个外国贵宾坐过。

玻璃窗外有一小丛杉树，品种很少见。

“这是什么杉？”太吉郎问。

“不太清楚……大概是叫 guangyie① 吧。”

“哪几个字？”

“花匠也不识字，不一定可靠，好像是广大的广，树叶的叶吧。这种树多半是本州南边才有。”

“树干是那种颜色……”

“不是，那是青苔。”

传来收音机的声音。掉回头去看见有个年轻人正在给几个西方女性介绍。

“啊，是真一的哥哥。”千重子说着站了起来。

真一的哥哥龙助也看见了千重子，朝会客厅这边走过来。他首先向千重子的双亲鞠躬施礼。

“你是在做那几位太太的导游吗？”千重子问。双方接近后，千重子感到龙助作为哥哥和性格随和的真一不同，给人一种咄咄逼人之势，使人难以同他主动搭腔。

“说不上是向导，因为真一的朋友给她们做翻译，不幸妹妹突然去世，我是临时替他三四天。”

“哦？他妹妹……”

“是啊。比真一小两岁。一个可爱的姑娘……”

“……”

“真一英语不太好，又腼腆，我只好……本来这家商店也不需翻译……何况这些客人到这家店来，就只买些小型收音机之类的，是些住在京都饭店的美国太太。”

“是吗？”

---

① guangyie：广叶杉，又称福州杉、刺杉，柏科杉木属植物。

“京都饭店离这很近，她们顺便进来想好好看看龙村的织品，却只顾看小收音机了。”龙助低声笑了，“当然啦，我无所谓。”

“我也是头一回看到这里还陈列收音机。”

“这些小收音机也罢，龙村丝绸也罢，都是收美金，没什么不同。”

“嗯。”

“刚刚在那边院子里，看到池里有色彩缤纷的金鱼，我心里正在犯愁，要是她们问起，不知该怎么讲解。可她们只是一个劲说那些鱼漂亮，也没为难我呢。关于金鱼我了解得不多。那些金鱼的颜色用英语怎么说才确切我也不明白。什么花斑金鱼之类的……”

“……”

“去看看金鱼好吗，千重子小姐？”

“那几位太太怎么办？”

“让店员去照应好喽。也到要回饭店吃茶点的时间了。据说她们要跟她们的先生一起到奈良去。”

“我去跟父母说一声。”

“嗯，我也得去跟她们打个招呼。”说罢，龙助回到那几位女宾身边，不知跟她们讲了些什么。她们一齐看向千重子。千重子的脸即刻红了起来。

龙助马上就折了回来，带千重子到了院里。

两个人立在池边，看着池中美丽的金鱼游来游去，有一会儿谁也没开口说话。

“千重子小姐，对于贵店的掌柜……哦，现在是公司，应该称专务董事或常务董事，你应该对他严厉点。不知道你能否做到？需要的话，我也可以给你助威……”

这让千重子感到愕然。心里不免惶恐。

从龙村回到家的当天夜里，千重子做了个梦——她蹲在池边，成群色彩斑驳的金鱼聚拢在她脚下，不时会有泼剌跃起的，也有把头探出水面嗫嚅的。

这梦梦见的全是白天经历的事。千重子把手伸进池水里，轻轻拨动，荡起一圈圈涟漪，金鱼都聚拢过来。千重子有点吃惊，对那些金鱼有了一种无以名状的怜爱。

站在一旁的龙助似乎比千重子更加惊讶。

“千重子小姐，难道你的手有什么香味……要不就是灵气吧。”

千重子听了，有些不好意思，站起身说：“多半是这些金鱼不怕人。”

龙助目不转睛盯着千重子的脸看。

“东山就在那边啦。”千重子避开了龙助的目光。

“哦，你不觉得山色跟往常有些不一样吗？已经有些秋意……”龙助应道。

千重子醒来，不记得在梦里龙助是不是在身旁。之后好半天无法再睡着。

到了第二天，千重子很是犹豫是否该对掌柜“严厉点”。因为她感到自己难以启齿。

直到店铺快要打烊时，千重子才来到账房坐在账台前。账台按照古风，被用矮木格子栅栏围上。植村掌柜觉察到了千重子神色的异常。

“小姐，有事吗？”

“请让我看看衣料，我想看看有没有我能穿的。”

“小姐穿的吗？”植村如释重负，“小姐是要咱们柜上的吗？现在选，是过年穿还是要出门做客穿？是长袖和服吗？小姐一向不都在冈崎染织店或万记领子店订购吗？”

“我想看看自家的友禅绸。不是过年穿的。”

“嗯，那倒不少。但不知眼前这些是不是能称小姐的心意？”植村起身叫来两个店员耳语几句，然后三人搬出十几匹布料，在店铺里摊开。

“就这块。”千重子即刻选中，“请在五天或一周内做好吧。具体的细节您看着办就好。”

植村倒抽了口气，说：“这要得太急了，我们是批发店，很少把活儿拿出去订做。不过，也没什么啊。”

两名店员灵巧地将布匹卷好。

“这是尺寸。”千重子把写着尺寸的条子放在植村的桌上。但她并没有走开。

“植村先生，我也想熟悉下店里的业务，还得请您多多指教。”千重子轻声轻语，微微点点头。

“实在不敢当呀。”植村的神情显得很不自然。

千重子平静地说：

“明天也行，请您把账簿拿给我看看。”

“账簿？”植村露出苦笑。“小姐是要查账吗？”

“谈不上查账，我还不至于不知天高地厚。我就是想看看账簿，因为我对柜上的生意往来一无所知，就想了解了解。”

“是吗？要看账，那可有很多呢。还有专门用来应付税务局的。”

“柜上做了两本账吗？”

“瞧您说的，小姐，要做那种弄虚作假的事，得您小姐来才行。咱们可是光明正大的。”

“明天拿给我吧，植村先生。”千重子的语气很是决断。说完就从植村面前走开了。

“小姐，在你出生前，这店就是我植村打理……”千重子头也不回。植村用几乎听不见的声音嘀咕：“岂有此理呀！”然后咂咂舌头，“腰真痛啊。”

母亲正准备晚饭，目睹千重子的行为，简直给吓坏了。

“千重子，你能跟掌柜的这样说，可了不得呀！”

“妈妈，您辛苦了。唉。”

“年轻人看着挺老实的，原来这样吓人。妈这会儿还在发抖。”

“也是别人给出的主意。”

“是吗？谁呢？”

“真一的哥哥，就上次在龙村……真一家的柜上，一方面是他父亲用心经营，另外就是柜上有两位用心的掌柜。所以呢，龙助说植村如果能辞职，他们可以拨给我们一个，还说他自己来也行。”

“是龙助本人？”

“嗯。他说反正要经商，研究院那边可以随时退学……”

“哦？”繁子看着千重子活泼俏丽的脸，“植村掌柜辞职这事，倒不必担心……”

“他后来还说，在种白胡枝子花那户人家附近，有合适的房子，他会让他父亲买下来。”

“唔，”母亲一时不知道说什么，“你爸爸好像有点厌世。”

“可他说爸爸这样不是挺好吗？”

“也是龙助说的？”

“是啊。”

“……”

“妈，刚才您都看到了。求您同意把咱店里的和服送一套给北山杉村那位姑娘，好吗？”

“好的，当然行，外褂也送一件，怎样？”

千重子的泪水涌了出来，她急忙转开脸避开母亲。

为什么叫高机呢？自然因为织机比较高。不过据说安装时，会把地面浅浅挖出一层，把织机埋在地里。旧的说法是地里的潮气对生丝有益无害。起初得让织工坐在高机上，现在改成把沉重的石头装进篮子里，然后吊在机器的一根横头上。

有些染织作坊兼有手工织机和机械织机。

秀男家只有三台手织机，分别由兄弟三人使用，父亲宗助偶尔也会上机。这在小作坊比比皆是的西阵那一带，已经算是殷实人家了。

千重子委托的腰带接近完成，秀男内心里也是越发高兴。这固然是因为自己倾心倾力干的活就要完成，更是因为在这穿梭不停的机杼间，还有织机发出的轧轧声中，总是会浮现千重子的音容笑貌。

不对，是苗子。腰带不是千重子的，是苗子的。只是在这织造的过程里，秀男下意识地将千重子和苗子合二为一起来了。

父亲宗助站在秀男身旁，久久盯着腰带看。

“哦，好漂亮的腰带。图案好新奇！”说着歪着脑袋问，“谁家的？”

“佐田家千重子小姐的。”

“图样谁设计的？”

“千重子小姐。”

“哦，千重子小姐吗？当真？哦。”父亲一怔，看了看，伸出手去摸摸还在织机上的腰带，“秀男，织得密实呀，很好。”

“……”

"秀男，我以前跟你讲过，佐田先生是我们家的恩人。"

"知道了，爹。"

"唔，已经知道了？"宗助开始唠叨，"我是织工出身，白手起家好不容易买到一台高机，有一半钱还是借来的。所以，每次织好一条腰带，就送到佐田先生的柜台。可只送一条腰带多寒碜，所以呀，我总是在夜里偷偷送……"

"……"

"佐田先生从没为难过我。后来有了三台，总算过得去了……"

"……"

"话虽如此，秀男，身份总归是不同的嘛。"

"我明白，您干吗要说这些？"

"因为你好像很喜欢佐田家的千重子小姐……"

"原来是这个。"秀男继续开始织起来。

腰带一织好，秀男就赶紧把它给杉村的苗子送去。

那天下午，北山的天际处出过几次彩虹。

秀男夹着腰带走上路，抬头就看到了彩虹。彩虹虽宽，色彩却很淡，没能形成弯弓。他停住脚步仰望，那彩虹的颜色淡到几乎不存在。

在汽车驶入峡谷前，同样的彩虹秀男又看到了两回。先后这三道形状都没完全形成。总会有某处太淡吧。彩虹本来是常见的，可秀男今天却有点放心不下，心犯嘀咕："不晓得主吉主凶？"

天空没有阴沉下来。进入峡谷后，好像那道彩虹又出现了。但被清泷川那边的一座山挡住了，难以看清。

在北山杉村下了车，秀男看到苗子还是穿着劳动服，她用围裙擦擦手，走了过来。

当时苗子正在用菩提砂子（其实更像是红褐色的黏土）搓洗圆杉木。

虽然只是十月，但山水估计已经很凉了。圆杉木浮在一条人工挖的水沟里，水沟的一头有个简单的炉子，热水可能就是从那里流下来的，热气腾腾的。

"欢迎到这深山老林里来。"苗子弯腰施礼。

"苗子小姐，应许的腰带终于织好了，给您送来了。"

“是替千重子小姐许下的吧？我再也不愿当替身了。今天见见就蛮好了。”苗子说。

“这条您也已经应许了，再说还是千重子小姐亲自设计的。”

苗子低下头说：“秀男先生，不瞒你说，前天千重子小姐店里的人送来了一套和服，还有草屐，真是漂亮呀！可这些东西我什么时候才穿得着呢？”

“二十二日的时代祭那天穿吧。你能出去吗？”

“当然可以。”苗子干脆地说，“现在在这儿可能会被人看见。”她好像在考虑什么，然后说，“到河边小石滩上走走，可以吗？”

当然不能跟上次同千重子在一起那样，两个人躲进杉山林里。

“秀男先生织的腰带，我会珍惜一辈子的。”

“不必要的，我还会给你织的。”

苗子没作声。

千重子送和服，苗子寄居的那家人自然都知道了。因此，即使把秀男领到家也不是不行。苗子虽然之前思念自己的孪生姐妹，但如今大体了解了千重子的身份和她家店铺的情况后，也就了了夙愿。她不愿再为一些小事给千重子添麻烦。

苗子寄居的村濑这家，在此地也算是不错的人家，有山有林。苗子也能吃苦耐劳，就算是千重子家里知道了，也不至于有多不便。相对于一家中等的绸缎衣料店铺，也许拥有山林的人家更为殷实吧。

尽管亲情笃厚，但苗子却打算今后在同千重子的关系这事上，要谨慎从事。因为千重子的满腔热情，让苗子有所思虑……

因此，苗子邀秀男到河边小石滩上去。在清泷川的小石滩上，凡能种植的地方都种上了北山杉。

“这地方太委屈您了，请多多原谅。”毕竟是女孩呀，自然想快点看到腰带。

“真秀美呀！”秀男抬头看山，然后打开包袱皮，解开纸绳。

“这里是背后结成鼓形的地方。这段打算系在前面……”

“哎哟！”苗子摩挲着那腰带，眼里闪现着光彩，“把这样的腰带送给我，实在不敢当啊。”

“年轻人织的，有什么不敢当的呢。新年也快到了，画赤松和青杉还算合时。我本来想把赤松放在后面结成鼓形，可千重子小姐却说应该把青杉放后面。到这儿我才算是明白了。一听说杉树，就马上联想到它是一棵棵大树、老树，其实……我就自作主张把它画得纤细了些，看来是对了。赤松的树干我也做了点渲染……”

当然，杉树树干也不是采用原色，形状和色调都下了番功夫。

“真是条漂亮的腰带，太谢谢了……像我这样的人，太华丽了恐怕系不了。”

“千重子小姐送给您的和服合身吗？”

“我想一定会很合身的。”

“千重子小姐从小就很善于挑京都特色的和服衣料……这条腰带还没给她看过。因为我就是觉得有些不好意思。”

“这不是千重子小姐设计的吗，有什么不好意思的……我也要请千重子小姐看看。”

“那么，时代祭时穿出来吧。”秀男把腰带叠好小心收回衬纸内。

秀男系好纸绳，对苗子说：

“请愉快接受吧。虽说是答应给您织，其实是千重子委托的。您只当我是个普通织工好了。不过，我可是诚心诚意为您织的。”

苗子默默接过秀男递给她的腰带放在膝上。

“我刚才讲过，千重子小姐从小就很会挑选和服，她送给您的和服，一定跟这条腰带很配……”

“……”

浅浅的清泷川的溪流流过两人的身前。秀男环顾两岸的杉山。他说：“我想到了杉树的树干会像工艺品那样整齐地排列着，看看杉树顶端的枝叶，多像是素雅的花呀。”

苗子的神情突然变得凄然起来。她想到了已故的父亲，父亲一准是在清理枝丫时，想起了被抛弃的婴儿千重子，才会在跳向另一棵树时掉落下去的。那时候，苗子和千重子都还是婴儿，自然什么也不懂。直到长大以后村里人才告诉了她。

并且，苗子实际上对千重子这个名字，她是否活着，还有千重子跟自己究竟谁是姐姐、谁是妹妹都不清楚。——唯一能确定的就是她们是双胞胎这一点。起初她只想哪怕见一次，就算是远远地，从一旁悄悄看一眼。

苗子自己的那间小屋简直就是一个窝棚。只是因为一个单身少女不便独自一人住在那，所以一直以来，一对在杉山里干活的中年夫妇和他们的小学的女儿借住着。当然那屋子也不值得收房租。

只是那个小女孩出奇地喜欢花，那房子旁正好有一棵桂花树。小女孩偶尔会找苗子请教怎样照料。

“让它自己在那儿就行。”苗子这样说。可每次走过小屋边时，苗子老远就能闻到桂花香，而其他人似乎闻不到。这反而让苗子更加抑郁。

——苗子把腰带放在膝上，腰带显得沉甸甸的。她的脑海里浮现出了一些往事……

“秀男先生，如今我已经知道千重子小姐的下落了，以后我不会再打扰她了。和服和腰带，我答应收下就是。非常感激……想来您能理解明白我的想法。”苗子真诚地说。

“当然理解。”秀男说，“时代祭那天，就请一定到。让我看看这根腰带系在苗子身上的样子。千重子小姐我就不邀请了。祭祀的队伍会从皇宫出发，我会在西蛤御门等您。这样决定好吗？”

苗子双颊泛起淡淡的红晕。好一阵才深深点了点头。

对岸河边有棵叶子红彤彤的小树，枝叶的影子摇曳着，倒映在荡漾的水中。秀男张望着问：

“那叶子红艳艳的是什么树？”

“漆树。”苗子望了望说。随即抬手去捋捋头发，却不知为何手一抖，一头乌发竟被弄散了开来，垂落在肩上。

“哎呀！”

苗子满脸通红，赶紧把披散了的头发挽在一起，把拿下来的发卡衔在嘴里，一枚枚去重新别好。捋在一起，卷了上去，然后准备用衔在嘴里的发夹别上，可有的发卡掉在地上了，发卡不够用。

看着她的身姿举止，秀男被苗子的妖娆俏丽深深迷住。

“你也留长发吗？”秀男问。

“是啊。千重子小姐也没有剪短嘛。不过她会梳理，所以男人家看不出来……”苗子急忙用头巾把头发包上，“让您见笑了。”

“……”

“在这儿我只顾给杉树打扮，自己是不化妆的。”

尽管这么说，她也还是涂了点口红。秀男希望苗子能再把头巾摘了，让一头秀发披散下来。他想再看一眼。可看到苗子慌忙包好头巾，他就没法启齿。

狭窄的峡谷西边的山峦已经开始昏暗。

“苗子小姐，我该告辞了。”秀男起身说。

“今天也快收工了……白天变得短起来了。”

溪谷东边的山坡布满了一排排挺拔修长的杉树。穿过杉树树干间的缝隙，秀男望见了金色的晚霞。

“秀男先生，谢谢您，实在太谢谢了。”苗子愉快地接受了腰带，也站起身来。

“要道谢的话，请向千重子小姐道谢吧。”他能为这位杉村姑娘织腰带的那份喜悦，现在已化作了心里的一缕柔情。

“恕我唠叨，时代祭那天请务必来，我会在皇宫西门，也就是蛤御门等的！”

“哎。”苗子点头说，“这样的和服和腰带，我可是从未曾穿戴过，实在有些难为情……”

在有很多庙会的京都，十月二十二日的时代祭，上贺茂神社和下贺茂神社的葵祭、祇园会，被公认为三大庙会。时代祭的祭典虽然是在平安神宫举行，却是从京都御所出发。

一大早苗子就开始坐立不安。提前半个小时就到了约定的皇宫西边的蛤御门，站在一处背阴处等。等一个男子这在她可是头一回。

好在天气晴朗，万里无云。

平安神宫是为纪念迁都京都1100年而于明治二十八年兴建的，因此是三大庙会中历史最短的一个。由于庆典是为庆祝定都京都，所以尽量把千年来都城风俗的变迁，通过游行队伍展现。游行队伍穿着不同时代的着装，有些还扮演那些历史上的名人。如和宫[①]、莲月尼[②]、吉野太夫[③]、出云阿国[④]、淀君[⑤]、常盘御前[⑥]、横笛[⑦]、巴御前[⑧]、静御前[⑨]、小野小町[⑩]、紫式部、清少纳言等。

此外还有大原女、桂女[⑪]。

此外妓女、倡优、女贩等也混杂其中。

前面列举的是历史上的名姬贵妇，至于像楠正成[⑫]、织田信长[⑬]、丰臣秀吉[⑭]等公卿和武将，更是不在话下。

游行的队伍相当长，活生生一幅京都历史的画卷。

据说从昭和二十五年起，游行队伍里才增加了女性，从而使得节日更为绚丽多彩。

游行队伍最前头的是明治维新时期的勤王队[⑮]和丹波北桑田的山国队[⑯]，殿后的是延历时代的文官上朝场面的队伍。仪仗队一回到平安神宫，就在凤辇[⑰]前致贺词。

---

① 和宫（1846—1877）：仁孝天皇第八女，下嫁德川家茂将军。

② 莲月尼（1791—1875）：太田垣莲月，江户末期女诗人。

③ 吉野太夫：俗称“花魁”。日本京都地位最高的游女。

④ 出云阿国：日本古代女性表演家，民间认为其为歌舞伎创始者，但历史上有很大争议。

⑤ 淀君（1567—1615）：本名浅井茶茶，日本战国大名浅井长政之女，母亲是织田信长之妹织田市。丰臣秀吉的侧室。

⑥ 常盘御前：武将源义经之母。曾为日本第76代天皇近卫天皇之妻藤原呈子的女官。

⑦ 横笛：日本古典文学《平家物语》中的女主人公。

⑧ 巴御前：平安时期日本武将木曾义仲之妾。常年在外随夫征战。

⑨ 静御前：源义经的爱妾，擅歌舞。

⑩ 小野小町：平安前期女歌人。被称为六歌仙之一。

⑪ 桂女：传诵特殊风俗的女歌人。一说因为戴着头饰“桂”（藤蔓）而得名，另说因其居住在今京都市西京区桂川右岸（西侧）的庄园和下桂庄园而得名。

⑫ 楠正成（1294—1336）：即楠木正成，日本南北朝时代的武将，凑川之战中兵败自杀。

⑬ 织田信长（1534—1582）：日本战国安土桃山时代的著名武将。

⑭ 丰臣秀吉（1537—1598）：原名木下藤吉郎、羽柴秀吉。日本战国时代著名政治家、军事家。

⑮ 勤王队：指明治维新时期站在倒幕府派即尊王派一边的脱藩武士们。

⑯ 山国队：指幕府末期在丹波国桑田郡山国乡（现京都市右京区京北）组成的农兵队。

⑰ 凤辇：指天皇所乘的銮舆。

仪仗队从皇宫出发，所以看热闹最好的地方就是皇宫前的广场。因此，秀男邀苗子到皇宫正是这个用意。

苗子在皇宫门阴凉处等候秀男。人群熙熙攘攘，没人会留意到她。但有个老板娘模样的中年妇女大大咧咧走了过来说："小姐，您这腰带真漂亮。在哪儿买的？同和服很般配……对不起。"说着这妇人就伸手来摸，"能让我看看背后的鼓形吗？"

苗子转过身来。

听那妇女"咦"的一声赞叹，苗子的心里反而踏实了。因为她是平生第一次穿这样的和服，系这样的腰带。

"让您久等了。"秀男来了。

紧挨游行队伍出场的席位，早就被那些朝拜团队和观光协会占去了，秀男和苗子只好站在观礼台的后面。

苗子还是第一次在这么好的位置上观看，由于专心看游行队伍，以至于把秀男和身上穿的新衣裳都给忘了。

等忽然想起来时，她就问：

"秀男先生您在看什么呢？"

"看松树的苍翠。您瞧，游行队伍被青松这么一衬托，是不是格外醒目？记得在皇宫宽阔的庭院里有一片黑松林，我特别喜欢。"

"……"

"也会悄悄看苗子小姐一眼，可您没察觉呢。"

"瞧您，真是的。"苗子说着垂下头去。

深秋中的姐妹

我的确希望抚养婴儿时的千重子

在京都那样多的庙会中，相较于大文字篝火，千重子更喜欢鞍马山的火祭[①]。由于离得不是很远，苗子自然去看过。当然，那时候即便是擦肩而过，她们俩彼此都不会留意到对方。

去鞍马山朝拜的沿途，家家户户都会扎上松枝，屋顶洒上水。人们会在夜里根据祭神仪式的信号点燃篝火和火把。

上山时，人群一路上齐声发出吆喝："祭礼呀，祭礼！"山上山下燃烧着大大小小各式各样的火把，紧随着两乘神轿被人抬出来，村里（现在是镇）的妇女们就会全体出动去拉神轿上的绳子。最后才献上大火把。仪式会持续到黎明前夕。

可今年这样著名的火祭居然取消了。据说是为了节约。只是伐竹会照旧进行。

北野天神宫的"芋茎祭[②]"今年也取消了，理由说是芋头歉收，因此缺乏芋茎来做神轿。

在京都，经常举行诸如鹿谷安乐养寺的"南瓜供"、莲华寺的"黄瓜祭"等。这类祭典数不胜数，既展示了古都的风貌，也反映了京都人生活的一个方面。

近年来又恢复了在岚山河流上泛龙舟的迦陵频伽[③]，和在上贺茂神社院内的溪流举行的曲水宴等。这些都是当年王朝贵族的遗风。

所谓曲水宴，是让人身穿古装坐在溪流边，在杯盏漂到面前之前，完成吟诗作画，或挥毫作书。等漂到跟前时就拿起酒杯一饮而尽，然后又让

---

① 鞍马火祭：是位于京都市左京区鞍马山的由岐神社例祭之一。

② 芋茎祭：芋茎，芋头的茎。京都北野神社每年十月一日至十月四日举行的神事，用芋茎铺葺神轿轿顶，抬着去游街。

③ 迦陵频伽：又称"歌罗频伽鸟""妙音鸟""好声鸟"。佛教传说中的一种神鸟。

酒杯漂到下一处。具体的事都是由书童办理。

这是从去年开始举办的一项仪式，千重子曾去观看过。那位在皇朝公卿前的，本来是歌人吉井勇[①]（这位现已与世长辞）

因为才开始举办，大多数人并不知道。

岚山的迦陵频伽，千重子今年没去参观。她觉得这些活动缺乏古趣。而在京都，各种古趣盎然的活动简直就是让人目不暇接。

母亲繁子一直亲自操持家务，千重子也许是从小就受到熏陶，或是天性如此，总是早早起床细心揩拭门窗等。

“千重子，时代祭那天，你俩真快活啊。”刚收拾好早餐的餐桌，真一就打来电话。真一把苗子当成千重子了。

“你也去了？要是喊我一声就好了……”千重子耸耸肩膀说。

“本来是想喊你来，可哥哥不让。”对此真一毫无芥蒂。

可千重子有点委决不下，于是没有告诉真一弄错人了。但真一来电话，让她想到苗子已穿上自己送的和服，并系上秀男织的腰带了。

陪伴苗子的不用说是秀男。这事，千重子一时虽觉得意外，但心头感到温暖，脸上不禁浮现出微笑。

“千重子，千重子！”真一在电话那头叫喊，“怎么没声音？”

“是真一吗？”

“得了吧，”真一笑了，“掌柜在吗？”

“不在，还没来……”

“千重子，你是不是感冒了？”

“你觉得我感冒了吗？我在擦格子门呢。”

“是吗？”真一像在摇晃听筒。

这回是千重子笑了。

真一压低声音说：“这个电话是我替哥哥打的，现在就换哥哥来讲吧……”

对真一的哥哥龙助，千重子就不能像对真一那样随便了。

“千重子小姐，掌柜那您试探过了吗？”龙助劈头问道。

---

① 吉井勇（1886—1960）：日本现代诗人、剧作家。

“试探过了。”

“嗬，了不起！”龙助高声重复了一遍，“了不起！”

“家母无意中也都知道了。好像边听边替我捏把汗呢。”

“有可能吧。”

“我说想在店里学学生意，请把账簿都让我看看。”

“嗯。那就行。就算说说也会不同了。”

“后来，让他把保险柜里的存款账簿、股票、债券之类都统统拿出来了。”

“了不起！千重子小姐真了不起。”龙助忍不住地说，“没想到您这样一个温顺的小姐……”

“都是龙助先生您的指点……”

“也不算指点吧。是因为附近的批发商有些奇怪的传闻，我才下的决心，如果千重子小姐不便说，由家父或我去说好了。不过，小姐说是最上策。掌柜的态度有变化了吧？”

“有，多少有点儿。”

“这也是可能的。”龙助在电话里沉默片刻，又说，“太好啦！”

千重子在电话里仿佛感到龙助又在犹豫什么。

“千重子小姐，今天中午我想上贵店去看看，不碍事吧。”龙助说，“真一也一道去……”

“怎么会碍事呢？不会有什么大不了的事的。”千重子回答说。

“您是年轻的小姐嘛。”

“瞧您说的。”

“怎么样？”龙助笑着说，“我想在掌柜下班之前去。我也要仔细观察观察。千重子小姐不必担心，我会看掌柜的神色行事。”

“啊？”千重子说不出话了。

龙助家是室町[①]一带的大批发商，伙伴中也有各种各样财雄势大的人。

---

① 室町：即室町通。日本京都一条街道。位于北区北山街至南区久世桥街的北面。建造于日本历史上的足利（室町）幕府时代。江户时代室町街成为和服批发商集中地。其中一些至今仍在。

龙助虽是正在大学研究院念书，但是店铺的重担自然而然地要落在他肩上。

“该是吃甲鱼的季节了。我在北野的大市[①]订了座，想请您赏光。但要是我连令尊令堂一起请，未免冒失，所以想请您……当然，我家的童子小哥也去。”

不知为何，千重子被对方的气势压住了，只是回应了声“哎”。

真一扮童男乘坐祇园会插着长刀的彩车，都已经是十几年前的事了。然而龙助至今还拿此事揶揄真一，叫他“童子小哥”。或许是真一身上至今还保留着当年那股“童子小哥”的纯真温和吧……

千重子对母亲说：“龙助来电话，说他下午和真一上咱家来。”

“哦？”繁子有些意外。

下午，千重子到楼上精心为自己化了妆，她细心梳理长发，只是不知为何，总也梳不成称心的发型。衣裳也是挑来挑去，反倒决定不下来。

好不容易才下楼来，父亲已经出门去了。

她到后面客厅把炭火拨旺，看看周围，又张望一眼窄小的庭院。那棵老枫树的树干布满了青苔，依然绿油油的，可那两株紫花地丁的叶子已经有些枯黄了。

基督像石灯笼脚旁那棵小小的山茶花开了花，花朵红得那样娇艳，甚至比那红玫瑰还让千重子心醉。

龙助和真一来了。他们先向千重子的母亲恭恭敬敬行礼问安，接着龙助独自一人来到账房掌柜面前坐下。

植村掌柜慌忙走出账台的矮栅栏，向龙助殷勤致意。接着他讲了很长时间，龙助只是简单应答，面孔一直板着。植村当然明白。

植村寻思，一个学生哥，竟然在自己面前装模作样。但龙助的气势还是让他感到了压力。

龙助等植村说完平静地说：

“柜上生意兴隆，很好。”

“哦，谢谢，托您的吉言了。”

“家父常说，佐田先生柜上幸亏有您这样有多年经验的掌柜，难

---

① 大市：一家从江户中期开始专营甲鱼的日本料理老字号。距今有340年的历史。

得呀……”

“不敢当。小店跟水木先生那样的大字号比，实在微不足道。”

“不，不，我们不过是什么都试试，不论是和服料子还是别的什么，简直是杂货铺。我并不太感兴趣。像植村先生这样有经验，又谨言慎行可靠的人，踏踏实实经营自己熟悉的，可是一天天少了……”

植村正要回话，龙助站了起来，朝客厅的千重子和真一走去。植村一脸苦相望着龙助的背影。掌柜心知肚明：说要看账簿的千重子和眼前的龙助之间，暗地里定有某种企图。

来到内客厅，千重子抬头看龙助的脸，像是要问什么。

“千重子小姐，我只是稍微敲打了掌柜一下。因为我劝过您，我有责任。”

千重子低头来替龙助斟沫茶。

“哥哥，你瞧枫树树干上的紫花地丁。”真一用手指着说，“有两株。千重子小姐在几年前就把那两株紫花地丁看作是一对恋人……却真是咫尺天涯啊……”

“哦。”

“姑娘嘛，总是想入非非。”

“真一！瞧你说的，叫人多难为情。”千重子把泡好的沫茶端到龙助前，手有些微抖。

他们三人乘上龙助店里的汽车，往北野六条町的大市甲鱼铺而去。大市是一家格局古雅的老铺子，游客尽人皆知。房子陈旧，天花板也很低矮。这里主要是卖炖甲鱼，即所谓甲鱼火锅；其次是杂烩粥。

三人叫了清炖甲鱼锅，加上烩什锦。

千重子感到浑身暖融融的，仿佛喝酒微醺了似的。

她连脖颈都泛出桃红。她的肌肤白净细腻，光滑柔嫩。当添上一层红晕后，整个面容顿时光彩照人。她不时摸摸自己的面颊，两眼顾盼生辉，忽闪着让人心动的娇媚。

千重子滴酒未沾。可甲鱼锅的汤几乎一半是酒。

尽管有车在门口等候，千重子还是担心自己的脚打战。可她觉得快活，话也多起来了。

“真一，”千重子对性情温和的真一说，“时代祭那天你在皇宫庭园里看到的那一对不是我，看错人啦。多半是远远看见的吧？”

“不要隐瞒嘛。”真一笑了。

“我一点都没隐瞒。”千重子犹豫了一下才说，“其实，那姑娘是我的姐妹。”

“什么？”真一满腹狐疑。

在花季的清水寺里，千重子曾告诉真一自己是个弃儿。这话想必也传到了真一的哥哥龙助耳里。就算真一没告诉哥哥，但两家铺子很近，这样的事情自然会不胫而走。这样想也许更为合适。

“真一，你在皇宫庭园里看到的是……”千重子一时间不知怎样解释，“你看到的那个是另一个，我们是双胞胎。”

这对真一就是闻所未闻吧。

三人沉默了一阵。

“我被遗弃了……”

“……”

“要是真是那样，为何当时没扔在我家店门外……真的，扔在我家店门前就好了。”龙助一往情深了，他这样说了两遍。

“哥哥，”真一笑了，“那时千重子跟现在不一样，那时她是个刚出生的婴儿。”

“婴儿不也很好吗？”龙助说。

“你是因为看到现在的千重子才这么说。”

“不是。”

“现在的她是佐田先生的掌上明珠，是他精心养护，才把千重子抚养成你现在看到的这样。”真一说，“那时，哥哥也还是个孩子，试问一个娃娃能抚养婴儿吗？”

“能。”龙助倔强地回答。

“哼，哥哥总是这样自负，不服输。”

“也许是吧。不过，我的确希望抚养婴儿时的千重子，我相信母亲也会帮我的。”

千重子醉意消退了，但面色苍白。

在秋天，北野举办的舞蹈会演要持续半个月。在结束前一天，佐田太吉郎一个人出门去了。茶馆送来的入场券不止一张，可太吉郎不想邀任何人同往。连看完舞蹈后回家途中跟几个伙伴到茶馆玩玩，他也已经会感到麻烦。

舞蹈会演开始前，太吉郎闷闷不乐坐在茶席上。今天当班专司点茶的艺伎，也没有太吉郎熟悉的。

一旁站了一溜七八个少女，大概是帮忙端茶的。她们清一色桃红色长袖和服。

但站在正中那位却是一身蓝色。

“哎哟！”太吉郎差点叫出声来。那姑娘的妆化得艳美。那不正是那天被老板娘带去乘“叮叮当当”电车的那个姑娘吗？……只有她一人穿蓝色，可能是有点职位的吧。

这个蓝衣少女把沫茶送到太吉郎面前时，一本正经地板着面孔。

然而，太吉郎的心情即刻就轻松了。

这是一出八场舞剧，名叫《虞美人草图》，是出自中国的那个人人皆知的霸王别姬悲剧。演到虞姬拔剑自刎，倒在项羽怀里，安静地聆听那乡思的楚歌死去，项羽也战死沙场后；下一场就转到了日本，讲的是熊谷直实[①]、平敦盛[②]跟玉织姬[③]的故事。故事讲熊谷打败平敦盛后，深感人世间变化无常而落发出家。后到古战场上凭吊平敦盛，发现坟墓周围开着虞美人花，有笛声可闻。这时便出现了平敦盛的鬼魂，他要求把青叶笛收藏在黑谷寺里。而玉织姬的鬼魂则要求把坟边的虞美人花供奉在佛前。

这出舞剧之后，还演了另一出热闹的新舞蹈《北野风流》。

上七轩的舞蹈流派，是属于花柳派，同祇园的井上派[④]不同。

北野会馆出来后，太吉郎顺路来到那家古老的茶馆，一个人坐在那儿

---

① 熊谷直实（1141—1207）：平安末期至镰仓初期的武将。
② 平敦盛（1169—1184）：平安末期的武将。
③ 玉织姬：传说中平敦盛的夫人，也叫“姬御”。据说在庄原市春田有玉织姬的墓。
④ 花柳派、井上派：两个都是日本传统舞蹈的流派。

发呆。茶馆的老板娘便问：

“叫个姑娘？”

“嗯，那个咬人舌头的吧……对了，那个穿蓝色和服给人端茶的女孩怎样？”

“坐‘叮叮当当’电车的……好的，只是见个面应该没问题吧。”

在艺伎来之前太吉郎喝了几盅。来了后他就故意站起来走出去。艺伎跟着他，他问：

“现在还咬人吗？”

“您记性真好。不要紧的，您伸出来试试。”

“我害怕呢。”

“真的，不要紧的。”

太吉郎就把舌头伸出来，被她吸入自己温润柔软的嘴里。

太吉郎轻轻拍拍艺伎的背说：

“你堕落了。”

“这算什么堕落？”

太吉郎想漱漱口。但艺伎站在身旁，所以不便。

艺伎这样的淘气很是大胆，但在她而言大概是不假思索的随意行为。对一个艺伎来说，也许没什么意义。太吉郎并不讨厌这个年轻的艺伎，也不觉得不干净。

太吉郎刚要折回客厅，艺伎抓住他说：

“等等。”

说着她拿出手绢，擦了擦太吉郎的嘴唇。手绢沾上了口红。艺伎把脸凑近太吉郎的脸，一边打量一边说：

“嗯，这回行了。”

“谢谢……”太吉郎用双手轻轻地按按艺伎的肩。

艺伎来到盥洗间，站在镜前重新涂了涂口红。

返回客厅时，那里已空无一人。太吉郎像漱口似的一连喝了两三杯冷酒。

太吉郎总是觉得身上留有艺伎的气味，或许是艺伎的香水味。他感到自己仿佛变年轻了点。

他暗自想，即便是那个艺伎淘气得有些过分，但自己也未免太冷淡了些。多半是自己长期没跟年轻女人调情了的缘故吧。

这个艺伎二十上下，是个非常有意趣的女人。

老板娘领来了那个少女。还是穿着蓝色长袖和服。

“按您要求请来了，她说只做一般性问候。瞧，毕竟年纪还轻啊。”

太吉郎瞧瞧少女说：“刚才端茶……”

“是啊。”到底是茶馆的孩子，没有一点扭捏，“看见您我就想：那不是那位伯伯吗？就为您把茶送了过去。”

“哦，那就谢谢了，你还记得我？”

“记得。”

这时艺伎也回来了。老板娘对她说：

“佐田先生很是喜欢小千子。”

“是吗？”艺伎盯着太吉郎说，“您眼力不低，不过还得等三年呀。再说，来年春天小千子要上先斗街去。”

“先斗街？为什么？”

“她想当舞伎去，说是迷上了舞伎翩跹的舞姿。”

“哦？要当舞女，在祇园不是挺好吗？”

“小千子有个姨妈在先斗街，大概是这个缘故吧。”

太吉郎望着那少女，心里暗想：这孩子不论上哪，都会成为最顶尖的舞伎。

西阵织工业组合采取了前所未有的果断措施，决定自十一月十二日至十九日所有织机全部停机。算上十二日和十九日是星期天，实际上停工是六天。

停工的原因很多，但归根结底是经济原因。由于生产过剩，库存达三十万匹之多。停是为了处理库存和争取改善经营，当然也有近来银根吃紧的因素。

去年秋天至今春，那些收购西阵织品的公司也相继倒闭。

据说停机八天会造成减产八到九万匹。但计划不错，成功性很高。

自然，那些零散的家庭手工作坊也都服从这一决定。

西阵大街上很多纺织作坊，特别是那些小巷，一座挨着一座的小房子鳞次栉比的，瓦顶陈旧，屋檐很宽。那些所谓的两层楼也一样低矮。狭窄的小巷如同甬道，纵横交错，杂乱无章。织机发出的声音，在昏暗中传播，听起来都有晦暗的感觉。这些织机不全是自家的，有很多是租赁来的。

然而，还是有三十多家提出申请"破例不停机"的。

秀男家不织衣料只织腰带。有三台高机，白天也需要开亮电灯。不过车间还算明亮，后面也有空地。但房子很窄，外人甚至都想不出一家人在那吃饭、睡觉，那些为数不多而且粗糙的厨具都放在哪。

秀男身强力壮，有才能，对工作也很热心。不过长年累月坐在高机的窄板上不停地干活，恐怕屁股上都长茧子了。

他邀苗子去参观时代祭时，对游行队伍的背景——皇宫那片苍翠松林，比对穿上各种服装游行的队伍更感兴趣。也许是从日常的生活中解放出来的缘故吧。然而，这一点苗子是体会不到的，因为她是在山沟里劳作，习惯了面对狭窄的山谷……

打从苗子在时代祭系了秀男为自己织的腰带后，秀男工作起来就更加起劲了。

而千重子自从跟龙助、真一兄弟俩去过大市后，回到家后虽说不上是痛苦，却总是感觉到若有所失，一颗心落在那里了。她认为都是因为烦恼的缘故。

十二月十三日是京都人准备年事[①]的日子。等这天过去后，也就进入了冬季，天气开始变幻莫测。有时大晴天却下起阵雨，偶尔还会雨夹雪。反正是阴晴不定。

十二月十三日那天，按京都的风俗，从这天起得开始筹备过年，还要开始互赠岁暮的礼物。

忠实信守这种老规矩的，还得数祇园一带的花街柳巷。

此时，伙计都要提着镜饼[②]送给那些平素照顾艺伎、舞伎的茶馆和歌

---

① 年事：日本传统上这一天要清扫家里的灰尘，准备正月用的迎松和伐木，也有做正月用的米和让学徒换班，开始为新年的到来做准备。

② 镜饼：圆形的大年糕。上、下两片合拢在一起，用来供神。

舞乐师，还有就是那些年长的艺伎家去。

接着由艺伎、舞女们挨家拜谢，见面要说声“恭喜发财”。它含有这一年承蒙眷顾，得以平安度过，来年还请多多关照的意思。

这天，艺伎和舞伎都打扮得格外花枝招展，来来往往的，提早就来到了岁暮情景。把祇园周围点缀得绚丽多彩。

千重子家的店铺那一带没这样热闹。

千重子吃过早饭，独自上后面楼上，随便收拾了自己一下。但不知不觉就开始发起怔来，正在梳妆的手也停住了。

龙助在大市甲鱼店里说的那番话，始终在千重子心里翻腾。什么要是婴儿时的千重子被扔在龙助家门外该多好之类的——这话不是说得已经足够分明了吗？

龙助的弟弟真一，是千重子的青梅之交，直到高中一直都是同学。他性情温柔，尽管也喜欢千重子，可他从不曾像龙助那样说出这种令人心动的话来。所以，两人才能不拘形迹在一起玩耍。

梳理好长发，把它披散在肩上，千重子下楼去。

就在早餐快要结束时，北山杉村的苗子给千重子打来了电话。

“是小姐吗？”苗子很谨慎地问，“我想见千重子小姐，有事要面告，可以吗？”

“苗子，我真想你啊……明天怎么样？”千重子赶忙说。

“都行，随时都行……”

“到我店里来吧。”

“请原谅，别叫我上店里去。”

“你的事我已经告诉妈妈。爸爸也知道了。”

“店里总归还有伙计吧？”

“……”千重子沉思片刻，“那么，我到村里去好了！”

“那真的太好了。只是大冷天的……”

“我也想看看杉树。”

“是吗？这里不但冷，兴许还会下阵雨。请都准备好。不过，烧火嘛，倒是可以随便烧。我在路旁干活，你来了我马上就能知道。”

苗子爽朗地回答。

冬之花

细雪纷纷扬扬，停停下下

千重子穿上了长裤和厚毛衣。她从没这样穿过。脚上的厚袜子也很漂亮。

父亲太吉郎在家，千重子跪坐在他面前向他请安。看到千重子这身少见的装扮，太吉郎不由得瞪大了眼。

“去爬山吗？”

“是啊，北山杉村那孩子说想见我，好像有事要跟我商量……”

“是吗？”随即太吉郎叫了声：“千重子！”

“嗯。”

“那孩子要是有什么为难的，你就把她领回家来……我们可以收养她。”

千重子低下头。

“太好了。有了两个女儿，我和你妈那老婆子也就不寂寞了。”

“爸爸，谢谢您，太谢谢您了。”千重子深深伏下身去，不由得热泪夺眶而出。

“千重子，你是我们一手喂奶喂大的，我们一直都当你是心肝宝贝。对那姑娘，也会不分彼此，尽量做到一视同仁。她既然像你，就一定是个好姑娘。带她来吧。二十年前，双胞胎被人看不起，现在倒无所谓了。”父亲说。

“繁子，繁子。”太吉郎呼喊妻子。

“爸爸，我对您的好意感激不尽。不过，苗子那姑娘是绝不会到咱家来的。”千重子说。

“那又是为什么呢？”

“她大概是不愿意妨碍我的幸福，哪怕是一星半点。”

“怎么说是妨碍呢？”

“……”

“究竟会怎样妨碍呢？”父亲然后侧头又说了遍。

“就说今天吧，我对她说爸妈都知道了，请她到店里来。”千重子用几乎哭出来的声音说，“她却顾虑店员和街坊……”

“店员算什么！”太吉郎提高了嗓门。

“我明白爸爸的意思。今天我不妨去说说看。”

“好吧。”父亲点点头，“路上当心……还有，你可以把爸爸刚才的话转告苗子那孩子。”

“是。”

千重子在雨衣上加了风帽，又换了一双雨鞋。

起初，清晨的中京万里无云，可不知怎么就阴沉了下来，说不定北山那正下着雷阵雨。从城里也可看见那边的天色。要不是京都优美的小山峦挡住，或许还能看到远方天阴欲雪的天空的样子呢。

千重子乘上了国营公共汽车。

去往北山杉的中川北山町有国营和市营两种公车，但市营公车只开到京都市（如今已扩大）北郊的山口那就折回，而国营的则一直开到远方的福井县的小滨。

小滨坐落在小滨湾畔①，从若狭湾②那儿朝日本海延伸。

也许是冬天，公车上的乘客不多。

有两个一道的青年盯着千重子看。千重子有点害怕，蒙上头巾。

“小姐，请不要用那种东西蒙起来嘛。”其中一个青年用跟年轻人很不相称的沙哑嗓音说。

“喂，住嘴！”另一个青年呵斥道。

请求千重子的那个年轻人手戴镣铐，不知是什么罪犯。他身旁的另一个男人可能是个刑警。大概是要翻过这深山老林，把犯人押送到什么地方去吧。

---

① 小滨湾：日本福井县西南部的城市小滨紧挨着的海湾。自古即是鲭鱼等海产的集散地，为京都的主要海产供应来源。

② 若狭湾：日本福井县和京都府所临的日本海海湾。一般指福井县北部西端的越前岬和京都府北端的经岬连接的直线及本州的海岸线包围的海域。

千重子当然不能再把头巾摘下来，让他们看见自己的脸。

车到高雄。

“这是到了高雄什么地方？”有客人问。

其实还不至于认不出来。枫叶已经全部落光，树梢已经有了冬天的迹象。

梅尾山[1]的停车场上一辆车子也没有。

苗子身穿劳动服，在菩提瀑布车站迎候千重子。

“小姐，欢迎你。你来了可真好。跑到这深山里来真是麻烦了。”

“算不了什么深山嘛。”千重子没来得及脱掉手套就握住苗子的双手说，“真高兴，打夏天后就再没见过面。那次在杉山里多谢你了。”

“那算不了什么。”苗子说，“不过，那时万一雷电真打在我俩身上，不知会成什么样子。可我还是很高兴……”

“苗子，”千重子边走边说，“你给我打电话，一定有什么急事，快告诉我，要不，没法静下心来跟你说话。”

“……”苗子身穿劳动服，包着头巾。

“什么事嘛？”千重子再问一句。

“是秀男向我求婚，所以我想……”苗子突然踉跄一下，差点摔倒，一把抓住了千重子。

千重子急忙搂住摇摇晃晃的苗子。

平日里苗子每天劳动，身体应该是很强壮的……可那回雷雨后，当时千重子只顾去害怕了，根本没留意到。

苗子很快就站直身子，只是她像是愿意被千重子这样搂抱着，心里很快乐，索性依偎着千重子走着。

搂着苗子的千重子，自己不知不觉反而靠在苗子身上。不过，这两个姑娘谁都没注意到这点。

千重子把风帽戴上后问：“那你是怎样答复秀男的？”

“答复？……我总不能马上就答复，对吧？”

“……”

---

① 梅尾山：京都市周边的一座山，山上有世界文化遗产高山寺。

“起初，他把我错认作了你——现在当然不是。可你已深深印在他心上了。”

“哪有这种事。”

“不，我心里很清楚。即使不认错人，我也只是你的替身。秀男先生恐怕还是在把我看作是你的幻影。这是……”苗子说。

突然，千重子回想起一件事来。今年春上郁金香盛开的时候，从植物园回家途中，在加茂川堤岸上走时，父亲曾劝母亲把秀男招为千重子的入赘女婿。

“再有，秀男家是织腰带的，”苗子加强语气，“如果由于这件事而使千重子小姐家的店铺和我发生了关系，增加了千重子小姐的麻烦，甚或使千重子小姐遭到街坊的冷眼，那我可就罪该万死。我真想躲到深山里去……”

“你为什么会这样想？”千重子摇着苗子的肩膀，“今天我是对父亲说了要上你这儿来。母亲也知道。”

“……”

“你猜父亲怎么说？”千重子更用力地摇晃着苗子，“他说，那孩子要是有什么为难的，你就把她领回家来……我们一直都当你是心肝宝贝。对那姑娘，也会不分彼此，尽量做到一视同仁。她既然像你，就一定是个好姑娘。带她来吧。”

“……”苗子摘下头上的头巾，说“谢谢了”，就把脸捂了起来，“打心里感激您。”然后好一会儿说不出话来。“你是知道的，我一个亲人也没有，连一个可以依靠的人都没有。虽然因此时常会感到孤单，但我拼命干活，尽量不去想。”

为了平复苗子的激动，千重子就说：

“关键是秀男，他的事……”

“这样的事我没法马上回答。”苗子看着千重子，眼里噙满了泪。

“手巾借我一下。”千重子接过苗子的手巾替苗子擦泪水，“满脸都是泪痕，能进村吗？”

“没关系。我这个人倔强，比谁都更能劳动，就是好哭。”

当千重子给苗子擦脸时，苗子就干脆趴在千重子怀里抽泣起来。

“这可怎么办呢？苗子，伤心是吧？别哭了。”千重子轻轻拍着苗子的后背，“你要是这样哭，我可就回去了。”

“不，别回去！”苗子一怔，赶忙从千重子手里拿过手巾使劲地擦了把脸。

多亏是冬天，人们觉察不出来。只是她的白眼球有点红。苗子将头巾拉低了遮住脸。

两个人默默地走了一段。

北山杉连小树杈都给修剪掉了，一直修剪到了树梢那。在千重子眼里，树枝上那些微圆的残叶，像一朵朵素雅的青花，在冬天里开放。

千重子认为此刻正是好时机，便对苗子说：

“秀男不仅腰带图案画得好，而且织功也很到家，人也认真。”

“是啊，这我知道。”苗子回答，“秀男邀我去参观时代祭的时候，他像对盛装的游行队伍不感兴趣，倒是很喜欢队伍背后皇宫里的青松，还有东山变幻莫测的色彩。”

“时代祭游行，秀男可不稀罕……”

“不，不是这样的。”苗子加重了语气。

“……”

“他非要我游行结束后到他家去一趟。”

“家？是秀男先生的家吗？”

“是啊。”

千重子有点吃惊。

“他还有两个弟弟。还领我去看后院的空地，说如果我们将来要是结婚了，可以在那儿盖间小屋，尽量织点自己喜欢的东西。”

“这不是挺好吗？”

“挺好？……秀男把我看作是小姐您的幻影，所以才要同我结合。我是个女孩子，自然了解这点。”苗子重复了先前的话题。

千重子一时不知怎样回答，她心里游移不定。

在狭谷旁边的一个小山谷里，一些洗刷圆木的女工围坐成一个大圈，在烤火取暖。篝火燃起的青烟袅袅升起。

苗子来到自家门前。那与其说是家，不如说是个小窝棚。年久失修的稻草屋顶已经严重歪斜。只因为是山间，所以还有个小院落。院落里生长着野生的南天竹，枝头结满红色的果实。就是这七八棵南天竹，也是枝丫交错，杂乱无章。

然而这座荒凉的房子也可能会是千重子的家。

走过这房子时，苗子的泪已干了。这里就是当初的那个家，苗子不知道是告诉千重子还是不告诉。千重子是在母亲的娘家出生的，大概没在这所房子住过。苗子还在襁褓中时，父亲就去世了，不久后又失去了母亲，所以连她也记不清自己是否在这所房子住过。

幸好千重子只顾仰望杉山和并排置放在那的圆杉木，径直走了过去。苗子也就没提及这房子。

挺拔的杉林树梢上还残留着略微圆形的叶子。当千重子把它看成是“冬天之花”后，它也的确就成了冬天之花。

大部分人家都在房檐前和二楼上晾晒了一排剥掉皮后洗刷干净的圆杉木。这些圆杉木白白净净的，连树根都被收拾整洁，然后被竖起来排成一排立在那，好看极了。也许比任何墙壁都要美。

山上，杉树根旁的野草都已枯黄。杉树的树干笔直而且一样粗细，确实美！树皮上有些斑点，透过树干的缝隙可以窥见天空。

“还是冬天美啊。”千重子感叹着。

“可能吧，看惯了，倒也不觉得了。不过，冬天的杉叶带了点淡淡的芒草色，你觉得呢？”

“多像花啊。”

“花？你说像花吗？”苗子感到意外，赶忙抬头去望。

走不多久，来到一幢古雅的房屋前，可能是这村子里拥有山地的大户人家吧。矮墙的下半截镶了赭红色的木板，上半截是白色，墙头有带茸瓦的滴檐。

千重子停下脚步说：“好漂亮的房子呀。”

“小姐，我就是寄居在这家，请进去看看吧。”

“……”

“没事的。我在这住了快十年。”苗子宽慰道。

千重子听苗子说过两三次了，与其说秀男是把苗子当作千重子的化身，不如说是当作千重子的幻影，才想要跟苗子结合。

如果说是“化身”那当然好理解。但“幻影”是什么呢？——尤其是作为结婚对象……

“苗子，你总说幻影幻影的，究竟幻影是什么呢？”千重子诘问。

“……”

“幻影不就是看到了却摸不到的无形的东西吗？”千重子继续说。突然红了脸。不仅是面容一样，恐怕苗子全身各个部分都像自己。而她将要属于某个男人所有了。

“无形的幻影是这个样子的。”苗子说，“也许就藏在男人的心里或是脑子里，也可能是别的什么地方。”

“……”

“也许等我变成六十岁老太婆时，幻影的千重子小姐还是现在这样年轻。”

这话让千重子感到意外。

“你连这样的事都想到了？”

“对美的幻影，总没有厌倦的时候吧。”

“那也不见得。”千重子好不容易才说出这句话来。

“幻影是不能践踏的。践踏了只能自食其果。”

“哦。”千重子看出苗子也妒忌，但她说，“真是的，什么幻影，在哪儿呢？”

“就在这儿……”苗子说着摇摇千重子。

“我不是幻影。我是苗子的孪生姐妹。”

“……”

“那么，你我莫非连灵魂也是姐妹？”

“瞧您说的。那当然是和千重子呀。不过，只限于秀男才……”

“您想太多了。”千重子低头走了段路后说，“要不找个时间，咱们三人推心置腹地谈谈？”

“谈什么——话有时真心，也有时会违心……”

“苗子，你为什么会有这么大疑心呢？”

“倒不是疑心。不过，我也有颗少女的心呢……”

“……”

“大概是周山那边下起了阵雨，现在移到北山这边来了。山上的杉树也……”

千重子抬起头眺望着。

“咱们快回吧，看样子要下雨夹雪了。”

“我就怕下雨，才带着雨具。”千重子脱下一只手套让苗子看，“这样的手不像小姐的吧？”

苗子吓了一跳，忙用双手把千重子的那只手握住。

不知不觉间就开始下起阵雨。千重子不用说，恐怕就连在这村子长大的苗子也没留意到。这雨不是小雨，也不是毛毛雨。

千重子经苗子提醒，放眼去望四周的群山。黛色的山峦冷冷清清的，蒙了一层雨雾。山麓丛立的杉树，却变得格外分明。

不一会儿，群峰就被云雾弥漫了，渐渐失去了轮廓。就天空的模样来说，这情景不同于春天的云霞。也许这样的天色才是真正属于京都的。

低头看脚下，地面上已经有点濡湿。

悄然间群山被抹上一层浅浅的灰，云雾越发缭绕了。

片刻后，雾霭重起来了，从山谷落下，夹着一些白色。转眼就成了雨雪。

“快回吧！”苗子这样说，因为她看到了这种白色。不能算是雪，是雨夹雪。雨中飘着雪，但有时又会消失。

作为京都姑娘，千重子对北山的阵雨并不陌生。

“趁你还没变成冰冷的幻影前……”苗子说。

“又是幻影……”千重子笑了，“我带雨具来了……冬天的京城天气变幻无常，可能一会儿就停下了。”

苗子抬头看看天：“现在你还是回去吧！”说着她紧攥住千重子那只脱下了手套的手。

“苗子，你想过结婚吗？”千重子问。

“偶尔会想……”苗子将千重子脱下的那只手套真挚而深情地为千重子戴上。

这时，千重子说：

"请到我们店里来一次好吗？"

"……"

"来吧！"

"等伙计们都回家后吧。"

"夜里吗？"苗子吓了一跳。

"请在我家过夜。你的事我父母都知道。"

苗子的眼里露出喜悦。但马上又犹豫起来。

"我很想同你一块睡，哪怕一晚也好。"

苗子转过身去，站在路边潸然泪下。她不想让千重子看见。然而千重子哪能看不到呢。

千重子回到室町的店铺时，这一带只是阴沉着，但没有下雨。

"千重子，你回来得正好，赶在了下雨前。"母亲繁子说，"爸爸在里屋等你。"

不等千重子招呼完，父亲就迫不及待地问：

"那孩子怎样了，千重子？"

"哎。"

千重子不知怎么回答才好。这事恐怕用三言两语很难说清。

"怎么样了？"父亲再次追问。

"哎。"

千重子虽听懂了苗子的话，但很多却无法表述。——苗子说秀男实际上是心仪于千重子，由于不能如愿，只好死了心，转而把酷似千重子的苗子当作千重子求婚。苗子少女的心敏锐地觉察到这点，所以才会跟千重子说什么"幻影"之类的。千重子心想，难道秀男真的是在用苗子当作自己的替身吗？对此，千重子倒觉得并非是自己自负。

但事情或许并非这样简单吧。

千重子有点害怕正面对着父亲的脸，羞得连脖子都红了。

"那位苗子姑娘不会是只一心想见你吧？"父亲说。

"是啊。"千重子猛抬起头，"她说大友先生家的秀男向她求婚了。"千重子的声音在发颤。

"哦？"

父亲审视着女儿，沉默片刻。他像是猜到了什么，但没说出来。

“是吗，和秀男？要是大友先生家的秀男那倒不错。说实在吧，缘分这东西很微妙。恐怕这也是因为你的关系吧？”

“爸爸，不过我觉得她不会和秀男结婚。”

“哦？为什么？”

“……”

“为什么呢？我觉得蛮好……”

“爸爸。不是好不好的问题，您还记得您在植物园问过我，让秀男做我的招赘女婿好不好，这事那位姑娘全知道了。”

“哦？她怎么会知道的？”

“还有，她觉得秀男家是织腰带的，同咱们的店铺总有点关系。”

父亲感慨万分，沉默不言了。

“爸爸，您让她到咱家来过夜吧。过一夜也好，求求您。”

“当然行，这有什么呢……我不是说过收养她也行的吗？”

“那她是绝不会同意的。她只住一个晚上……”

父亲用怜爱的目光望着千重子。

这时，传来了母亲拉挡雨板的声音。

“爸爸，我去帮妈一下就来。”千重子说着站了起来。

雨敲打在瓦房顶上，但几乎听不见声响。父亲纹丝不动坐在那。

水木龙助、真一兄弟俩的父亲邀太吉郎上圆山公园左阿弥饭馆吃晚饭。冬季日短，从高处的饭馆房间里能鸟瞰市街上的灯火。天空灰蒙蒙的，没有晚霞。除了点点灯火，街道显得阴沉。可真是京都冬天的色彩呀。

龙助的父亲是室町一位殷实的大批发商，是一个可靠的人。但今天他说起话来吞吞吐吐的，好像有难言之事，净扯些闲话来拖延。

“我说呀……”他终于借着酒劲进入正题。而性情散淡、有些柔弱敏感、算是与世无争的太吉郎已经大致猜到了水木想说什么。

“其实嘛……”水木有些期期艾艾地说，“关于龙助这愣小子，你也许已经从令爱那听说了吧？”

“是啊，我是个不中用的人，却很能明白龙助的好意。”

“是吗？”水木如释重负，“那小子很像我年轻时，说干就干，谁也劝阻不住，真麻烦呀……”

“我倒很感谢他。”

“是吗？您这么说，我也就放心了。”水木按着胸口说，“那就请您多多包涵了。”说完他恭敬地鞠了一躬。

太吉郎店铺的生意日渐萧条，由一个同行中的晚辈来帮忙，实在有失体面。要说是来见习，从两家商店的规模来看，应该是倒过来。

“对敝店来说，我倒很感谢他……”太吉郎说，“贵店倘使没有龙助，恐怕也不大方便……”

“哪里，做生意，龙助也是新手。作为父亲看来，这样说吧，小子办事倒也算稳重……”

“是啊，他到敝店来，那么严肃就坐在掌柜面前，真吓人。”

“他就是这么个脾气。”说完水木默默喝酒。

“佐田先生。”

“嗯？”

“即便不是每天，但只要允许龙助那小子到贵店帮忙，他弟弟真一就会更加好好干，那我就省事了。真一是个性情温和的孩子，龙助直到现在还动不动就喊他‘童子小哥’什么的，这是他最讨厌的……只因为他小时候乘过祇园会的彩车。”

“他长得俊，和小女千重子从小就是同学……”

“令爱千重子……”水木欲言又止。

“令爱千重子嘛……”水木重复了句，然后用简直是生气的口吻说，“怎么能出挑得这样漂亮？你养育出了一个出色的好姑娘！”

“这可不是父母能左右的，那是孩子天生的。”太吉郎回答得相当率直。

“我想你也心里清楚，我俩也算是同行了，龙助要求去贵店帮忙，也不用掩饰什么，他就是想这样能更多接近千重子小姐，哪怕多待上半个小时、一个小时也好。”

太吉郎点点头。水木擦擦额头的汗，龙助的额头很像他的。

“那孩子虽然其貌不扬，但很能干。我决无意强求。不过，有朝一日有幸能得到千重子小姐的垂青，真到那分上，我也就不在乎这老脸皮了，请把他收为养老女婿吧。我愿意废除他长子的继承权……”水木说着低下了头。

“过继？……”太吉郎吓了一大跳，“他可是一家大批发商的继承人呀……”

“真是人生的不幸啊。最近看龙助的样子，我就开始这样想了。”

“承蒙厚爱。不过，这种事还是要看他们两个年轻人是否能情投意合。”太吉郎在躲避水木的锋芒，“千重子是个弃儿啊！”

“弃儿有什么关系？”水木说，“我说这些，是想让您心里有个数。那么，是不是可以让龙助到贵店帮忙呢？”

“那很好嘛。”

“谢谢，谢谢啦。”水木感到轻松了，连喝酒的样子也不同了。

第二天早上，龙助急匆匆地来到太吉郎的店里，马上就把掌柜和店员都召在一起开始盘点存货——诸如香云绸[①]、白绸、刺绣绉绸、京都绉绸、绫葛[②]、特等绉绸、捻线绸、结婚礼服、长袖和服、中袖和服、窄袖和服、锦子、缎子、高级印染绸子、出访礼服、腰带、黑绢、和服的饰品……

龙助只是看了看，什么也没说。由于有上回的事，掌柜的对龙助有所忌惮，十分小心翼翼。

虽经挽留，龙助还是在晚饭前回家了。

入夜后，传来敲格子门的“笃笃笃”声，是苗子来了。这敲门声只有千重子听见。

“哎哟，苗子，从傍晚就冷了起来，你可来得太好了。”

“……”

“星星都出来了。”

“我说千重子，见了令尊令堂，我该怎样招呼才好呢？”

“我早就跟他们说了，只要说声‘我是苗子’就行。”千重子搂着苗子的肩，把她领到后院，她边走边问，“晚饭吃过了吗？”

---

① 香云绸：俗称莨绸、云纱（黑色的也称黑胶绸）。是一种用薯莨的汁水对桑蚕丝织物涂层，再用含矿物质的河涌塘泥覆盖，经过太阳暴晒加工而成的纱绸制品。

② 绫葛：用蚕丝或人造丝做经线，用棉或麻做纬线织成的有花纹的纺织品。

“我在那边吃过鱼肉寿司才来的，别张罗了。”

苗子显得拘谨。千重子的双亲看见她后目瞪口呆，完全没法说出话来。想不到竟然真有这样一个姑娘长得跟自己的女儿一模一样。

“千重子，你们俩上楼去吧，好好说会儿话。”还是母亲繁子最能体贴人。

千重子拉着苗子走过狭窄的过道，上到后面二楼，打开了暖炉。

“苗子，你过来。”两人来到穿衣镜前，直勾勾地望着镜中两个人的脸。

“多像啊！”一股暖流流遍千重子的全身。她们又左右对调了再看，“活脱一个人呀！咦？”

“孪生姐妹嘛。”苗子说。

“人要是都生双胞胎，会是怎样呢？”

“那准会老认错人，很麻烦。”苗子后退一步，眼睛湿润了，“人的命运真难预料啊。”

千重子也退到苗子身边，摇着苗子的双肩说：

“苗子，你就在我们家住下去行吗？爸妈也希望……我一个人太孤单了……虽然我知道住在杉山会更快活。”

苗子摇晃了一下，好像站不稳似的，她跪坐了下来，摇摇头。这当儿眼泪滴落在自己的膝盖上。

“小姐，直到现在，你我的生活际遇完全不同，教养也不一样，室町这地方的生活我也未必习惯。我只要能来你家一回也就行了。也想让你看看你送给我的和服……再说，你都去过两次杉山了。”

“……”

“而且，婴儿时，父母抛弃的是小姐你——虽然我什么都不晓得。”

“这事我早就忘记了。”千重子坦然地说，“现在我已经不再想自己有过那样的父母。”

“我想，咱们的父母也许是受到报应……那时我也是个婴儿。请别见怪。”

“这事你有什么责任和罪过？”

“虽然没有，但我以前也说过，我绝对不会妨碍小姐你的幸福，哪怕是一星半点儿。”苗子压低声音，“所以，我索性销声匿迹了吧。”

“不行，你都在说些什么……”千重子加重语气，“你要是这样，那对你就太不公平……苗子，你觉得不幸吗？”

“不，我只是觉得孤单。”

“也许幸运是短暂的，而孤单却是长久的。”千重子说，“咱们躺下好好说会儿话吧。”千重子从壁橱里拿出卧具。

苗子一边帮忙一边说：“幸福大概就是这个样子的吧？”

她侧耳倾听屋檐传来的声响。

见苗子侧耳倾听，千重子就问：

“阵雨？雨夹雪？夹杂着雪花的阵雨？”说着自己也停下手来。

“谁知道呢，可能是在下小雪吧。”

“雪？”

“多静啊。可不是平常的雪。是那种小且极细的雪。”

“哦。”

“山里常下这样的细雪。干活时，不知不觉杉树的叶子就铺上了一层白，像一朵朵白花。就连冬天落光了叶子的枯枝梢都成了白色，好看极了。”苗子说。

“……”

“有时下着下着就停了，有时又变成阵雨或雨夹雪……”

“要不打开挡雨板看看？看一眼就明白了。”千重子想起来，被苗子一把抱住：

“算了，怪冷的，你会觉得幻灭的。”

“幻呀幻的，你真爱说这个字。”

“幻影吗？”

苗子美丽的脸上绽开了微笑，隐约流露出淡淡的哀愁。

千重子要铺床铺，苗子忙说：

“千重子，请让我来给你铺一次床铺，好吗？”

两套被褥并排挨着，千重子默默钻进苗子的被窝里。

“啊！苗子，真暖和啊！”

“毕竟干活不同，住的地方也……”

苗子把千重子紧紧搂住。

“这样的夜晚，总是很冷啊。”苗子似乎一点也不觉得冷，“细雪纷纷扬扬，停停下下……今晚上怕就是……”

父亲太吉郎和母亲繁子好像上楼到隔壁房间去了。由于上了年纪，他们铺上了电毛毯。

苗子凑到千重子耳边悄悄说：

“你的被窝已经暖和了，我挪过去吧。”

等母亲轻轻把隔扇拉开一条小缝，瞧瞧看看两个姑娘的卧室时，那已是后来的事了。

第二天清晨，苗子很早就起床，她叫醒千重子：“小姐，这大概是我一生最幸福的一个晚上了。趁着没人瞧见，我该回去了。”

正像昨晚苗子说的那样，夜里那细雪真就是下下停停，现在还在霏霏洒洒着。这是一个寒意逼人的清晨。

千重子坐起身来：“苗子，你没带雨具吧？请等等。”说着，千重子把自己最好的天鹅绒大衣和折叠伞，还有高齿木屐拿给了苗子。

“这是我送给你的。你以后还要再来啊。”

苗子摇摇头。千重子扶着格子门，一直目送着离去的苗子。苗子始终没回头。千重子的额发飘落了少许细雪，刹那就消融。市街都还在沉睡着，大地万物一片寂然。

（1961 年—1962 年）